ACTES NOIRS
série dirigée par Manuel Tric

MESSE NOIRE

DU MÊME AUTEUR

LES ADIEUX À L'EMPIRE, France-Empire, 2006.
LE DÉTECTIVE DE FREUD, éditions De Borée, 2010.
CASANOVA ET LA FEMME SANS VISAGE. UNE ENQUÊTE DU COMMISSAIRE AUX MORTS ÉTRANGES,
Actes Sud, 2012 ; Babel noir n° 82.

OLIVIER BARDE-CABUÇON

Messe noire

Une enquête du commissaire aux morts étranges

ACTES SUD

À ma mère qui m'a donné le goût de l'histoire.

La nuit tombe, mais les taches ne partent pas.

ILSE AICHINGER

I

FEUX FOLLETS ET AUTRES DIABLERIES

Une cloche sonna dans le lointain. Le crépuscule avait enveloppé le cimetière d'un fin voile noir, estompant les formes des pierres tombales et des stèles. Une pluie fine et glacée murmurait doucement, détrempant le sol des allées. Le moine effleura le visage de l'homme du bout des doigts et se releva lentement.

— On dirait qu'il est mort de peur…

— Il y a de quoi, murmura le sergent du guet en tendant le bras pour désigner les feux multicolores qui semblaient flotter en l'air dans le lointain.

En ce mois de décembre 1759, le Paris de la mort s'étalait sous leurs yeux. Plus qu'un regroupement de tombes, le cimetière était un immense parc au relief tourmenté et à la végétation abondante. Une large allée bordée d'arbres dépareillés menait jusqu'à une petite colline dévorée par la mousse et peuplée d'ombres spectrales. Là-bas, des flammèches jaunâtres ou vermillon tourbillonnaient au-dessus des tombes. Le son de la cloche expira. Un vent lourd grondait rageusement. Près de là, on entendit un chien hurler à la mort.

— Il faut aller voir, dit le moine d'une voix basse.

— Ce sont là diableries, protesta l'autre. Moi et les archers du guet, nous ne bougerons pas de là !

— J'irai seul alors. Faites-moi donner une lanterne.

Le sergent du guet le considéra avec attention. Sous la capuche de son interlocuteur, on discernait des yeux noirs et vifs, brillants d'intelligence et d'humanité. Son regard reflétait une curiosité attentive pour le monde qui l'entourait. Le moine devait avoir une cinquantaine d'années. Un faisceau de minces rides sillonnait son front comme autant de signes de perplexité ou de curiosité intellectuelle. Les traits de son visage étaient fins et un mince filet de barbe, à peine argentée par endroits, soulignait la courbe aristocratique de son menton.

— Ne devriez-vous pas attendre le commissaire aux morts étranges? demanda avec nervosité le sergent du guet. On peut affronter seul les hommes mais pas les esprits malins ou les âmes en peine…

— Cela suffit, répondit fermement le moine, j'y vais. Je ne crains rien en ce bas monde, moi!

Il s'empara de la lanterne tendue par un archer du guet et ajouta comme pour lui-même :

— Ni dans l'autre d'ailleurs!

Ses hommes tremblants regroupés autour de lui, le sergent du guet regarda l'énigmatique moine s'éloigner dans la nuit noire. Il avait entendu au sujet du collaborateur du commissaire aux morts étranges, chargé d'élucider les meurtres les plus mystérieux de Paris, autant de choses détestables que merveilleuses : hérésie, duel, dépeçage de cadavres mais aussi une science infinie puisant dans les textes les plus anciens… Silencieusement, il se signa.

Le pauvre halo de lumière de sa lanterne tremblotait devant le moine, dérobant au passage des impressions fugitives de désolation. Autour de lui, lierre, ronces et mauvaises herbes tapissaient les tombes aux pieds d'anges brisés. Une poignante impression de solitude et d'abandon émanait de ces lieux. Le froid se faisait plus mordant à mesure que la nuit tombait. Il gravit d'un pas prudent des escaliers rongés par la moisissure et arriva au sommet d'un monticule. Les flammèches colorées étaient autant de feuilles au vent. Certaines d'entre elles s'éteignaient au bout de quelques secondes seulement mais il en naissait aussitôt d'autres, bleu pâle, rouges ou jaunes… Le moine les contempla avec ravissement.

— C'est magnifique, chuchota-t-il.

Il fit quelques pas afin de poser sa lanterne sur une tombe et mieux jouir du spectacle.

— Ah! dit-il en se figeant.

Une rigole de sang s'était formée au pied de la stèle et un coq égorgé gisait sur la pierre tombale.

— Cette escapade nocturne commence à devenir intéressante, dit-il en se parlant à lui-même comme il en avait pris l'habitude en prison par le passé. Ainsi, on sacrifie au diable ! Pour ma part, je préférerais sacrifier à Bacchus, dieu de l'ivresse, ou à Vénus, déesse de l'amour. Enfin, chacun ses goûts !

En s'accroupissant, il découvrit un cierge de cire noire à moitié consumé.

— Messe noire et évocation satanique, fit une voix grave derrière lui.

Le moine se retourna. Tout absorbé par sa découverte, il n'avait pas entendu arriver Volnay, le commissaire aux morts étranges, vêtu d'une veste à col à revers et enveloppé dans un long frac anglais. Âgé de vingt-cinq ans environ, grand, mince de hanches et carré d'épaules, il avait une figure agréable, encadrée de cheveux noirs longs retenus en arrière par un ruban de taffetas noir plié en forme de fleur. Son nez était court et droit, sa mâchoire bien dessinée mais son maintien restait sombre et sévère. La lueur de sa lanterne s'accrochait à son visage, jetant des reflets dorés sur la cicatrice qui courait au coin de son œil droit jusqu'à la tempe.

— Messe noire et feux follets, mon fils, compléta gaiement le moine en désignant les tourbillons colorés qui s'agitaient autour d'eux. Newton en a parlé dans un de ses traités et les compare à des vapeurs s'élevant des eaux putréfiées, *ignis mentes*, les esprits du feu…

Son père, le moine, aimait à étaler sa science. Stoïque, Volnay attendit la suite.

— Dans notre cas, je dirai que la décomposition des cadavres libère parfois des gaz qui s'enflamment spontanément au contact de l'air. Lorsqu'il y a du vent comme ce soir, le commun des mortels croit voir Jack à la lanterne en personne !

Il eut un ricanement légèrement condescendant.

— Les paysans ont un certain sens pratique. Ils plantent une aiguille par terre pour forcer les feux follets à passer à travers le chas, leur laissant ainsi le temps de s'enfuir. Tout le monde sait en effet qu'il est aussi difficile pour un feu follet de passer par le chas d'une aiguille que pour un riche d'entrer au paradis!

— Laissons les feux follets pour l'instant, décréta froidement le commissaire aux morts étranges, même si le gardien du cimetière en est mort de peur.

Il s'éloigna, sa lanterne à la main comme une âme perdue. Dans la terre humide, ses bottes émettaient un chuintement mouillé. Le vent faisait battre les pans de son frac derrière lui.

— Mon fils, rétorqua le moine en haussant la voix, je doute qu'un gardien de cimetière meure pour quelques feux follets ou coq noir. Il a dû se passer autre chose…

— Quoi?

— Je l'ignore pour l'instant. Je ne suis pas un policier, moi! Je suis un chercheur de sens!

Volnay promena sa lanterne à travers les tombes, évitant soigneusement les flammèches.

— Elles ne brûlent pas, mon fils! s'exclama le moine. Que cherches-tu?

— Des tombes profanées par les célébrants de cette messe noire. Le contact à l'air libre des cadavres expliquerait l'apparition de ce phénomène… Non, je ne vois rien à part quelques croix renversées. Peut-être que l'apparition des feux follets a mis en fuite nos célébrants avant qu'ils n'aient le temps d'achever…

Au loin, les hurlements lugubres du chien reprirent. Dans ceux-ci s'exprimait quelque chose de primitif mais d'incroyablement humain qui glaçait le sang comme s'ils révélaient une véritable souffrance. Le moine tapa du pied par terre pour se réchauffer. L'humidité commençait à le saisir. Il leva la tête vers le ciel et écarta théâtralement les bras.

— Oh vous Seigneur qui faites si peu pour nous d'ordinaire, aidez-nous à comprendre ce mystère!

— Ne blasphème pas! cria sèchement le policier qui s'était éloigné à portée de voix.

Le moine rit, les yeux fermés sous la caresse de la pluie.

— Quel dommage que tout soit détrempé, remarqua-t-il. Nous aurions pu lire quelques traces sur cette tombe. D'habitude, c'est une jeune vierge qui s'étend nue sur la pierre, un

crucifix au milieu des seins, tête en bas, et une hostie consa-
crée entre les cuisses...

— Elle est là, fit une voix basse.

Le moine sursauta avant de reconnaître l'intonation défor-
mée de Volnay. Celui-ci s'était immobilisé sous un arbre, face
à une croix brisée. Pataugeant dans la terre humide, le moine
s'empressa de le rejoindre.

— Comme tu viens de la décrire, ajouta le policier du
même ton rauque. À un détail près : la malheureuse enfant a
été étranglée.

La victime se trouvait étendue sur la tombe, les bras en croix,
offerte à la pluie. Elle était très belle et très jeune, sa peau pâle
et glacée et ses lèvres bleues de froid. Le moine se pencha sur
elle et, d'un geste doux, lui ferma les yeux.

— On a tué un ange, murmura-t-il accablé.

Il serra les poings, la rage crispait ses traits.

— On nous rabâche que le bien est à l'origine et le but de
chaque être ? On nous trompe : l'homme n'a aucune mesure
pour infliger du mal à autrui !

Sa colère enfla encore.

— Siècle de fous, de malades et de pervers où l'ignorance
crasse le dispute à l'infamie ! Elle ne doit pas avoir treize ans !

Le commissaire aux morts étranges balaya les environs du
regard. Il ne portait pas de chapeau et le vent jouait avec ses
cheveux d'un noir de corbeau, portés longs et sans poudre. Il
concentra de nouveau son attention sur le moine. Plus son père
vieillissait et plus il devenait sensible à la mort ou à la perte
d'un être plus jeune que lui.

— Remets-toi de ton émotion, lui dit-il doucement, nous
avons à trouver les coupables de cette folie.

Le moine acquiesça.

— Je n'ai après tout rien contre Jésus-Christ, chuchota-t-il.
S'il existe, qu'il reçoive près de lui cette pauvre âme désemparée.

Il se releva.

— Ne bouge pas ! ordonna le commissaire aux morts étranges.
Nous sommes sur la scène d'un crime. Ici se concentrent tous
les indices dont nous avons besoin. Si nous n'y prenons garde
l'enquête sera compromise avant même d'avoir commencé.

Il parlait avec sévérité et sur un ton sans appel.

— Commençons par protéger nos indices. La pluie ne nous aide pas mais au moins sommes-nous seuls sur les lieux et personne ne viendra piétiner et tout gâcher. Convenons d'abord de repérer les traces de nos pas pour les neutraliser et d'emprunter de nouveau celles-ci dans tous nos déplacements.

Dans le ciel, les étoiles semblaient figées par le froid. Sous cette pâle lumière, ils établirent de concert leurs repères puis le commissaire aux morts étranges reprit :

— Les indices sont là, sous nos yeux : un cadavre, une hostie, un crucifix, des empreintes de pas. Il nous faut faire parler tout cela ! J'ai besoin d'en savoir plus sur le rituel de la messe noire.

Le moine lui jeta un regard vide puis un éclair de lucidité éclaira la prunelle de ses yeux alors que son cerveau recommençait à fonctionner normalement.

— Comme tu le sais, expliqua-t-il d'une voix lasse, la messe noire est un culte rendu à Satan en parodiant la messe. Tout y est donc inversé : le corps d'une femme nue sert d'autel, les cierges sont noirs au lieu d'être blancs. Il ne s'agit pas d'une célébration mais d'un simulacre dénaturé, une profanation… Il existe beaucoup de rituels de messe noire. Un prêtre défroqué ou renégat, des hosties consacrées, une vierge et une prostituée, un crucifix ou un calice rempli de vin ou de l'eau d'un puits où l'on a jeté le corps d'un enfant non baptisé…

Il s'interrompit un instant, le regard dans le vague.

— Au premier coup de onze heures, la messe est dite à l'envers et se termine au douzième coup de minuit.

— Il n'est pas minuit, remarqua Volnay, ils ont dû être interrompus…

— Il faut dire que, pour plus de résultat, la messe est souvent dite trois fois.

— Diable !

— Normalement, continua le moine d'un ton morne, le prêtre dit la messe et la prostituée la sert. Des fragments de messe sont récités à l'envers et le mot *mal* remplace le mot *bien*, *Satan* celui de *Dieu*. La prostituée donne la communion, aspergeant de vin la poitrine de la jeune vierge et plaçant l'hostie pour la souiller dans le... euh... dans l'antre sacré de la jeune fille.

Il se tut.

— Bien, dit pensivement le commissaire aux morts étranges. Cela me permet de comprendre la configuration de la scène. C'est curieux, on a tracé comme une croix dans le sol.

Le moine hocha la tête.

— Celui qui dit la messe fait le signe de croix du pied gauche sur le sol. Je te l'ai dit : tout est inversé.

— Cela signifie donc que l'officiant se tenait ici. À côté de lui, une femme car la terre est nettement moins tassée et l'empreinte plus petite. Les autres sont en face... Je dirais deux... non, trois personnes. Je vais en prendre la mesure.

Il déplia une ficelle et prit les mesures en faisant un nœud pour le début et la fin de chaque empreinte.

— Encore une empreinte de femme, fit-il d'un ton glacial. Trois hommes et deux femmes...

Il fronça les sourcils.

— Avant de savoir, il faut supposer. Nous aurions donc deux célébrants de la messe, trois spectateurs et... une victime à sacrifier.

Le moine se mit à genoux près du corps sans vie. Un instant, bizarrement, le commissaire aux morts étranges crut qu'il allait prier mais déjà les doigts fins et déliés du moine couraient le long du cadavre, soulevant bras et avant-bras, examinant les coudes.

— Des traces d'étranglement peu marquées autour du cou, pas de geste de défense occasionnant des blessures, pas de contusion sur les avant-bras, dit-il, mais je dois l'examiner à la lumière et sans cette maudite pluie glacée.

— Abrite-moi, fit Volnay. J'ai besoin de dessiner la scène du crime sans être trempé.

Le moine s'exécuta et, d'un pan de sa soutane, abrita le papier et le fusain de son fils qui se mit à dessiner avec habileté sur son genou.

— Voilà, fit le commissaire aux morts étranges au bout d'un moment. Je ferai le portrait de la jeune morte une fois son corps à l'abri.

Avec précaution, il fit quelques pas vers les feux follets qui semblaient maintenant s'évanouir dans la nuit et s'arrêta près de la tombe où il avait au départ rejoint le moine. Il reporta son attention sur le coq égorgé.

— Pourquoi avoir sacrifié ce coq sur une tombe éloignée?

Il se tourna vers le moine mais celui-ci semblait ne pas avoir entendu.

— Père?! insista Volnay.

Le moine tressaillit car rares étaient les moments où son fils prononçait ce mot qui remuait son cœur. "Père", c'était un peu comme si son cœur était un instrument de musique et que l'on en pinçait une corde.

Je vieillis et je deviens sensible, se dit-il.

Mais il n'en pensait pas un mot.

— Oui, mon fils?

— As-tu entendu ma question?

— Non, mon fils.

Volnay la répéta et le moine haussa les épaules.

— Je n'en ai pas la moindre idée.

Le commissaire aux morts étranges le considéra d'un air intrigué. Jamais, il n'avait vu son père aussi peu concentré sur la scène d'un crime.

— Y a-t-il quelque chose que tu veuilles me dire?

— Oui, dit le moine.

Ses pupilles semblèrent se remplir d'une eau trouble.

— Lorsque nous trouverons ces meurtriers, faisons en sorte qu'ils soient longuement torturés avant d'être brûlés et dépecés.

Le commissaire aux morts étranges fronça les sourcils. Tout cela ne ressemblait pas à son père, farouche opposant de la peine de mort comme de la torture. Il regarda à nouveau la jeune victime à qui le moine avait fermé les yeux avec tant de douceur et demanda:

— La connais-tu?

Le moine résidait tout comme son fils sur la rive gauche de la Seine, dans une petite impasse discrète, à quelques pas de la rue Saint-Jacques.

Lui et Volnay descendirent le corps de la carriole qu'un archer du guet reconduisit à l'écurie d'une auberge non loin de là. Le policier proposa son aide au moine mais celui-ci tint à porter seul la jeune fille dans ses bras. Il le fit comme s'il s'agissait d'une gamine endormie qu'il ne souhaitait surtout pas réveiller. À un moment, la tête enfantine roula sur sa poitrine. Le cœur du moine se serra et il cligna brièvement les yeux. La pluie avait dessiné comme des larmes sur son visage. Il réajusta brièvement sa prise, sous le regard inquiet de son fils. Un grand froid envahit ce dernier lorsque son père déclara :

— Il nous faut vite l'amener chez moi pour qu'elle puisse se réchauffer.

Sans répondre, Volnay lui ouvrit la porte. Après avoir descendu un escalier raide, ils longèrent avec leur fardeau un long couloir sombre pour se retrouver face à une double porte en fer. Ils déposèrent le corps par terre et le moine tourna une clé dans la serrure. Le policier entra à sa suite dans une profonde cave voûtée aux murs de pierre. Celle-ci recelait un incroyable laboratoire regorgeant de creusets, d'alambics, de cornues et de fourneaux, froids ou ronflants. Il était bientôt minuit. Les deux hommes s'appliquèrent à allumer minutieusement les torches accrochées au mur avant de s'occuper du lustre couronné de bougies. Ensuite, sans un mot, ils soulevèrent à nouveau la jeune fille pour la déposer avec respect sur une table en pierre que le moine recouvrit préalablement d'une couverture. Le cœur du commissaire aux morts étranges se serra lorsque le moine parla doucement au cadavre.

— Ah ma jeune amie, cela me soulève le cœur que d'avoir à procéder ainsi mais il faut me pardonner : c'est pour trouver ceux qui vous ont causé tant de mal.

Il se pencha pour examiner l'hymen de la jeune fille. Le commissaire aux morts étranges s'agita, mal à l'aise. C'était la première fois qu'il entendait le moine parler à un cadavre qu'il examinait. La connaissait-il ? Pourtant, à la question posée, son père avait répondu négativement.

— Elle est vierge, dit froidement le moine en se relevant. Au moins ces chacals ne l'ont pas souillée !

Encore une fois, ce ton rageur éveilla la curiosité de Volnay. Jamais il n'avait vu son père trahir une émotion en examinant un cadavre.

— Une enfant d'une douzaine d'années, répéta doucement le policier comme pour lui-même. Une vierge, une prostituée et un prêtre renégat...

Une mèche de cheveux blonds et soyeux barrait le front de la jeune fille, le moine la remit doucement en place.

— On dirait de l'or filé, s'émerveilla-t-il.

Il ouvrit les doigts et laissa glisser ses cheveux entre ses doigts.

— Peux-tu poursuivre? demanda doucement son fils.

Tout en marmonnant, le moine entreprit avec une loupe l'examen du corps, étudiant avec attention les genoux, les coudes, les bras et avant-bras. Puis, il souleva avec prudence la nuque, écartant les cheveux à la recherche de contusions ou d'une bosse.

Finalement, il se tourna vers Volnay.

— La pluie gâte les indices tandis que le froid pétrifie le corps et nous prive de précieux renseignements, notamment sur l'heure de sa mort. C'est pour cela que j'étais pressé de la ramener au chaud. Je ne relève ni plaie, ni bosse, ni ecchymose sur le corps. Elle n'a pas lutté pour se défendre et ne s'est pas débattue. Même un mouton se démène et bêle devant l'autel où on l'immole. Pourquoi n'a-t-elle pas réagi?

— Elle était consentante à cette mascarade et ne se doutait pas de la suite? hasarda le commissaire aux morts étranges.

Perplexe, le moine se gratta la barbe.

— Quand même, nous sommes en décembre et le froid est mordant. Qui supporterait de se coucher ainsi nue sur une dalle glacée?

Il poursuivit son examen du corps.

— Peux-tu avancer ta lanterne? Là! C'est étrange, les marques autour de son cou sont à peine visibles, pas suffisantes pour la priver d'air. Elle est peut-être morte de peur ou de froid...

— Tu me diras cela après l'autopsie, fit Volnay conciliant.

Son père lui jeta un regard sec.

— Il n'est pas question que j'ouvre cette pauvre enfant!

Le policier prit un air soucieux que l'autre ignora. Le moine recula d'un pas et contempla songeusement le corps.

— Instinctivement, dit-il, elle aurait dû tenter de se protéger et on devrait trouver des entailles sur ses mains ou ses avant-bras. Mais non, il n'y a même pas de marque autour de la bouche pour l'empêcher de crier.

— Ses dents sont bien soignées, remarqua le commissaire aux morts étranges en lui écartant légèrement les lèvres. Il en va de même pour ses mains. Elle n'est pas du peuple...

— Que connais-tu du peuple? grogna le moine.

Le policier ne répondit pas. Il contemplait la jeune morte. Séchés par une serviette, ses cheveux blonds apparaissaient lisses et clairs. D'une main tranquille, il ébouriffa la chevelure sous l'œil agacé du moine.

— On dirait qu'on lui a coupé plusieurs mèches.

— Foutre du pape! jura son père. Je ne l'avais pas remarqué!

Pour se rattraper, il entreprit de comparer chaque mèche l'une après l'autre.

— Tu as raison et je doute qu'elle se soit taillé cela elle-même.

Le moine plissa les yeux comme pour mieux réfléchir.

— Elle s'allonge nue, les bras en croix, en plein mois de décembre sur une dalle glacée et humide puis présente son cou au bourreau!

Il secoua la tête.

— À moins que...

Le moine commença à s'agiter.

— Mais oui, sacrebleu, c'est bien sûr! Que n'y ai-je pensé plus tôt?

— Penser à quoi? s'impatienta le commissaire aux morts étranges.

— J'ai mon idée mais il est trop tôt pour en parler, maugréa son père. Et j'ai besoin de ne pas être dérangé tout le temps...

— Tu es d'une humeur détestable, fit Volnay. Je te laisse et je rentre me coucher!

— Bonne idée, la nuit porte conseil à qui sait l'entendre!

Après avoir raccompagné son fils et fermé soigneusement la porte derrière lui, le moine redescendit dans son laboratoire. Il entreprit alors d'examiner la bouche de la petite victime. À l'aide d'un mouchoir, il récolta sous sa langue un peu de jus laiteux et collant. Il le renifla avec suspicion.

— C'était donc cela, murmura-t-il satisfait. On l'a droguée...

Volnay sortit de l'impasse, goûtant à la beauté silencieuse des rues enneigées la nuit. À peu de pas de là, il se retrouva face à un chien au pelage tout crasseux. Ses yeux noirs, étrangement humains, brillaient d'intelligence. L'animal geignit, ouvrit la bouche en rejetant la tête en arrière comme pour hurler mais, au lieu de cela, poussa une plainte triste, presque un gémissement. Volnay s'approcha lentement de lui et, s'assurant qu'il ne montrait pas les crocs, le flatta un instant.

— Nous sommes-nous déjà rencontrés quelque part mon ami à quatre pattes ? lui demanda-t-il gravement.

Puis il sourit, gratta une dernière fois le chien derrière les oreilles avant de regagner son domicile à peu de distance de là. Ses bottes battaient le pavé avec assurance mais, le regard aux aguets, il scrutait les zones d'ombre, la main sur la poignée de son épée.

Pour le commissaire aux morts étranges, la nuit n'était pas plus une tranquille parenthèse qu'un instant de repos. Les crimes les plus abominables se commettaient aux heures les plus noires et, au petit matin, les décrotteurs de Paris ramassaient les cadavres. La nuit semblait placer Paris hors de tout droit et de toute morale.

Des rires joyeux fusèrent de l'obscurité. Volnay dressa l'oreille puis hocha lentement la tête. Du jour de l'Épiphanie à la veille du mercredi des Cendres, régnait le temps de Carnaval. Avant que ne lui succèdent l'austérité du Carême et Pâques, symbole de renouveau, qui anéantirait les péchés et les ténèbres de l'hiver, Carnaval permettait à tous de renier sa spiritualité et de laisser libre cours à ses instincts bassement matériels. Déguisements et masques gommaient les classes sociales et les différences entre êtres humains, donnant à ceux-ci l'occasion de s'oublier dans une identité précaire qui laissait débrider les instincts et parler les sens.

La police du royaume n'appréciait guère cette période où l'ordre royal même était remis en question. Elle donnait lieu à de nombreuses rixes, violences et paillardises. Les valets volaient leurs maîtres et débauchaient leurs maîtresses. Les archers du guet et le clergé étaient insultés. La farce tournait parfois au drame. Aussi, une ordonnance de police de 1746 interdisait désormais aux personnes masquées de porter bâtons et épées ou d'en faire porter par leurs laquais. Une autre ordonnance, de 1742, défendait d'entrer de force dans les lieux où se jouait de la musique, de violenter les traiteurs, leurs femmes et enfants et de contraindre les violons à jouer toute la nuit. C'était un moyen sûr pour lutter contre le tapage nocturne en temps de Carnaval.

Seulement voilà, ce n'était pas le temps de Carnaval ! Malgré tout, il rencontrait souvent, depuis le début de décembre, ce genre de groupes. Une fois le soleil couché, à l'approche de Noël, une étrange exaltation semblait saisir la ville.

Bientôt, le commissaire aux morts étranges aperçut la lueur d'un flambeau porté par un jeune homme avec un masque en papier au nez démesurément allongé. Il annonçait un groupe joyeux d'une douzaine de jeunes gens. Les filles dansaient une sorte de farandole tandis que les garçons chantaient des couplets obscènes. En découvrant Volnay seul, ils eurent une exclamation collective d'heureuse surprise puis, satisfaits, se dirigèrent vers lui pour le tourmenter ou le détrousser. Le commissaire aux morts étranges eut un sourire froid et dégaina à moitié son épée. Le groupe marqua un temps d'arrêt puis reprit sa direction initiale. Manifestement, on trouvait plus facile d'humilier un bourgeois esseulé qu'un homme armé et décidé. Volnay se recula pour les laisser passer à deux mètres de lui. Des quolibets fusèrent et certaines jeunes filles lui tendirent leur croupe de manière suggestive en chantant :

Enfile, enfile, enfile, l'aiguille de Paris !

L'une d'elles, à la silhouette grande et élancée, quitta alors le groupe et vint s'accrocher à son bras. Elle portait le masque de la mort.

— Viens danser avec la mort et goûter à ses baisers !

Elle joignit la parole à l'acte et l'embrassa à pleine bouche avant de s'enfuir en riant pour rejoindre les autres. Volnay resta un moment immobile, le cœur battant dans le noir. Puis, il reprit sa marche comme si de rien n'était. Derrière lui, le chien, qui s'était immobilisé, reprit une marche prudente à sa suite.

II

AFFAIRE D'ÉTAT ET AUTRES DIABLERIES

Une lueur pâle filtrait à travers les tentures, s'aventurant jusqu'aux reliures dorées des livres qui ornaient tout un pan de mur.

— Debout! Debout!

Volnay ouvrit un œil et puis un autre. Son regard tomba sur la pie qui tournait et retournait dans sa cage dans un grand bruissement d'ailes. Parée d'une longue queue étagée, elle arborait avec fierté un plumage noir aux reflets violacés sur la poitrine et la tête, blanc au niveau du ventre, des flancs et à la base des ailes, verdâtre sur la queue.

— Debout! répéta-t-elle.

Encore tout ensommeillé, Volnay la fixa stupidement. Il s'était endormi à sa table de travail en tentant de récapituler les maigres indices en sa possession : un prêtre renégat, une prostituée, une jeune vierge étranglée et trois spectateurs. Ah oui, il y avait aussi un gardien de cimetière mort de peur et des feux follets!

Ses pensées le ramenèrent à son père. Il se frotta le visage avec la paume de ses mains et, faute d'interlocuteur à qui se confier, dit à la pie :

— Je ne l'ai jamais vu comme cela. Voici bientôt trois ans que je travaille avec lui sans qu'il laisse transparaître la moindre émotion devant un cadavre. De la compassion certes mais pas d'émotion…

Il secoua la tête, continuant son monologue comme pour se convaincre.

— C'est avant tout un homme de science et de raison, je le sais depuis l'enfance même s'il a peu passé de temps avec moi pendant celle-ci…

Il eut un sourire amer.

— Mon père préférait la compagnie des philosophes ou des alchimistes à la mienne. Un enfant, ça n'est pas assez intelligent pour soutenir une conversation sur les systèmes politiques à travers le temps ou les théories de M. Newton sur les corps en mouvement...

La pie resta silencieuse mais son regard noir semblait lire en lui. Volnay continua, comme encouragé de ne pas être interrompu.

— Et voilà qu'aujourd'hui, c'est un peu comme si, en tuant cette pauvre enfant, on venait de lui briser le cœur. Je ne comprends pas...

— Comprends pas, répéta la pie bavarde. Comprends pas!

Il était tombé sur Paris un froid à rompre les os. La ville semblait se recroqueviller sur elle-même comme une vieille femme transie. Pourtant, des artisans travaillaient bien avant l'aube à la porte de leur boutique. Ils se retournèrent avec curiosité à la vue de la carriole conduite par le moine, escortée de deux exempts de police. Il avait neigé peu avant l'aube. Le cheval allait au pas, posant avec précaution ses sabots dans cette neige fraîche.

Une fois arrivé dans son impasse, le moine sauta de la carriole avec agilité.

— Allez, dépêchez-vous de m'amener ce cadavre à l'intérieur! D'habitude on me les apporte de nuit. Mes voisins vont encore dire du mal de moi!

Les deux exempts obtempérèrent sans un mot. Ils craignaient presque autant le moine que son supérieur, le taciturne commissaire aux morts étranges. Le premier posa le pied sur une plaque de verglas et chuta lourdement. Le second descendit plus prudemment. Ensemble, ils se penchèrent pour saisir le cadavre enveloppé dans une couverture et, d'une démarche pataude, encombrés par leur pesant fardeau, ils suivirent le moine.

Une fois les exempts congédiés, le moine contempla le corps du gardien du cimetière en se frottant les mains de plaisir.

— À nous deux, mon gaillard! déclara-t-il. Je sens que tu as beaucoup de choses à me dire! J'en donnerais la queue de mon chat à couper, quoique je n'aie pas de chat…

Une mince couche de givre étincelait dans la cour sous le soleil du matin. En sortant de chez lui, Volnay cligna des yeux, ébloui. L'acacia dressé face à sa maison était recouvert de cristaux de glace. Le commissaire aux morts étranges inspira à pleins poumons l'air froid et de minces filets de vapeur s'exhalèrent de ses lèvres. Un bref jappement le fit sursauter. C'était le chien de la veille.

— Tu es encore là, toi?

L'animal l'observa avec une expression d'intelligence quasi humaine avant d'agiter joyeusement la queue comme s'il le reconnaissait. Volnay chercha dans sa poche le quignon de pain qu'il y avait glissé avant de sortir et le lui lança. L'animal s'en saisit et se hâta de déguerpir avec son butin.

Le policier quitta la cour minuscule devant sa maison pour en gagner une seconde un peu plus grande puis une troisième, de brique et de pierre, avec en son centre un puits à margelle. Celle-ci donnait sur le passage pavé, bordé de bornes chasse-roues par lequel la rue de la Porte-de-l'Arbalète menait à la rue Saint-Jacques.

Les ruelles, les allées et les portes cochères tenant de lieux d'aisances pour une grande partie de la population, la neige était par endroits souillée d'excréments. Heureusement, la pureté de l'air glacé chassait la puanteur qui habitait nombre de quartiers aux beaux jours. C'était l'avantage de l'hiver, l'été la ville puait plus fort qu'une porcherie.

Volnay se dirigea vers l'auberge dans laquelle il laissait habituellement son cheval. Ensuite, au pas prudent de sa monture, il prit la direction du cimetière de la veille, croisant les garçons limonadiers qui se répandaient dans les rues pour apporter cafés ou bavaroises dans les garnis. Arrivé au cimetière, le commissaire aux morts étranges gravit le monticule habillé d'un blanc manteau immaculé. La neige recouvrait désormais d'un voile de pureté ces lieux blasphémés dans la nuit. L'air lui piquait les poumons de mille aiguilles glacées. Une gaze légère semblait s'étirer pour envelopper les tombes d'un voile laiteux. Un début de brume sans doute. Il fallait faire vite. Il hâta le pas.

Conformément à ses instructions, un archer du guet se trouvait en faction sur une pierre tombale, à distance du lieu du crime afin de ne pas piétiner les éventuels indices. Il avait relayé deux heures auparavant un de ses compagnons d'infortune et battait de la semelle pour se réchauffer, les lèvres bleuies par le froid. Personne n'était venu, assura-t-il, et il avait évité de marcher ailleurs que sur la plate-bande qu'on avait assignée à la première sentinelle. Les empreintes de pas sur la glace pouvaient d'ailleurs en attester.

Le commissaire aux morts étranges le remercia et l'autorisa à rentrer à sa caserne. Ce qui devait être préservé l'avait été et, pour le reste, il préférait rester seul.

Avec méthode, il quadrilla les rangées de tombes à la recherche de traces suspectes mais la neige tombée dans la nuit avait tout recouvert si quelque chose lui avait échappé la veille. Le commissaire aux morts étranges s'arrêta pour réfléchir. Il pensa au gardien du cimetière. Si la venue de l'homme avait dérangé la cérémonie, acteurs et spectateurs de la messe noire se seraient empressés de quitter les lieux. Mais par où ? L'entrée du cimetière risquait d'être surveillée alors…

Il chercha des yeux un escalier qui redescendrait de la colline de l'autre côté. Il le trouva et suivit ensuite une allée qui le mena jusqu'à une porte couverte de rouille et protégée par des broussailles. Il lui sembla que certaines avaient été foulées aux pieds. Il déblaya doucement la neige près de la porte et découvrit ce qu'il cherchait : l'empreinte d'un pied enfoncé. Ce devait être la personne qui s'était arc-boutée pour tirer la porte à elle. Il sortit d'une de ses poches son rouleau à ficelle et compara l'empreinte avec ses mesures. Elle correspondait parfaitement à celle d'un des spectateurs de la messe noire !

Il entreprit de déblayer toute la neige alentour mais ne trouva pas d'autres empreintes. Alors, il examina minutieusement les broussailles. Au bout d'une longue recherche, son obstination fut récompensée par la découverte d'un fil de laine rouge accroché à des ronces. Il le récupéra soigneusement et s'empressa de le ranger à l'abri dans sa bourse à indices.

Lorsqu'il revint à l'entrée du cimetière, le sergent du guet l'attendait comme on le lui avait ordonné la veille. Son teint était blême et il respirait à grand-peine. Face à lui, l'œil sévère et les joues pâles, le commissaire aux morts étranges le toisa d'un air ni aimable, ni affable.

— Sachez tout d'abord que je n'ai pas apprécié que vous ayez laissé mon assistant s'aventurer seul dans ce cimetière en pleine nuit. Maintenant, répondez à mes questions. Qui vous a appelé?

Le commissaire aux morts étranges avait beau ne pas avoir plus de vingt-cinq ans, il en imposait tant par son autorité personnelle que par celle de sa fonction. Aussi, l'autre se hâta de lui répondre.

— Les assistants du gardien du cimetière. Ce sont eux qui ont trouvé celui-ci mort de saisissement.

— Où cela? Soyez précis, je vous prie!

— En haut du monticule. Ils se sont empressés de le ramener à l'entrée du cimetière et de nous alerter. Ils étaient de plus terrifiés par les feux…

— Ils ne sont donc restés là-bas que quelques instants?

— Oui, ils me l'ont confirmé.

— Cela a donc laissé tout le temps aux participants de la messe noire, si ce sont eux que le gardien a surpris, pour s'enfuir.

— Et jamais nous ne les retrouverons, soupira le sergent du guet.

— Détrompez-vous, le reprit sèchement Volnay, ils ont laissé derrière eux assez d'indices pour que je leur remette un jour la main dessus!

Les rayons du soleil au zénith se réfléchissaient sur la neige dans un scintillement aveuglant lorsque le moine pénétra dans la ruelle de l'Or. C'était une longue voie étroite bordée de maisons à un ou deux étages. Une population mystérieuse et discrète la peuplait : marchands d'onguents, spirites, exorcistes, alchimistes, astrologues, sorcières ou nécromanciens…

Non moins fugace était le passage des personnes qui leur rendaient visite, de la mégère qui souhaitait nouer l'aiguillette de son bourgeois au grand seigneur de la cour en quête d'un peu plus de pouvoir et d'argent. On pénétrait dans ces maisons selon des codes établis. Leurs caves profondes recelaient maints instruments de laboratoire ou symboles d'autres temps. Des cérémonies secrètes s'y déroulaient parfois pour évoquer des esprits disparus. On se pressait chez un tel pour y bénéficier de philtres favorisant l'amour ou chez un autre pour s'y faire lire l'avenir à travers la fumée d'une tête d'âne en train de brûler. Ici, les chercheurs de trésor évoquaient les âmes du purgatoire pour les aider à localiser l'or enterré, là on vendait des flûtes enchantées ou des runes. À l'inverse des rues de Paris, personne ne criait ou parlait fort, tout se déroulait de manière silencieuse et furtive.

Derrière les carreaux recouverts de givre, le moine sentit le poids des regards des curieux habitants de la ruelle de l'Or. Un homme le bouscula, son manteau déformé par des objets qu'il dissimulait dessous, contre sa poitrine.

— Formules magiques, philtres, amulettes, matériel pour envoûtement et talismans de protection, lui glissa-t-il, êtes-vous intéressé?

— Non.

— Poudre magique pour vous soutenir dans l'effort de faire plaisir aux femmes? insista l'autre.

Le moine secoua la tête en souriant.

— Merci, pour cela j'ai déjà tout ce qu'il faut sur moi!

Sans hésiter, il se dirigea vers une maison qui semblait rentrer sous terre et, après avoir frappé un rythme convenu, entra. Dans la semi-pénombre, il cligna des yeux pour accommoder. Il se trouvait au-dessus d'un escalier qui le conduisit par deux révolutions symétriques dans une cave voûtée au sol jonché de tapis épais et de coussins colorés. Au fond de celle-ci, près d'une cheminée où crépitait une belle flambée, se dressait une silhouette frêle couverte de la tête aux pieds d'un voile blanc, les bras croisés sur la poitrine. Ses cheveux semblaient de fil d'argent et ses yeux verts ornés de longs cils rappelaient la couleur des fonds marins.

— Vous revoilà, fit une voix féminine. Il y a bien longtemps que je n'ai eu l'honneur de votre visite.

— Un mois et une semaine, précisa le moine. Je le sais car lorsque vous m'honorez d'un sourire, je suis le plus heureux des hommes, ma belle Dame de l'Eau.

— Incorrigible flatteur! Allons approchez près du feu et dites-moi ce que vous avez en tête. Il y a des années, vous me visitiez pour des raisons personnelles mais aujourd'hui je sais bien qu'il n'en est plus de même. Cette bure a quelque peu éteint votre sensibilité!

Il s'approcha d'elle, les yeux pétillants.

— Vous vouliez sans doute parler de ma sensualité? Rassurez-vous, elle n'est pas complètement étouffée!

La Dame de l'Eau eut un haussement d'épaules impuissant et son rire frais emplit la pièce.

— Ces galanteries ne sont hélas plus de mon âge, vous avez trop tardé à vous déclarer!

Le moine hocha gravement la tête.

— C'est bien moi : je fais tout à contretemps! Effectivement, je suis ici pour une raison précise. Avez-vous entendu parler de résurgence du culte satanique?

Elle lui jeta un doux regard de reproche.

— Pourquoi parler de résurgence? Ce culte a existé de tout temps. Le diable est le grand négateur de la puissance divine et il se trouvera toujours des gens pour dénier celle-ci.

Le moine approuva et déclama d'un ton sentencieux :

— "Ils donnent au diable leur âme immortelle puis le baisent au cul tenant des chandelles ardentes en leurs mains. Ils crachent sur la croix, en dépit de Jésus-Christ et de la Sainte-Trinité avant de tourner leur cul vers le ciel, en dépit de Dieu."

La Dame de l'Eau eut un rire indulgent.

— À qui pensez-vous, mon ami?

— Ma chère, je pense à des gens qui n'hésitent pas à tuer...

— Des nourrissons comme du temps de la Voisin?

— Non, de jeunes vierges.

Le regard de la dame s'assombrit.

— Voilà qui est bien nouveau quoique je ne sois pas surprise. Elle eut un moment d'hésitation et ajouta d'une voix basse :

— En fait, rien de ce qui est mauvais dans la nature humaine ne me surprend plus aujourd'hui.

Le moine approuva sombrement avant de reprendre ses questions.

— Avez-vous remarqué dans la ruelle de l'Or des gens cherchant cierges noirs, coqs à sacrifier ou hosties consacrées?

La Dame de l'Eau réfléchit.

— Comme vous le savez, répondit-elle prudemment, il existe deux types de magie : la noire et la blanche. La magie blanche a vocation à soulager les maux de l'humanité et la magie noire à contenter des intérêts personnels. Dans nos campagnes, on trouve encore nombre de mages capables d'influer sur l'ordre de la nature pour faire pourrir les moissons sur pied, tarir les vaches ou empêcher les fruits de mûrir. Dans la ruelle de l'Or, nous comptons autant de personnes qui vendent les articles nécessaires à la magie blanche qu'à la magie noire. Cependant, aucun n'est assez fou ou démoniaque pour commercer des hosties consacrées. Nous évitons ici toute magie qui a recours aux démons et tout pacte diabolique même si quelques nécromanciens évoquent les morts.

D'un geste circulaire, la Dame de l'Eau désigna tout ce qui se trouvait à l'extérieur.

— Voyez-vous, nous formons ici une sorte de communauté avec, comme partout, de bons et de mauvais éléments. Cependant, même ces derniers ne supporteraient pas d'être exposés au danger de ce type de cérémonie. C'est la roue assurée et toute la ruelle de l'Or rasée et brûlée. Non, jamais notre communauté n'accepterait que de telles pratiques se développent ici.

— Et les envoûteurs?

— Asservir la volonté d'autrui ou la détruire est le propre de l'homme, qu'il soit envoûteur ou pas.

— C'est vrai qu'on peut être roi de France et envoûteur, approuva le moine. Mais, sans nous lancer dans des considérations politiques, certains ont-ils ici pignon sur rue?

— Oh, la demande d'envoûtement a toujours été très forte, c'est un marché d'avenir! Élixirs, charmes et philtres d'amour, poupées ensorcelées pour réduire ses ennemis, nouage d'aiguillette pour maris infidèles, potions pour modérer le trop grand désir de l'action de Vénus chez la femme… ce sont là pratiques courantes et, à vrai dire, le principal fonds de commerce de la ruelle de l'Or avec la divination et la lecture de l'avenir. De plus le commerce de l'envoûtement alimente celui des leveurs de maléfices et génère un autre marché : celui de la protection contre l'envoûtement : amulettes, talismans… On vend de quoi se protéger contre les maléfices que l'on a vendus, ainsi l'équilibre est préservé !

— Un peu comme des marchands d'armes qui en vendraient à chaque camp qui s'affronte. C'est la loi de l'équilibre revue et corrigée par les charlatans !

— Oui, cependant, attention ! Parfois, fausse est la magie, vrai est le magicien !

Elle contempla songeusement le feu.

— Tout ce que désirent les gens est d'avoir ce qu'ils ne possèdent pas. De manière extravagante, c'est toujours ceux qui ont le plus qui souhaitent en posséder plus encore. Si l'on veut définir le rôle de la ruelle de l'Or, il est simple : leur faire croire que cela est possible.

Le moine soupira.

— Magie d'appropriation…

Il se campa près du feu, tendant ses mains à réchauffer aux flammes.

— Notre commissaire aux morts étranges est expert et savant en beaucoup de choses mais pas en magie noire, confia-t-il. Je n'aime pas notre mission. Elle va nous mener dans des lieux ignobles et je ne sais même pas vers quoi orienter notre enquête.

La Dame de l'Eau se joignit à lui auprès de l'âtre pour contempler d'un air pensif les bûches enflammées.

— Tout comme vous, votre fils s'adapte aux situations les plus complexes.

C'était une des très rares personnes à connaître leur lien de parenté mais le moine avait foi en elle comme en lui-même.

— Mon fils est trop rigide, maugréa le moine. Je crois qu'il s'est construit en opposition à moi.

— C'est souvent le cas avec les enfants, dit-elle doucement, mais parfois cela leur passe…

Le moine hocha la tête. Ses pensées semblaient affleurer jusque dans ses yeux. On y lisait une douleur muette.

— Il est tout ce que j'ai sur cette maudite terre mais le sait-il ?

— Le lui avez-vous dit ?

— Il ne m'en offre pas l'occasion…

— Provoquez celle-ci !

Face au silence épais de son compagnon, la Dame de l'Eau fit diversion.

— Pour en revenir à notre premier sujet, sabbat, messes noires ou rituels d'envoûtement, vous trouverez toujours un point commun entre eux : l'acte de copulation !

Un éclair joyeux traversa le regard du moine.

— Je vois très bien ce que vous voulez dire !

Elle le gronda gentiment.

— Vous êtes insupportable !

S'approchant d'un bassin de marbre au milieu de la pièce, elle effleura de la paume la surface de l'eau et dit :

— Mon art à moi est véritable, vous le savez. Ma magie est celle de la nature. Tout ce qui est en haut est comme ce qui est en bas pour faire miracle d'une seule chose…

Le moine se pencha et plissa les yeux devant les rides qui parcouraient le bassin.

— L'eau est un miroir, continua la Dame de l'Eau. Et qui sait en interroger la surface trouvera un signe ou une réponse à ses questions…

L'autre resta immobile avant de soupirer :

— Le charme de l'eau n'opère plus sur moi. J'ai vieilli et perdu la clé des rêves. Je vais avoir besoin d'autre chose…

Sa compagne arqua délicatement un sourcil.

— Mon ami, vous faites trop de cas des plantes.

— Sans elles, je ne dormirai plus depuis longtemps ! J'ai accumulé tant de cauchemars en moi !

Il battit l'air des mains comme pour chasser cette dernière remarque et reprit :

— À propos, avez-vous entendu parler de certaines drogues qui plongent les gens dans une sorte de léthargie bienheureuse ?

— C'est-à-dire ?

— Je cherche quelqu'un qui vend des plantes hallucinantes, celles qui rendent fou ou donnent des visions merveilleuses, procurant félicité et grande satisfaction…

— De quel genre?

— Du genre qui ne donne pas envie de revenir car l'illusion de la réalité est bien plus plaisante que la réalité elle-même.

— Il suffit de dormir pour cela, remarqua-t-elle.

— Certes, certes mais tous les savetiers ne rêvent pas qu'ils sont roi. Il est des va-nu-pieds qui rêvent chaque nuit qu'ils sont va-nu-pieds!

Elle sourit.

— Vous avez raison, comme d'habitude! Enfin, pour en revenir à votre question, je vais vous indiquer deux maisons dans la ruelle où vous trouverez de telles choses. La première est celle d'une rebouteuse et guérisseuse. C'est plutôt une bonne créature et les plantes n'ont pas de secret pour elle. Vous y trouverez des fleurs de pavot…

— *Papaver somniferum*, approuva le moine. J'y ai pensé un moment.

— Il existe aussi l'herbe-aux-sommes, la jusquiame noire.

— *Hyoscyamus niger*, elle est très toxique mais soulage les maux de dents. Toutefois, l'utilisation combinée de certaines plantes peut conduire à une transe ou un sommeil léthargique.

La Dame de l'Eau approuva de la tête.

— La seconde personne est un Grec, marchand de potions. On dit qu'il a commerce avec l'Orient.

— Oh, s'exclama le moine, c'est lui que j'irai visiter le premier.

— Attention car il est fier et ombrageux. Ne vous présentez pas à lui comme policier mais plutôt comme acheteur.

— Je vais suivre vos conseils de ce pas, ils m'ont toujours clairement montré la voie!

— J'aime votre esprit et la gaieté de celui-ci, dit-elle.

— Vous avez toujours été très indulgente avec moi, ma chère amie…

Il prit congé de la dame, baisa galamment sa main et sortit.

Dans les couloirs du Châtelet, le commissaire aux morts étranges croisa procureurs, huissiers et greffiers tout de noir vêtus, sinistres corbeaux le jaugeant du regard avant de mieux le condamner. Un maroquin sous le bras, jouant les importants, ils le bousculèrent sans un mot d'excuse. Tous participaient d'une manière ou d'une autre à tisser cet écheveau inextricable de lois, coutumes et jurisprudence édictées selon les caprices des gouvernants et de leurs serviteurs en noir. Ici on vous réprimandait pour le vol d'une grappe de raisin, là on vous envoyait aux galères pour le même délit.

S'il ne travaillait plus au Châtelet depuis sa nomination comme lieutenant général de police, Sartine y conservait un bureau. Sa nouvelle fonction était complexe car, outre la police au sens strict, il avait également en charge les bonnes mœurs, la santé, la religion, l'approvisionnement des vivres, la voirie, la réglementation des domestiques et des manœuvres. La surveillance du prix du pain lui causait le plus de soucis car à celui-ci pouvaient être attachées bien des révoltes du peuple par le passé. Il gérait également les sciences et les arts mais cette dernière fonction se contractait surtout dans la police du livre! Quant à la gestion de la pauvreté qui relevait de ses services, elle se résumait principalement à envoyer les mendiants en prison.

Volnay entra donc dans une grande pièce au sol froid jonché de tapis précieux et aux murs recouverts de tapisserie de prix. Malgré l'heure matinale, des flambeaux éclairaient les lieux. Le lieutenant général de police aimait à scruter les traits de ses visiteurs. Sous les mèches bouclées de sa perruque blanchie de poudre de riz et son front haut et dégarni, son regard était autoritaire et incisif. Il portait un habit de velours jaune tissé de motifs floraux avec des boutons revêtus de fil d'argent et des volants de manche en dentelle aux fuseaux.

— Ah, chevalier de Volnay! Vous arrivez bien! Au rapport, vite!

Habitué à la sécheresse de son supérieur, Volnay obtempéra.

— Cinq personnes se trouvaient sur les lieux du crime, expliqua-t-il d'un ton neutre. D'après les empreintes, je déduis que trois hommes et deux femmes étaient présents en plus de la victime.

— Ah oui, vos méthodes nouvelles… maugréa Sartine.

Il pianota nerveusement des doigts sur son bureau, un meuble au bois précieux, décoré d'appliques en bronze doré.

— Deux de ces personnes semblaient officier, reprit Volnay impassible. Vous savez ce que l'on dit pour la célébration des messes noires…

— Oui, l'interrompit Sartine avec brusquerie. Un prêtre renégat et une prostituée donnent la communion sous les deux espèces. Le célébrant abaisse l'hostie noire, au lieu de l'élever, avant de la souiller en la plaçant dans le sexe de la jeune vierge. Ensuite il la déchiquette pour faire souffrir le Christ dans sa propre chair. Quant au vin, je n'ose vous dire ce qu'il est réellement !

Le commissaire aux morts étranges hocha la tête. Il n'avait jamais douté que Sartine connaisse ses classiques.

— La sixième personne est la victime, ajouta le commissaire aux morts étranges. Une jeune fille d'une douzaine d'années. Je vous en ai apporté un croquis.

Sartine le prit du bout des doigts comme s'il s'attendait à trouver quelque chose d'horrible et regarda le croquis avec attention. Une lueur de surprise sembla traverser son regard.

— Une bien jolie enfant, murmura-t-il.

Une seconde, Volnay crut qu'un sourire attendri venait d'adoucir la physionomie froide de son interlocuteur mais, l'instant d'après, il ne retrouva plus que le masque impassible du lieutenant général de police. Celui-ci lui rendit le dessin, avec regret semblait-il, puis se ravisa.

— Je le garde, vous en avez d'autres, j'imagine.

— Certes…

Volnay savait que Sartine, comme tant de personnes puissantes, dirigeait de loin. Le simple fait qu'il conservât le portrait de la victime d'un meurtre était en soi une chose étonnante. Que se passait-il ?

— Chevalier de Volnay, reprit son supérieur d'un ton compassé, vous n'êtes pas sans vous rappeler l'affaire des messes noires pendant le règne du prédécesseur de notre bon roi ?

— Oui, la favorite de Louis XIV, la Montespan, employait la femme la Voisin dans de misérables cérémonies pour conserver les faveurs du roi…

— Comme vous y allez ! Il n'a jamais rien été prouvé à l'encontre de Mme de Montespan ! s'exclama le lieutenant général de police.

— Et pour cause ! Le roi brûla personnellement les documents du procès et vous seul devez être dépositaire des notes du lieutenant de police de l'époque, M. de La Reynie.

Le teint de Sartine, d'habitude vieil ivoire, passa au cramoisi.

— Esprit frondeur ! Votre insolence n'a donc pas de limites, prenez garde !

Le commissaire aux morts étranges ne broncha point. Son supérieur savait se montrer cassant et le rabaisser si besoin. Il tenait de temps à autre à rappeler l'importance de ses fonctions et la distance qui le séparait du commun des mortels. Ce genre de manifestation d'autorité glissait sur Volnay comme la pluie sur la montagne.

M. de Sartine fit quelques pas dans la pièce pour se calmer et entreprit de réajuster sa perruque.

— Reprenons les faits, fit-il en plissant les yeux, car il y a bien deux affaires distinctes : celle de la marquise de Brinvilliers et celle de la femme la Voisin. En 1672, Godin de Sainte-Croix, un officier en demi-solde perclus de dettes, meurt. Lors de l'inventaire après décès, on découvre un coffret plein de fioles remplies d'arsenic et une cassette de documents édifiants. Sa maîtresse, la marquise de Brinvilliers, y reconnaît avoir empoisonné à l'arsenic son propre père et ses deux frères, manquant de peu son mari légitime, tout cela pour s'approprier leur héritage. La cassette découverte, la marquise de Brinvilliers se réfugie à Londres puis à Liège dans un couvent. En 1673, La Chaussée, le valet de Godin de Sainte-Croix, est reconnu coupable de crimes et condamné à être rompu vif.

Sartine sortit une blague à tabac de sa poche et cala une prise dans le creux de son pouce écarté avant de renifler profondément. La reniflade terminée, il éternua, se moucha et poursuivit d'un ton satisfait.

— Au mois de mars de l'année 1676, François Desgrez, le plus fin limier du lieutenant général de police, La Reynie, se déguise en prêtre pour pénétrer dans ce couvent, arrêter la marquise et la ramener en France pour la faire écrouer à la Conciergerie.

Une grimace crispa le bas de son visage.

— L'enquête se poursuit pendant plusieurs années et La Reynie remonte patiemment le réseau des deux amants, s'épouvantant de ce qu'il découvre. Après un long procès, la marquise de Brinvilliers est exécutée. La police arrête de nombreuses personnes, dont la femme la Voisin, fournisseuse de poisons et jeteuse de maléfices. L'identité de certains de ses clients est tout bonnement stupéfiante...

Mme de Montespan, ancienne favorite du roi et mère de ses enfants, le maréchal de Luxembourg, Racine, des nièces de Mazarin, la duchesse de Bouillon, la comtesse de Polignac, la comtesse de Soissons, Mme de Vivonne, belle-sœur de Mme de Montespan, et les femmes de chambre de celles-ci... compléta en silence Volnay.

— Les révélations des accusés mettant en cause des personnes de haute naissance, un tribunal spécial est créé : la Chambre ardente, acheva Sartine d'une voix sourde. La Reynie fait arrêter trois cent soixante personnes dont cent dix sont jugées. On en pend ou brûle trente-six et les autres finissent leurs jours en prison ou aux galères. La Voisin est brûlée vive en place de Grève le 22 février de l'année 1680. La cour de Louis XIV est éclaboussée par cette affaire.

Surtout la cour, se dit Volnay qui, cette fois, évita d'exprimer sa pensée. S'il provoquait souvent ses supérieurs, il savait toutefois s'arrêter à temps. La liberté de pensée n'était guère prisée par les autorités.

— Il y a autre chose, reprit Sartine soudain très grave. À toutes les accusations d'empoisonnement, s'ajoutent celles de meurtres d'enfants par des prêtres débauchés lors de ces messes noires.

Il déglutit.

— Volnay, dit-il d'un pressant, il ne faut pas que cela se reproduise !

— Peut-être serait-il intéressant que je relise les notes du lieutenant de La Reynie, risqua le jeune homme.

— Pourquoi donc?

Le commissaire aux morts étranges haussa légèrement les épaules.

— Pour comprendre ce qui peut pousser des gens à ce type de cérémonies, à savoir comment tout cela arrive, par quels réseaux on passe…

Sartine secoua la tête, catégorique.

— Après avoir relu toutes les pièces de l'affaire des Poisons, Louis XIV décida que celle-ci devait rester dans un *éternel oubli*. Il fit brûler en 1709 tous les registres, procès-verbaux et rapports de police. Il ne reste plus rien.

— Si! La mémoire, la mémoire collective. Celle-là, rien ne peut l'effacer.

Sartine haussa un sourcil.

— C'est pour cela qu'il nous faut très rapidement résoudre cette affaire. Je ne tiens pas à passer les dix prochaines années de ma vie à instruire une nouvelle affaire des Poisons!

— Nous n'en sommes pas là, remarqua calmement le commissaire aux morts étranges. Il n'y a aucun poison dans cette affaire. J'ai simplement à retrouver cinq meurtriers qui ont étranglé une jeune fille après un simulacre de messe chrétienne.

— Une seule de ces personnes l'a étranglée, non? fit remarquer Sartine.

Il arpentait la pièce d'une démarche nerveuse. De temps en temps, ses doigts trituraient sa perruque comme pour se rassurer.

— Et les autres sont ses complices, termina Volnay d'un ton glacial. Elles ne valent pas mieux que lui.

— Oui, sans doute. Enfin peut-être… L'affaire est plus grave que vous ne le pensez. Les archers du guet n'ont pas tenu leur langue, ils seront punis mais le mal est fait. Déjà la rumeur se répand dans tout Paris et vous savez à ce que l'on pense…

— L'affaire Montespan…

— L'affaire la Voisin! le corrigea vivement Sartine. Mais tout ceci est du passé, un passé terrible qu'il faut oublier. Depuis

42

que j'ai acheté ma charge dans la police au service du roi, je n'ai jamais été confronté à ce type d'affaire. Aucun rapport quelconque de police ne m'informe de tels actes. Il convient de clore rapidement cette enquête avant que la rumeur ne s'étende à toute l'Europe que Paris voit une résurgence du culte satanique. Je compte sur vous et votre père pour mener cette affaire à bien et avec la plus grande discrétion possible.

Il sortit sa blague à tabac puis, semblant se rappeler qu'il venait déjà de priser, se ravisa.

— La rumeur, Volnay, la rumeur… Elle est légère au départ, elle s'envole puis elle devient une opinion : l'opinion publique.

Il fit une pause.

— Nous ne demandons pas au peuple d'avoir une opinion, vous en êtes conscient, Volnay ?

— De plus en plus, monsieur !

Néanmoins, pensa Volnay, *Versailles décline et c'est désormais à Paris que naît l'opinion. Un jour, nous vous pendrons vous et les vôtres !*

Sartine réajusta sa perruque.

— Je suis au courant de tout ce qui se dit dans la capitale du royaume. Des officiers de police en tenue civile fréquentent les auberges, les tavernes, les marchés ou les parvis des églises après la messe. Ils écoutent et notent tout ce qu'ils entendent. Je lis avec attention tous leurs rapports dont je rends compte au roi une fois par semaine.

Volnay hocha sombrement la tête. Il savait que, chaque mardi matin, Sartine racontait au roi tous les mauvais propos qui se tenaient dans Paris contre lui, sa cour, le pape ou simplement l'autorité. On appelait cela le mardi des grenouilles et le roi s'amusait surtout à entendre les ragots sur les gens de sa cour ou de son Église ; apprendre qu'un tel commettait le péché de Sodome et de bougrerie ou que telle marquise couchait avec ses domestiques le mettait en joie.

— Eh bien, reprit Sartine en haussant le ton, vous serez heureux d'apprendre que l'on parle de messes noires ! C'est même devenu le sujet préféré de conversation des Parisiens !

Il alla à son bureau, ouvrit un tiroir et s'empara d'une bourse qu'il lança à Volnay.

— Alors faites vite! Voici pour délier les langues si besoin et couvrir vos frais. Tenez-moi au courant personnellement et directement. Pas de papier qui traîne ou de rapport. Vous viendrez me voir régulièrement.

D'un geste sec, il congédia le commissaire aux morts étranges. Avant de sortir, Volnay se retourna. Sartine lui avait déjà tourné le dos et, debout devant son bureau, contemplait pensivement le portrait de Sophia.

Après son rendez-vous avec Sartine, Volnay demeura quelques heures au Châtelet pour lire les rapports du guet pour les nuits précédentes. Il s'intéressa également aux violations de sépultures. Après une après-midi ainsi passée à la lumière des chandelles, il rentra chez lui, les yeux rougis par la lecture. La nuit tombait et les artisans commençaient à fermer leurs échoppes. Des lumières brillaient derrière les carreaux des cafés. Ouvriers et manœuvres quittaient chantiers et ateliers pour regagner leur pauvre grabat. D'autres se glissaient dans les cabarets pour y fumer une dernière pipe et s'abrutir d'alcool. Lorsque Volnay poussa la porte de sa demeure, ce fut pour découvrir le moine s'entretenant en latin avec la pie.

— *A bove ante, ab asino retro, a morionem undique caveto.* "Prends garde au bœuf par-devant, à l'âne par-derrière, à l'imbécile par tous les côtés!"

— C'est un conseil que je suivrais!

— J'aimerais que ton oiseau parle plusieurs langues, expliqua son père en se retournant.

— Cela lui servira certainement beaucoup dans la vie! répondit sans rire son fils.

Le policier remarqua que le moine était passé de l'affliction à une gaieté surfaite. Cela ne le rassura pas.

— J'espère que tu as quelque chose de décent à boire, fit le moine, car j'ai à te parler.

— Toi, tu as découvert quelque chose, fit Volnay en souriant.

Le moine eut une petite mimique victorieuse.

— Diable, je n'en suis pas très fier mais hier nous avons oublié un cadavre.

— Quoi ?! Une seconde victime ?

— Le gardien du cimetière…

— Oh, c'est vrai, reconnut le policier. De ce point de vue-là…

Le moine balaya l'objection d'un revers de main.

— Pas d'excuse. Nous étions sur une scène de crime et nous nous sommes préoccupés d'une seule victime, éliminant d'emblée l'autre de l'acte criminel. Nous avons sauté aux conclusions en ce qui la concerne. On nous dit qu'elle est morte de peur. Comme un âne je répète qu'elle doit être morte de peur et au total on n'examine pas son corps ! *Errare humanum est ! Perseverare diabolicum !*

Le moine s'amusa à lancer quelques graines à la pie en murmurant doucement :

— Vilain roi, vilain roi…

— Vilain roi, répéta la pie d'une voix aux intonations vaguement humaines.

— On te pendra… On te pendra…

— Vas-tu m'expliquer ? s'agaça le commissaire aux morts étranges.

Son père se retourna vivement, un sourire radieux aux lèvres.

— Mon cher fils, j'ai l'honneur de t'annoncer que le sieur Fontaine, ci-devant gardien de cimetière, n'est pas mort de saisissement. On l'a tout simplement étouffé sans laisser de traces extérieures.

Il s'approcha du feu qui flambait joyeusement pour s'y chauffer les mains. L'hiver restait froid et la température dans la maison basse.

— J'ai noté des signes d'hémorragie à la tête et à la poitrine, reprit-il. Des bleus sur sa poitrine semblent démontrer qu'un homme de forte corpulence, voire plusieurs, s'est assis sur lui. On lui a maintenu les poignets contre le sol. Le dos de ceux-ci en est presque ensanglanté. Je relève également une bosse derrière la tête qu'il a dû se faire en se cognant tandis qu'on le suffoquait en appuyant sans doute un manteau ou une couverture sur sa bouche et ses narines. On a bien évité de l'étrangler afin de ne pas laisser de marques autour de son cou.

Il prit un air modeste et s'empara du tisonnier pour retourner une bûche trop grosse.

— Ce n'est pas tout! fit-il triomphalement en se redressant. Son fils soupira.

— Eh bien?

— Tu te rappelles que je ne m'expliquais pas que cette jeune fille se soit laissé étendre nue sur une tombe glacée sans un geste de défense. J'ai retrouvé dans sa bouche les restes d'un jus laiteux et collant. Il s'agit à ma connaissance d'une drogue qui provoque une espèce d'heureuse somnolence, un sentiment profond de bien-être et de satisfaction. Voilà pourquoi elle s'est laissé mener comme un mouton au sacrifice. Cette drogue est coûteuse car elle provient d'une plante qui se cultive dans des contrées d'Asie. Le vendeur en est un Grec de la ruelle de l'Or que j'ai visité ce matin et qui m'en a très obligeamment vendu une fiole. L'homme est peu bavard. J'y retournerai avec toi pour le persuader de nous parler de ses clients!

Il conclut modestement :

— Tu vois que j'ai progressé en peu de temps de manière spectaculaire! Et toi, de ton côté? s'enquit-il innocemment.

Volnay le rejoignit près du feu et leva ses mains. Même protégés par des gants de laine, ses doigts étaient gourds et raides.

— Notre bon M. de Sartine m'a fait tout un couplet sur l'affaire des Poisons, dit-il d'un ton détaché.

— Gens peureux, gens puissants! Sartine a peur, tout simplement. Autant la sorcellerie est campagnarde, autant les messes noires se sont développées dans des milieux très aisés quand ce n'est pas au sein même de la cour comme dans l'affaire de la Brinvilliers.

— Tu n'étais pas né, remarqua sans rire le commissaire aux morts étranges.

Le moine se retourna vivement vers lui.

— Oh, cela remonte peut-être à Louis XIV mais nous continuons encore à en parler dans le cercle des philosophes. Les lumières de notre siècle sont loin d'avoir chassé toutes les ombres. Nous aimons à prendre en exemple cette affaire comme de tout ce qui nous fait le plus horreur.

Il sautilla sur place, ravi de pouvoir commencer son exposé.

— La marquise de Brinvilliers, par ailleurs jolie et intelligente femme, est arrêtée après la découverte chez son amant d'une cassette remplie de documents compromettants. Ces documents, dont l'amant se sert pour faire chanter sa maîtresse, démontrent que la belle marquise a aidé son père et ses frères à avaler leur langue afin de s'approprier leurs biens. Son mari a réchappé de justesse au poison mais quelques servantes qui en savaient trop n'ont pas eu cette chance!

— Père, nous en avons déjà parlé avec Sartine!

Le moine se planta devant la cage à oiseau et entreprit de lisser d'un doigt le plumage noir aux reflets métalliques de la pie.

— Et ce n'est pas tout! continua-t-il comme s'il n'avait rien entendu. La très charitable marquise de Brinvilliers apporte vins et confitures aux malades dans les hôpitaux. Malheureusement, après ses passages le taux de mortalité croît à une vitesse stupéfiante. C'est que notre belle empoisonneuse teste ses produits sur les malades avant de les utiliser sur les bien portants! Ah! L'expérimentation des potions médicinales, voilà un sujet intéressant…

Une fois lancé, le moine était intarissable. Volnay s'assit donc en silence pour écouter la suite.

— L'exécution de la Brinvilliers en 1676 n'est que le prélude à quelque chose de bien plus grave. Travaillée par le bourreau, la marquise révèle beaucoup de choses. Le lieutenant de police de l'époque, La Reynie, dispose alors d'assez d'informations pour remonter les filières. Il se rend compte avec effarement que des milliers de personnes de toute condition s'adonnent dans Paris au poison ou aux messes noires et à l'envoûtement. Même le roi est effrayé de découvrir autant de noirceur sous son règne.

Le moine s'interrompit pour caresser amoureusement les plumes de la pie et lui murmurer qu'elle était le plus bel oiseau du monde.

— En 1679, reprend-il, l'enquête rebondit avec l'arrestation d'une certaine Marie Bosse qui aurait fourni des poisons à certaines épouses de membres du Parlement souhaitant se débarrasser de leur mari.

— Et voilà que Marie Bosse dénonce la femme d'un mercier-joaillier, dame Catherine Monvoisin, dite la Voisin, intervint

Volnay toujours pressé d'arriver aux faits plutôt que de supporter les interminables digressions de son père.

Le policier ajouta une bûche dans le feu, ce qui provoqua une gerbe d'étincelles.

— Et La Reynie continue avec zèle son enquête qui l'amène dans le milieu des messes noires…

Son père fit mine de se boucher le nez et se hâta de reprendre l'histoire à son compte.

— Cela sent mauvais à la cour! La marquise de Brinvilliers avait prévenu : *S'il pleut sur moi, il dégouttera sur beaucoup de monde!* Or, un proche de Colbert a été mis en cause par la Brinvilliers et d'autres sont accusés par la Voisin. Louvois, ministre de la Guerre et attaché à la perte d'un Colbert successivement affaibli par cette affaire, la faillite de la Compagnie des Indes occidentales et par la liaison du roi avec la marquise de Maintenon, mène de son côté une enquête secrète pour le compte du roi.

Il plissa le front et le frotta du plat de la main comme s'il voulait stimuler sa mémoire.

— Après l'exécution de sa mère, reprit-il, la fille de la Voisin met en cause la favorite du roi en disgrâce, Mme de Montespan. On raconte qu'elle commerce avec la Voisin pour obtenir des poudres lui permettant de lui ramener les faveurs du roi mais aussi pour empoisonner des rivales.

À cet instant du récit, le moine se plaignit de la soif et, lui connaissant cette manie, Volnay déboucha prestement une bouteille d'un vin de Bourgogne.

— Ah, du vin de Givry! Le préféré de feu le bon roi Henri IV si tant est qu'un roi puisse être bon ce qui n'est pas dans la nature de cette fonction!

Il s'interrompit pour boire une rasade et claqua des doigts pour ramener à lui une attention pourtant déjà tout acquise.

— Dans le bel hôtel particulier de la Voisin, on découvre une drôle de sacristie et, dans sa cave, des milliers d'ossements d'enfants. Soumise à la question, la Voisin va tout avouer. Elle fabrique et vend des poisons à base d'arsenic et de bave de crapaud! On surnomme ce mélange, pilé dans un mortier et saupoudré dans les plats, *la poudre de succession* tant on l'emploie pour hâter le trépas de ses proches ! Tu veux hériter d'un parent en trop bonne santé ? Un peu de poudre et hop l'argent est dans le sac !

À ce moment on cogna brutalement contre la porte. Le commissaire aux morts étranges sursauta légèrement. Les visites étaient rares sinon inexistantes depuis le départ de Casanova et Chiara de Paris au printemps. Le policier alla ouvrir. Un souffle glacé se rua à l'intérieur. Volnay cligna des yeux car la lumière du jour était faible dans la petite cour. Il se trouvait devant deux personnages qui portaient un loup sur le visage et faillit leur refermer la porte au nez tant l'avait agacé l'incident de la nuit dernière avec la jeune femme au masque de mort. La perruque sur la tête de l'homme retint toutefois son attention et il s'effaça devant eux.

— Vous ici ?

Sartine eut un bref ricanement et ôta son masque.

— Allez savoir pourquoi, cette année, tout le monde se masque à l'approche de Noël. C'est étrange mais bien pratique pour se déplacer discrètement. Me voilà donc !

— Lorsque l'on parle du diable, marmonna le moine en se levant machinalement.

Le lieutenant général de police lui jeta un regard peu amène mais l'autre ne s'en soucia guère. Il venait d'apercevoir une forme délicieusement féminine sur le pas de la porte et guettait le moment où l'inconnue allait tomber le masque. Elle le fit d'un geste charmant, révélant un visage à la beauté sauvage et au regard assuré. Elle était presque aussi grande que le commissaire aux morts étranges et de longs cheveux fins, d'un brun aux reflets roux, ruisselaient dans son dos. Elle portait des boucles d'oreilles en forme de croissant et à ses poignets des bracelets d'or tintaient à chacun de ses gestes. Sous des cils longs et fournis, d'immenses yeux verts, mouchetés de jaune, brillaient d'une lueur surnaturelle.

Son regard balaya la pièce qui servait à la fois de salon, bureau et salle à manger, s'attardant au passage sur les étagères de livres reliés, aux couvertures cloutées et aux reliures gaufrées, qui s'élançaient à l'assaut des murs.

— Laissez-moi vous présenter Mlle Hélène de Troie, fit Sartine.

Hélène de Troie? Le commissaire aux morts étranges et son père échangèrent sans mot dire un regard entendu. Sartine avait décidé de se moquer d'eux ouvertement. Le moine s'inclina toutefois avec la galanterie d'un grand seigneur devant la jeune femme. Même le lieutenant général de police semblait enchanté d'être aussi bien accompagné. Seul le commissaire aux morts étranges ne marqua ni surprise ni intérêt. Son visage s'était figé en un masque de pierre, indéchiffrable. À l'intérieur, ses pensées prenaient toutefois une tournure vertigineuse. Jamais encore Sartine n'avait mis un pied en sa demeure et il fallait un événement exceptionnel pour que cela arrivât. Qui plus est, tout s'était décidé très vite puisque Sartine, rencontré vers midi le jour même, ne lui avait pas fait part de sa prochaine visite.

Le moine s'empressa de débarrasser la visiteuse de son manteau et l'invita à s'asseoir près du feu. Elle portait une robe de velours rouge à l'anglaise, fermée sur le devant, la jupe montée par fronçage et couturée selon une ligne remontant sur les hanches vers la taille, les pans relevés dans les poches latérales de la robe et drapés dans le dos. Un habit pour quelqu'un intéressé par plus de liberté de mouvement.

— Votre enquête sur la messe noire devrait être difficile, vous allez avoir besoin d'aide, décréta solennellement Sartine.

Son visage vint s'orner d'un méchant sourire. Aussitôt Volnay redouta la suite.

— Et j'ai décidé de vous en procurer!

Il fit un vaste geste en direction d'Hélène de Troie.

— Mademoiselle vous accompagnera dans vos recherches et vous sera d'un précieux secours. Vous n'imaginez pas tout ce dont elle est capable!

Le moine se leva et s'inclina de nouveau devant elle, lui baisant cette fois la main avec ravissement.

— Monsieur de Sartine, vous vous trompez, je ne l'imagine que trop bien!

La jeune femme le remercia du compliment, si c'en était un, d'un sourire distant.

— Cela signifie-t-il que mademoiselle va nous accompagner durant toute notre enquête? demanda le commissaire aux morts étranges toujours impassible.

Sartine prit un air réjoui.

— Vous avez tout à fait saisi ma pensée!

— Il n'en est pas question, décréta Volnay d'un ton égal. Je mène seul mes enquêtes avec mon… avec mon assistant.

En dehors de Sartine qui savait tout, comme il se doit, le commissaire aux morts étranges évitait en public de révéler que ce savant, jadis condamné au bûcher et qui pour y échapper portait désormais la bure, était son père. Le lieutenant général de police jeta un bref coup d'œil au moine qui contemplait le plafond avec insistance comme s'il souhaitait se faire oublier. De fait, l'entrée de Sartine semblait l'avoir plongé dans de graves tourments, certes tempérés par l'entrée de sa charmante escorte féminine.

— Vous ne menez pas une enquête ordinaire, fit le lieutenant général de police qui n'aimait pas qu'on remette en question ses décisions. Une messe noire s'est déroulée dans un lieu public, un cimetière! Et cela s'est terminé par deux meurtres!

— Il n'y a pas de meurtre que nous ne sachions élucider seuls, répliqua Volnay d'une voix tranchante. Et je ne vois pas ce qu'une personne comme mademoiselle pourrait bien nous apporter.

Il s'inclina sèchement vers cette dernière et ajouta :

— Cela dit sans vouloir vous offenser, mademoiselle.

Machinalement, les deux hommes en face d'elle s'étaient approchés tandis que Sartine se reculait. Le plus jeune semblait soupçonneux, le plus âgé admiratif. Sous ses longs cils noirs, la jeune femme observa le commissaire aux morts étranges à la dérobée. Sa mise sobre était impeccable, ses bottes noires rutilaient et son gilet entrouvert sur le haut laissait blouser une écharpe de batiste. La minceur de Volnay, la force tranquille qui se dégageait de lui et la finesse des traits de son visage attiraient le regard des femmes. Toutefois, il était aussitôt arrêté par la froideur qui lui servait de bouclier pour se protéger des autres. Au contraire, le moine adoptait une attitude ouverte et ses yeux reflétaient une sagesse infinie.

— Vous ne m'offensez pas, dit-elle, j'ai déjà entendu bien pire.

Elle allongea négligemment une jambe et l'on devina aussitôt sous le tissu la courbure parfaite de celle-ci.

— Maintenant, je crois en Dieu, murmura le moine extasié.

Sans s'émouvoir de la remarque, Hélène lui adressa un léger sourire. À la couleur des flammes, la couleur de ses yeux avait encore changé et évoquait maintenant celle d'une prairie brûlée par l'été.

— Heureux d'entendre ça ! marmonna Sartine. Mieux vaux tard que jamais !

Il considéra le moine avec un brin d'hostilité.

— Je vous aurais plutôt cru tenté par le culte du diable !

Volnay tressaillit, l'allusion était claire. La jeune femme resta impassible mais toute son attention était concentrée sur la réponse à venir du moine. Celui-ci ne déçut pas son public.

— Contrairement aux courtisans de Versailles, fit-il froidement, je n'ai aucune attirance pour un culte qui me forcerait à baiser le cul d'autrui !

Sartine sembla prêt à exploser mais le rire frais d'Hélène s'éleva dans la pièce, dissipant toutes les tensions.

— Vous êtes tel que je l'imaginais, conclut-elle.

— Et pire encore, conclut sèchement Sartine en revêtant de nouveau son masque.

Il fit quelques pas vers la porte.

— Je vous laisse, mademoiselle. Quant à vous, messieurs, vous devrez l'écouter, répondre à toutes ses questions et la laisser vous accompagner partout où elle le désirera. Si vous ne le faites pas, je vous dessaisirai de cette enquête ! Suis-je clair ?

Il les considéra d'un air hautain. Le moine ne dit rien mais un éclair brilla dans ses yeux calmes. Volnay s'empressa d'acquiescer pour éviter un esclandre.

— Nous ferons comme vous le désirez.

Sartine parut surpris de cette reddition soudaine. Il considéra un instant le commissaire aux morts étranges d'un air soupçonneux puis tourna les talons, non sans avoir galamment salué la jeune femme. Une bourrasque glacée accompagna sa sortie. Le moine poussa un juron. Dans sa morgue, Sartine n'avait pas refermé la porte. Le commissaire aux morts étranges alla s'appuyer au battant puis se retourna et marcha lentement vers Hélène. La jeune femme le considérait, une expression énigmatique sur le visage.

— Si jeune et déjà la confiance du lieutenant général de police, murmura-t-il songeusement. Est-il possible de vous demander en quoi consistent vos fonctions auprès de M. de Sartine ?

Il se tenait parfaitement droit devant Hélène qui ne le quittait pas du regard. Ils se jaugèrent en silence.

La jeune femme eut une moue amusée.

— Bien sûr que non !

Volnay fronça les sourcils.

— Peut-être pourriez-vous alors nous aider en remettant la main sur les notes de M. de La Reynie lors de l'affaire la Voisin ?

— Pourquoi donc ? La Chambre ardente qui jugea de ces affaires fut dissoute il y a bien longtemps…

— Certes, insista le commissaire aux morts étranges, mais il est intéressant pour nous de bien connaître le sujet et savoir comment s'organisaient ces messes noires, qui elles réunissaient, comment elles se déroulaient…

Hélène hocha lentement la tête. Une mèche de ses cheveux fins tomba sur ses yeux sans qu'elle prenne la peine de l'ôter.

— Je comprends. Ce qui vous intéresse est surtout le mode opératoire. On dit que la Voisin n'était pas seulement empoisonneuse mais faiseuse d'anges. Elle utilisait le petit corps des nourrissons pour en extraire le sang, le foie et le cœur pour ses mixtures…

Le moine la contempla avec curiosité.

— Vous savez bien des choses pour une personne de votre âge.

— J'ai passé ma journée à parcourir les notes du lieutenant La Reynie, répondit-elle très naturellement !

Le moine échangea avec le commissaire un nouveau regard entendu. Qui donc dans le royaume pouvait se targuer d'avoir lu les notes de La Reynie ? Cela confirmait également que Sartine redoutait bien une nouvelle affaire…

— Ceux qui servent la messe, reprit Hélène en dardant sur eux son regard, le font pour l'argent. Ceux qui y assistent sont souvent en disgrâce et recherchent un retour de faveur de leur monarque. Vous savez comment sont les courtisans : ils ne vivent et respirent que pour être vus du roi. Seule sa lumière les éclaire. Seul son soleil les réchauffe.

— Les courtisans sont des ignares, marmonna le moine, ils ne savent que deux choses : l'heure du lever du roi et l'heure de son coucher !

Hélène le gratifia d'un sourire charmeur.

— Dites-moi, mademoiselle, demanda froidement Volnay. Êtes-vous informée de choses que M. de Sartine n'ait pas daigné porter à notre connaissance ?

La jeune femme arqua délicatement un sourcil, semblant peser sa réponse à l'aide d'une toile d'araignée.

— À ma connaissance, non, répondit-elle enfin d'un ton neutre. Ceci dit, il est tout à fait possible que le lieutenant général de police ait omis de me faire part de certaines données du problème s'il les juge confidentielles…

Le commissaire aux morts étranges daigna enfin lui accorder un hochement de tête approbateur.

— Et peut-on savoir quelles sont les compétences que le lieutenant général de police Sartine vous prête ?

— Eh bien…

Elle s'interrompit pour réfléchir.

— Je sais monter à cheval, tirer au pistolet, me battre à l'épée et à la dague. Je m'intéresse aux mathématiques, je connais le nom de toutes les étoiles dans le ciel. Je parle également anglais, italien, allemand, latin, grec et araméen…

Le moine haussa un sourcil intéressé et la complimenta.

— C'est très bien, mademoiselle.

— Ce n'est pas tout…

— Oui ? fit-il.

— Je suis un peu sorcière !

Il y eut un silence stupéfait puis le moine partit d'un grand éclat de rire.

— J'adore, j'adore !

Volnay fit un pas en avant.

— Où avez-vous appris tout cela ? On n'apprend guère ces choses-là aux jeunes filles.

Le moine intervint.

— Étiez-vous au couvent pour apprendre ces langues ? À celui de la Madeleine de Traisnel par exemple ?

Hélène eut un rire moqueur.

— C'est un couvent à la mode mais on n'y forme que des coquettes. Est-ce que je leur ressemble donc? Danser, chanter et jouer de l'épinette, voilà ce que l'on apprend à ces charmantes cervelles d'oiseau, soit dit, monsieur, sans vouloir offenser votre pie!

La jeune femme fit une pause songeuse.

— On ne veut pas que les femmes apprennent, on leur enseigne simplement comment avoir l'air de tout savoir sans rien connaître. Des serins, voilà ce qu'on en fait, des serins dans une cage.

Elle se tourna vers Volnay pour ajouter du même ton :

— Soit dit, monsieur, toujours sans vouloir offenser votre oiseau en cage!

Et, comme pour se faire pardonner, elle se leva pour aller lisser les plumes de la pie qui se mit à jacasser bruyamment. Le père et le fils s'entreregardèrent. En quelques minutes, Hélène venait de faire exploser la condition féminine soumise de leur siècle et reculer les limites de la pensée.

Elle ressemble à Chiara, faillit dire le moine mais il se retint justement pour ne pas raviver le chagrin d'amour de son fils. Chiara avait regagné ses terres de Toscane depuis six mois et, si son fils en recevait des nouvelles, il ne lui en parlait pas.

— Si l'on en revient à l'affaire des Poisons, poursuivit Hélène d'un ton soigneusement neutre, il est clair que Louis XIV ne pouvait se permettre de voir sa favorite, la Montespan, accusée de tels crimes. La crainte du scandale était trop forte. Et puis, il lui aurait été humiliant de reconnaître ainsi s'être autant trompé sur le compte de sa maîtresse. Par orgueil, il ne l'a même pas disgraciée et se comporta comme si elle était innocente de tout, continuant à lui rendre visite chaque jour pour donner le change.

— J'ignore si au cours de ces entrevues, ce bon Roi-Soleil lui parlait des nourrissons égorgés pendant les messes noires, grommela le moine.

Le commissaire aux morts étranges jeta un bref coup d'œil à la jeune femme, elle ne semblait pas désarçonnée ni surprise de la tournure de cette conversation. Le policier jugea toutefois bon de clore cette discussion qui pouvait s'avérer dangereuse devant une inconnue.

— Louis XIV comprit le danger de toutes ces révélations et se hâta d'ordonner la clôture de la procédure, dit-il. Grâce à cela, la majorité des suspects ou accusés s'en sortit à bon compte.

— Les rois sont sans morale et sans viscères, conclut le moine.

Hélène le considéra longuement et avec intérêt. Le commissaire aux morts étranges frémit. Le moine parlait trop et disait à n'importe qui ce qu'il pensait. Certains allaient en prison pour de telles paroles et il ne se passait pas une semaine sans que Volnay ne tremble pour son père. Comme si elle avait compris l'inquiétude du commissaire aux morts étranges, la jeune femme se tourna vers lui.

— Rassurez-vous, je ne suis pas ici pour vous espionner et rapporter vos paroles à M. de Sartine. Je suis là pour vous aider.

Elle se pencha vers le moine.

— Je suppose que le cadavre de la jeune morte est dans votre cave ?

Il hocha lentement la tête sans la quitter des yeux.

— Je voudrais la voir.

— J'ai fait des dessins d'elle, ils sont très ressemblants, intervint le commissaire aux morts étranges.

Hélène ne releva même pas.

— Rien ne remplace un visage que l'on voit en face et il ne faut pas trop attendre, non ?

Le moine pâlit légèrement.

— Est-ce bien utile ?

Elle se raidit.

— Je pense que ma requête n'a rien d'exagéré. Vous m'avez accepté dans votre enquête devant M. de Sartine. Respectez-en les conditions et tout ira bien. Écartez-vous-en d'un pas et il vous en cuira !

III

LE MOINE, LA FEMME
ET AUTRES DIABLERIES

Les derniers lambeaux de jour disparaissaient lorsque le moine et la jeune femme arrivèrent rue de la Lanterne, pataugeant dans une bouillasse froide qui macula de traces grises les jolies bottes couleur crème d'Hélène. La bise transformait l'air en mille aiguilles acérées. Ils s'engouffrèrent en toute hâte dans l'impasse du Loup-Pendu.

— J'ai emménagé là récemment, expliqua le moine, pour me rapprocher de mon… du commissaire aux morts étranges. Cela facilite la vie et puis je dispose ici d'une double cave très fraîche et servie par deux escaliers dont l'un donne directement dans ma chambre. C'est d'un pratique! Enfin, je peux conserver plusieurs jours dans ces caves les cadavres dans de bonnes conditions.

Sortant son trousseau de clés, il introduisit la plus grosse dans la serrure de la porte. Celle-ci était en chêne, épaisse et cloutée, renforcée d'acier. Une porte difficile à enfoncer, jugea Hélène. Le propriétaire des lieux était de toute évidence soit prudent, soit méfiant, l'un n'empêchant d'ailleurs pas l'autre.

Les restes d'un feu agonisaient dans une vaste cheminée de marbre rouge du Languedoc. Le moine raviva les flammes et alluma suffisamment de chandelles pour chasser la pénombre de la pièce. Les rideaux de serge cramoisie étaient tirés. Près du feu, une belle table à écrire en palissandre, recouverte de papiers, trahissait le goût du propriétaire des lieux pour la plume. Au mur, des tableaux sur toile ou des estampes sous verre reproduisaient des sujets galants plaisamment exécutés. Bergers et bergères s'y livraient au délicieux jeu de l'aveu des sentiments mais, parfois, des personnages aux allures de courtisans affichaient plus nettement leurs désirs en semblant réclamer leur dû à leurs compagnes. Une tapisserie en chiné flambé couvrait le mur au nord et une bordure de bois doré surmontait la porte d'une pièce attenante, qui devait être la chambre. Au sud, se trouvait une cuisine où les plantes aromatiques grimpaient jusqu'aux casseroles de cuivre.

Tout indiquait l'aisance, un goût pour le beau et une certaine légèreté. Les yeux d'Hélène glissèrent sur un tableau représentant un groupe de jeunes gens égarés dans un parc boisé. Selon l'humeur de celui qui le contemplait, il invitait soit à la gaieté, soit à la mélancolie. Un couple d'amoureux s'en allait au hasard d'une allée, bras dessus, bras dessous, gracieux et fragile à la fois. Le regard dur et attentif d'un homme tout de noir vêtu les suivait. D'autres personnes venaient peupler le tableau de leur jeunesse et de leur insouciance. Mais, à bien y regarder, les têtes penchées, les regards en biais et les corps tendus semblaient signaler les tensions exacerbées de relations amoureuses complexes. Hélène remarqua alors que, dans ce tableau, tout était fait pour cacher le véritable sujet de celui-ci. Sur un tapis d'herbe verte, un jeune homme s'emparait de la main d'une adolescente à la nuque exquise. La posture du buste de celle-ci dénotait un mouvement de recul mais il se pouvait bien que ce retrait ne fût que feint car la main de son compagnon n'enserrait guère sa taille élancée. Un instant, elle crut saisir dans le profil du jeune homme qui guidait sa compagne les traits du moine moins âgé.

La jeune femme s'attarda devant le tableau mais le moine ne semblait pas désireux de commenter cette peinture. Il entraîna la visiteuse à sa suite jusque dans la seconde cave et souleva la lourde couverture qui la recouvrait.

— Voici donc notre jeune morte, fit Hélène d'un ton détaché une fois devant le cadavre. C'est étrange, on dirait qu'elle dort...

Elle l'examina avec curiosité mais sans s'en approcher et se retourna vers le moine.

— Que faites-vous avec les corps que l'on vous amène ?

Le moine haussa un sourcil.

— Que voulez-vous donc que j'en fasse? J'examine la température et la couleur du corps, la rigidité ou la flexibilité des membres, l'état des yeux et de la mâchoire, l'enflure, la bouffissure, l'engorgement des voies, l'état des sphincters, les taches, les ecchymoses, les plaies, les ulcères, les fractures, luxations, hernies, chutes, écoulement du sang et autres liquides de la bouche du nez ou des oreilles, voire de l'anus et du vagin...

Il avait une voix chaude aux accents calmes et cultivés, un ton aux nuances élégantes. Devant elle, il débordait d'une vie insolente. Elle l'écoutait avec attention, une lueur d'admiration dans le regard. Le moine s'en aperçut et conclut modestement mais théâtralement :

— En bref, je regarde tout ce qui peut paraître s'éloigner d'un état normal et régulier.

Inclinant la tête, elle le récompensa d'un sourire éclatant.

— J'admire votre science nouvelle, fit-elle.

Le moine se rengorgea.

— Ce n'est rien, j'ai toujours été en avance sur mon époque mais je n'ai guère de mérite à cela car elle est en retard sur tout!

Un rire cristallin jaillit de la gorge d'Hélène. Elle balaya la pièce du regard et s'approcha d'une table d'expérience dans la première cave.

— Oh, qu'est-ce que ceci? Quel étrange appareil!

— Il s'agit d'un microscope composé, il a été inventé en 1590 par Zacharias Jansen. La version que vous voyez est plus évoluée et doit beaucoup aux travaux de Robert Hooke au siècle dernier. Ces combinaisons complexes de lentilles, soigneusement polies, permettent un agrandissement jusqu'à trois cents fois la taille initiale mais je pense que l'on peut faire mieux!

— Trois cents fois! Comment est-ce possible?

— Grâce à la science... Cela me permet d'étudier tous les indices trouvés sur une scène de crime.

— Et qu'examinez-vous aujourd'hui?

Le moine se mordit les lèvres. Il s'agissait du fil de laine découvert ce matin même par son fils sur les lieux du crime.

— Une expérience que je mène sur les tissus, répondit-il avec aplomb. Mais ceci est peu de chose. Donnez-moi votre main!

Elle le regarda droit dans les yeux puis se déganta avec lenteur. Le moine frissonna intérieurement. En ôtant son gant, Hélène donnait l'impression de retirer un vêtement. Enfin, elle lui tendit une main souple et tiède, aux doigts longs et déliés. Le moine retira le fil de laine et attira l'index de la jeune femme à sa place.

— Mettez votre œil à cette extrémité. Vous voyez les sillons imprimés sur le bout de vos doigts. Voilà, c'est encore mieux qu'une empreinte de pas! Je travaille à produire une substance qui permette de relever les empreintes laissées par les doigts sur les lieux du crime. Une fois un suspect arrêté, je pourrai ainsi lui prendre une empreinte en mettant son doigt dans de l'encre puis sur un papier ou simplement sur une plaque de verre comme celle-ci. Ensuite, je comparerai les deux empreintes.

— Admirable! Encore faut-il que vous attrapiez le bon suspect!

— Pas forcément, songez que je peux aussi innocenter celui-ci! Tenez, regardez!

Il s'empara d'une petite plaque en verre et y posa son index qu'il pressa fortement.

— Faites de même.

Hélène s'exécuta non sans hésitation.

— Parfait!

Il plaça la plaquette de verre à la place du morceau d'étoffe.

— Maintenant regardez...

Elle colla l'œil à la lunette et poussa une brève exclamation de surprise.

— Oh, comme c'est intéressant! Elles sont très différentes et donc...

— Vous avez bien deviné. L'empreinte de nos doigts révèle nos identités. Un jour, sur les lieux de crime, on relèvera ces empreintes pour les comparer à toutes celles des criminels que l'on possède déjà!

— Vous êtes décidément très savant, fit-elle.

Le moine dissimula sa satisfaction derrière un grognement modeste.

— Une seule chose m'inquiète : il faudra beaucoup de plaquettes de verre et bien les étiqueter!

La jeune femme lui décocha un regard irrésistible.

— Vous trouverez bien un moyen…

Il hocha la tête.

— Sûrement, mais dans une prochaine vie! Les chats en ont bien sept. Pourquoi le moine n'en aurait-il pas deux ou trois?

À nouveau, Hélène reprit sa marche dans le laboratoire. Du fait de la présence des cadavres, le moine avait éteint la plupart des fourneaux mais certains recélaient encore bien des merveilles en train de cuire.

— M. de Sartine prétend que vous recherchez le secret de l'immortelle jeunesse…

— Comme tout le monde, mademoiselle, comme tout le monde…

— Si vous le trouvez, faites-moi signe, cela m'intéresse!

— Je vous ferai un prix d'ami!

Hélène s'immobilisa devant une masse qui révélait les contours d'un corps humain. Le moine fronça les sourcils. Sous la toile qui le recouvrait, se trouvait le cadavre du gardien de cimetière.

— Qui avez-vous donc là? demanda-t-elle négligemment.

— Oh, un de mes paroissiens de passage, répondit-il sans rire. Je fais chambre d'hôte parfois…

Tout sourire s'effaça du visage de la jeune femme.

— Ne serait-ce pas plutôt le corps du gardien de cimetière que vous avez fait enlever à l'aube en sa demeure, l'arrachant à sa veuve éplorée, avec deux exempts du Châtelet?

Ah diable, pensa le moine, *il faut que j'arrête de sous-estimer cette jeune dame sous prétexte qu'elle est jolie!*

— Si fait, mademoiselle, si fait…

— Et qu'avez-vous découvert?

Elle s'était approchée du corps et sa main effleurait le drap qui le recouvrait.

— Mort de peur, dit rapidement le moine.

D'un coup sec, elle arracha le drap et se pencha sur l'homme.

— Moi, je dirais plutôt mort congestionné, fit-elle calmement.

— Vraiment?

Le moine s'était approché.

— Oh, vous avez raison, fit-il en se penchant à son tour, j'ai dû mal regarder dans la pénombre!

Le visage attentif d'Hélène se trouvait à quelques centimètres du sien, au-dessus du cadavre. D'un coup son parfum l'envahit. Il exhalait les senteurs de bien des choses oubliées comme la sensualité de l'ambre, la mélancolie de la rose, la fraîcheur de la fougère… Sans modifier sa position, la jeune femme se tourna lentement vers lui.

— Et si nous faisions la paix pour vraiment travailler ensemble? fit-elle en articulant chaque syllabe.

Il la considéra, fasciné par les paillettes dorées qui s'agitaient dans ses prunelles.

— J'en serais ravi, répondit-il rapidement. Cet homme a été étouffé.

Elle hocha la tête.

— Il a dû surprendre les célébrants de la messe noire…

— Sans doute et ceux-ci ont pensé à l'étouffer plutôt que l'étrangler afin de ne pas laisser de marques! Surprenant, non?!

— Ils ont beaucoup de sang-froid.

— Il en faut pour tuer une enfant!

Un courant d'air glacé entra par une lucarne et balaya la pièce. Il sentit la jeune femme frissonner.

— Vous allez prendre la mort ici, dit le moine d'un ton paternel. Montons, je vais vous préparer une boisson chaude. Nous deviserons ensuite plus confortablement.

Un sourire mutin passa sur les traits d'Hélène.

— Et de quoi allons-nous parler, monsieur l'érudit?

Le moine rabattit d'un geste sec le drap.

— De vous, voyons!

Quelques instants plus tard, il s'effaça pour la laisser entrer dans la pièce qui lui servait à la fois de salon et de cuisine. Elle passa devant lui en l'effleurant. Le même parfum chaud d'herbes et de fleurs sauvages émanait d'elle, rehaussé par l'ambre gris. Sans fébrilité, le moine en huma l'arôme avec reconnaissance comme on respire un bouquet fraîchement cueilli.

Hélène fit le tour de la pièce, s'attardant au passage devant le clavecin dont ses doigts effleurèrent les touches.

— Savez-vous jouer? demanda-t-elle.

Le visage du moine se ferma.

— Non, il appartenait à ma femme avant sa mort.

— Oh, je vous demande pardon.

— Elle jouait divinement, continua-t-il comme s'il n'avait pas entendu. Elle chantait aussi. Un ange n'aurait pas chanté mieux qu'elle.

Il y eut un silence profond que le moine rompit le premier.

— On gèle ici, je vais rallumer le feu.

Habilement, il raviva le foyer jusqu'à ce qu'une langue de flamme vînt lécher les bûches sèches rajoutées. Puis il approcha de la cheminée un grand fauteuil aux coussins rembourrés et moelleux.

— Prenez place, je vous en prie.

Elle s'assit avec un soupir d'aise puis contempla ses pieds d'un air désolé.

— J'ai marché dans la neige et mes pieds sont trempés, se plaignit-elle. Mes bottes étaient trop fines. Voulez-vous bien m'aider à les retirer ?

Le moine acquiesça gravement et mit un genou à terre. Sans hésiter, elle lui tendit un pied botté en le regardant droit dans les yeux. Les doigts du moine flânèrent un instant, caressant le cuir mouillé.

— Il faudrait les huiler, remarqua-t-il d'un ton neutre.

Il tira lentement, surpris par la douceur inattendue du cuir et la facilité avec laquelle le pied glissa hors de la botte. Une cheville gainée de soie apparut. Le moine la tint un instant entre ses mains avant de poser délicatement le pied à terre.

La jeune femme lui tendit alors de manière très naturelle son autre pied botté. Le moine cilla brièvement et renouvela l'opération mais cette fois il garda quelques secondes de plus la cheville légère de la jeune femme comme pour mieux en examiner les contours fragiles.

Hélène resta immobile et silencieuse mais un frisson la parcourut. Le moine se releva et fit un pas en arrière. S'il était troublé, il se gardait de le montrer.

— Il vous faut ingurgiter quelque chose de chaud et de consistant tout à la fois car je suppose que vous n'avez pas soupé.

— Vous supposez bien.

— Je vais d'abord vous chercher une couverture.

Il revint bientôt avec une étoffe de laine. La jeune femme se pelotonna sur les coussins réchauffés par les flammes et s'enroula sans mot dire dans la couverture, ne laissant dépasser que ses pieds posés près de l'âtre de la cheminée. Le moine s'émut devant ce tableau mais n'en oublia pas pour autant de poser les interrogations qui l'agitaient.

— Je me pose beaucoup de questions depuis la venue de Sartine. Que le lieutenant général de police s'intéresse assez à cette affaire pour nous dépêcher un de ses plus précieux agents révèle qu'il est effrayé.

— C'est bien essayé mais qui vous dit que je suis un de ses plus précieux agents ? rétorqua-t-elle. Enfin, toujours est-il que Sartine craint une résurgence du culte satanique.

— Sartine raisonne juste et carré comme une flûte, se moqua le moine, et il n'ose éternuer de peur de péter !

— Que voulez-vous dire par là ?

— Sartine est prudent, dans cette affaire, il n'y va que d'une fesse...

— Il m'a prévenue contre vous...

— Vous m'en direz tant !

Un silence puis le moine demanda avec un brin de dureté dans la voix :

— Mais pourquoi me le dites-vous ?

La jeune femme se leva et, ses pieds chaussés de bas, glissa sans bruit vers le feu.

— M. de Sartine dit ce qu'il veut et moi je me fais mon opinion par moi-même. Comme vous, monsieur, je n'ai ni dieu, ni maître, ni tribun.

Un sourire éclaira son visage et elle poursuivit :

— "Faute de savoir ce qui est écrit là-haut, on ne sait ni ce qu'on veut, ni ce qu'on fait et on suit sa fantaisie qu'on appelle raison ou sa raison qui n'est souvent qu'une dangereuse fantaisie qui tourne tantôt bien, tantôt mal..."

Le moine applaudit chaleureusement.

— Diderot ! Vous choisissez bien vos auteurs !

Il se dirigea vers un coin de la cuisine garni de plantes séchées : feuilles de laurier, bouquets de thym ou de persil, sauge, cerfeuil ou ciboule. Rangés en colonnes conquérantes sur les étagères, les bocaux recélaient des trésors aromatiques : poivre, mélisse, clous de girofle, cannelle ou coriandre. D'un panier d'osier dépassaient quelques légumes un peu ratatinés. Il en choisit quelques-uns avec soin puis décrocha du mur une casserole de cuivre

— Voyez, fit-il en versant délicatement le vin de Bourgogne, c'est un plat simple, mais délicieux. Après avoir fait revenir ces choux rouges avec du bouillon, deux quartiers de pomme de reinette séchée et un oignon, je rajoute un verre de vin rouge par chou.

Avec un sourire un peu forcé, il ajouta :

— C'est un plat de pauvre mais je l'ai moi-même été trop souvent et ma soif de liberté fait que je terminerai certainement ma vie dans cette condition.

— Vous êtes pourtant d'une haute lignée, remarqua-t-elle négligemment.

Le moine tressaillit légèrement.

— Vous êtes décidément bien renseignée et bien surprenante car vous ne me cachez rien de ce que vous savez.

— Pourquoi en serait-il autrement ?

— Parce que vous travaillez pour Sartine et que c'est un fourbe.

— Vous ne devriez pas toujours dire ce que vous pensez, lui reprocha-t-elle d'un ton doux. Cela a déjà causé votre malheur par le passé…

— Ce n'est pas ma façon de penser qui a fait mon malheur, rétorqua-t-il, mais la façon de penser des autres.

— Certes.

— Tenez, par exemple, un jour j'écrivis dans un de mes livres : *Je crois en moi, le reste, je vérifie.* Cela parut comme une attaque contre Dieu et l'Église. J'aurais dû écrire pour être tranquille : *Je crois en Dieu, le reste, je vérifie !*

Pendant qu'ils parlaient, le moine s'affairait comme à son habitude et un parfum délicieux se répandit dans la maison. Il avait rajouté deux bûches dans la cheminée et un feu d'enfer crépitait mais le froid était tel dehors que la température était encore très basse dans la maison.

— Voilà, c'est prêt. Je vous l'apporte.

Silencieusement, ils savourèrent le met puis la jeune femme soupira.

— Il est tard, il me faut rentrer dormir si je veux vous accompagner demain dans votre enquête.

— C'est la pleine nuit, protesta le moine. Les rues ne sont pas sûres. Nous passerons chez le chevalier de Volnay et nous vous escorterons jusque chez vous.

— C'est bien aimable à vous mais je ne crains pas les rues de Paris la nuit.

— Je n'aime guère cette mode actuelle des masques, remarqua le moine, une jolie femme comme vous, seule de surcroît, sera immanquablement importunée par de jeunes gens ivres. Je refuse de vous laisser aller seule.

Elle le fixa un long instant.

— Eh bien soit, j'attendrai le jour ici. Ce fauteuil et cette étoffe sont très confortables. Remettez quelques bûches dans l'âtre et je passerai une nuit merveilleuse.

— Je peux vous proposer un lit dans ma chambre, je prendrai le fauteuil.

— Le fauteuil me convient, fit-elle d'un ton définitif.

Le moine sembla réfléchir.

— Je vais vous préparer une tisane pour vous délasser, fit-il enfin. Je possède le secret des herbes qui détendent les nerfs.

Des guirlandes d'herbes aromatiques et odorantes pendaient du plafond comme les tresses de la chevelure d'une fée. Il en sélectionna quelques-unes avec précaution et les mit à infuser.

Étrangement, quelques minutes après l'avoir bue, la voix d'Hélène se fit plus faible puis elle ferma les yeux. Le moine la contempla à la lumière vacillante de l'âtre. Une douce lassitude semblait la saisir à la chaleur des flammes. Le moine attendit encore quelques instants avant qu'elle ne s'endorme puis se leva.

— Allons, au travail! murmura-t-il pour lui-même.

Et il se mit à la fouiller.

Assis en silence sur un tabouret, le moine contemplait Hélène endormie. Son air oscillait entre le doute et l'attendrissement, admirant les traits purs du visage, les longs cils noirs et sa chevelure qui alternait d'une mèche à l'autre entre le brun et le roux. La jeune femme ne dormait pas paisiblement. Son sommeil était agité et ses lèvres s'entrouvraient parfois pour laisser échapper des mots inaudibles mais qui semblaient exprimer la peur et le désarroi. Intrigué, le moine se penchait alors pour écouter mais n'y entendait rien comme si elle parlait en dormant dans une langue qui lui était inconnue même si les consonances appartenaient sans doute aux pays d'au-delà de la mer.

À cet instant, un souffle glacé glissa entre ses chevilles et la réveilla. Elle ouvrit un œil. Le commissaire aux morts étranges refermait la porte derrière lui.

— Que se passe-t-il? demanda-t-elle d'une voix ensommeillée.

— C'est le petit matin, dit calmement Volnay.

Il dissimulait sa surprise. Pourquoi la jeune femme avait-elle passé la nuit ici?

Comme le froid avait envahi la pièce, il s'accroupit près de la cheminée. Les braises luisaient faiblement, quelqu'un avait manifestement alimenté le feu pendant la nuit. Il jeta un regard soupçonneux au moine immobile sur son tabouret et entreprit de tisonner avant de rajouter une bûche. Lorsque les flammes claires s'élevèrent, il se redressa et tendit ses mains au-dessus de l'âtre pour se réchauffer.

— Avez-vous un peu d'eau pour ma toilette? demanda Hélène en quittant son fauteuil.

Elle réajusta autour d'elle les plis froissés de sa robe.

— Je vais vous en apporter dans ma chambre après l'avoir tiédie, répondit galamment le moine en se levant.

La cheminée était garnie de crochets et d'une crémaillère. Il versa dans celle-ci un broc d'eau.

— Cela sera bientôt prêt, lança-t-il avec enthousiasme.

Son fils leva les yeux au ciel avant de se plonger dans la contemplation des flammes. Il ne s'en tira que lorsque l'eau fut chaude et la porte de la chambre refermée derrière Hélène. Alors, le moine se glissa près de lui.

— Hier soir, chuchota-t-il, je lui ai donné une tisane de mon invention. Elle s'est endormie comme un bébé et j'ai pu la fouiller sans la réveiller.

— Oh!

À l'évidence, le procédé choquait le commissaire aux morts étranges.

— Ne t'inquiète pas, précisa le moine en se méprenant, c'était en tout bien tout honneur. Je n'ai pas l'intention de lui montrer mon goupillon!

— Je l'espère bien, fit sèchement son fils, quoique je ne comprenne pas le pourquoi de cet acte.

Son père se permit un sourire amusé.

— Une jeune femme d'une beauté sauvage est introduite par Sartine dans notre duo d'enquêteurs. Te jugeant imperméable à sa séduction, elle s'en prend à moi. Tu aurais vu la manière dont elle m'a demandé de la déchausser!

— Elle t'a demandé de la déchausser?! s'exclama Volnay.

— Oui, sous prétexte d'avoir les pieds mouillés. Bref, des regards de braise, des compliments… j'ai beau avoir ma vanité, j'ai l'âge que j'ai et je sais pertinemment que cette jeune beauté veut avant tout assujettir son pouvoir sur moi. Pourquoi? Eh bien je pensais le découvrir en fouillant ses affaires.

— Et tu n'as rien trouvé, conclut froidement Volnay.

— Rien à part une amulette qu'elle porte au cou et une dague bien aiguisée! L'amulette est une pierre de bénédiction, appelée *abraxas*, très prisée en Égypte ou en Perse. Tout cela n'est pas normal! Et que dire de ce pied mignon qu'elle m'a fourré dans les mains…

— Calme-toi, dit froidement son fils. Elle n'a pas la moitié de ton âge.

— Mais elle n'est pas moitié moins savante que moi! Elle a dit à un moment qu'elle parlait araméen.

— Et alors? fit son fils qui ne voyait pas le rapport.

— L'araméen était une langue apparentée à l'hébreu, celle des tribus nomades de la Chaldée, avant de s'imposer comme la langue administrative de l'Empire babylonien puis de l'Empire perse jusqu'en Égypte. Elle avait supplanté l'hébreu en Israël avant Jésus-Christ, lequel Jésus prêchait également en araméen.

Il se tut un instant et chuchota comme pour lui-même :

— Mais qui parle encore l'araméen de nos jours ?

Ses épaules se voûtèrent légèrement. Il se pencha en avant comme pour prêcher mais en fait il se parlait à lui-même. Longtemps seul en prison, le moine avait pris cette habitude de confronter ses opinions à haute voix avec quelque double de lui-même qu'il se créait. Il sembla ainsi avoir oublié la présence de son fils pourtant attentif.

— En dormant, elle parlait dans une langue qui m'est inconnue mais dont les racines me semblent familières. Or seul notre non-conscient s'exprime lorsque l'on dort. Cela signifierait-il qu'elle parlait dans sa langue natale ?

— Quel est ce non-conscient dont tu parles ? demanda Volnay.

Les yeux du moine pétillèrent de malice.

— Oh, c'est une théorie à moi qui m'écarte quelque peu de mon cher Aristote ! Lorsque nous sommes éveillés, notre conscience l'est également, tu es d'accord ? Et lorsque nous dormons elle ne l'est plus. Or nos rêves sont toujours riches de sens. Conclusion : nous possédons une conscience non éveillée en nous !

Le commissaire aux morts étranges haussa légèrement les épaules.

— C'est une théorie intéressante mais ce n'est pas dans le sommeil que je mène mes enquêtes.

— Tu as tort, l'activité de veille de l'esprit alors que notre corps est inerte pourrait te surprendre ! Et qui pourrait diriger cette veille, sinon notre cerveau ? Un cerveau alors débarrassé de toutes nos petites limites et du pitoyable carcan de nos règles… Rends-toi compte que le sommeil est le seul moment de notre vie où nous n'avons de compte à rendre ni à notre conscience, ni à notre raison. Le rêve est alors comme un enfant que ses parents ne surveillent plus !

Ses yeux étincelaient et il en sautillait sur place d'excitation.

— Bref, reprit le moine en voyant le désintérêt de son fils, je pense que la nuit, l'esprit d'Hélène la ramène à une époque de son enfance. Cela ne t'arrive jamais ?

Volnay pâlit imperceptiblement.

— Je n'ai pas le temps de rêver, moi! répondit-il sévèrement. Et je n'en ai pas plus pour découvrir qui est cette femme. C'est une espionne de Sartine et nous n'avons pas d'autre choix que de l'associer à notre enquête puisque telle est la volonté du lieutenant général de police! De toute façon, si elle n'était pas là, Sartine nous ferait suivre et espionner par ses mouches. Au moins, nous aurons moins de monde sur nos talons!

Il s'interrompit car la porte de la chambre venait de s'ouvrir et la jeune femme réapparut. Si elle avait entendu leur conversation, elle n'en laissait rien paraître.

— Avez-vous du nouveau? s'enquit-elle.

— Oui, répondit froidement le commissaire aux morts étranges. J'ai demandé que les procureurs et les commissaires de quartier me signalent toutes les disparitions de jeunes filles dans la semaine qui a précédé le meurtre. J'ai ainsi appris à l'aube qu'il y avait eu trois disparitions. Couvrez-vous chaudement, nous sortons! Notre victime est peut-être l'une d'elles!

IV

JEUNES FILLES DISPARUES
ET AUTRES DIABLERIES

Dehors, le froid les saisit de plein fouet. Le moine battit des bras pour se réchauffer et tomba en arrêt devant le chien.

— Bonjour toi !

Volnay le rejoignit.

— Ce chien me suit depuis hier. Il est vrai que je lui ai donné à manger…

Hélène lui jeta un regard surpris. Le moine s'en aperçut et rit.

— Eh oui, fit-il, notre commissaire aux morts étranges n'est pas aussi insensible qu'il veut bien le laisser paraître !

La ville ne se déclinait plus qu'aux couleurs blanches et grises de l'hiver. Dans le ciel bas, les fumées des cheminées se tordaient au-dessus des toits comme de gigantesques serpents cherchant à étrangler leurs proies. Ils commencèrent par l'adresse la plus proche et remontèrent la rue de Saint-Yon pour gagner la rue Saint-Jacques peuplée d'échoppes de libraires, de graveurs et de marchands d'estampes. La proximité de la Sorbonne avait conduit ces professions ainsi que de nombreux imprimeurs à s'y installer.

La neige semblait avoir enveloppé les rues d'une ouate feutrée. Seuls résonnaient dans l'air froid le carillon des cloches des églises environnantes et les jurons des voituriers. Ils passèrent devant l'échoppe d'un écrivain public qui tenta de leur vendre une lettre d'amour pour cinq sous puis devant l'étal odorant d'une marchande de beignets.

— Gare dessous ! cria une voix au-dessus d'eux.

Ils évitèrent de justesse le contenu du seau d'excréments destiné à évacuer les besoins de toute une maisonnée. Bientôt, Volnay désigna la devanture d'une librairie.

— Ce doit être celle-ci car il est indiqué dans le rapport de police qu'elle se trouve entre deux échoppes de graveur.

Le commissaire aux morts étranges poussa la porte. Il régnait dans la boutique une ambiance studieuse, presque austère. Les rayons étaient garnis de livres soigneusement rangés. Même le comptoir en était encombré. Une paire de bésicles sur le nez, un homme vint à leur rencontre. Son regard se porta sur le moine qui, pour lutter contre le froid, avait passé sur ses épaules une peau de loup. Cela lui donnait avec sa bure un air étrange, presque sauvage, même s'il gardait aux lèvres un sourire aimable.

Le libraire s'exprimait dans un langage très châtié et avec un brin de suffisance. La communauté des libraires et des imprimeurs se réduisait à quelques centaines de membres. Pour y entrer, on devait suivre des études classiques, certifiées par le recteur, et réussir un examen professionnel devant un jury de la chambre royale et syndicale, rue du Foin-Saint-Jacques. Attachées à l'université, ces professions en étaient d'autant plus considérées. Le commissaire aux morts étranges lui présenta sans succès le portrait de la jeune fille morte dans le cimetière et ils quittèrent le pauvre père désemparé.

Hiver comme été, toute une foule d'oisifs, de rentiers ou de domestiques se pressait en course dans tout Paris. La ville regroupait six cent mille âmes et amenait de France ou d'Europe tous ceux attirés par ce qui brillait. Dans les rues commerçantes, le parcours devenait éprouvant au milieu de la foule et sur le sol gelé. Un jeune voiturier avec une charrette à bras leur proposa de prendre la jeune femme. Volnay et son père se mirent donc à marcher de part et d'autre du véhicule qui creusait deux sillons noirs dans la neige fraîche.

Un monde équivoque et bigarré se pressait autour d'eux. Les voix aigres des crieurs perçaient parfois le brouhaha de la foule. À travers celle-ci, des porteurs d'eau se faufilaient avec adresse sans perdre une goutte de leur précieux liquide. Les vinettiers vendaient leur piquette à la pinte et les coupeurs de bourse les frôlaient dangereusement. Le moine en attrapa un, la main dans la poche de son fils.

— Le cou te démange à ce point que tu veux être pendu, grommela-t-il au mécréant, ou bien as-tu simplement besoin de te faire allonger la colonne?

Il le repoussa brutalement et l'autre s'empressa de déguerpir. De sa voiture, Hélène avait suivi la scène avec attention.

— Quel curieux policier que celui qui laisse s'enfuir les voleurs, se moqua-t-elle.

— Je ne suis pas chargé de serrer ceux qui volent pour manger, répondit froidement le commissaire aux morts étranges.

Le moine intervint avec philosophie.

— Voyez-vous, jeune dame, le problème de ce royaume est que ses ressources sont grandes mais ses bénéficiaires peu nombreux!

Et il ajouta sans rire :

— Nous en tenons compte dans nos interventions!

Ils poursuivirent leur chemin en se protégeant des jets de déjection sous les étages en saillie de maisons biscornues. Le nom de certains endroits témoignait à lui seul de l'état de saleté dans lequel ceux-ci se trouvaient : rue Merdière, Pipi, Merderon... En chemin, le moine tira plusieurs fois sa bourse pour des enfants ou des femmes, gueux comme des rats d'église, qui mendiaient. Hélène lui en fit compliment.

— Ce n'est rien, répondit-il modestement, c'est l'argent de Sartine!

— Il est bien employé mais il ne suffira pas.

Le moine s'arrêta de marcher.

— Peu importe, mademoiselle. Je porte un amour fraternel à toutes les classes de la société et plus particulièrement à celles qui souffrent.

Ils se rangèrent pour laisser passer un convoi funèbre au corbillard timbré aux armes d'une grande maison. Les chevaux caparaçonnés de noir et de moire d'argent marchaient d'un pas lourd et pesant, suivi de carrosses drapés de voiles sombres. Les passants se signèrent. Une femme cria parce qu'on lui écrasait les pieds. On crut qu'il s'agissait d'un vol à la tire et il y eut de dangereux mouvements de foule car, instinctivement, celle-ci se pressait alors aux trousses du voleur jusqu'à l'attraper. On appelait cela les arrestations *à la clameur publique*.

Le voiturier les tira de cet embarras en empruntant une petite rue moins fréquentée, seulement peuplée de badauds frileux ou de poissonniers qui hurlaient pour avertir les gens de l'arrivée de leur marchandise. Sur les marches gelées des églises dormaient ou mouraient de pauvres hères.

Dans une pierre dure incorporée à la façade de la première et dernière maison de chaque rue étaient gravés le nom de celle-ci et le numéro du quartier. Mais aucune maison ne possédait de numéro propre et le commissaire aux morts étranges questionnait les passants et se guidait par rapport aux indications soigneusement notées par le greffier : enseignes de commerçants ou d'auberges, églises, fresque, statue… Volnay connaissait un huissier qui avait ainsi erré une journée entière avant de trouver sa destination.

Arrivés devant la menuiserie recherchée, ils congédièrent le voiturier après rétribution et entrèrent dans une cour de terre battue entourée de maisons hautes qui la privait presque entièrement de lumière. Des monceaux de planches de bois l'encombraient. Quelques enfants sales et dépenaillés jouaient avec des clous à même la terre gelée. Sabots aux pieds, une femme au visage grêlé s'employait à faire sa lessive dans une auge, les doigts gourds de froid. Sourcils et barbe gris, vêtu d'un habit râpé et de bas rapetassés, le menuisier vint leur parler mais le croquis le laissa indifférent.

— Ce n'est pas elle, fit-il d'un ton bourru. Je ne risque d'ailleurs pas de la revoir si elle a rejoint son coquin de Pierre que je lui défendais de fréquenter. Si elle revient, elle recevra du bâton comme elle n'en a encore jamais reçu !

Le moine et son fils échangèrent un regard entendu puis tournèrent les talons, suivi de la jeune femme. Dans leur dos ils entendirent un compagnon jurer et le menuisier s'écrier :

— Tu es à l'amende de vingt sols !

Toujours attentionné, le moine offrit galamment son bras à Hélène pour l'aider à marcher sur le sol glissant même si ses assises semblaient aussi sûres que les siennes.

— Le père de la troisième disparue est un astrologue, déclara le commissaire aux morts étranges. Il loge rue des Canettes, paroisse Saint-Sulpice.

— Alors, nous n'avons qu'à nous fier à notre bonne étoile pour parvenir chez lui! remarqua malicieusement le moine.

— Pas vraiment, selon mes indications, sa maison se situe entre une boutique de perruquier et celle d'un marchand chapelier.

Le ciel virait au noir et les maisons en encorbellement, avec un étage supérieur débordant sur l'étage inférieur, obscurcissaient encore plus la rue. Il leur fallut s'en remettre aux indications bourrues des riverains jusqu'à ce qu'ils pensent être arrivés à destination.

C'était une maison aux murs de pierre noircis par le temps, avec un étage et une curieuse tourelle accolée qui la surplombait. Ils montèrent une demi-douzaine de marches pour accéder à l'entrée. Après qu'ils eurent frappé à une lourde porte cloutée, une grosse servante au visage revêche vint leur ouvrir. Le commissaire aux morts étranges se présenta et on les introduisit dans un hall mal éclairé par une étroite fenêtre. À leur gauche on devinait la cuisine et à droite un salon de réception. La servante bâilla puis se signa quatre fois avec son pouce devant la bouche pour empêcher que le diable n'y entre.

— Il est dans son maudit cabinet, en haut de la tourelle comme à son habitude, maugréa-t-elle. Je vous laisse y monter car mon genou me fait mal!

Lorsqu'elle eut le dos tourné, le moine remarqua gaiement qu'elle avait les hanches et le derrière si large qu'ils semblaient renforcés sur la culasse.

L'escalier était raide et les marches rendues glissantes par l'humidité qui imprégnait les lieux. À plusieurs reprises, Hélène trébucha et, chacun à leur tour, le père et le fils qui l'encadraient la retinrent de justesse, l'un avec empressement, l'autre avec agacement. Ils se retrouvèrent devant une porte en fer, fermée à clé. Le commissaire aux morts étranges frappa vigoureusement.

— Monsieur, ouvrez-nous, je vous prie! Je suis le chevalier de Volnay, commissaire du Châtelet!

Ils tendirent l'oreille mais n'entendirent rien. Le policier allait cogner de nouveau lorsque le bruit d'une clé dans la serrure l'arrêta. Un visage tout chiffonné apparut à hauteur de son épaule. Le crâne entièrement chauve ressemblait à un œuf trop longtemps couvé. Les yeux de l'homme étaient profondément enfoncés dans leur orbite et une poche gonflée comme une pêche ornait chaque dessous de paupière. Il leur jeta un regard hagard.

— Monsieur! Vous venez pour ma fille? Je suis si inquiet…

Ils entrèrent prudemment. La pièce était ronde et éclairée par une grande fenêtre dans le toit. Une tenture défraîchie mettait en scène des personnages mythologiques et réchauffait quelque peu les murs de pierre. Volnay la considéra attentivement. La scène représentait Héraclès bébé tétant la déesse Héra avec tant de force qu'elle en avait mal et le repoussait. Un jet de lait venait alors éclabousser le ciel, formant la Voie lactée.

Le feu qui brûlait dans une petite cheminée ne parvenait pas à assainir la pièce glaciale si bien qu'un nuage de vapeur se formait à leurs lèvres lorsqu'ils respiraient.

— Est-ce votre fille que j'ai représentée sur ce croquis? questionna le commissaire aux morts étranges en sortant celui-ci de sa besace.

Un hurlement de douleur lui répondit.

— Elle est morte, c'est cela? Ma pauvre Sophia est morte?

— C'est bien elle, murmura lugubrement le moine.

L'astrologue était tombé à genoux et se labourait le visage de désespoir. Hélène le prit doucement par les épaules et, aidé par le policier, le releva. Ils le firent asseoir devant son bureau, attendant que l'homme se calme. Alors, chose étrange à voir, Hélène le saisit dans ses bras et le tint longuement serré contre elle alors qu'il pleurait. Lorsque cela fut terminé, elle s'écarta doucement de lui. L'homme ravala ses sanglots et hoqueta :

— Les astres me l'avaient annoncé mais je ne voulais pas le croire.

— Les astres? demanda le moine soudain curieux.

— Le jour de sa disparition, son thème était désastreux. J'ai tout de suite compris qu'un grand malheur allait arriver.

Volnay parla enfin et le son de sa voix était si grave que tout le monde l'écouta attentivement.

— Quand a-t-elle disparu?

L'astrologue renifla.

— Hier, en début d'après-midi. Nous l'avons attendue jusqu'au soir puis je suis allé prévenir le guet.

— Quelqu'un a-t-il vu quelque chose?

— Non, personne. Elle était assise sur l'escalier comme elle aimait le faire et puis, l'instant d'après, elle n'y était plus...

Le visage du commissaire aux morts étranges était fermé mais son regard brillait d'une détermination farouche.

— Monsieur, je vous assure que je n'aurai pas de repos avant de retrouver le meurtrier de votre fille.

L'autre ne répondit rien. Il contemplait ses chaussures avec le plus profond désespoir. Pendant ce temps, Hélène s'était approchée du bureau sur lequel, à côté d'un livre sur l'Apocalypse, s'étalait une carte colorée. Elle se pencha pour la regarder.

— Monsieur, ne serait-ce pas la carte de la constellation du Crabe?

L'astrologue renifla encore et leva la tête.

— Oui... oui!

Il se releva et la rejoignit d'un pas mal assuré. De ses longues mains maigres et jaunâtres, il balaya la carte.

— À l'ouest, vous trouvez la constellation du Lion et à l'est celle des Gémeaux. Dans les récits des Grecs anciens, on raconte qu'Hercule écrasa du talon le crabe qui osait lui pincer l'orteil alors qu'il combattait l'Hydre!

— Dans les civilisations mésopotamiennes, remarqua la jeune femme, on dit que le Crabe représente la porte que traversent les âmes ayant séjourné dans les étoiles afin de renaître sous la forme humaine.

— C'est juste, madame, c'est juste, murmura l'astrologue étonné par sa science.

Les yeux du moine s'étrécirent. Si les connaissances exprimées par Hélène le ravissaient, elles ne l'en intriguaient que plus encore.

— En quoi consiste votre travail? demanda Volnay.

L'autre frotta vigoureusement ses yeux rougis. Le commissaire aux morts étranges remarqua à un de ses doigts une chevalière sertie d'un énorme et magnifique rubis.

— Les étoiles nous parlent, fit l'astrologue. Les planètes influencent nos actes, nos rêves même...

Les yeux du moine brillèrent de curiosité.

— Comment cela ?

L'astrologue le considéra avec attention, dérangé par la bure de son interlocuteur, vêtement qui ne prédisposait pas à l'écoute de son sujet.

— La lune, les planètes et leurs conjonctions exercent une fascination sur nos vies tout comme sur nos rêves. Ainsi Mercure nous poursuit dans la recherche de nos plaisirs matériels tandis que Saturne engendre des rêves de mort…

Il considéra d'un œil soudain terne la tapisserie en face de lui.

— Oui, sombres sont les rêves de Saturne qui nous entraînent dans les recoins les plus obscurs et au bord de profonds précipices pour écouter les chants de la mort…

— Les étoiles prédisposent, remarqua le moine. Elles ne déterminent pas. L'homme conserve son libre arbitre !

— Vous vous trompez, s'écria l'astrologue, les astres influencent nos pensées comme nos actes.

— Pas du tout, rétorqua le moine, l'homme sage commande à ses étoiles. Le fou leur obéit.

Son regard tomba sur un papier couvert de signes et de chiffres.

— Qu'est-ce que ceci ? demanda le moine. À qui appartient ce thème astral ?

L'astrologue se troubla.

— À quelqu'un du quartier, répondit-il d'une voix tendue.

Sous le regard insondable du commissaire aux morts étranges, il fit disparaître le thème sous un monceau d'autres papiers.

— D'où observez-vous les étoiles ? s'enquit le moine avec curiosité.

— Je vais vous montrer.

L'astrologue emprunta une échelle qui donnait sur une petite plate-forme éclairée par une grande lucarne. Sur celle-ci était fixée une lunette.

— Voici un bel engin, apprécia le moine.

Après avoir jeté un dernier regard au bureau de l'astrologue, son fils les rejoignit sans bruit mais demeura sur le dernier barreau de l'échelle car la plate-forme était trop étroite pour les accueillir tous les trois. M. Marly caressa amoureusement la lunette. Il semblait avoir oublié la mort de sa fille.

— "En tant que mortel, je sais que je suis né un jour, mais quand mon regard suit la course circulaire des innombrables étoiles, mes pieds ne touchent plus terre ; j'implore Zeus de me régaler d'ambroisie, la nourriture des dieux."

— Ptolémée… murmura le moine en reconnaissant l'auteur.

Perché sur son échelle, Volnay se sentit ridicule et entreprit de redescendre à reculons en prenant garde de ne pas se rompre le cou. Il fut accueilli au sol par le regard ironique d'Hélène. Sans se soucier d'elle, il gagna à pas rapides la table de l'astrologue et souleva les papiers pour examiner le thème astral que leur hôte s'était trop vite empressé de dissimuler. Ceci effectué, il remit soigneusement tout en ordre. Un instant, ses doigts hésitèrent au-dessus du livre de l'Apocalypse comme si quelque chose l'y attirait. Et puis, sa main retomba à ses côtés et, sans répondre à l'interrogation muette d'Hélène, il retourna au pied de l'échelle. Là-haut, son père discutait à bâtons rompus avec l'astrologue, citant Platon pour qui la contemplation de la voûte étoilée amenait l'homme à mettre son âme en harmonie avec l'ordre divin.

— Pourriez-vous redescendre? demanda sèchement le policier.

Au-dessus de lui, les deux hommes se turent et puis le moine commença à descendre avec agilité.

— Sais-tu que ce sont les Babyloniens qui ont inventé l'astrologie? demanda-t-il à son fils en touchant terre.

— Ce sont eux qui ont eu l'idée les premiers d'une table d'interprétation des qualités données à chacun des astres, s'empressa d'ajouter l'astrologue à mi-chemin sur l'échelle.

Il mit pied à terre avec une grâce pataude et continua :

— Car il faut comprendre à un instant précis la correspondance entre la position des astres et les événements qui se déroulent sur terre.

À cet instant, le commissaire aux morts étranges reprit la parole pour questionner l'astrologue sur les habitudes de sa fille et ses connaissances. Lorsqu'il eut terminé, il dit :

— Monsieur, nous repasserons dans une heure. Il faudra nous suivre pour reconnaître formellement le corps de votre fille. En attendant, pouvons-nous examiner sa chambre pour les besoins de notre enquête?

Le pauvre père les contempla d'un air vide puis un éclair de compréhension traversa son regard et il hocha finalement la tête.

— Ma servante va vous y conduire.

Le commissaire aux morts étranges fit un signe discret à ses compagnons et ils se retirèrent. Au bas de l'escalier, ils trouvèrent la femme qui semblait les attendre.

— Quelque chose ne va pas? demanda-t-elle d'un air méfiant.

— Veuillez nous montrer la chambre de Sophia, s'il vous plaît, fit le commissaire aux morts étranges d'un ton sans appel.

La chambre était étroite, meublée d'un lit bas, d'une table qui servait à la fois pour le travail et pour la toilette et d'un grand coffre pour ses effets personnels. Près du lit, sur un chevet, se trouvait une chandelle à moitié consumée. Le commissaire aux morts étranges l'alluma car la pièce était très faiblement éclairée par une minuscule fenêtre sans rideau qui donnait sur une cour murée au-dessus de laquelle le ciel semblait peser comme un couvercle gris.

Le policier fit un tour rapide mais professionnel du lieu, promenant un doigt sur une étagère pour remarquer :

— Pas un brin de poussière…

Il se mit à genoux pour examiner dessous le lit puis se releva et, soulevant le matelas de laine, le palpa d'une main experte.

— Le lit est propre et bien aéré. On ne peut rien dire de l'hygiène de cette jeune fille, ou de sa servante.

De son côté, le moine examinait des livres soigneusement rangés sur l'étagère, quelques-uns à reliure pleine de veau, la tranche marbrée à l'éponge mais la plupart de la Bibliothèque bleue, ces livres imprimés à peu de frais, seulement protégés d'une couverture de papier bleu et racontant contes et légendes ou aventures épiques.

— Au vu de leur état, constata-t-il, elle les a lus et relus des dizaines ou des centaines de fois pour s'évader de ces quatre murs gris…

Il en feuilleta quelques-uns et eut un imperceptible mouvement de surprise avant de reposer le livre qu'il tenait en main comme si de rien n'était. Hélène observait de son côté les deux hommes sans rien dire. Le commissaire aux morts étranges examina la table. Il y avait là un broc d'eau pour la toilette, un peigne, une plume avec son encrier et quelques papiers.

— Des pages d'écriture en latin… des exercices de conjugaison. Rien de signifiant mais c'était quelqu'un d'instruit.

Lui et le moine fouillèrent ensuite le coffre, y trouvant quelques effets simples et sans coquetterie. La fouille exécutée, le policier appela la servante.

— Regardez le coffre puis la chambre et dites-moi s'il manque quelque chose en dehors des vêtements que votre jeune maîtresse portait.

— Il lui est arrivé quelque chose? demanda la femme d'un ton revêche.

Elle ne paraissait guère émue.

— Étiez-vous attachée à cet enfant?

L'autre haussa les épaules.

— Je sers ici depuis trois ans, je me suis habituée à elle mais elle est toujours dans la lune.

— À quoi passait-elle ses journées?

— Quand elle était plus jeune, elle jouait dans la cour avec des petits cailloux ou avec sa poupée mais, le plus souvent, elle restait des heures entières à rêver devant la tapisserie du salon. Ah oui elle aimait aussi moucher les chandelles et m'accompagner au marché.

— Ma foi, sortir de cette maison lugubre devait être effectivement un vrai plaisir, maugréa le moine.

— Elle en avait peu l'occasion. Son père sortait peu et, lorsqu'il le faisait c'était seul. Sa fille ne pouvait donc que m'accompagner au marché ou pour quelques menues courses mais parfois, elle se faufilait dehors sans qu'on la voie. Elle est morte, c'est ça?

— Oui, répondit le commissaire aux morts étranges en observant ses réactions.

Il en fut pour ses frais. Cette femme était d'une rare insensibilité.

— Si c'est pas malheureux, maugréa-t-elle. Et de quoi est-elle morte que vous êtes donc tous ici?

— Vous le saurez le moment venu, répondit froidement le policier. Ne quittez pas cette maison, nous aurons à vous interroger.

— Et où voulez-vous donc que j'aille, marmonna-t-elle. Je n'ai que ce toit sur ma tête même si je dors sur un mauvais grabat. Mieux vaut ça que rien du tout…

Et elle sortit tout en continuant à ronchonner. Le moine prit la parole en s'adressant à Hélène et à Volnay.

— En sortant, sur votre gauche et de l'autre côté de la rue, il y a une auberge. Vous n'avez pas faim?

— Mais…

— Partez devant, fit le moine à voix basse, je vous rejoindrai.

Le commissaire aux morts étranges réprima sa surprise. Il jeta un coup d'œil incisif à son père puis se saisit du bras d'Hélène.

— Venez, lui fit-il d'une voix grave.

Resté seul, le moine reprit en main le livre qui avait retenu son attention et s'assit lourdement sur le lit. Était-ce un problème d'impression, le verso de chaque page était blanc mais la jeune fille y avait consigné son journal en une écriture serrée. Il fronça les sourcils et entreprit de lire.

C'était le journal d'une enfant qui n'avait personne à qui se confier et qui racontait là sa vie, ses tristesses et ses espérances. Ses journées étaient longues et grises, ses jeux pensifs. Le moine parcourut quelques pages, se laissant gagner par la mélancolie profonde qui s'en dégageait.

Quand elle était petite, une nourrice faisait déjeuner Sophia à la cuisine, lui portant la cuillère à la bouche. Le moine l'imagina, absorbant avec gravité les mets et surveillant du coin de l'œil la nourrice attentive. Plus tard, Sophia apprit à se nourrir toute seule mais même encore la nourrice restait à la surveiller pour vérifier qu'elle mange tout. La nourrice sembla s'attacher à elle et lui parla du reste du monde : les bois, les lacs, les montagnes, les animaux… À l'âge de six ans, Sophia se mit alors à retranscrire d'une écriture maladroite tout ce qu'elle entendait dans un livre qu'on lui avait offert mais qui comportait des pages blanches. Elle n'y parla jamais de son père.

Parfois, le soir, sa nourrice lui lisait la Bibliothèque bleue et Sophia émerveillée écoutait sans broncher des contes peuplés de voleurs et de revenants qui tourmentaient la nuit les vivants. Elle aimait aussi les histoires d'ogres qui mangent les enfants et frissonnait jusqu'à ce que le héros échappe à son terrible destin.

Le moine l'imagina, les yeux écarquillés, se mordillant les lèvres à l'approche du dénouement. Le soir de l'Avent, sa nourrice la régalait de deux histoires au lieu d'une. Elle les écoutait en grignotant des friandises avant d'aller se coucher et prolonger dans ses rêves les naïves aventures entendues à la veillée.

Le moine plissa son front, se souvenant de soirs où il lisait à son fils des contes remplis de nains, de gnomes et d'esprits malins. Un jour, lorsqu'il revint après un séjour de quelques mois en prison, son fils lisait désormais seul. Un frisson nostalgique le secoua. Le temps passait si vite, filant entre les doigts. Il soupira et reprit sa lecture.

À sept ans, l'âge de raison pour les enfants, son père décida que Sophia n'avait plus besoin de nourrice. Sept ans! Elle n'était pas une demoiselle, rien qu'une enfant à qui on retirait le seul être cher. Sept ans! Le moine savait qu'à cet âge on troublait l'âme des enfants en leur annonçant avec gravité qu'ils se trouvaient désormais en âge de pécher et de perdre leur innocence.

De la paume de sa main, le moine se frotta le front, geste habituel lorsque quelque chose le tourmentait. Qu'avait-il dit lui-même à son fils à l'âge de sept ans? Rien qu'un baiser sur le front et une pensée fugitive : *comme le temps passe vite!*

À sept ans, donc, on congédia la nourrice de Sophia. Peut-être s'attachait-elle trop à l'enfant. Désormais, Sophia déjeuna seule à la cuisine. Elle le nota dans son journal, avec gravité mais sans révolte car elle semblait douce et docile. Mais désormais, plus personne ne s'occuperait d'elle jusqu'à sa mort.

Le livre en main, le moine se releva et d'un pas fut à la fenêtre, scrutant le pauvre horizon offert à l'enfant. La cour ressemblait plus à la cellule d'une prison qu'à un espace de jeux et de liberté. Il appuya son front contre la vitre froide et s'amusa, comme elle avait dû le faire, à laisser se dessiner sous son souffle une buée fantomatique. Son jeu terminé, il retourna s'allonger sur le lit et contempla le plafond. Sophia passait-elle ainsi son temps lorsqu'elle ne lisait pas ? Imaginait-elle sur ce plafond des personnages de conte de fées qui viendrait la tirer de sa morne vie ? Comment trompait-elle son ennui dans ces journées interminables où personne ne lui adressait la parole ?

Il ferma les yeux et réfléchit. Sophia n'était pas une enfant maltraitée. Elle avait eu un toit et de quoi se nourrir. Son corps ne portait aucune trace de coups. C'était seulement une enfant ignorée.

Mais qui était-il pour juger les autres et qu'avait pensé de lui son fils lorsque, sous couvert de répandre les lumières de l'esprit dans son siècle, il avait laissé filer tous ces précieux instants que rien ne pourrait jamais faire revivre ?

Une pesante tristesse l'envahissait. Il aurait voulu rattraper le temps perdu mais n'y parvenait pas.

Il était plus de midi et tout un peuple d'artisans, ouvriers et maçons, portefaix ou journaliers cherchait sa pitance. De la table des plus riches parvenaient sur celles des bourgeois les restes des soupers. Et ce que ne mangeaient pas les bourgeois finissait dans les étals, pour les plus pauvres, en compagnie des fruits gâtés, des viandes décomposées et des poissons puants. Les deux jeunes gens n'avaient rien avalé depuis la veille. Une enseigne en fer forgé signalait la présence de l'auberge. Le givre avait tissé autour des guirlandes glacées. Ils poussèrent la porte avec soulagement, soulevant les récriminations des convives qu'un vent froid balaya. Ils découvrirent alors qu'ils se trouvaient dans un cabaret à bière empli d'une faune bruyante qui fumait de longues pipes en terre ou buvait un vin aux relents aigres. Quelques filles de petite vertu s'y pressaient. Le commissaire aux morts étranges insista pour choisir une table près d'une fenêtre et, sans souci d'Hélène, s'empara de la chaise qu'il souhaitait occuper. Ensuite, il regarda dans la rue et parut satisfait car il apercevait de là la maison de l'astrologue.

Hélène jeta un coup d'œil aux autres tables. On servait un ragoût noirâtre d'où émergeaient des os et des petits paquets de chair compacte. D'un commun accord, les deux convives jugèrent préférable de s'en tenir à une soupe et une omelette.

— Voulez-vous boire un peu de vin ? demanda Volnay avec une politesse forcée.

— Pourquoi pas mais votre moine tarde à venir, remarqua la jeune femme. Que fait-il exactement ?

Le policier haussa légèrement les épaules.

— Il s'imprègne des lieux.

— Pas vous ?

— Moi, j'ai vu tout ce que j'avais à voir.

— Pas votre moine ?

Le commissaire aux morts étranges eut un rire bref.

— Oh, lui, il voit les choses derrière les choses…

Elle le considéra attentivement. Le commissaire aux morts étranges soutint tranquillement son regard, dissimulant son trouble car il remarquait pour la première fois que les yeux d'Hélène semblaient recéler un fragment de nuit étoilée. Ses souvenirs le renvoyèrent à une autre femme, Chiara, qu'il avait connue l'année précédente et qui s'en était allée. Les femmes ne lui portaient pas chance.

— Comment en êtes-vous arrivée à travailler pour Sartine ? demanda-t-il abruptement.

Elle ne parut pas s'offusquer d'une question aussi directe mais répondit par une autre question :

— En dehors du mariage, que laisse-t-on comme choix à la femme sinon le couvent ou le bordel ? J'ai pour ma part emprunté une autre voie !

Elle a le même caractère que Chiara, pensa fugitivement Volnay, *mais en moins innocent et bien plus dangereux… Chiara a vécu dans un écrin de velours mais Hélène porte une dague sur elle !*

Il n'eut pas le temps de s'appesantir sur ses souvenirs. La porte du cabaret s'ouvrit et le moine apparut.

— Eh bien, fit-il gaiement, comment est le vin ?

Son fils lui jeta un regard inquiet. Le faux entrain de son père ne le trompait pas et Dieu seul savait pourquoi il s'était attardé dans la chambre de cette enfant. Le moine s'assit et jeta autour d'eux un coup d'œil méfiant. Les mouches de Sartine pullulaient dans les tavernes, observant et écoutant tout.

Volnay intercepta son regard et, d'un imperceptible signe du menton, lui désigna Hélène. Cela signifiait clairement :

Fais donc attention à tes propos devant elle !

Le moine resta imperturbable. Si la jeune femme demeurait pour lui un mystère, il ne pensait pas qu'elle était une mouche et rapporterait leurs conversations.

Le silence s'établit et l'on entendit le vent siffler à travers les carreaux. Une serveuse vint leur apporter leurs bols et une grosse miche de pain. Avec ses flancs étroits, elle ressemblait à un petit chat maigre mais son minois était piquant et son regard plein d'assurance.

— Voici la soupe de Ses Seigneuries, fit-elle.

Elle ne devait certes pas avoir souvent l'occasion de servir des gens de condition. Le commissaire aux morts étranges la questionna.

— Connaissez-vous les occupants de la maison à deux étages avec une tourelle que nous apercevons par cette fenêtre ?

Elle se pencha légèrement pour regarder, lui dévoilant un peu d'une poitrine manifestement peu fournie.

— L'homme qui regarde les étoiles ?

— C'est bien cela, fit le jeune homme en détournant les yeux et en lui glissant une pièce.

— Que voulez-vous savoir ? demanda-t-elle en l'empochant prestement.

— Tout ce que vous savez d'eux.

Elle se renfrogna.

— Je n'en sais pas trop.

— Allons, allons, fit le commissaire aux morts étranges en dardant sur elle un regard pénétrant. Dans chaque quartier, tout le monde observe tout le monde, c'est même la principale occupation de chacun !

— C'est que leur servante passe sans s'arrêter devant l'auberge et elle est aussi peu bavarde qu'une pie.

Le moine intervint.

— Les pies sont très bavardes, jeune fille. En fait, elles peuvent parler comme vous et moi si on les éduque…

Hélène lui posa la main sur le bras pour l'empêcher de continuer. Déçu, le moine se concentra sur sa soupe, un bouillon dans lequel on avait ajouté des pois, des fèves et des morceaux de pain d'orge.

— La jeune enfant ? demanda Volnay.

— Oh, elle est bien mignonne et bien aimable même si elle paraît toujours triste. Mais elle sort peu, sinon accompagnée par la servante.

— Connaissez-vous la mère qui l'a couvée ? demanda le moine.

— Non, elle est morte alors qu'elle avait trois ou quatre ans je crois.

— Hum… et qui voit-elle ?

— Elle n'a pas d'amis dans le quartier, à part un chien.

— Un chien ?

— Oui, elle lui donne à manger quand elle sort, alors il la suit.

Elle darda sur Volnay un œil effronté en se campant en arrière pour tenter de faire ressortir sa poitrine.

— C'est comme cela la vie, non ? On suit celui qui vous fait du bien !

Le commissaire aux morts étranges jeta un regard bref à son père. Ils venaient tous deux de penser au chien qui hurlait à la mort devant le cimetière.

— À quoi ressemble ce chien ?

— Oh, il me va à la cuisse, plein de poils blancs quand il est propre avec des taches marron. Parfois, quand son père n'est pas là et la servante sortie, elle l'emmène chez elle pour le laver !

— Quelle gentille enfant, murmura le moine attendri.

Le policier se mordit les lèvres. Cela ressemblait bien au chien rencontré devant la maison de son père la nuit de la mort de Sophia puis de la sienne le lendemain matin. L'intelligent et fidèle animal avait pu suivre la carriole qui transportait le corps de sa petite maîtresse. Il soupira tristement et la servante lui jeta un regard curieux. Sentant son flottement, Hélène prit alors le relais.

— Parlez-nous du père. Sort-il parfois ou vient-on le visiter ?

La serveuse haussa les épaules.

— On ne le voit pas trop traîner dans le quartier et il ne vient jamais ici. On dit qu'il est si avare qu'il n'ose cracher de peur d'avoir soif. S'il sort parfois, c'est à la nuit tombée. Il reçoit aussi quelques visiteurs, plutôt entre chien et loup.

— À quoi ressemblent ces visiteurs ?

La servante fit une petite moue.

— Comment voulez-vous que je le sache ? Je suis moi-même plus souvent à servir les clients qu'à rôder dehors ou à regarder par la fenêtre. D'ailleurs, j'ai encore de la marmite à remuer. Je n'ai guère de temps naguère !

Volnay lui glissa une autre pièce.

— Vraiment pas une idée ?

Elle s'empara de la pièce qu'elle glissa dans son corsage, pointa en avant son petit nez retroussé et répondit insolemment :

— Vraiment pas !

Le commissaire aux morts étranges lui retint le poignet mais Hélène laissa fuser un rire amusé.

— Laissez voyons…

La serveuse lui jeta un regard complice et s'en fut prestement.

— M. Marly, notre astrologue, est un cul de plomb, commenta le moine, il ne bouge guère de son cabinet…

— Sauf la nuit, remarqua Volnay. Étrange pour un astrologue qui devrait la passer à observer les étoiles ! Je vais placer une mouche près de la maison pour observer les allées et venues…

Tous méditèrent quelques instants cette réflexion en nettoyant leur bol puis le commissaire aux morts étranges reprit, en s'adressant au moine :

— Nous devons dessiner le profil des personnes qui ont assisté à cette messe noire.

— Dessiner le profil ? répéta Hélène surprise.

— L'action de la police de Sartine se fonde sur l'espionnage et la délation, expliqua pompeusement le moine. Mon fils et moi développons des théories nouvelles et plus subtiles en matière de crime. La vérité ne doit pas être simplement le résultat d'une intuition mais les conclusions de la raison par l'esprit d'observation, d'analyse et la déduction logique. Les certitudes sont toujours des obstacles à son apparition.

Il agita le doigt avec un sourire malicieux.

— Je suis un sceptique, je doute. Et mon esprit critique me permet de me remettre sans cesse en cause et de me préserver de l'erreur !

— C'est de la simple logique, le coupa le commissaire aux morts étranges peu porté sur l'emphase. Nous avons remarqué que chaque crime a sa propre signature, pas seulement sur un plan matériel. Les motivations et comportements des meurtriers diffèrent d'un individu à l'autre.

— L'étude des cas, renchérit le moine déterminé à briller aux yeux d'Hélène, démontre que la victime connaît en général son meurtrier et que celui-ci est souvent un proche. Je m'efforce de tenir les comptes. Sur dix affaires résolues par nos soins, huit des criminels connaissaient bien leur victime. Toujours sur dix affaires, trois sont le fruit d'adultères ou de rivalités amoureuses. Les autres relèvent d'intérêts pécuniaires ou d'hostilité de longue date. Quant à l'infanticide, nul ne risque plus d'être assassiné qu'un enfant !

Il nettoya du doigt le bord de son bol et reprit :

— Les enfants risquent avant tout d'être assassinés le jour de leur naissance ou dans le premier mois. Plus âgés, de mauvais traitements répétés peuvent également les tuer.

Un éclair de pitié traversa son regard.

— Nul n'est plus sans défense qu'un enfant et certains adultes en profitent. Ceux-là mêmes qui n'ont que le courage d'abuser des plus faibles qu'eux…

Il se pencha sur son verre qu'il vida d'un trait.

— Mais Sophia n'était pas une enfant maltraitée, murmura-t-il, simplement une enfant ignorée…

Un silence lourd sembla couler entre eux une chape de plomb. Volnay réagit le premier :

— Le meurtrier n'est pas forcément un gueux brutal, un vicieux borné ou un vicieux intelligent. Nous pouvons nous trouver face à des individus, qui, fous ou non, commettent leur crime dans un schéma de pensées ou de convictions bien précis. Dans notre affaire, le profil s'esquisse déjà car le crime s'est produit lors du rituel très particulier d'une messe noire.

Il marqua une pause et jeta un coup d'œil circulaire pour vérifier que personne ne les écoutait.

— Qui trouve-t-on dans les messes noires? Des gens quémandant des faveurs terrestres de la part de Satan. Risquer son salut éternel en invoquant *le Très Bas* dénote généralement un goût avide du pouvoir et des biens matériels.

— Cela peut être aussi une certaine forme de désespérance, hasarda Hélène.

— Ou de la simple perversité, murmura lugubrement le moine. Et Dieu sait comme la nature humaine peut être perverse!

— Ne sois pas trop catégorique, conseilla Volnay. Nous vivons dans un siècle où beaucoup de gens contestent l'ordre établi quel qu'il soit. Ils assimilent à tort le sacrilège à une forme de liberté.

— Dire non à Dieu pour dire oui à Satan, c'est seulement changer de maître, remarqua le moine sarcastique.

On revint pour les débarrasser de leurs bols. Les convives se turent et observèrent avec amusement la jeune servante se déhancher devant le commissaire aux morts étranges pour attirer en vain son attention.

— Quand je parle de perversité, reprit plus tard le moine, c'est que les messes noires peuvent se terminer aussi bien par les plus honteuses débauches que par des sacrifices de nourrissons!

— Oui, et comme l'Église proscrit le meurtre et le péché de chair, on s'y livre! conclut le commissaire aux morts étranges. Le satanisme se construit uniquement en opposition et dans le déni de toute dignité humaine.

Hélène intervint.

— Si vous voulez insinuer par là que les participants à des messes noires sont des libertins, des pervers ou encore des opposants à l'ordre social, nous avons affaire à beaucoup de monde!

— Certes, en convint le policier, mais toutes les formes de sacrilège sont systématiquement observées pendant les messes noires. Derrière cela, il y a l'horreur, l'horreur absolue. Nous affinerons progressivement le profil de ces êtres pervers avec chaque élément glané.

La serveuse revint avec une omelette baveuse à souhait et l'on se tut, le temps de lui faire honneur. Cela fut rapide car les portions n'étaient pas copieuses.

— Ma foi, ils nous font chier petite crotte, remarqua le moine dépité.

Il continua néanmoins à manger en racontant avec entrain des anecdotes amusantes sur sa vie passée, s'évertuant à faire rire Hélène sous le regard impassible de Volnay qui dit finalement :

— Il est temps. Retournez chez l'astrologue et amenez-le reconnaître formellement le cadavre de sa fille. Pour ma part, j'ai à faire au Châtelet puis en un certain lieu.

Et en disant cela, il jeta un regard appuyé à son père qui approuva d'un imperceptible mouvement de tête.

Dehors, le policier suivit longuement du regard son père et Hélène. Malgré leur différence d'âge, ils formaient un duo harmonieux qui s'en allait en devisant gaiement. Volnay pensa que son père suivait une mauvaise pente.

V

LE CHIEN, LE BROUILLARD
ET AUTRES DIABLERIES

Saturé d'humidité, un brouillard épais se formait dans la ruelle de l'Or. L'après-midi était avancée lorsque le commissaire aux morts étranges y pénétra après un tour au Châtelet pour y laisser un rapport à Sartine. Ici, chaque maison semblait bâtie sans tenir compte de la position de la maison suivante et, par moments, la ruelle devenait si étroite que deux personnes s'y croisaient avec peine. Suivant les indications de son père, Volnay se dirigea vers la maison de la dame qui lisait l'avenir dans l'eau. La sensation d'être suivi le saisit de nouveau. C'était une présence furtive, à peine perceptible. Quelque chose qui n'avait rien d'humain et se manifestait par moments avant de se projeter dans une autre dimension. Cette fois-ci pourtant, il surprit ce qui l'avait pris en chasse.

— Ah te voilà, toi! Décidément, tu as tout d'un chien policier! Veux-tu donc entrer au service de M. de Sartine?

Il s'approcha de l'animal qui demeura immobile. Seule sa queue remuait comme s'il venait de retrouver une vieille connaissance. Volnay lui caressa la tête.

— J'ai pensé à toi dans cette auberge et j'ai emporté ce bout de pain au cas où je te retrouverais devant chez moi. Je ne pensais pas que tu me suivrais, mon discret compagnon. Tu es plus doué qu'une mouche pour cela! Il faudra que je te trouve quelque emploi au Châtelet!

— Quel tableau touchant! fit une voix ironique. Notre commissaire aux morts étrange n'est donc pas si insensible que ça!

Volnay releva vivement la tête pour se retrouver face au moine, hilare.

— Que fais-tu là? Tu devais faire reconnaître le corps par le père puis occuper Hélène… euh, l'espionne de Sartine pour éviter qu'elle ne me suive.

— Ne t'inquiète pas! Elle s'est rendue chez le commissaire de quartier pour découvrir s'il est fait mention de notre astrologue dans quelque dossier.

— Elle a accès aux dossiers d'un commissaire du Châtelet? s'étonna le commissaire aux morts étranges.

— Apparemment! Quant à moi, j'avais compris, à ton regard à l'auberge, où tu te rendrais après le Châtelet…

Il s'interrompit et sembla découvrir la présence du chien.

— Oh le bon *chien-chien*!

Il le flatta vigoureusement avant de le gratter derrière les oreilles.

— Mais c'est un bon *chien-chien* ça!

Son fils poussa un soupir exaspéré.

— Pour l'amour de Dieu, parle normalement et arrête d'appeler cette bête *chien-chien*!

Son père prit un air vexé.

— Mais dis-moi, serait-ce donc là le chien de Sophia dont nous a parlé la servante de l'auberge?

— C'est fort possible. Il correspond à la description et il me suit depuis la nuit du drame.

Le moine s'émerveilla.

— Intelligent animal! On raconte qu'il y a trois ou quatre siècles, rue des Marmousets à Paris, un barbier tuait parfois un client de passage puis faisait basculer son corps dans la cave de son voisin pâtissier qui le transformait en excellent pâté! Les aboiements du chien d'une victime, qui resta jour et nuit à hurler à la mort devant la boutique du barbier, attirèrent l'attention et permirent de découvrir les procédés criminels de ces deux mauvais commerçants!

Son fils hocha la tête.

— Il y a dans la fidélité de certains de ces animaux quelque chose de troublant. Allez viens!

Volnay tapa sur sa cuisse et le chien suivit.

— L'astrologue a bien reconnu sa fille?

— Oui, répondit le moine, et ce fut pénible. Nous l'avons ensuite reconduit chez lui. Il voulait emporter le corps mais j'ai refusé. Je ferai d'abord venir un cercueil chez moi.

— Oui, il vaut mieux qu'il ne voie pas le corps de sa fille ouvert.

Le moine baissa la tête comme un enfant pris en faute.

— Je ne l'ai pas autopsiée. À quoi bon? Cela ne nous apprendra rien et j'aurai bien d'autres cadavres pour continuer à me faire la main!

Son fils le considéra comme s'il était devenu fou.

— C'est toi qui décides, dit-il finalement d'un ton neutre.

Décidément, son père ne se comportait en rien comme à l'ordinaire. Le moine releva vivement la tête.

— Eh oui, c'est moi qui décide!

Le policier eut un hochement de tête pensif.

— Je n'ai pas voulu te demander devant Hélène pourquoi tu restais dans cette chambre chez l'astrologue mais, te connaissant, il devait bien exister une raison.

— J'avais remarqué que notre victime tenait un journal dans le livre que je feuilletais. Je voulais le dérober pour le lire plus attentivement mais pas sous les yeux de notre nouvelle amie!

Son fils parut rassuré. Le comportement de son père lui semblait de nouveau logique.

— Qu'as-tu appris dans son journal?

— Rien qu'une enfance grise et solitaire.

Son ton lugubre alerta de nouveau Volnay.

— Eh bien, lança ce dernier pour dérider son père, que penses-tu de notre astrologue et de sa servante revêche?

Le moine ne répondit pas directement mais lui désigna une bâtisse au toit biscornu.

— Ici, tu trouveras un augure qui se livre à l'examen du foie et des entrailles. Les Mésopotamiens se livraient à ce type d'augure ainsi que les Grecs qui en codifièrent l'étude sur des tablettes d'argile. En Mésopotamie encore, on étudiait l'aspect que prenait le mélange de l'eau et de l'huile…

— L'eau? Comme ton amie?

— Oui. Elle étudiait également la fumée en faisant brûler de l'encens mais elle a abandonné cette pratique car cela la faisait tousser !

Il glissa sur le sol verglacé, se rattrapa miraculeusement à la manche de son fils et poursuivit sa savante péroraison comme si de rien n'était :

— En Grèce, on étudiait les bruissements des feuillages d'un chêne. Dans la Rome antique, on interprétait tous les signes comme autant de messages des dieux. Tonnerre, éclairs, tout leur parlait ! Les augures interprétaient le vol des oiseaux, l'appétit des poulets sacrés et déchiffraient également dans leurs entrailles. Certains s'avisèrent même de lire l'avenir dans les viscères humains. Rome s'en émue et condamna ces pratiques en instituant la loi des Douze Tables proscrivant l'usage de la magie.

— Et désormais, on se tourne toujours vers le ciel mais la nuit et pour observer les étoiles !

Le moine lui jeta un regard satisfait.

— Tu as bien compris où je voulais en venir : à notre astrologue ! C'est un augure ! L'astrologie a pris le pas de nos jours sur toutes ces anciennes formes de divination. La connaissance sans cesse approfondie des mouvements cycliques des planètes et des étoiles leur a donné un sentiment de puissance. Sentiment éphémère ! Voici un homme qui lit dans les étoiles le destin des hommes mais n'est même pas capable de prédire la mort dramatique de sa fille ! Quant à sa servante, elle n'a pas paru plus étonnée que ça d'apprendre cette dramatique nouvelle. Voilà une femme sans cœur !

Il claqua des doigts en l'air.

— Au fait, as-tu remarqué le thème astral que notre astrologue s'est empressé de dissimuler lorsque je l'ai remarqué ?

— Oui, répondit nonchalamment Volnay, j'ai jeté un coup d'œil lorsque vous étiez en conversation et j'ai noté la date de naissance du thème.

— Digne fils de ton père ! Puis-je la voir ? Où l'as-tu écrite ?

— Là, fit le commissaire aux morts étranges en pointant son index sur sa tempe.

Son père lui jeta un regard fier et admiratif.

— Et alors ?

— C'est une date de naissance que nombre de personnes connaissent en ce royaume de France puisque c'est celle du roi !

Le moine sautilla avec excitation sur le sol gelé.

— Oh… Je comprends pourquoi il l'a dissimulé. Faire le thème astral du roi est un délit passible de prison. Un crime de lèse-majesté ! L'astrologie est sanctionnée par la mort dès lors qu'elle touche au destin du roi ou de ses enfants.

— Surtout s'il prétend prévoir la date de la fin de leur règne !

Le moine s'arrêta devant une maison dont l'entrée, plus étroite que le reste du bâtiment, laissait penser à la proue d'un bateau fendant le brouillard.

— Ah, c'est là où je me suis rendu suite aux conseils de ma belle amie, maîtresse des eaux. Je t'accompagne. Comme il m'en a vendu hier, il ne pourra nier en posséder. Pour lui faire raconter qui sont ses clients, je compte sur ton pouvoir de persuasion ! D'autant plus qu'il possède dans un vase des fleurs de chanvre et de coquelicots, des racines d'ellébore et des graines de tournesol…

— Et alors ?

— Alors, mêlées à de la mandragore et de la graisse d'humain non baptisé, on en fabrique l'onguent des sorcières !

Le commissaire de quartier était grand et corpulent mais tout son corps semblait disproportionné tant sa tête était petite, ses jambes démesurément longues et ses bras trop courts. D'épaisses paupières voilaient par moments ses yeux mais ses lèvres remontant aux commissures suggéraient une perpétuelle bonne humeur. Il se présenta à Hélène sous le nom de Cornevin et lut avec soin le papier que lui tendit la jeune femme. Lorsqu'il releva la tête, son regard était devenu respectueux.

— Diable, madame, une introduction du lieutenant général de police lui-même ! Je suis bien entendu à votre entière disposition. Que puis-je pour votre service ?

— Je m'intéresse à la rue des Canettes.

— Oh, cette rue est plutôt calme. Il y a bien quelques voleurs de mouchoirs dans les appartements ou des voleurs de boucles de chaussures dans l'église Saint-Sulpice…

— Des voleurs de boucles de chaussures?

— Oui, elles ont un certain prix parfois et lorsque les gens sont agenouillés, il est assez aisé de les leur dérober.

Il marqua une pause.

— Nous connaissons peu de violence dans ce quartier. Bien entendu, quelques maris frappent durement leurs femmes ou des artisans leurs apprentis mais cela ne va jamais bien loin.

La jeune femme pinça délicatement l'arête fine et étroite de son nez.

— Connaissez-vous un astrologue du nom de Marly?

— Marly, dites-vous? Un astrologue…

Le commissaire de quartier se leva pesamment et alla jusqu'à une pile de registres sur une table près de la fenêtre.

— J'ai eu affaire à la fille de l'astrologue, une enfant d'une douzaine d'années, très aimable même si un brin mélancolique. Elle est venue de son propre chef pour se plaindre que quelqu'un frappait un chien. Vous rendez-vous compte?

Il eut un petit rire grinçant.

— Je lui ai demandé si la personne était propriétaire dudit chien et elle m'a répondu que oui mais qu'il ne lui donnait pas à manger et se bornait à le cogner du poing et du pied!

— Et qu'avez-vous fait? demanda Hélène intéressée.

Cornevin se tourna vers elle, un registre dans les mains, l'air désabusé.

— Que voulez-vous que je fisse? Deux jours après un homme est venu se plaindre qu'on avait tenté de lui voler son chien. Il avait appelé un sergent de guet qui l'accompagnait avec la jeune fille en question, la fille de l'astrologue. Comment se nommait-elle déjà?

— Sophia, fit doucement Hélène en jetant un coup d'œil par la fenêtre.

Elle constata que l'ombre commençait à envahir les rues.

— C'est cela, oui. Un bien charmant nom mais qui ne lui correspondait pas trop. Voyons mes registres.

Le policier se mit à tourner des pages, les sourcils froncés.

— Ah, voici! Peut-être ne connaissez-vous pas la procédure. Mon greffier enregistre toutes les plaintes. Je vais vous lire leurs déclarations.

Hélène se pencha, attentive. L'autre commença sa lecture, son doigt soulignant chaque ligne à lire au fur et à mesure.

— "Le 7 mars 1758 à deux heures de l'après-midi, en notre hôtel par-devant moi, conseiller du Roy commissaire au Châtelet, est comparu Legrand, sergent du guet de poste près de l'église Saint-Sulpice, lequel nous dit avoir été requis par un particulier maintenant une jeune fille d'environ treize ans qui l'aurait rudoyé et poussé dans le ruisseau. Pourquoi on les a conduits en notre hôtel. Interrogé, le particulier dénommé Berger-Rabot a dit qu'aujourd'hui, il était occupé à cercler un tonneau dans sa cour lorsque ladite Sophia s'est approchée de lui pour lui crier d'un ton très insolent : Allez-vous finir de frapper votre chien. Il n'est pas méchant mais vous si! A répondu que ce n'était pas son affaire et ordonné de s'en aller. A refusé et entrepris de détacher la corde qui maintenait le chien. Lui a alors arraché ladite corde des mains. En réponse, ladite jeune fille l'a poussé et fait choir lourdement, lui faisant mal au dos. A crié alors : Au guet! À la garde! Que, ayant été entendu, un sergent du guet en poste non loin d'ici est venu le secourir."

Le commissaire porta un doigt à la bouche, le lécha et tourna une page.

— "Ayant examiné la dénommée Sophia et trouvant qu'elle portait des traces de coups au visage, moi, commissaire au Châtelet, lui a demandé s'il ne l'avait pas frappée. Le dénommé Berger-Rabot ayant reconnu l'avoir poussée à son tour, j'ai ordonné l'élargissement de la jeune fille et les ai renvoyés tous deux chez eux après admonestation et remontrance sur leur conduite mutuelle."

Il joignit les mains et adressa à la jeune femme un sourire aimable.

— Voilà toute l'affaire! Vous voyez que c'est bien peu de chose. Pourquoi vous intéressez-vous à cette charmante enfant?

— Parce qu'elle est morte.

Lorsque le moine et le commissaire aux morts étranges sortirent de chez le marchand grec, le brouillard voilait peu à peu les ombres grisées du crépuscule. À leur vue, le chien remua la queue.

— Brave *chien-chien*, fit le moine.

Son fils eut un soupir excédé et claqua des doigts à l'intention de l'animal.

— Viens !

Le chien s'exécuta docilement.

— J'ai déjà rencontré des gens peu loquaces mais notre marchand grec vient en tête de ceux-ci, dit Volnay.

— Toujours est-il, rétorqua le moine, qu'une fois la menace de la question agitée, il a parlé *celerius quam asparagi cocuntur*. "En moins de temps qu'il n'en faut pour cuire les asperges !"

— Et il nous a avoué avoir vendu sa potion à une prostituée du faubourg Saint-Marcel, renchérit Volnay, connaissant même le cabaret où elle exerce l'hiver ! Nous nous y rendrons demain.

— Espérons que ces prostituées ne soient pas trop nombreuses, soupira son père, je ne me vois pas toutes les soumettre à confesse !

En quittant la ruelle de l'Or, ils remarquèrent des ombres difformes glisser rapidement sur les pavés glacés. Ces longues silhouettes emmitouflées de noir et coiffés de chapeaux à larges rebords marchaient l'une derrière l'autre dans un ordre parfait. Une brève plainte s'échappa de la gueule du chien.

— Ces gens-là s'en reviennent de la ruelle de l'Or, remarqua le commissaire aux morts étranges. Je me demande ce qu'un tel groupe y fabriquait… Suivons-le !

La nuit envahissait tout. Les artisans se hâtaient d'installer des barres de bois pour bloquer les volets de leurs boutiques. Dans les boutiques, les commis préparaient leurs lits à même les tables sur lesquels ils travaillaient le jour. Lentement la brume s'épaississait. Le moine et le policier suivaient toujours à distance l'étrange procession.

— Il fait un temps à ne pas mettre un assassin dehors ! grommela le moine. Qu'avons-nous donc à suivre ces gens que nous ne connaissons pas ? Sans doute, vont-ils à quelque fête…

Le commissaire aux morts étranges hésita. Son instinct de policier l'avait poussé à emboîter le pas aux hommes en noir. Malgré son peu d'habitude de la ruelle de l'Or, surtout fréquentée par son père, il savait qu'il était rare d'y croiser un groupe de personnes. Des gens seuls et méfiants s'y glissaient discrètement pour y accomplir leurs achats ou acheter quelque prestation inavouable. On se gardait bien d'être accompagné.

— Ces gens-là m'intriguent, s'entêta-t-il, suivons-les un instant et voyons où ils se rendent.

Jugeant que son fils était devenu fou, le moine grommela :

— Toi, tu as bien des chambres à louer dans ta tête !

Mais, comme d'habitude, il s'exécuta, s'assurant discrètement que le chien les accompagnait toujours. Ce lien animal et familier avec la jeune Sophia lui plaisait et, sans trop de raisons, il appréciait de le conserver.

Ils marchèrent en silence à la suite de l'étrange procession, traversant d'étroites rues tortueuses bordées de maisons aux rez-de-chaussée de pierre et aux étages de bois en saillie. Le brouillard et l'obscurité rendaient la filature difficile et les contraignaient à se rapprocher afin de ne pas perdre de vue les hommes en noir. Au fil du temps, la bourre grisâtre qui flottait dans l'air sembla se solidifier, estompant toutes formes. Aussi, au détour d'une rue, le commissaire aux morts étranges ne fut pas trop surpris de constater la disparition des suspects, happés d'un coup par la nuit.

— Nom de Dieu ! fit le moine.

— Ne blasphème pas, le gronda Volnay. Il est interdit de jurer le nom de Dieu ou celui du roi. N'oublie pas que cela est puni de mort !

Il ne manquait jamais une occasion de donner la leçon à son père tant, des deux, c'était lui qui semblait parfois faire l'enfant.

— Tiens, remarqua-t-il. Il y a un cimetière là-bas, allons voir.

— Nous ne savons pas qui sont ces gens, protesta le moine. Tu sais comme moi qu'il est recommandé de ne pas traverser les cimetières pendant les heures noires.

— Allons voir quand même !

Ils pénétrèrent sans bruit dans le lieu funèbre et se faufilèrent à travers les tombes. Le brouillard semblait s'exhaler de la terre, l'âme des morts sourdre d'entre les pierres. Peu impressionné par l'atmosphère, le chien errait de droite et de gauche, reniflant et levant la patte par endroits sous le regard désapprobateur de Volnay. Les deux hommes plissèrent les yeux pour scruter les environs. Plus loin, la nuit semblait parcourue de mouvements furtifs et, bientôt, le bruit mat d'une pioche qui mord la terre glacée les aiguilla. Des silhouettes sombres se regroupaient autour d'une tombe fraîchement creusée. Le commissaire aux morts étranges les rejoignit à grands pas. Ses bottes écrasaient la neige fraîche avec un bruit sourd, faisant voler une poudre blanche à chaque enjambée. Il pointait résolument son pistolet et sa main ne tremblait pas. De son côté, le moine avait dégainé sa dague. Les hommes en noir ne bougèrent pas, figés par la surprise.

— Je suis commissaire au Châtelet, s'écria Volnay, et je vous décrète de prise de corps! Savez-vous qu'à la nuit tombée, les peines sont doubles pour les délits? Vous risquez la corde pour cela!

Le grand homme qui semblait commander la petite troupe fit un pas en avant. Il émanait de lui une autorité tranquille.

— Monsieur, je suis un anatomiste. Je ne déterre pas les cadavres comme certains pour en prélever la cervelle en vue de fabriquer des potions magiques mais afin de pousser plus loin les limites de la science.

— Vos buts ne m'intéressent pas, répondit Volnay avec une rectitude glaçante, je ne retiens que les faits!

Le moine lui saisit vivement le bras.

— Tu as perdu une roue ou quoi? Ce sont des scientifiques!

L'anatomiste approuva et désigna du doigt trois jeunes gens échevelés.

— Ceux-là sont mes étudiants. Eux deux…

Il pointa du doigt vers deux hommes à la mine plus farouche.

— Ceux-là sont moins portés vers la science que nous. J'ai bien peur qu'ils ne soient plus intéressés par le profit que par les progrès de la médecine. Il faut dire que les cadavres se paient trente livres pièce. Néanmoins, ils me sont loyaux…

Le moine posa une main sur l'épaule de son fils.

— Mon garçon, il ne nous appartient pas de nous mettre sur le chemin de la science.

L'anatomiste fit un pas hésitant en direction du moine.

— Vous! Seriez-vous qui je pense?

Il s'approcha plus près pour le scruter.

— Mon Dieu, c'est vous! Je vous croyais mort! Alors ce que l'on dit est vrai? Vous travaillez pour la police, messire Guillaume de...

— Pas de nom, mon ami, pas de nom! Je travaille à découvrir les coupables de crimes horribles et j'emploie pour cela toute ma science. Pour le reste, j'estime toujours que le roi et sa cour sont des jean-foutre!

L'anatomiste rit.

— Vous n'avez pas changé, me semble-t-il, et c'est tant mieux!

Il réfléchit un instant puis appela près de lui un homme court et râblé.

— Nous sommes, lui dit-il, dans une situation complexe. Il nous faut donner preuve de notre sincérité envers ce policier sinon il nous mènera en prison. Je sais que tu répugnes à livrer le nom de tes clients mais il le faut, c'est pour notre bien à tous. En dehors bien entendu des médecins ou professeurs comme moi...

L'autre hésita.

— Eh bien, insista l'anatomiste, n'as-tu donc pas livré, en dehors de gens de science comme moi, des clients récemment, ces deux dernières semaines?

— Cela ne se passe pas comme cela, grommela l'homme. On me donne rendez-vous à un endroit et l'on y charge le cadavre dans une voiture. Après, je ne sais pas ce qu'ils en font. On dit que certains mages utilisent le cœur ou la cervelle pour des potions ou des sorts. Mais la plupart du temps, ce sont des étudiants de médecine qui préfèrent s'exercer sur les morts plutôt que sur les vivants! Ils jettent ensuite les restes dans la Seine et gardent la graisse des corps pour se chauffer l'hiver.

— Eh bien, constata l'anatomiste d'un ton égal, vous avez l'information que vous souhaitez. Nous allons prendre congé les uns des autres.

Mais Volnay n'avait pas baissé le canon de son arme.

— Tout doux, monsieur, les réponses me laissent insatisfait. Et il y a toujours entre nous le cadavre d'un gardien de cimetière!

— Quel gardien de cimetière? Oh! Cette histoire-là?

L'anatomiste se tourna de nouveau vers le déterreur de cadavres.

— N'est-ce pas celle que tu nous as racontée tout à l'heure à la taverne?

L'autre hocha lugubrement la tête.

— C'est que j'aimerais mieux ne pas la répéter!

L'anatomiste soupira.

— Je crains que nous n'ayons guère le choix et puis tu n'es pas obligé de citer les noms!

Le déterreur de cadavres prit un air buté mais, devant le regard résolu du commissaire aux morts étranges, s'exécuta.

— Nous, les déterreurs de cadavres, nous nous retrouvons parfois pour boire quelques pintes ensemble. Hier soir, j'ai vidé des chopines avec un collègue à moi. Je ne savais pas s'il était ivre mais il m'a raconté une drôle d'histoire.

Il fit tourbillonner machinalement sa pioche en l'air.

— Or donc, dans la nuit de dimanche à lundi, il s'est rendu à son travail avec ses aides dans un grand cimetière. Ils déterrent un client sans bruit puis vont plus loin mais ne voilà-t-il pas que lui et ses hommes butent sur un cadavre pas du tout enterré! Ils veulent rebrousser chemin mais d'autres personnes sont près de là et les ont vus. Croyant avoir affaire à la police, mes collègues se mettent en garde avec leurs pelles et leurs pioches. Mais les autres sont aussi surpris et effrayés qu'eux d'autant plus que des feux multicolores s'échappent de là où ils ont creusé! Au bout du compte, tout le monde se sauve prestement de son côté!

Le commissaire aux morts étranges réfléchit. L'histoire paraissait vraisemblable et expliquait en tout cas l'interruption de la messe noire et l'abandon des deux cadavres dans le cimetière. Après tout, cette explication payait bien le déplacement! Il abaissa le canon de son arme.

— Filez, dit-il.

L'anatomiste le salua de son chapeau.

— Monsieur, merci de votre contribution à la science!

Le moine et son fils regardèrent les hommes en noir détaler sans plus de commentaire.

— Ils vont probablement aller ailleurs, fit le moine amusé.

— Probablement, répondit sèchement son fils.

Le chien sur leurs talons, ils sortirent discrètement du cimetière. Plus épais qu'à leur entrée, le brouillard semblait prendre une consistance plus dense, avalant les maisons de la rue les unes après les autres.

— Par où prendrais-tu ? demanda le policier.

— À droite.

— Nous prendrons donc à gauche, fit Volnay qui n'avait qu'une confiance limitée dans le sens de l'orientation de son père.

Le moine marmonna quelque chose d'inintelligible dans sa barbe mais suivit son fils. Il sentit alors comme un souffle chaud sur sa cuisse et s'aperçut que, pour ne pas le perdre, le chien marchait pratiquement sur ses talons.

— De nos jours, reprit le moine pour combler le silence de la nuit, de plus en plus de monde s'intéresse à l'anatomie. Même les femmes s'en passionnent! La comtesse de Coigny ne voyage jamais sans un cadavre dans son coffre!

— À droite?

— Non, à gauche.

— À droite!

Ils empruntèrent de sordides venelles, incapables de se repérer dans la ouate épaisse qui les entourait. Une dizaine de minutes plus tard, le commissaire aux morts étranges s'immobilisa, les narines frémissantes.

— Je sens l'odeur des quais, murmura-t-il.

— J'avais dit : à gauche!

Les deux hommes se regardèrent silencieusement. Leurs sens atrophiés par la nuit et le brouillard, ils ignoraient exactement où ils se trouvaient et retrouver leur chemin ne serait pas chose aisée.

— Rentrons vite chez nous, dit le moine en frissonnant. Nous allons attraper la mort.

D'un geste, son fils le fit taire.

— Écoute!

Quelques instants auparavant opaque et silencieuse, la nuit semblait soudain s'éveiller et fourmiller d'une vie inquiétante.

— Il y a du monde derrière nous, chuchota le commissaire aux morts étranges, et je doute qu'il s'agisse d'une patrouille du guet. Prenons rapidement les quais de Seine et mettons de la distance entre eux et nous!

En trébuchant dans la rue non pavée, ils rejoignirent le quai, serrant au plus loin du fleuve. Soudain le bruit d'une course les fit sursauter. Le policier porta la main à son pistolet mais n'eut pas le temps d'achever son mouvement. Une forme noire s'écrasa contre lui dans un soupir inarticulé et, avec un juron qui ne lui était pas habituel, Volnay chuta lourdement.

Avec une vivacité surprenante, le moine se jeta sur l'agresseur et le cloua au sol. Lorsqu'ils se penchèrent sur lui, le policier et son père découvrirent un petit homme replet, aux bajoues tremblotantes, habillé comme un bon bourgeois. Il semblait en nage, comme au terme d'une longue course, et dégageait une forte odeur de singe.

— Non, non! Ne me tuez pas! geignit-il.

Le moine et le commissaire aux morts étranges s'entre-regardèrent.

— Je suis commissaire du Châtelet, fit Volnay. Vous n'avez rien à craindre de nous. Qui êtes-vous?

— Je m'appelle Lefranc, je suis maître rôtisseur rue des Postes.

— Que fuyez-vous?

L'autre leur jeta un regard hagard.

— Ils m'ont pris en chasse et m'ont forcé à aller sur les quais!

Par-delà le souffle haletant de l'homme, Volnay perçut un nouveau bruit, une sorte de piétinements étouffés et le bruit de bâtons heurtant le sol avec une régularité de métronome.

— Ils sont nombreux, constata le policier. Peut-être une centaine…

On commençait à distinguer des silhouettes fantomatiques qui avançaient en une ligne serrée. D'affreux nez de papier déformés ornaient leurs visages.

— Avec leurs bâtons, ils battent à mort ceux qu'ils trouvent sur leur passage, souffla Lefranc.

— Cela ne se peut, souffla le policier en baissant néanmoins la voix. Ce groupe porte des masques de Carême et des femmes en font partie!

— Existe-t-il encore un quelconque bon sens aujourd'hui ? Ces débordements font gémir toutes les âmes pieuses, se plaignit le bourgeois.

— Je vais leur parler, décréta Volnay en sortant son pistolet. Je suis policier.

À cet instant, un hurlement éclata dans la nuit. Un bruit de coups sourds se fit entendre et une longue plainte s'éleva dans l'air froid avant de s'éteindre dans un dernier râle.

— Policier ou pas, à ta place je ne bougerais pas ! fit le moine. Son fils hocha sèchement la tête.

— Tu as raison, nous n'avons pas affaire à un groupe d'étudiants qui jouent à effrayer le bourgeois mais à des tueurs !

Il plissa les yeux, essayant de percer nuit et brouillard.

— Ils doivent sortir les nuits de mauvais temps, lorsque les patrouilles des archers du guet se font rares. Ils s'affublent de masques de Carnaval au cas toutefois où ils en rencontreraient une…

— Ils arrivent ! Sauve qui peut ! cria le rôtisseur en prenant ses jambes à son cou.

— Attendez, restons ensemble ! fit le policier.

L'autre ne ralentit même pas. Le bruit de la course du bourgeois se perdit dans la nuit, derrière eux la troupe avançait.

— Ne restons pas là, fit le moine. Imitons notre peu courageux compagnon ! Comme le disait Démosthène : "Tel qui fuit peut combattre encore !"

— Je me demande si c'est vraiment la meilleure solution, rétorqua Volnay.

Il se leva toutefois et suivit son père.

— Ils connaissent l'endroit, ils vont plus vite que nous, remarqua le moine. Ventrebleu ! Le chien n'est plus là !

— Rassure-toi, je pense qu'il est nettement plus malin que nous ! Allons-y !

Ils se mirent à courir en aveugle. Ils n'entendaient plus que le bruit incertain de leur course et leur respiration haletante, trébuchant parfois sur des obstacles inattendus. Il leur semblait toutefois plus logique de risquer de se rompre le cou que de s'offrir aux bâtons de leurs poursuivants. Le moine pesta car il venait de perdre sa peau de loup. Devant eux retentirent un hurlement horrible puis le bruit mat mais distinct de coups étouffés. Ils stoppèrent net. Le moine gratta son collier de barbe.

— Nous venons de perdre notre maître rôtisseur. Il en vient par-devant.

— C'est ce que je craignais, murmura Volnay d'un ton lugubre. Comme à la chasse, on rabat le gibier sur les autres chasseurs. Ils doivent se disposer de part et d'autre des quais pour chasser leurs proies. S'ils n'en trouvent pas, ils démarrent leur battue dans les rues adjacentes.

— Et personne ne survit pour raconter quoi que ce soit, termina le moine. Remontons dans les rues.

— Si des complices y sont embusqués, c'est notre fin assurée.

Des bruits de voix étouffées se firent entendre devant eux. Derrière, les silhouettes fantomatiques se rapprochaient.

— Voilà qui n'est pas bon du tout! constata le policier sans perdre son sang-froid.

— L'eau! Sautons dans le fleuve, c'est le seul endroit où ils ne nous suivront pas.

— Nous n'y survivrons pas! À tout prendre, je préfère essayer de remonter des quais mais la pente est raide et avec la neige cela ne sera pas facile.

— Essayons de trouver un endroit où il y a des anneaux.

Volnay s'appuya dos au mur et joignit ses mains pour que le moine y pose un pied.

— Trouves-tu une prise?

— Non et je n'y vois goutte! Cela glisse trop. Nous aurions dû choisir l'eau.

Le bruit de pas martelés se rapprochait. Une écorce de glace semblait raidir les muscles du moine alors que ses pieds cherchaient une fente où se placer.

— Il est trop tard, père. Trouve quelque chose ou ils vont nous réduire en purée!

— Non, je ne… un anneau! Décale-toi un peu à droite sans me lâcher! Voilà!

— Dépêche-toi!

Les assassins se rapprochaient. Ils avaient amorcé un mouvement d'encerclement en entendant les deux hommes. Déjà, leurs bâtons fouettaient l'air.

— Prends ma main, vite!

Volnay fit quelques pas en arrière. Un bref regard lui permit de voir à quelques mètres de lui les sinistres silhouettes au regard aveugle, affublées de leur horrible masque de papier au nez démesuré.

Le policier se précipita en avant et sauta, la main de son père se referma sur la sienne.

— Saisis l'anneau, vite!

Alors qu'il s'en emparait, un coup porté à sa jambe par un bâton le fit hurler de douleur.

— Je vais me mettre debout sur l'anneau, fit le moine. Si je tombe, je suis mort. Donc, adieu peut-être…

Volnay jura et, de sa main libre, sortit son pistolet.

— Je vais faire un peu d'air en dessous de nous, haleta-t-il. Attention, je tire!

Le coup de feu troua l'air. Un cri d'agonie traversa la nuit. Les bâtons cessèrent de s'agiter et les poursuivants reculèrent. Ils n'avaient pas l'habitude d'une si forte résistance. Volnay lâcha son arme et, les deux mains tenant l'anneau, il tenta de grimper jusqu'à celui-ci. Au-dessus de lui, le moine poussa un cri de triomphe.

— Les pierres dépassent, on peut s'y appuyer. Voilà! Je suis arrivé. À toi. J'enlève ma bure et je te la lance.

À son tour, Volnay se dressa sur l'anneau, s'écorchant les mains sur de mauvaises prises gelées. Il sentit le bout de la bure effleurer sa tête et leva les mains pour l'attraper. Au-dessous de lui, le sifflement des bâtons avait repris.

— Tu tiens bien? demanda-t-il.

— Penses-tu! Je suis vieux et faible!

Tout en pestant, le moine entreprit de le hisser tandis que Volnay s'efforçait de faire reposer le poids de son corps sur l'arête des pierres sous ses pieds. Haletant, il s'effondra enfin près de son père.

— Je suis mort, dit celui-ci en claquant des dents. Mort de froid.

Volnay l'aida à remettre sa bure.

— Quelle folie!

Derrière eux, ils entendirent leurs poursuivants s'efforcer de se hisser à leur tour.

— Filons d'ici, fit le moine, je n'ai pas envie de voir leur sale tronche sous leurs masques de papier!

Après une course éperdue, ils se retrouvèrent devant la porte de la maison du moine. Sur ses épaules, la bure de celui-ci semblait être devenue une armure de glace. À leur grande surprise, la porte n'était pas fermée à clé. Les deux hommes entrèrent prudemment et découvrirent une Hélène souriante, assise près d'un bon feu.

— Que faites-vous là?

Elle se leva.

— Je vous attendais…

— Comment êtes-vous rentrée?

— Je vous ai dérobé une clé!

— Vous avez osé?!

— Vous m'avez bien droguée pour me faire dormir!

— Oh, ça… murmura le moine gêné. Ce n'était qu'une petite décoction…

Une longue toux caverneuse s'échappa de la gorge du moine. Hélène se tourna vers lui, inquiète.

— Stoppons là nos querelles, vous avez pris la mort. Ôtez tous deux vos habits et mettez-vous près du feu, je vais vous apporter des couvertures.

Tremblants et frissonnants, les deux hommes s'exécutèrent piteusement.

— Qu'est-ce que ceci? demanda Hélène.

On venait de gratter à la porte.

— Incroyable! s'exclama le moine. Il est revenu.

Volnay se hâta d'ouvrir et le chien se faufila sans gêne entre eux pour se coucher avec un soupir de satisfaction devant l'âtre après s'être ébroué.

— Un compagnon à quatre pattes, commenta le moine, nous vous expliquerons plus tard.

— Ne serait-ce pas le chien que Sophia voulait protéger? demanda Hélène. Son propriétaire a porté plainte contre elle et j'ai pu entendre toute l'affaire…

— Oui, admit Volnay. C'est sans doute lui qui hurlait à la mort à la porte du cimetière. Il nous suit depuis que nous avons porté le corps de sa maîtresse mais apparemment il a plus un faible pour moi que pour le moine!

— Pas du tout! rétorqua l'autre, c'est juste que…

— Taisez-vous et ne gardez rien sur vous! décréta avec autorité la jeune femme. Je vais chercher des couvertures.

Le moine tourna la tête vers son fils.

— J'ai bien entendu? Elle nous a bien dit de ne rien garder sur nous?

Une minute plus tard, comme si elle connaissait par cœur la maison, Hélène revint et marqua un temps d'arrêt devant les deux hommes qui ne conservaient que leur haut-de-chausses et se frottaient mutuellement à la chaleur des flammes. D'un œil exercé, elle apprécia la carrure de leurs épaules, leur torse musclé et leur ventre plat. S'en apercevant, le moine bomba avantageusement la poitrine. En souriant, Hélène leur tendit à chacun une chaude couverture de laine. Gênés, le moine et le policier s'en couvrirent avant d'enlever leur dernier vêtement. Alors, Hélène se mit à les étriller comme des chevaux, en commençant par le plus âgé. Elle ne tarda toutefois pas à marquer un temps d'arrêt.

— Oh pardon, fit joyeusement le moine, vous réveillez la nature qui est en moi!

Hélène le considéra un instant.

— Trop honorée, terminez donc seul de vous sécher!

Elle se tourna vers le policier.

— À vous!

À sa surprise, Volnay se laissa faire, semblant même prendre plaisir au passage vigoureux des mains sur son corps. Instruite par son expérience, Hélène se borna à lui frotter le dos et les épaules, s'attardant pourtant sur lui peut-être plus que de raison. On décida ensuite que la jeune femme prendrait la chambre et que les deux hommes dormiraient, gorgés de tisanes et enveloppés de couvertures, près du feu qui fut alimenté avec soin.

— Que nul maléfice ou mauvais rêve ne vienne troubler votre sommeil, fit Hélène en les contemplant d'un air doux. Bonne nuit et dormez!

VI

LA VORACE ET AUTRES DIABLERIES

Lorsque Volnay ouvrit un œil, ce fut pour découvrir Hélène s'affairant auprès du feu. Éveillé, le moine la contemplait avec ravissement.

— Je ne me sens pas très bien. J'ai une fièvre de veau ! Jeune fille, voulez-vous bien m'apporter la carafe que vous voyez là-bas ?

Une quinte de toux lui déchira les poumons. Le moine soupira puis reprit :

— L'eau de Paris est putrescible, je ne bois de l'eau de fontaine qu'après l'avoir fait bouillir avec une racine de réglisse et laissée reposer.

Il s'interrompit pour éternuer.

— Je passe ensuite mon eau par un entonnoir bouché avec un bouquet de thym séché.

Une autre série d'éternuements le secoua tout entier.

— J'y ajoute un peu de vinaigre et d'eau-de-vie, ajouta-t-il dans un souffle. Cela donne meilleur goût.

Interdite, Hélène se tourna vers Volnay qui s'était redressé sur son séant.

— Il délire ?

— Je ne crois pas, non. Il fait vraiment tout cela !

— Installons-le dans sa chambre, fit-elle.

Celle-ci était meublée d'un lit bas avec un matelas de plumes recouvert de couvertures de laine blanches, d'un poêle en faïence, d'un secrétaire en noyer et d'un siège de travail. Sur une étagère se côtoyaient des bronzes féminins couchés et des volumes in-folio reliés en veau du *Dictionnaire encyclopédique*.

Une haute fenêtre était occultée par de lourds rideaux de velours rouge qui réchauffaient la pièce.

— Il est très malade, insista Hélène après avoir aidé le moine à se coucher. Il va falloir appeler un médecin.

Le commissaire aux morts étranges leva les yeux au ciel.

— Il n'acceptera jamais d'en voir approcher un de son lit.

— Il n'est pas en état de le rosser ! Dépêchez-vous !

En maugréant, Volnay se hâta de s'habiller et, en milieu de matinée, revint avec un médecin du quartier qui n'avait pas trop mauvaise réputation. Celui-ci, sec comme une trique, vêtu d'une robe longue à grandes manches et le crâne surmonté d'une belle perruque poudrée, se hâta de brosser un tableau d'ensemble de la situation.

— Tout Paris est malade, c'est l'action conjointe des brouillards, de la neige et du mauvais air. Il n'y a guère de maisons dans le quartier où l'on ne saigne ou fasse prendre des lavements.

— Purgez ceux-là, saignez ceux-ci, se moqua le moine entre deux quintes de toux.

— Monsieur mon consultant ferait mieux de garder ses forces. Gardez-vous la nourriture que vous ingurgitez ?

— Ma foi oui, si elle est bonne.

— *Sus ad vomitum !*

Il pointa un doigt accusateur vers le moine.

— J'espère que vous n'êtes pas de ces gens qui s'empiffrent ! Respect au malade innocent mais honte au malade qui sacrifie sa santé à ses vices.

— L'indigestion du riche venge la diète forcée du pauvre, remarqua le moine, mais en l'occurrence, j'ai simplement pris froid.

— Bien, bien… Si l'on en juge par l'état de monsieur mon consultant qui me paraît d'un âge avancé…

Le moine eut un cri de protestation.

— Monsieur mon consultant, reprit le médecin en s'adressant désormais à Volnay qu'il semblait juger seul digne de l'entendre, souffre visiblement d'une forte fièvre et ses poumons sont encombrés comme le démontre suffisamment sa toux. Son sang doit être trop épais, voire acrimonieux. Une bonne saignée le délivrera de ses humeurs âcres. Mais, pour parfaire mon diagnostic, je dois goûter à ses urines…

— Ne vous gênez pas! dit le moine.

— D'abord, toussez puis crachez dans ce mouchoir, je vous prie. Hum…

Il se tourna vers Volnay, l'air peiné.

— Crachats d'écume sanguinolente, il y a lieu de le saigner abondamment.

— Pas de saignée, cela l'affaiblirait.

Le médecin jeta au policier un regard peu amène.

— Remettre en question la Faculté, c'est dénier la raison! *Per scientiam ad salutem aegroti* : "Le salut du malade passe par la science!" D'abord, il faut aligner le lit parallèlement aux poutres pour hâter la guérison puis aérer cette chambre à coucher tous les matins afin de la débarrasser du produit de la respiration de la nuit. Faites de même le soir pour évacuer celle de la journée. En effet, il s'agit de deux principes contraires qui s'opposent, exposant l'occupant des lieux à cette lutte malsaine dont il sera la principale victime. Et commençons tout de suite!

Il alla jusqu'à la fenêtre qu'il ouvrit bien grande. Un vent glacé s'engouffra dans la pièce, arrachant un hoquet de stupéfaction à Hélène.

— Le sommeil, s'exclama le docteur avec enthousiasme, le sommeil!

Il leva les bras en l'air pour ânonner :

— *"Lever à cinq, dîner à neuf,*
Souper à cinq, coucher à neuf
Font vivre d'ans nonante et neuf."

— Votre malade sera mort de froid sous peu, dit le commissaire aux morts étranges qui referma la fenêtre d'un geste sec. Monsieur, merci de vos services, je vous reconduis.

L'autre ouvrit la bouche pour protester mais le commissaire aux morts étranges lui saisit le bras avec fermeté pour le conduire à la porte. Avant que celle-ci ne se referme, les deux hommes entendirent clairement le moine crier de sa chambre :

— Dehors le médecin d'eau douce!

Volnay n'attendit pas la prochaine saillie pour pousser le battant de la porte mais le moine hurlait assez fort pour qu'on l'entende de dehors :

— Estropié de la cervelle ! Sot à triple étage !

Restée seule avec le malade, Hélène se pencha sur lui et lui caressa la joue.

— Arrêtez de crier comme cela, vous allez vous briser la voix.

Le moine éternua et répondit :

— J'ai cette engeance en horreur. En France, en dehors des soldats, les médecins sont les seules personnes habilitées à tuer ! Certains d'entre eux ne voient même pas leurs patients et se contentent de répondre en latin à leurs courriers où ils décrivent leurs symptômes ! Il ne viendrait pas à l'esprit de cette bogue de châtaigne qui m'a visité de me prendre le pouls, la température ou de faire la percussion des poumons !

Il s'interrompit pour tousser et reprit d'une voix éraillée :

— Son seul remède est d'ouvrir les fenêtres et saigner son patient. Si j'avais survécu, il m'aurait ensuite prescrit de la purgation suivie de la prise de bouillon et de lait d'ânesse tous les matins. C'est très à la mode...

— Ne vous agitez pas comme cela, lui reprocha Hélène compatissante. Reposez-vous plutôt.

— Allez me chercher mes herbes à la cuisine, répondit faiblement le moine. Je vous expliquerai quoi faire.

Il pointa le menton vers son fils qui se tenait coi sur le pas de la porte et les observait.

— Bourre ce poêle jusqu'à la gueule et ajoute-moi une couverture. Il me faut bien suer. Quand ce sera fait, tu calfeutreras la fenêtre de linge de manière à ce que je ne prenne pas un mauvais courant d'air.

La jeune femme apporta dans un torchon une poignée d'herbes. Le moine se redressa pour les contempler.

— Prenez celle-ci, un brin de celle-là, une feuille ici. Voilà, ajoutez ceci et deux feuilles de celle-là effritées entre vos mains. Tout est là ? Faites bouillir une grande casserole d'eau et plongez-y tout cela quelques instants.

Il toussa puis reprit.

— Vous passerez au tamis d'un linge le liquide et m'apporterez deux bols bien pleins avec du miel. Vous mettrez le reste en carafe que vous poserez près de mon lit. Avant de partir, mettez de grosses bûches dans la cheminée. Il est important que toute la maison soit bien tiède.

— Je vais chercher quelqu'un pour veiller sur toi, décida son fils. À deux pas de là, il y a une ouvrière en linge qui s'occupe de nos vêtements. Elle a peu d'ouvrage actuellement et sera heureuse de passer la journée au chaud et bien rémunérée.

Restée seule avec le moine, Hélène chercha un tissu vierge et se mit à écrire dessus *ABRACADABRA*. Elle répéta ce mot à la ligne d'après en enlevant la dernière lettre et ainsi de suite jusqu'à ce qu'il ne subsiste plus que le "A" initial, formant un triangle inversé, une espèce d'entonnoir par lequel s'écoulerait le mal en se réduisant.

— C'est amusant, dit le moine s'intéressant à l'ouvrage. Savez-vous que cette célèbre formule magique *ABRACADABRA* provient d'une contraction des mots hébreux *abreq ad hâbra*, ce qui signifie…

— Envoie ta foudre jusqu'à la mort.

— Oh…

Le moine lui jeta un regard respectueux.

— J'oublie toujours que vous êtes presque aussi savante que moi! Qui donc vous a enseigné cela?

— Ma mère.

Elle n'en dit pas plus mais lui noua le tissu autour du cou.

— Vous serez vite guéri, ajouta-t-elle. C'est un triangle magique!

Volnay revint bientôt avec une femme d'une quarantaine d'années à la nature joviale et au large sourire édenté. Hélène leur apprit que le moine s'était endormi.

— Très bien, fit son fils soulagé.

Il se tourna vers l'ouvrière.

— Veillez-le jusqu'à notre retour.

Il lui tendit quelques pièces.

— Voici pour votre peine, vous aurez le double à notre retour. S'il se réveille, faites tout ce qu'il vous demandera même si cela vous étonne!

Il était plus de midi lorsque le commissaire aux morts étranges et la jeune femme quittèrent le domicile du moine, laissant celui-ci à la garde du chien et de l'ouvrière en linge. La neige s'était mise doucement à tomber et leur piquait les yeux.

— La prostituée que nous recherchons est surnommée la Vorace, expliqua Volnay. Je n'ose imaginer ce que traduit ce terme dans ce métier-là !

Hélène lui jeta un regard amusé. Le ton léger du policier était nouveau pour elle. Était-il capable de drôlerie comme le moine ? Elle jugeait Volnay sévère et rigide mais, aujourd'hui, il semblait se détendre avec elle. Il lui conta d'un ton badin quelques anecdotes pittoresques sur le quartier qu'ils traversaient, allant même jusqu'à la faire rire, et lui tint galamment le bras lors des passages difficiles.

À mi-chemin, le vent se leva pour les cingler. Mordus par le froid, Hélène et Volnay se rapprochèrent instinctivement pour s'en protéger. Forte de cette nouvelle complicité, la jeune femme s'appuya sur son bras plus que de nécessité. Ils empruntèrent des rues étroites et malodorantes, bordées d'immeubles aux façades lépreuses et de petits commerces d'où s'élevaient des clameurs bruyantes. Une population bigarrée s'y pressait, toujours en mouvement. Des portefaix se tuaient à la tâche en portant des colis presque aussi lourds qu'eux. Chiffonniers, crocheteurs, colporteurs et petits ramoneurs savoyards au visage ravagé par la suie des cheminées se bousculaient sur la chaussée glacée. Dans les échoppes, on vendait l'arlequin, une mosaïque des mets dont plus personne ne voulait. Les traiteurs quant à eux proposaient des ragoûts, les tripiers des abats. Même en l'état peu appétissant, tout restait cher pour les habitants des environs.

À un coin de rue, ils croisèrent un fourgon où des archers du guet chargeaient un colosse au regard abruti et un vieillard épouvanté. Des lèvres du colosse hagard s'échappait comme une mélopée.

— Que se passe-t-il ? demanda doucement Hélène qui s'était arrêtée.

Volnay la considéra calmement. Même la neige ne pouvait faire oublier les lueurs mordorées dans ses grands yeux verts.

— On enfourne pêle-mêle, pour l'hôpital de Bicêtre, les fous, les vagabonds, les épileptiques et les vieillards, expliqua-t-il.

— Dans ce mouroir ?

— Remerciez-en le roi et son zélé serviteur, M. de Sartine!

Elle lui jeta un regard triste mais ne répondit pas. Il avait cru la mettre en colère mais, au contraire, elle se rapprocha plus encore, comme cherchant auprès de lui un soutien qu'elle ne pouvait espérer trouver ailleurs.

Lorsqu'ils arrivèrent faubourg Saint-Marcel, la neige avait cessé de tomber et un soleil anémié tentait de réchauffer quelque peu le monde à ses pieds. Ici, la pauvreté se lisait aussi bien sur les visages maigres qu'à travers le mouvement des corps, immensément douloureux, brisés par la fatigue. On y sentait tant le manque de nourriture que la brièveté du sommeil et les mains rendues calleuses par les travaux les plus pénibles. Les gens ne portaient pas de souliers mais des sabots. Leurs vêtements étaient dépareillés, boutons et poches arrachés. La rudesse de leur vie n'empêchait pas le recours au vice. Ils virent deux jeunes hommes qui commettaient sous un porche des indécences avec une prostituée. Malgré le froid, le plaisir se prenait aussi toujours dans la rue, rapidement et brutalement. Hélène jeta un rapide coup d'œil à Volnay qui détourna le regard.

Dans le cabaret décrit par le marchand grec à Volnay, se trouvaient trois grandes tables. L'une d'elles était jonchée de débris de nourriture et, tels des rats affamés, hommes, femmes et enfants aux vêtements rapiécés se chargeaient de la nettoyer, mangeant avidement. Leurs ventres maigres, leur teint blanc et leurs yeux brillants dévoilaient tout de leur misère. Dieu seul savait où ils passeraient ensuite la nuit.

À une autre table, des ouvriers tentaient d'oublier leur fatigue à coups de vin servis dans des vases de grès et la fumée de leur pipe ajoutait une note boisée à l'odeur rance de leur boisson.

À la dernière table, l'atmosphère était plus tendue. On jouait aux cartes en buvant et en s'apostrophant. Auprès des joueurs chanceux s'agglutinaient des femmes qui se voulaient aguicheuses. Parfois des éclats de voix jaillissaient et des chopes ou des poings cognaient lourdement la table. On sentait qu'il suffisait d'un geste ou d'une parole pour que tout s'embrase et qu'une rixe éclate.

Volnay prit le bras de la jeune femme et l'entraîna dans un coin où un demi-tonneau servait de table.

— Sacrée garce, dit bruyamment un joueur en lorgnant effrontément Hélène.

Le commissaire aux morts étranges coula vers lui un regard glacial et s'assit en soulevant son manteau, laissant dépasser la pointe de son épée. Les rires se turent et l'on se mit à chuchoter tout en les observant de biais. Leurs vêtements trahissaient leur condition et seuls les gentilshommes ou les militaires étaient autorisés à porter l'épée. On se demandait bien ce qu'un tel couple fabriquait par ici. Le policier commanda et on leur servit pour huit sols deux pintes de vin et pour vingt sols un morceau de salé.

Pendant qu'il mangeait, Volnay observa du coin de l'œil les personnes à la table de jeu. Plusieurs prostituées se trouvaient manifestement parmi elles et lui adressaient des œillades coquines. Aucune d'elles ne semblait assez âgée pour être la Vorace que le marchand grec dépeignait comme une femme d'une quarantaine d'années. Le policier repéra une fille aux manières plus soignées que celles de ses collègues. Son visage, parsemé de taches de rousseur sur le nez et les pommettes, était encadré d'une courte chevelure rousse. Sa vivacité, ses yeux noisette, deux jolies fossettes et un ravissant petit menton en pointe faisaient penser à un écureuil. D'un geste discret, le commissaire aux morts étranges l'invita à sa table.

La prostituée eut un imperceptible mouvement de surprise et, après un court moment d'hésitation, les rejoignit sous les quolibets des joueurs. Les mots de *putain* et de *coquine* revenaient maintenant dans les conversations sur le couple. La fille se tint devant eux, les mains dans le dos, en se mordillant les lèvres. Volnay la considéra. De près, elle semblait très jeune, presque fragile, dans ses vêtements de mauvaise qualité : un casaquin de toile violette, des jupons à raies rouges et des bas de laine grise. Des bijoux de pacotille tintaient faiblement à ses poignets. Ses yeux laissaient filtrer une lueur inquiète que n'arrivait pas à atténuer son sourire engageant.

— Asseyez-vous, dit gentiment Hélène. Quel est votre nom ?

— Ici, on m'appelle l'Écureuil, répondit-elle en froissant nerveusement ses jupons aux couleurs défraîchies.

— Asseyez-vous, fit Volnay. Nous ne vous voulons aucun mal. Je cherche une de vos compagnes, une dénommée la Vorace. La connaissez-vous ?

L'autre prit une expression rusée.

— Pourquoi la voulez-vous elle plus qu'une autre ? Elle n'est pas de première jeunesse !

— Mais elle a bien d'autres qualités, répondit Volnay en clignant de l'œil.

L'Écureuil le considéra avec méfiance.

— C'est pour vous deux ?

Cela ne semblait guère avoir de sens pour elle qu'un couple aussi distingué soit à la recherche de cette femme. Volnay sentit la faiblesse de son argument sans trouver pour autant la bonne répartie. Ce fut Hélène qui vint à son secours.

— Mon mari a l'aiguillette nouée et n'est donc plus en mesure de me faire du bien au lit.

Si l'aiguillette était le lacet ferré à ses extrémités qui permettait de fermer les vêtements, c'était aussi le surnom du sexe des hommes. L'Écureuil prit un air soucieux.

— Oh ! Est-ce qu'on lui a jeté un sort ?

— Je l'ignore mais il m'a avoué que la Vorace est la dernière femme avec qui il a pu mener à bien son affaire.

Elle jeta un coup d'œil espiègle à Volnay.

— Mon mari a l'air sérieux comme cela mais en vérité c'est un homme à femmes !

Le policier ne broncha pas.

— Nous espérons tous deux, reprit Hélène, qu'en retrouvant la Vorace, elle puisse lui dénouer l'aiguillette.

La compréhension se fit jour sur le visage de la jeune fille.

— Mais, dit-elle encore méfiante, il n'a pas besoin de vous pour cela.

— C'est que, avoua Hélène en baissant les yeux d'un air gêné, j'aimerais bien voir comment elle s'y prend avec lui. Je pourrais reproduire ce qu'elle lui fait…

La prostituée hocha la tête. L'explication lui paraissait claire maintenant. Elle côtoyait le vice depuis assez longtemps pour ne plus être étonnée de rien.

— Je peux vous conduire jusqu'à elle mais cela vous coûtera quelques pièces car pendant ce temps c'est autant de clients que je ne prends pas.

— Vous serez bien rétribuée, intervint Volnay, mais dehors car je ne tiens pas à attirer l'attention sur ma bourse dans ce cabaret.

— Vous êtes un homme avisé, approuva-t-elle en le contemplant songeusement. Si madame votre épouse le permet, après que vous serez passé sur la Vorace, je pourrai lui montrer comment on ranime la flamme d'un homme avant de la moucher à nouveau.

Son regard s'attarda sur le beau visage du commissaire aux morts étranges.

— Vous seriez surpris de ce que je peux lui apprendre, ajouta-t-elle en se passant la langue sur les lèvres.

Le policier se leva, imité par Hélène.

— J'en suis persuadé ! Allez chercher votre manteau et sortons retrouver la Vorace.

Le temps s'était gâté mais, sous la clarté de la lune, les flocons de neige semblaient de la poudre d'argent. Volnay regarda Hélène et la trouva belle. À côté d'elle, la prostituée vacillait légèrement comme si la boisson et le froid la saisissaient soudain. Le policier leur prit le bras à toutes deux pour les aider à marcher sur le sol glacé. Étonnée par tant de délicatesse, l'Écureuil lui jeta un regard surpris.

L'immeuble sale et délabré dans lequel ils pénétrèrent exhalait des odeurs de fange fortes et prenantes. Des immondices formaient un tas puant à son entrée. Au rez-de-chaussée, se trouvait un atelier de menuiserie bruissant de vie.

— Garce à soldats ! marmonna un apprenti en les bousculant, une serpette à la main.

— Je ne connais pas cet homme, murmura l'Écureuil la tête baissée.

Derrière une porte, ils entendirent la querelle d'un couple suivi de quelques claques bien senties et des hurlements. Sans mot dire, ils empruntèrent un escalier aussi raide qu'une échelle, se tenant aux murs tant les marches craquaient, menaçant de se rompre à tout moment sous leur poids. Hélène lui prit naturellement la main et, un instant, le policier sentit son parfum l'envahir. Au second étage, à peine essoufflée, l'Écureuil désigna une porte sous laquelle filtrait une faible lueur. Tout à son rôle, Hélène se blottit contre Volnay. Tendant l'oreille, le policier distingua des bruits sourds et des halètements significatifs.

— Ah, fit la jeune prostituée, elle est en affaire. Il va falloir attendre. Avec les hommes, ce n'est jamais très long!

Volnay haussa légèrement les épaules. Hélène sourit, s'écarta de lui et croisa les bras sur sa poitrine, les yeux fixés sur le plancher. Soudain on entendit des cris :

— Garce! Savate de tripière!

— Il ne la ménage pas, commenta sobrement l'Écureuil.

Des coups sourds se mirent à pleuvoir suivis d'exclamations :

— Gueuse! Puante! Prends ça!

Hélène tressaillit violemment comme si c'était elle qu'on venait de frapper. D'un geste instinctif, Volnay porta la main à son épée.

— Laissez, fit l'Écureuil d'un ton neutre, les hommes aiment à battre les femmes. Cela les aide à se croire plus forts que nous.

La porte ne tarda pas à s'ouvrir sur une face de rat d'un âge indéterminé. Surpris de trouver tant de monde sur le palier, l'homme les examina en écarquillant les yeux.

— Quelle foutue drôlesse! dit-il dans un souffle avant de s'élancer dans l'escalier en se cognant l'épaule contre le mur.

— Au suivant! cria une voix aigre. Et fermez la porte ou je vais attraper la mort!

Le commissaire aux morts étranges entra, suivi des deux femmes.

— Êtes-vous la Vorace?

Celle-ci les fixa un instant. Elle avait dû être belle avant que la dureté des temps n'altère et ne durcisse ses traits. Ses paupières à demi baissées laissaient filtrer une lueur rusée, presque sournoise.

— À qui dois-je frotter le cul? demanda-t-elle finalement.

Volnay réprima un sourire. À ses côtés, Hélène prit un air détaché. Le policier tira la pièce promise de sa bourse et la tendit à l'Écureuil.

— Merci, fit celle-ci en singeant une révérence. Si vous avez encore besoin de mes services, vous savez où me trouver quand je ne suis pas occupée.

— Je m'en souviendrai, répondit poliment Volnay.

Il la poussa doucement dehors et ferma la porte derrière elle.

— À nous deux, fit-il en se tournant vers la Vorace.

— À nous trois plutôt, remarqua la prostituée.

— Ce n'est pas ce que vous croyez. Je suis commissaire au Châtelet et je viens vous interroger sur votre participation à une messe noire qui a conduit au meurtre d'une enfant dans un cimetière.

Son ton était assuré, le policier préférant commencer par la conclusion plutôt que par la question. Le coup porta. Le visage fripé de la Vorace devint tout blanc comme si on venait de la vider de tout son sang. Elle ouvrit la bouche, la referma comiquement puis coassa dans un murmure :

— Quoi? Que dites-vous? Non, non! Jamais je n'ai fait ça!

Volnay planta durement son regard dans le sien.

— Allons, je sais tout! Comment vous avez acheté ce produit au marchand grec dans la ruelle de l'Or et comment vous avez administré la communion dans ce cimetière! Vos complices ont parlé. Si vous ne voulez pas être accusée de meurtre, il faut tout me dire.

— Ce n'est pas moi! Pas moi! C'est ce damné curé!

— Comment se nomme-t-il?

— Je ne sais pas! On l'appelle le curé dansant. C'est un diable, il ne tient pas en place!

— Et les autres? demanda Hélène. Il y avait trois hommes et deux femmes en plus de la victime dans ce cimetière…

— Je ne les avais jamais vus!

Le ton de sa voix était désespéré.

— Cela suffit! fit Volnay en saisissant le coude de la femme. Vous allez me suivre au Châtelet.

Il la traîna jusqu'à la porte mais, arrivée là, elle cessa toute résistance et se projeta soudain en avant, déséquilibrant le policier. Avec l'énergie du désespoir, elle s'engouffra dans l'escalier. On entendit soudain un cri suivi du bruit sourd d'un corps qui roule. Volnay et Hélène se précipitèrent. La Vorace gisait sur le palier du premier, le corps désarticulé comme un pantin. Le policier s'agenouilla auprès de la prostituée.

— Elle s'est brisé la nuque, murmura-t-il lugubrement.

La jeune femme s'accroupit près de lui. Derrière eux, des portes s'entrouvraient et des visages hagards apparaissaient, contemplant le spectacle d'un air effaré. Volnay fixa curieusement Hélène.

— Le prêtre récite la messe à l'envers, la prostituée donne l'eucharistie et nous avons retrouvé les autres traces des pieds de deux hommes et d'une femme qui assistaient à cette messe. Cela dit, comment le saviez-vous puisque nous ne vous en avons jamais parlé?

— Sartine me l'a indiqué, vous lui avez fait un rapport, souvenez-vous…

Cette fois, Volnay ne détourna pas les yeux, plongeant dans ses immenses yeux verts aux reflets mouchetés de doré. Silencieusement, ils s'affrontèrent, aucun d'eux ne voulant céder le premier.

— C'est juste, dit enfin le policier d'un ton neutre.

Il lui prit la main et l'aida à se relever.

— Venez, nous allons prévenir le guet. Ensuite, nous rentrerons. La nuit tombe et je n'aime guère laisser mon père seul et malade.

Baignés par la lueur grisâtre d'un crépuscule précoce, les deux jeunes gens quittèrent le quartier populeux du faubourg Saint-Marcel et regagnèrent la demeure du moine.

— Il a dormi quelques heures, expliqua l'ouvrière en linge lorsqu'ils prirent des nouvelles du malade. Lorsqu'il s'est réveillé, il m'a demandé de lui préparer de nouveau une tisane et de lui appliquer sur les tempes un onguent pour faire tomber la fièvre. Ensuite, il s'est rendormi. J'ai dû le réveiller toutefois lorsque les messieurs sont venus pour le corps.

— Le corps?

Volnay se souvint tout à coup des embaumeurs qui devaient venir faire la toilette de Sophia et la mettre en bière.

— Ah oui, ceux-là… je les avais oubliés.

— Après, il a dormi de nouveau, continua l'ouvrière en linge.

Elle se mordilla les lèvres.

— Il faut que je vous dise, pendant qu'il dormait, j'entendais comme le bruit d'une conversation mais, lorsque je suis entrée dans la chambre, elle avait cessé et votre père se trouvait seul, l'air extasié…

— La fièvre devait le faire délirer, risqua Hélène.

La brave femme se tourna vers elle.

— C'est étrange pourtant, on aurait dit deux voix, la sienne et une voix féminine. À la porte, je l'ai entendu l'appeler Sophia. Le chien est devenu comme fou. J'ai été obligée de le sortir dans la cour. Mais même là, il continuait à gratter contre la porte…

Le commissaire aux morts étranges prit un air soucieux et tira de sa bourse quelques pièces.

— Je vous remercie. Peut-être aurai-je encore besoin de vos services demain.

— Vous savez où me trouver !

Elle empocha l'argent en remerciant et sortit. Une toux déchirante s'éleva de la chambre. Hélène se précipita et, lorsque Volnay la rejoignit, la jeune femme était assise sur le lit, caressant la main du moine.

— Voilà exactement le genre de soins que mon père adore ! commenta sans réfléchir le policier.

— Votre père ?!

Hélène le contemplait, les yeux écarquillés de surprise. Volnay se rembrunit. Cela lui avait échappé.

— Je ne pensais pas Sartine aussi discret, murmura le moine.

— Il l'est, fulmina Volnay. C'est moi qui suis un âne bâté !

Un sourire illumina le visage d'Hélène.

— Votre père ?! répéta-t-elle.

Elle rit.

— Cela explique bien des choses !

— Sartine est seul au courant de notre parenté, fit sèchement Volnay. Je compte sur vous pour conserver ce secret.

— Mais pourquoi ? demanda Hélène.

— Cela vaut mieux pour nous deux, intervint le moine. Dans ma jeunesse, j'ai dit et fait bien des bêtises!

— Si c'était seulement dans ta jeunesse! soupira son fils.

À nouveau, le rire clair d'Hélène emplit la pièce, résonnant joyeusement entre les murs froids. La jeune femme se leva, rejeta sa splendide chevelure en arrière et les contempla d'un air amusé.

— Jamais le proverbe tel père tel fils ne s'est révélé aussi faux! commenta-t-elle avant de sortir de la pièce. En tout cas, vous vous êtes bien joué de moi, endormeurs de mulots! Bon, je vais vous chercher à manger.

Elle sortit. Le moine l'accompagna du regard jusqu'à la porte. Volnay agacé secoua la tête mais son père sourit.

— Cette jeune femme est admirable, j'aimerais l'avoir pour fille!

— Il est vrai que tu n'as cure de ton fils, marmonna Volnay.

Le moine le considéra avec effarement.

— Mais pourquoi donc dis-tu ça?

— T'es-tu jamais soucié de moi quand j'étais enfant?

Le moine étouffa une quinte de toux sèche.

— C'est faux!

— Tu me disais que tu allais venir jouer avec moi et moi je te croyais bêtement, attendant des heures que tu lèves la tête de tes maudits bouquins.

— Mais je venais! Et puis je t'ai appris à écrire et à lire…

— Tu ne m'as appris à lire que pour te débarrasser de moi en me mettant dans les mains un de tes foutus bouquins!

Son père prit une expression attristée.

— Tu me fais de la peine, mon fils!

Il s'interrompit car Hélène revenait, une miche dans les mains.

— Nous avons acheté cela sur le chemin du retour, expliqua-t-elle. C'est un bon pain blanc à la farine de froment. Il vous faut reprendre des forces.

— Il me reste des noix, dit faiblement le moine. J'en mangerais bien quelques-unes trempées dans du bon sel blanc.

— Je vous les apporte tout de suite!

Le moine cligna de l'œil en direction de son fils.

— Je découvre tous les plaisirs d'être malade avec une jeune et jolie femme pour s'occuper de moi…

— N'en abuse pas! Et maintenant raconte-moi en détail ton rêve…

— Mon rêve? Mais est-ce bien un rêve?

VII

LE RÊVE DU MOINE
ET AUTRES DIABLERIES

Ce fut d'abord comme une présence invisible mais insistante qui lui fit ouvrir les yeux. Il s'efforça de garder son calme pour distinguer l'imaginaire du réel. Au bord du lit, fragile et pâle, les mains sagement posées sur ses genoux, Sophia assise le contemplait d'un air grave. Il nota qu'elle avait un petit air perdu mais rien de sa beauté subtile n'en était occulté et ses cheveux blonds lui ceignaient la tête comme un casque doré. Ses yeux bleus avaient la pureté des glaciers. Si, à son âge, il avait été son camarade de jeux, le moine pensa qu'il en serait tombé follement amoureux.

— Vous êtes bien malade et vous avez de la fièvre, dit-elle.

Le moine ne bougea pas comme si la jeune fille était un oiseau qu'un seul mouvement, même furtif, pouvait faire s'envoler.

— Dormez-vous ? demanda-t-elle.

— Non, je ne dors pas. Je ferme simplement les yeux pour me reposer de la vie.

— Vous devriez dormir, reprit-elle d'un ton très sérieux. Vous n'avez pas l'air bien du tout…

— Ce siècle est trop dur pour me permettre de dormir, répondit le moine.

Un gémissement se fit entendre derrière la porte.

— Qu'est-ce que c'est ?

— Votre chien. Il nous a adoptés moi et votre fils.

Elle battit des mains, ravie.

— Oh que je suis contente. Je peux lui ouvrir ?

— Il ne vaut mieux pas, il y a une dame dans l'autre pièce. Il ne faut pas qu'elle vous voie !

Il se redressa sur son séant. Sophia était habillée d'une robe de velours bleu pâle qui lui allait bien malgré la pâleur de sa mine. Un manteau couvrait ses épaules.

— N'avez-vous pas froid?

— J'ai trouvé ces vêtements dans votre armoire. Ils étaient bien pliés, j'espère que cela ne vous contrarie pas.

— Ils appartenaient à ma femme, personne ne les porte plus aujourd'hui.

— Oh, j'en suis désolée.

— C'est ainsi.

— Enfin, ils sont un peu grands pour moi mais ils me tiennent chauds, surtout le manteau. J'ai eu si froid dans votre cave.

— J'en suis navré, je vous croyais morte.

— Mais vous avez posé cette grosse couverture sur moi, remarqua-t-elle. C'était gentil. Je vous entendais, vous savez? Vous paraissiez tellement triste de me voir morte. Qui êtes-vous donc?

Le moine plissa les yeux pour réfléchir.

— Disons que je suis une sorte de philosophe en avance sur son temps et de savant un peu fou. J'aide mon fils qui est policier. Il est chargé d'enquêter sur votre mort.

— Oh! Alors, je suis morte? Vraiment morte?

Elle avait pris un air désemparé, presque apeurée.

— Que va-t-il m'arriver?

Le moine tenta de la rassurer.

— J'imagine que vous allez gagner la lumière. C'est notre but à tous.

Sans un mot, Sophia se leva et alla à la fenêtre.

— Le ciel est si gris, murmura-t-elle. Serai-je encore là demain? Passerai-je l'hiver et sentirai-je de nouveau les lilas et la rose?

— Vous serez toujours en moi, répondit gravement le moine. *Macte animo! Generose puer, sic itur ad astra.*

Et il traduisit pour être certain qu'elle comprenne :

— "Courage noble enfant! C'est ainsi qu'on s'élève vers les étoiles."

Elle se tourna vers lui, son sourire flottait dans l'air, teinté de mélancolie.

— Je n'ai rien eu le temps d'apprendre, murmura-t-elle, et j'avais tant de choses à donner…

Pensive, elle se mordilla les lèvres avant de revenir vers lui à pas lents, les mains dans le dos.

— Avez-vous d'autres enfants que votre fils?

Le moine se troubla.

— Non mais c'est la fierté de mes vieux jours même s'il l'ignore.

— L'important est qu'il sache que vous l'aimez!

À cet instant, le soleil sembla la frapper d'un de ses rayons anémiés. Le moine lui trouva une pâleur qui lui rappela la nuit au cimetière.

— Qui donc vous a tuée? demanda-t-il.

Sophia se troubla.

— Tant de gens, chuchota-t-elle. Si vous saviez… À cet instant on entendit un bruit de pas puis une voix inquiète :

— Monsieur? Tout va bien?

Sophia posa un doigt sur ses lèvres pour lui intimer de se taire.

— Il faut que je disparaisse. Rendormez-vous! Non, en fait, vous dormez déjà et moi je suis morte!

VIII

LE CURÉ DANSANT
ET AUTRES DIABLERIES

Le moine termina ainsi son récit, trônant comme un roi dans son fauteuil près de l'âtre. Il portait une magnifique robe de chambre d'indienne aux couleurs vives et aux motifs orientaux qui lui donnait l'apparence d'un monarque d'un pays exotique. Hélène et son fils l'écoutaient à ses pieds comme de fidèles sujets.

— Et c'est tout ? demanda Volnay.

— Diable, fit le moine, oui. Je me suis rendormi mais sa présence était bien réelle, je te l'assure. Tiens, regarde, même le chien en a encore le poil tout hérissé !

Le policier jeta un coup d'œil à l'intelligent animal. Celui-ci haleta brièvement, la langue pendante avant de jeter un bref aboiement.

— Que veux-tu me dire ? demanda le commissaire aux morts étranges avec un grand sérieux.

Les oreilles du chien bougèrent dans sa direction.

— Je vois, ma pie est plus explicite que toi...

Il contempla de nouveau le chien. Son poil était blanc mais parsemé par endroits de touffes rousses.

— Cet animal n'était-il pas d'une autre couleur lorsque je t'ai quitté ?

— La bonne dame qui m'a gardé l'a jugé trop sale et l'a frotté. Cela l'a mis dans un état proche de la folie !

Volnay grogna quelque chose et s'approcha du feu, prenant plaisir à réchauffer ses doigts gourds au-dessus des flammes.

— Tout ceci est bien mystérieux mais je ne suis pas certain d'être le mieux placé pour interpréter tes rêves !

— Les rêves viennent à l'homme par des voies bien étranges, remarqua Hélène, et je ne pense pas que ceux-ci doivent quelque chose à la disposition des étoiles. Il me semble que c'est plutôt une voix extérieure, mais pourtant pas étrangère à nous-mêmes, qui nous parle sans que nous voulions l'entendre.

— Je tiens pour très intéressante votre approche des rêves, ma chère, fit le moine. Moi-même, il y a peu, j'ai rêvé d'abeilles. Vous savez ce que cela signifie ? Profit pour les pauvres, rien pour les riches ! Mais attention, si elle vous pique dans votre rêve, cela révèle un prochain échec !

Il étouffa une toux sèche.

— Enfin, pour en revenir à notre sujet, je ne suis pas certain que l'apparition de cette enfant puisse être qualifiée de rêve. J'ai plutôt l'impression que Sophia me parlait depuis l'au-delà.

Volnay et Hélène se jetèrent un coup d'œil entendu.

— Cette petite me hante, reprit le moine sans paraître remarquer leur inquiétude. J'ignore pourquoi mais elle m'a parlé, j'en suis certain !

— C'est sans doute parce qu'on l'enterre demain, hasarda Hélène, tout cela vous trouble.

Le commissaire aux morts étranges soupira puis tenta de changer de sujet de conversation.

— Il est bien de s'intéresser à la victime d'un meurtre mais il est plus important de porter son attention sur ses assassins. Tu es tellement fasciné par cette petite Sophia que tu ne nous as même pas interrogés sur notre enquête !

Il lui raconta alors l'épisode de la Vorace et le moine, les yeux brillants, poussa des exclamations.

— Eh bien, conclut-il, la justice a frappé. La prostituée a payé sa participation à cette sinistre messe noire, au tour de ce curé dansant !

Volnay se rembrunit. Il ne parvenait pas à s'habituer au comportement inhabituel de son père, d'habitude si posé, logique et réfléchi dans une enquête.

— Nous nous en occuperons plus tard, la nuit tombe tôt et je suis fatigué. J'aurais d'ailleurs peut-être besoin de quelques mouches pour m'occuper du curé dansant. Et puis demain matin, c'est l'enterrement de Sophia. Son père nous en a finalement laissé la charge. Il ne s'en occupe pas plus dans la mort que dans la vie! On viendra chercher le cercueil dans la cave demain vers dix heures.

Il jeta un coup d'œil à Hélène.

— Je vais rester veiller mon père. Si vous le souhaitez, vous pouvez passer la nuit chez moi puisque c'est à deux pas de là.

Il réalisa soudain qu'il ignorait où logeait la jeune femme, celle-ci ayant toujours couché chez son père jusqu'à présent!

— Je préfère rester là, un fauteuil me suffira. Allez prendre du repos, vous êtes fatigué, je le veillerai.

Volnay se figea.

— Ce n'est pas la peine, il n'est pas à l'article de la mort.

— Il est malade et encore faible, il faut que quelqu'un reste près de lui.

— Certes et je resterai.

Ils se défièrent du regard.

— C'est mon père, articula doucement Volnay avec une nuance dangereuse dans le ton. Je demeurerai près de lui.

Le moine intervint doucement.

— Non mon fils, rentre chez toi. Tu as besoin de repos car tu as beaucoup de sommeil en retard. Hélène restera près de moi. Et puis, ta pie a besoin de ta présence!

Le jeune homme se raidit.

— Père, je ne pense pas…

— Au contraire, tu penses trop. Rentre vite te reposer et dis bonsoir à la pie pour moi!

D'habitude impassible, le visage de Volnay sembla exprimer toute une série d'émotions contraires puis, comme sonné par un coup porté trop violemment, il se dirigea vers la porte en titubant légèrement. Avant de sortir, il se retourna comme s'il venait de se souvenir de quelque chose.

— Viens ici, toi! ordonna-t-il au chien.

Celui-ci le regarda puis se retourna pour fixer le moine. Il semblait perplexe. Finalement, il choisit de se coucher aux pieds du propriétaire des lieux. Volnay sortit en claquant sèchement la porte derrière lui.

— Pourquoi avez-vous renvoyé votre fils? demanda Hélène.

135

Le moine prit un air contrit.

— Quand je suis malade, je préfère la compagnie féminine.

— Vous avez déjà eu Sophia, lui fit-elle remarquer ingénument.

— Oui mais vous, vous êtes bien réelle!

Volnay était sorti furieux de chez son père. Il rentra chez lui, alluma du feu puis ôta la chaude couverture sur la cage de sa pie avec laquelle il engagea sa conversation habituelle.

— Ce vieil égoïste n'en a plus que pour cette Hélène! Ah, j'enrage! Elle est en train de lui mettre la main dessus. Et lui ne se rend compte de rien, trop heureux de pavaner devant elle qui l'écoute étaler sa science!

Cette fois, la pie resta silencieuse.

J'aurais dû tenter de l'embrasser, songea Volnay mais il n'en dit rien à la pie.

Il tourna encore en rond un moment avant de se décider à sortir. Ses pas rageurs le ramenèrent au cabaret où il avait fait la connaissance de l'Écureuil. La Vorace connaissant le curé dansant, peut-être en serait-il de même de la jeune prostituée. L'entrée du commissaire aux morts étranges suscita un regain de curiosité et les réflexions fusèrent. L'Écureuil se trouvait là, agrippée aux épaules d'un joueur chanceux. Le commissaire aux morts étranges commanda à boire et s'efforça d'avaler la piquette sans grimacer. Après un instant d'hésitation, la jeune prostituée le rejoignit et se tint près de lui, les mains dans le dos, se balançant d'un pied sur l'autre.

— On parle beaucoup dans le quartier, chuchota-t-elle. On raconte qu'un policier brutal a rendu visite à la Vorace et qu'elle en est morte.

— Elle s'est précipitée la tête la première dans l'escalier en voulant s'enfuir, se brisant la nuque contre les marches.

L'Écureuil déglutit péniblement.

— N'importe! Je ne veux pas avoir affaire à vous. Je tiens à ma réputation dans le quartier.

Volnay hocha la tête. Il savait que tout le monde connaissait tout le monde dans un quartier et qu'une réputation perdue pouvait dresser contre soi toute une communauté, rendant la vie impossible.

— Si l'on savait que c'est moi qui vous ai conduit à elle… reprit l'Écureuil en frissonnant.

— Que diriez-vous d'un louis d'or? demanda Volnay qui savait toujours trouver les bons arguments.

Une lueur d'envie voila le regard de l'Écureuil.

— Deux! fit-elle précipitamment. Congédiez-moi violemment comme si je vous agaçais puis sortez et rejoignez-moi à ma chambre dans une heure. La seconde rue à votre droite en remontant vers le maître bonnetier. Comptez trois portes et montez au dernier étage. J'ai dessiné un oiseau sur ma porte pour que les clients trouvent plus facilement.

— Un oiseau? Savez-vous que j'ai une pie chez moi? Elle sait parler…

— Vous m'en direz tant! Vous verrez que mon oiseau à moi est des plus ordinaires. Maintenant repoussez-moi, traitez-moi de gueuse et dites-moi de fiche le camp!

Le policier haussa les épaules, lui donna une bourrade et la repoussa brutalement en l'insultant, déclenchant des quolibets et des menaces à la table des joueurs. Volnay jeta ensuite son manteau sur ses épaules et se leva, toisant la tablée d'un air glacial, la main sur la garde de son épée. Cet avertissement muet éviterait qu'on ne le suive dans la rue.

Dehors, la nuit semblait porter tout le poids de la neige. Le vent jouait à projeter dans le ciel des gerbes d'écume blanche. Volnay cligna des yeux et, à travers les bourrasques, s'efforça de trouver l'adresse indiquée qu'il dépassa. Au coin de la rue, il s'embusqua pour vérifier que personne ne le suivait. Puis il revint prudemment sur ses pas, tous ses sens aux aguets. Il entra dans l'immeuble de l'Écureuil et gravit silencieusement les marches jusqu'à la porte de la jeune fille, reconnaissant le dessin grossier annoncé de l'oiseau.

Il s'emmitoufla dans son manteau et s'assit sur la dernière marche de l'escalier, les mains serrées autour de son corps pour se réchauffer, essayant d'oublier les effluves nauséabonds qui emplissaient les lieux. Au bout d'une petite heure qui lui parut interminable, un pas léger lui fit dresser l'oreille. Il se pencha avec précaution au-dessus de la balustrade et aperçut dans la pénombre une ombre menue. Bientôt se précisa la silhouette de l'Écureuil. Elle montait lentement, économisant son souffle en marquant une pause à chaque étage. Personne ne la suivait. Lorsqu'elle fut devant lui, les yeux brillants, Volnay craqua une allumette.

— Vous voilà…

La neige avait laissé son empreinte blanche dans ses cheveux. Volnay se retint de les épousseter même si l'envie lui en prit. L'Écureuil fourragea dans sa poche et en sortit une grosse clé qu'elle introduisit dans la serrure.

— Je vais faire de la lumière, dit-elle en passant devant lui.

Bientôt, la maigre lueur d'une chandelle se refléta contre le mur, révélant un réduit si étroit que Volnay eut la sensation qu'en écartant les deux bras il toucherait les murs de chaque côté. L'unique fenêtre était garnie de papier huilé et un froid atroce régnait dans la pièce. Hormis une paillasse recouverte de deux couvertures de laine, seuls un coffre pour les affaires, une petite table et une chaise meublaient l'appartement. Le commissaire aux morts étranges entra. En souriant, la jeune fille referma à clé derrière lui.

— Est-ce bien utile ? demanda Volnay étonné. Je ne compte pas rester.

— Monseigneur sera plus rassuré qu'on ne puisse pénétrer ici, remarqua-t-elle finement.

Le policier hocha la tête pour marquer son approbation mais conserva ses distances lorsque la jeune fille s'assit sur son grabat. Elle était si maigre qu'elle semblait avoir les flancs cousus. Ses jupons relevés laissaient entrevoir une paire de bottines noires et des bas de laine gris rapiécés. Elle tendit la main.

— Mes deux louis, s'il vous plaît.

Volnay lui en glissa un dans la paume et tira la chaise à lui.

— Vous aurez l'autre si vous me renseignez bien.

— Ce n'était pas convenu ainsi, se plaignit-elle.

— C'est ainsi. Je cherche un curé, sans doute défroqué. On le surnomme le curé dansant. Avez-vous entendu parler de lui ?

Elle rit.

— C'était un bon ami de la Vorace mais il n'est pas plus curé que vous et moi. Il était bedeau mais on l'a chassé car il buvait trop, surtout le vin de messe! C'est un mauvais homme. Il rôde dans le quartier et l'on raconte qu'il travaille avec les voleurs de cadavres.

— A-t-il des amis?

L'Écureuil eut un bref haussement d'épaules.

— Personne ne peut le supporter. Il vous regarde avec le mauvais œil et vous lance des sorts! Ici, on craint cela. Savez-vous que le démon est déjà passé par la taverne d'où nous venons il y a dix ans de cela?

— Vraiment? fit Volnay sceptique mais amusé.

— Oui, on raconte qu'un soir de grand orage un homme vêtu de noir entra dans la taverne et offrit à boire à tous les clients jusque tard dans la nuit. Sa bourse était bien pleine. Le tavernier alla dormir en cachant celle-ci sous son oreiller. Au matin, lorsqu'il l'ouvrit, elle ne contenait plus que du charbon et du fumier!

— Et il en déduisit que c'était le diable qui l'avait payé!

Volnay songea qu'on avait surtout habilement détroussé le tavernier mais il n'en dit rien.

— Revenons à notre curé dansant, savez-vous où il demeure?

Elle secoua la tête.

— Je n'en ai aucune idée.

— Alors, vous n'aurez pas ce second louis.

— Attendez!

Elle fronça comiquement les sourcils et tordit sa jolie bouche en une moue désabusée.

— Comme vous êtes dur avec moi! Ne vous êtes-vous jamais demandé pourquoi on le nomme le *curé dansant*?

Vexé, Volnay dut reconnaître que non.

— Eh bien, triompha l'Écureuil, parce qu'il danse! Je connais un cabaret où l'on joue de la musique pour danser. Chaque fois que j'y suis allée, je l'ai aperçu. Je peux vous y conduire. Nous y serons une heure avant minuit.

Elle tendit la main.

— Ma pièce!

— Je vous la donnerai lorsque nous verrons notre homme. Vous avez fort bien pu inventer cette histoire de cabaret!

Elle fit semblant de bouder.

— Méchant policier!

Mais Volnay n'était pas d'humeur à plaisanter.

— Allons-y, la pressa-t-il en se levant.

L'Écureuil ne bougea pas. Sa main froissait et défroissait nerveusement les plis de son jupon. Un instant, le bas qui couvrait sa cheville luit faiblement à la clarté de la chandelle.

— D'accord! fit-elle précipitamment en sautant sur ses pieds.

Et elle trébucha pour tomber dans les bras de Volnay. Le jeune homme la retint instinctivement, les bras autour de sa taille. Elle en profita pour plaquer ses lèvres sur les siennes. Volnay la repoussa doucement, sa bouche encore fraîche du baiser déposé. Son cœur était ailleurs, à soupirer après Chiara qui s'en était allée après le lui avoir brisé.

— Je ne suis pas assez bien pour vous, c'est cela? regretta l'Écureuil.

— Cela n'a rien à voir, la rassura-t-il.

Et cela était vrai tant Volnay n'éprouvait aucune fierté particulière à tenir son rang et ne portait en lui que des idées d'égalité et de fraternité.

— Mettez votre manteau, reprit-il, nous sortons.

La jeune fille recula d'un pas et, levant la main, effleura du bout des doigts la fine cicatrice qui courait du coin de son œil droit à sa tempe.

— On a été bien méchant avec vous, j'espère que celui qui vous a fait cela subira le feu de la justice divine…

Le commissaire aux morts étranges la considéra soudain avec attention.

— Vous parlez bien pour une fille des rues, remarqua-t-il. Vous avez dû recevoir de l'éducation. D'où venez-vous donc?

Charmée que le policier s'intéresse enfin à elle, la jeune prostituée se montra bavarde.

— Mon grand-père était fabricant de bas et mon père maître tailleur. Il épousa ma mère qui était étalante au marché Saint-Martin. Mes parents étaient très sévères avec moi, un peu moins avec mes deux frères. Ils nous firent apprendre à lire et à écrire, à compter et quelques petites autres choses qui peuvent servir. Elle regarda autour d'elle, hésita puis se rassit sur son grabat.

— Pour mon malheur, lorsque j'eus quatorze ans, je rencontrai un beau garçon aux manières très honnêtes et qui me paraissait sincère. Il était garçon parfumeur et me fit la cour avec suffisamment de sentiment et de conviction pour toucher mon cœur. Il vint à bout de toutes mes réticences jusqu'à jouir de moi et prendre mon pucelage. Il s'en vanta ensuite dans le quartier, ce qui fut vite rapporté à mes parents.

Le policier hocha la tête. Dans un quartier tout se savait et la rumeur allait parfois aussi vite qu'un cheval au galop, souillant et dévastant les réputations.

— Je fus jetée à la rue sans procès. Mon amoureux m'installa avec lui dans sa mansarde mais se lassa de moi et prit l'habitude de me partager avec un de ses camarades. Je n'osais dire non, de peur d'être jetée dehors, seule et sans travail, et de finir en prison. Un soir, ce garçon amena deux amis à lui avec un pâté et un tonnelet de vin. On but, on mangea puis on abusa de moi. On me frappa tellement fort que les voisins vinrent s'en plaindre et menacer d'appeler le sergent du guet. Cette fois, on me jeta dehors et je finis la nuit sur le parvis d'une église. À partir de là, je me jurai qu'on ne me prendrait plus mon corps sans m'en payer le prix.

Elle baissa la tête.

— Même s'il n'est pas très élevé…

Un frisson la saisit. L'Écureuil frotta ses mains l'une contre l'autre pour se réchauffer. Volnay ôta son manteau pour lui couvrir les épaules et s'assit à côté d'elle.

— Vous valez plus que tout l'or du monde, dit-il gentiment.

Elle ouvrit grande la bouche et oublia de la refermer, surprise de tant d'attention désintéressée à son égard. Pour sa part, le commissaire aux morts étranges savait qu'en ville une jeune fille sans famille ni protection courait facilement le risque de tomber dans la prostitution. Les plus chanceuses parvenaient à se faire embaucher dans l'industrie où les ouvrières se trouvaient bien payées, même si elles occupaient les plus bas emplois, mais pour cela des connaissances étaient nécessaires.

Les autres, si elles ne vendaient pas leur corps, se retrouvaient dans les petits métiers de rue, à vendre des vêtements usagés sur les marchés, des bottes d'épingles sur les trottoirs ou à colporter du charbon ou du bois. D'autres enfin arrivaient parfois à coudre et repriser lorsqu'elles trouvaient un compagnon qui connaissait suffisamment de monde pour obtenir de l'ouvrage.

— Allons, racontez-moi la suite, l'encouragea Volnay.

— Au petit matin, reprit l'Écureuil enhardie en se serrant contre lui, j'allai mendier un quignon de pain dans une boulangerie. Le boulanger me proposa de me donner chaque jour une miche de pain contre mes faveurs. Dans la nuit, il quittait quelques instants son fourneau pour me promener dans les rues et me prendre rapidement sous un porche ou dans une cour dès qu'il en avait l'occasion. Je fis cela avec plusieurs commerçants du quartier, le temps d'avoir de quoi louer une petite chambre.

Du regard, elle parcourut les tristes lieux.

— Ici, c'est tout petit. Je ne possède presque rien et mon logement sent mauvais mais j'ai un toit pour dormir chaque nuit et j'arrive à manger deux fois par jour. C'est bien mieux que rien!

Elle ouvrit sa paume et contempla avec ravissement le louis d'or qui scintillait faiblement.

— C'est la première fois que j'ai quelques économies. Je vais aller m'acheter des vêtements plus chauds, une bonne couverture et payer quelques mois de loyer d'avance. Peut-être pourrai-je même faire mettre une vraie fenêtre!

Ému malgré lui, Volnay la questionna.

— Quel âge avez-vous?

— Seize ans. Et vous?

Ses yeux noisette le fixaient avec curiosité.

— Presque dix de plus!

— Oh! Vous faites plus vieux que cela!

Un mince sourire éclaira le visage pâle du commissaire aux morts étranges. Embarrassée, elle rougit.

— Ce n'est pas ce que je voulais dire. Vous ne faites pas vieux, c'est juste que vous êtes un peu… sérieux!

Elle s'arrêta stupéfaite. Volnay riait aux éclats, surpris et charmé par tant de fraîcheur. Elle jugea qu'il paraissait bien plus jeune lorsqu'il se laissait ainsi aller et se prit à espérer toucher son cœur car il lui plaisait bien.

Le commissaire aux morts étranges baissa la tête et sembla s'absorber dans la contemplation des bottines de l'Écureuil. La distance qu'il maintenait par rapport aux autres ne le privait ni d'émotions, ni de sentiments. Ému par l'histoire de la jeune fille, il n'en voulait toutefois rien laisser paraître.

— Venez, petit Écureuil, dit-il d'un ton très doux. Il faut nous en aller. Couvrez-vous bien! Je ne veux pas que vous preniez froid.

Ils sortirent sous la voûte étoilée, silhouettes solitaires dans la nuit glaciale, marchant prudemment côte à côte à travers les rues enneigées. La rue Bordelles se prolongeait au-delà de l'enceinte de Philippe Auguste et des eaux putrides de la Bièvre par la rue Mouffetard traversant le bourg Saint-Médard. L'odeur des tanneurs, écorcheurs et tripiers qui la bordait souleva le cœur de Volnay mais ne sembla pas incommoder sa compagne.

La foule s'amassait dans une sorte de grange auberge au fond de laquelle se dressait une estrade. Des violonistes échevelés y tiraient l'archet, arrachant de leur instrument un son triomphant. Sous les lampions dansait, sautait et hurlait une foule bigarrée. Les danseurs portaient de mauvais habits, souvent rapiécés. Leurs chaussures ou sabots frappaient le sol de terre battue, provoquant un nuage de poussière, dans un rythme sourd qui reproduisait celui d'un cœur battant follement.

— Cela vous prend dès que l'on entre, n'est-ce pas? fit l'Écureuil.

— Quoi donc?

— L'envie de danser et de se serrer l'un contre l'autre!

Et elle accompagna cette déclaration d'un regard brûlant. Volnay haussa les épaules. Il ne suffisait pas d'une œillade pour enflammer le cœur du commissaire aux morts étranges.

— Faisons ensemble le tour de la salle pour tenter d'apercevoir notre homme.

— Sans danser?

— Oui, sans danser.

— Alors, tenez-moi par la main comme si nous étions ensemble et souriez. Vous ressemblez trop à un policier!

Il lui prit donc la main, elle était toute menue dans la sienne. On jouait maintenant une gavotte à deux temps, assez enlevée, et les danseurs formaient une ligne pour suivre le mouvement vif et gai. Il fut alors plus aisé de dévisager les hommes présents et l'Écureuil secoua la tête.

— Il n'est pas là.

— Vous êtes sûre? Regardez encore, s'il vous plaît. Prenez votre temps.

— Il n'est pas là, vous dis-je.

— Et parmi ceux-là?

Il désigna du menton des hommes qui ne dansaient pas. Les yeux assombris de désir, ils fixaient durement les plus mignonnes des filles qui se déhanchaient.

— Non, confirma-t-elle. Et je vous l'ai dit, le curé dansant danse! Nous pouvons peut-être l'attendre en mangeant quelque chose?

Elle désignait dans un coin de la salle une table qui venait de se libérer. Volnay considéra un instant ses flancs maigres et approuva. Pour dix sols chacun, ils eurent droit à une soupe, un bouilli, un petit morceau de fromage et un demi-verre d'un vin aigre à déchausser les dents. L'Écureuil mangea gaiement et avec appétit. Elle semblait satisfaite de sa soirée et glissait de temps à autre un regard langoureux en direction du commissaire aux morts étranges, fort beau garçon au demeurant. Mais lorsqu'une femme aux sourcils peints frôlait son compagnon, elle fronçait les sourcils en guise d'avertissement, indiquant clairement qu'il était sa propriété.

Volnay se détendit et raconta une anecdote qui courait en ville. Un médecin bien connu se pavanait à l'Opéra avant une représentation, accompagné de deux danseuses. Par jeu, l'une d'elles lui ôta sa perruque et l'autre s'exclama :

— Oh, qu'as-tu fait? Tu viens de lui ôter sa réputation!

Un rire irrépressible gagna l'Écureuil et Volnay charmé l'accompagna jusqu'à ce que la main de la jeune fille couvre la sienne. Il tressaillit et la retira avant de jeter un coup d'œil autour de lui.

— Il n'est toujours pas là?

Dépitée, l'Écureuil secoua la tête.

— Attendons-nous encore?

— Il se fait tard.

— Vous ne voulez toujours pas danser?

— Non.

— Je suis sûre que vous n'avez jamais essayé!

Sans répondre, il donna le signal du départ en se levant et en lui tendant la main. Debout face à face, ils se considérèrent en silence. L'Écureuil trouvait difficile de se plonger dans le regard sans fond du commissaire aux morts étranges. Et puis, celui-ci se détourna et leur fraya avec assurance un chemin dans la foule.

En sortant, ils rencontrèrent un groupe masqué qui semblait pris de boisson. Des quolibets fusèrent à l'intention de la jeune fille. D'une main, Volnay saisit le bras de l'Écureuil et de l'autre caressa la poignée de son épée, geste qui ne passa pas inaperçu et refroidit l'ardeur des moqueurs.

— Les rues ne sont pas sûres. Je vais vous raccompagner chez vous.

Elle le considéra songeusement avant de répondre d'un ton neutre :

— Si vous le désirez.

Ils marchèrent l'un contre l'autre dans la rue pour se protéger du froid et de la bise sifflante. Arrivés en bas de l'immeuble de l'Écureuil, Volnay s'arrêta.

— Vous ne montez pas? demanda la jeune fille.

— Non.

Elle se mordit les lèvres.

— Je ne vous plais pas?

— Ce n'est pas cela.

— C'est parce que je suis une prostituée alors?

— À la cour de Versailles, on se prostitue beaucoup plus que dans les rues de Paris!

Il ôta son gant et caressa du bout des doigts la joue rosie par le froid de la jeune fille qui frémit.

— Vous valez beaucoup mieux que vous ne le pensez.

— Alors pourquoi ne pas monter quelques instants avec moi, je prendrai soin de vous, fit-elle d'un ton plein d'espoir.

— Le frottement de deux épidermes l'un contre l'autre ne résout pas tout! Que reste-t-il après cela?

— Il n'y a pas que les corps, fit-elle d'un ton plein d'espoir. Il y a aussi l'amour…

Volnay recula d'un pas, désabusé.

— L'amour est un jeu de dupes, pourquoi y jouerions-nous?

Il se saisit de sa main et y déposa le second louis d'or. Puis, mû par une étrange impulsion, il se recula pour baiser cette main en effleurant le bout des doigts de ses lèvres comme il aurait fait avec une marquise.

— Mais nous n'avons pas trouvé le curé dansant, s'étonna-t-elle en rougissant.

— Vous n'y êtes pour rien.

— Vous reverrai-je? demanda-t-elle d'une voix soudain fluette.

— Oui. Je reviendrai chez vous demain soir, à neuf heures. Nous retenterons notre chance. D'ici là, renseignez-vous mais discrètement. N'éveillez pas l'attention. Si nous trouvons notre curé dansant, vous aurez droit à deux autres louis d'or.

— Oh, s'exclama-t-elle. Je serai riche!

Elle se haussa sur la pointe des pieds et, avant qu'il ne puisse réagir, déposa sur ses lèvres un baiser glacé.

— À demain alors! fit-elle.

Il la contempla s'éloigner et, alors même que la porte de l'immeuble s'était refermée derrière elle, resta un long moment immobile, songeur sous la neige qui tombait et recouvrait toute chose.

IX

SARTINE ET AUTRES DIABLERIES

Au petit matin, Volnay prit le chemin du Châtelet. Il devait signaler les assassins des quais et en profiterait pour visiter Sartine. Le lieutenant général de police était un personnage considérable dans le royaume et il n'était pas de bonne politique de le négliger.

Malgré le froid dans la pièce, Sartine se trouvait en gilet sans manches. Pour une fois, il reçut cordialement son collaborateur et sembla satisfait des premières explications de son commissaire aux morts étranges.

— Alors, vous avez pu identifier la victime. Sophia, vous dites?

À sa grande surprise, Volnay le vit aller à son bureau et se saisir du croquis de la jeune victime qu'il lui avait laissé. Ainsi Sartine le gardait à portée de main?

— Voici donc son nom, murmura le lieutenant général de police en contemplant songeusement le portrait. Sophia…

— Ce n'est pas tout, reprit le commissaire aux morts étranges en cachant son étonnement devant l'attitude inhabituelle de Sartine. J'ai pu retrouver la prostituée qui donnait l'eucharistie au cours de cette messe noire.

Et il raconta toute l'histoire.

— Comment avez-vous fait pour laisser échapper cette femme? tempêta Sartine à la fin du récit. La prochaine fois, prenez avec vous des archers du guet! Cette histoire pourrait déjà être terminée sans votre maladresse!

Le commissaire aux morts étranges encaissa sans broncher ces injustes reproches et parla du second suspect, sans toutefois mentionner la piste de l'Écureuil.

— *Le curé dansant?* répéta Sartine. Quel drôle de sur-nom! Il dansera encore mieux au bout d'une corde! Je vais mettre mes agents sur ses talons. De votre côté, ne vous en mêlez pas et concentrez tous vos efforts à rechercher l'identité des trois autres participants. Deux hommes et une femme, c'est cela?

Le commissaire aux morts étranges acquiesça. Sartine s'assit sur son bureau, une jambe balançant dans le vide et le fixant d'un air pensif.

— Dites-moi, cet astrologue traitait-il bien sa fille?

Volnay haussa un sourcil interrogateur.

— Était-il un bon père? La battait-il? insista le lieutenant général de police.

— Je ne pense pas. Il ne s'en occupait pas tout simplement. Comme bien des gens de nos jours.

— Ah oui, je comprends.

Sartine hésita.

— Néanmoins, possédait-elle une chambre à elle, prenait-elle trois repas par jour?

— Oui, elle avait un toit et de quoi manger, répondit Volnay de plus en plus étonné par l'insistance de son supérieur et l'étrangeté de ses questions.

Le lieutenant général de police lui tourna le dos et alla se planter devant la fenêtre, les mains dans le dos. Volnay l'observa à la dérobée, remarquant que le teint vieil ivoire de Sartine avait fait place à une pâleur extrême. D'habitude vif, une espèce de langueur semblait aujourd'hui accompagner tous ses mouvements.

— J'ai rêvé d'elle.

— Pardon? fit Volnay abasourdi.

— Cette nuit, j'ai rêvé de Sophia, dit Sartine d'une voix basse. Elle venait me parler.

Il se retourna vers Volnay, l'air gêné, attitude également peu fréquente chez lui.

— Ce n'est qu'un rêve me direz-vous mais elle semblait si réelle. Comment était-elle habillée dans le cimetière?

— Vous savez bien que nous l'avons retrouvée nue.

Sartine parut embarrassé.

— Certes, certes! C'était curieux, dans mon rêve, elle portait des vêtements qui convenaient plus à une femme qu'à une enfant de son âge.

— Que vous a-t-elle dit? demanda le commissaire aux morts étranges en entrant dans son jeu.

— Elle m'a raconté qu'elle était à la recherche de son chien.

Malgré la fraîcheur de la température dans la pièce, Volnay sentit une sueur glaciale lui couler dans le dos. Sartine ne manqua pas de remarquer qu'il se raidissait.

— Ah, je vois que cette histoire de chien éveille quelque chose en vous! Dites-moi tout! Ne me cachez rien!

Le commissaire aux morts étranges lui rappela alors les plaintes et gémissements du chien devant le cimetière le soir du meurtre.

— Oui, je me souviens, fit Sartine. Vous m'aviez très bien restitué l'ambiance de cette nuit-là.

Et pour cause! Le policier savait que son supérieur allait raconter chaque semaine au roi tout ce qui se passait et qu'il aimait mettre un peu de piquant dans ses récits pour mieux capter l'attention de Louis XV.

— Cet intelligent animal m'a ensuite suivi.

— Quoi?!

Volnay développa toute l'histoire ainsi que les découvertes d'Hélène chez le commissaire de quartier. Sartine parcourait la pièce de long en large, étrangement agité, ne s'arrêtant que pour prendre une prise qu'il s'envoya directement dans les narines avant d'éternuer.

— On me cache des choses!

— Ce n'était qu'un chien! Ce n'est pas lui qui nous conduira aux assassins!

— N'importe!

Sartine froissa nerveusement son mouchoir de dentelle.

— Je veux tout savoir sur cette affaire, vous m'entendez? Tout!

Il réprima un frémissement et s'approcha du feu qui brûlait joyeusement dans la cheminée. Le commissaire aux morts étranges fit de même, tendant avec lui les mains vers les flammes pour les réchauffer. Ainsi côte à côte, Sartine prit le ton de la confidence.

— Ce qui est très curieux, c'est que j'ignorais cette histoire de chien. Je n'ai pas donc pu l'inventer.

— L'esprit nous joue souvent des tours, fit Volnay. Mon père a ses théories là-dessus et affirme qu'une certaine voix, étrangère et familière à la fois, tente de nous parler dans notre sommeil.

— Votre père est un fou ! Je ne parle pas de cela, moi !

Il hésita et jeta un coup d'œil derrière son épaule comme s'il avait peur d'être espionné et chuchota d'une voix basse :

— On dit que l'âme des défunts erre quarante jours…

Un instant, la raison de Volnay vacilla, saisie d'une peur subite. Après son père, Sartine…

— Je n'y crois pas, murmura-t-il.

Le lieutenant général de police lui jeta un regard acerbe.

— Vous et votre père ne croyez en rien d'autre que ce que vous pouvez prouver !

Le commissaire aux morts étranges hocha sèchement la tête.

— C'est juste !

Sartine s'abîma dans la contemplation des flammes claires qui jaillissaient de l'âtre.

— C'est votre force, Volnay, mais aussi votre faiblesse. Votre esprit manque de spiritualité. Vous n'êtes pas ouvert comme moi à l'invisible et à l'inattendu !

Le commissaire aux morts étranges se mordilla pensivement les lèvres. La conversation avec son supérieur prenait une tournure surprenante. Elle aurait même pu être dangereuse avec quelqu'un d'autre que lui mais Volnay savait pertinemment que Sartine n'entretenait plus aucun doute sur son impiété et celle de son père. Le lieutenant général de police se tourna brusquement vers lui, l'air effrayé.

— Volnay, et si l'âme de Sophia était revenue pour se venger de ses meurtriers ?

X

L'ENTERREMENT ET AUTRES DIABLERIES

La lumière pâle du jour perçait à travers les volets lorsque le moine ouvrit les yeux. Ses médications semblaient lui avoir vidé la poitrine des humeurs mauvaises qui l'habitaient. Le lait chaud et le miel enveloppaient encore son palais d'une gangue douceâtre. Pour apaiser sa soif, il prit un verre de la tisane de sa composition qui ne quittait plus son chevet. Ensuite, il alluma la chandelle et, ne percevant aucun bruit dans la maison, quitta son lit tiède pour alimenter son poêle et rapporter avec lui le livre de Sophia sous les couvertures.

Avec impatience, il tourna les pages. La jeune enfant consignait ses rêves lorsqu'elle s'en rappelait au matin. Connaissant les saintes Écritures, le moine savait qu'elles enseignent que *Dieu se sert des rêves afin que l'homme puisse voir à travers les ténèbres*. Ce n'était pas le cas de Sophia. Les récits de sa nourrice et les histoires dont elle s'était nourrie avaient gravé dans son imaginaire l'ombre effrayante d'ogres qui s'en prenaient aux enfants pour les dévorer ou pire encore. La tombée de la nuit l'effrayait car, selon les récits à la veillée, elle annonçait la sortie des spectres de leurs tombeaux et leur errance jusqu'au chant du coq à l'aube. Le moine fronça les sourcils, attentif à déceler dans ces pages le réel de l'imaginaire afin d'y découvrir des faits qui auraient secrètement imprégné son esprit.

La tour dans laquelle vivait en reclus son père, l'astrologue, lui inspirait les plus vives terreurs. Sans trop savoir pourquoi, Sophia la considérait comme un endroit dangereux, fermé sur d'horribles vérités. Le moine essaya de débrouiller les temps de rêve des temps de réalité. Seule subsistait une pénible impression de peur de l'inconnu et le désagréable sentiment que la tour de son père recélait un danger innommable. Il lui était d'ailleurs formellement interdit d'y pénétrer.

Le passage suivant était plus pénible. Âgée de onze ans, Sophia accompagna son père à la boutique d'un graveur. Pendant que les deux hommes discutaient entre eux sans lui prêter la moindre attention, l'enfant s'aventura jusqu'à l'atelier où travaillait un jeune apprenti. Celui-ci leva les yeux sur elle avant de l'inviter à voir de plus près son ouvrage. Tandis qu'elle admirait la gravure, l'apprenti s'empara de sa main pour la porter jusqu'à son entrecuisse. Sous les doigts de Sophia, quelque chose d'extrêmement dur se contracta et se rétracta comme un monstrueux serpent. Troublée et mal à l'aise, Sophia retira vivement sa main. Malgré son ignorance de la vie, elle sentait confusément que le jeune garçon cherchait à abuser d'elle.

— Oh, ce doit être très mal! chuchota-t-elle.

L'autre eut un rire dur.

— Votre père fait bien de même avec votre mère, se moqua-t-il.

À la pensée de sa pauvre maman, les larmes vinrent aux yeux de Sophia et elle s'enfuit. Plus tard, elle consigna son émoi dans son journal. Cette incursion inattendue dans le monde des adultes n'éveilla en elle aucun désir, simplement une certaine révulsion et une aversion profonde pour les hommes qui abusaient de son jeune âge pour des choses malhonnêtes.

Le moine reposa le livre pour essuyer ses yeux. Dans la promiscuité des immeubles, des boutiques et des ateliers, sans surveillance des parents qui laissaient errer leurs enfants pendant qu'ils travaillaient, ce genre de choses était monnaie courante. Il plissa les narines avec dégoût. Par moments, la nature humaine le révulsait si fortement qu'il en était prêt à oublier sa fraternité pour elle.

Il tourna une page. Heureusement, la très sérieuse Sophia laissait parfois place à la fantaisie, ainsi lorsqu'elle racontait avoir versé une bouteille d'encre dans le bénitier de l'église!

Le moine rit puis subitement la réalité le glaça. C'était ce matin qu'on enterrait la jeune fille. Un coup discret se fit entendre contre la porte qui s'entrebâilla lorsqu'il y répondit. Les beaux yeux mouchetés d'or d'Hélène brillèrent dans la demi-pénombre.

— Vous êtes réveillé? Je vous ai apporté du pain frais et du lait. Je n'aurai pas le temps de vous le chauffer.

Il laissa son regard traîner nonchalamment sur elle.

— Où allez-vous donc, ma chère?

Elle hésita.

— À l'enterrement de Sophia.

Le moine rejeta brusquement ses couvertures.

— Je vous accompagne!

La jeune femme le gourmanda.

— Est-ce bien raisonnable?

Le moine ne prit même pas la peine de répondre et commença à se déshabiller. Hélène émit un petit cri de désapprobation et referma vivement la porte. Une fois chaudement vêtu, le moine tourna en rond dans la maison.

— Je ne retrouve plus ma clé! Pourtant, je la laisse toujours dans la serrure, c'est le meilleur moyen de ne pas la perdre. Ah, les clés! Les clés!

Il toucha son trousseau à sa ceinture.

— N'importe, j'en ai une autre. Je chercherai plus tard!

Dehors, ses pieds mordirent dans une couche de neige fraîche. Un vent cinglant le frappa au visage, lui tirant les larmes des yeux. Il s'immobilisa, les narines frémissantes.

— Quel est le jean-foutre qui vient pisser devant ma porte?

Hélène le rejoignit et passa sur ses épaules un chaud manteau de laine.

— Ce n'est pas moi, je vous l'assure!

Le moine étouffa une toux sèche.

— Diable! C'est que je ne vous accusais pas mais regardez vous-même cette tache dans la neige.

— Le chien?

— Non, je suis sorti en même temps que lui et il a directement filé plus loin pour gambader sans même daigner lever la patte! Bah, n'en parlons plus! Où sont donc les employés pour emporter le cercueil? Ah, les voici! Je crois que je vais aller boire ma potion pour me protéger du froid.

Elle le regarda avec malice.

— Celle à base d'eau-de-vie?

L'enterrement avait lieu en fin de matinée dans le petit cimetière Saint-Sulpice. Le cercueil était parti de la demeure du moine pour marquer une première étape à la demeure de l'astronome afin qu'il se recueille une dernière fois dans l'intimité devant la dépouille de sa fille. Pour sa part, le commissaire aux morts étranges était venu un peu à l'avance pour mieux observer les gens assistant à l'enterrement et noter leur ordre d'arrivée. On en apprenait parfois plus devant un cercueil que dans une conversation.

Un attroupement se pressait devant la grille et Volnay accéléra le pas pour en connaître la cause. Lorsqu'il en vit la raison, un grand froid l'envahit et les paroles de Sartine à propos de Sophia revinrent à sa mémoire. Sur un panneau était inscrite cette simple phrase : *Interdit à Dieu d'entrer dans ce lieu.*

Volnay sentit une fois de plus sa raison attaquée par l'irrationnel. Les propos de Sartine l'avaient surpris et ébranlé. Et voici qu'une main inconnue venait d'inscrire cet avertissement qui résonnait comme une provocation.

Interdit à Dieu d'entrer dans ce lieu… Les satanistes étant gens discrets, aucun d'eux ne s'amuserait à une telle provocation. Cette interdiction planait plutôt comme une menace insensée et désespérée. Le commissaire aux morts étranges contempla avec attention les visages des badauds attroupés. Leurs expressions étaient outrées et indignées. Personne parmi eux ne souriait. On ne plaisantait pas avec la mort.

Volnay se décida rapidement, fendit la foule et, sortant sa dague, décrocha le panneau. Ceci fait, il se tourna et, sans rien dire, fixa de ses yeux bleu pâle et gris les gens autour de lui. Cela sentait le policier. Les gens baissèrent la tête et s'éparpillèrent en grommelant.

À ce moment-là, une procession approcha et l'on se signa avec respect devant elle. M. Marly et sa servante marchaient en avant, suivis d'une vieille parente et de quelques voisins. Malgré sa faiblesse, le moine avait tenu à venir et Hélène lui tenait le bras. Volnay vit la jeune femme saluer un grand homme au maintien compassé et devina qu'il s'agissait du commissaire de quartier. Ainsi, lui aussi avait-il tenu à rendre hommage à la petite Sophia. Le commissaire aux morts étranges connaissait de réputation cet homme, plus enclin à la conciliation qu'à la répression. Avec intérêt, il nota également la présence de la servante de l'auberge.

Le commissaire aux morts étranges examina tous les participants, les uns après les autres, marquant leurs traits dans sa mémoire. Son attention fut tout à coup attirée par l'attitude étrange d'un homme qui priait devant une tombe à cinquante pas de là. Le commissaire aux morts étranges remarqua qu'en réalité celui-ci semblait suivre la cérémonie du coin de l'œil. L'homme était grand, les épaules larges et un air brutal se lisait sur ses traits marqués par la petite vérole. Une longue épée pendait à ses côtés. Lorsque le prêtre bénit le cercueil, il se signa discrètement.

Un sourire froid illumina le commissaire aux morts étrange. Cela s'était déroulé rapidement mais pas assez pour échapper à l'attention acérée du policier. Le signe de croix catholique allait d'abord vers le ciel puis vers la terre avant de toucher l'épaule gauche puis la droite, celle de *Celui qui bénit du haut de sa croix*. L'homme près de la tombe s'était signé par l'horizontale avant de monter au ciel et de terminer par une plongée en direction de l'enfer. Le signe de croix inversé des satanistes…

Volnay se déplaça lentement dans une allée adjacente, s'appliquant à garder de vue l'homme au visage vérolé. Lorsque celui-ci se détourna afin de quitter le cimetière, le policier le suivit discrètement avant de gagner la rue. Il conserva une distance prudente avec son suspect, jouant avec les piliers des maisons pour esquiver un éventuel regard en arrière.

Au détour d'une rue, il se précipita pour ne pas perdre son homme mais glissa malencontreusement sur une plaque de verglas. Jurant, il se releva prestement et se précipita. La réverbération du soleil sur la neige l'éblouit. Il plissa les yeux et fit quelques pas hésitants avant de se rendre à l'évidence : le sataniste avait disparu !

Le soleil frappait les lieux de rayons gris et ternes.

— *Sit tibi terra levis*, murmura le moine en jetant une poignée de terre dans la tombe. "Que la terre te soit légère."

Avec Hélène, il quitta le cimetière parmi les derniers. Plantée entre deux tombes, la servante du cabaret le regardait à la dérobée. Le moine le remarqua et alla la rejoindre après avoir échangé quelques mots avec Hélène. Celle-ci hésita à les rejoindre avant que Cornevin, le commissaire de quartier, ne lui propose de se réchauffer devant un bon feu à une auberge près de là.

— J'ai à vous parler, ajouta-t-il pour la convaincre.

Ceci décida Hélène. Le commissaire de quartier la conduisit alors à travers un dédale de rues qu'il semblait connaître comme sa poche. La neige piétinée et foulée par les passants, les chevaux et les voitures était devenue une boue noirâtre qui, mélangée aux excréments qu'on continuait à vider dans la rue, crottait les bas. Avec un soupir de soulagement, Cornevin poussa la lourde porte d'une auberge qui se révéla accueillante. D'un œil approbateur, il contempla un gigot de mouton entrelardé d'ail qui tournait à la broche tandis que le rôtisseur l'arrosait régulièrement de son jus.

Une petite femme volubile les conduisit à une table, pas loin de la cheminée où brûlait un feu d'enfer, avant de leur apporter un pichet d'un vin clair et parfumé.

— Cet endroit est bien agréable, fit le commissaire de quartier. On y sert ce petit vin de Suresnes qui chatouille la gorge…

— Vous désiriez me parler, rappela Hélène avec un léger sourire.

L'autre soupira et se frotta le visage avec les mains. Il semblait soudain abattu.

— Eh bien, pour tout vous dire, cette petite Sophia n'arrête pas de me hanter. J'ai même rêvé d'elle…

La jeune femme prêta aussitôt l'oreille. Après le moine, voici donc que Sophia venait d'entrer dans les songes nocturnes d'une autre personne. La jeune fille semblait avoir marqué de son empreinte tous ceux qu'elle avait croisés, vivante ou morte.

— Pourquoi ?

L'autre plissa les yeux et les rides de son front s'accentuèrent.

— Vous vous souvenez de l'affaire du chien qui m'a donné l'occasion par deux fois de la rencontrer. Chaque fois, je l'ai écoutée et traitée avec bienveillance. Je pense donc que, dans une certaine mesure, elle avait confiance en moi, voire même que je lui inspirais quelque sympathie. Ce n'était pas une enfant ordinaire, vous savez…

Hélène se pencha un peu plus vers lui. L'émotion se lisait sur son visage et elle se souvenait à quel point l'annonce de la mort de la jeune fille l'avait bouleversé. Elle posa doucement sa main sur la sienne et, d'un sourire, l'invita à poursuivre.

— Ce que je ne vous ai pas raconté, c'est que je l'ai revue une troisième fois.

Il fit une pause pour s'humecter les lèvres.

— Je ne vous en ai pas parlé car, sur le moment, cela m'a semblé insignifiant.

— Elle est venue vous demander quelque chose?

— Pas exactement. Elle paraissait effrayée et m'a parlé d'un homme qui semblait la suivre ou la surveiller lorsqu'elle sortait.

On les servit et le commissaire de quartier commença à manger sa volaille avec les doigts, rompant les os avec dextérité. Bientôt des taches de graisse ornèrent ses vêtements.

— Que lui avez-vous répondu? demanda Hélène qui ne toucha pas à son assiette.

Cornevin jeta un regard à la broche puis reporta son attention sur la jeune femme, s'attardant un instant sur la courbe de ses lèvres avant de se ressaisir.

— Je lui ai conseillé de ne pas sortir seule. Je suis même allé flâner près de sa maison à l'heure où elle sortait pour aller au marché. Je n'ai pas remarqué cet homme.

Il suça pensivement un os puis scruta attentivement Hélène.

— Ceci peut-il vous aider dans votre enquête?

La jeune femme secoua la tête et sa belle chevelure brune aux reflets roux s'éparpilla sur ses épaules.

— Malheureusement, non.

Le commissaire de quartier jeta son os d'un air dépité.

— Dommage, j'aurais pu vous aider. Je reste néanmoins votre serviteur.

Il la couva d'un regard paternel.

— Prenez garde à vous toutefois, toute cette histoire ne me dit rien qui vaille. Quel dommage! Saint-Sulpice était un quartier si tranquille…

Le moine et la serveuse marchaient lentement dans les allées du cimetière bordées d'herbes figées par le givre. Le moine avait proposé son bras que la jeune femme accepta après quelques instants d'hésitation, peu habituée à la galanterie des hommes.

— Désirez-vous que nous allions boire un verre ou manger quelque chose dans un endroit où il fait plus chaud? proposa le moine en réprimant une quinte de toux.

— Merci mais je n'ai pas le temps. Il faut que je retourne vite à mon travail. Et puis ici, c'est calme et personne ne peut nous voir.

— Vous aviez quelque chose à me dire?

La serveuse hocha la tête.

— Serai-je payée si je vous donne quelques informations intéressantes?

— Comment savez-vous ce qui pourrait m'intéresser ou pas?

Elle prit un air rusé.

— J'ai bien compris que vous travaillez pour la police. Vous recherchez le meurtrier de la petite Sophia, n'est-ce pas?

— C'est vrai, reconnut le moine. Qu'avez-vous à me dire?

La jeune femme frissonna. Ils marchaient à travers les tombes glacées et jamais la mort n'avait trouvé un pareil écrin blanc.

— Hier, j'ai vu Sophia!

Le moine tressaillit.

— Vous dormiez?

— Non, j'allais travailler à l'auberge et, en passant devant la maison de l'astronome, je l'ai vue, assise sur le perron, son chien à ses pieds.

— Son chien?

— Oui, cet animal sale qui la suivait tout le temps. Il était couché devant elle. Sophia a levé la tête et m'a jeté un regard triste.

— Qu'avez-vous fait?

— Je me suis signée avant de m'enfuir. J'ai couru sans me retourner jusqu'à l'auberge. Quand j'ai regardé par la fenêtre, elle n'était plus là.

Elle se mordit les lèvres.

— J'avais peur qu'elle vienne me hanter, mais pourquoi moi?

Le moine ne répondit pas. Il fixait droit devant lui un point imaginaire, le regard sombre. Enfin, comme avec effort, il détourna son attention de ce point et se tourna à demi pour la regarder.

— Peut-être était-ce une jeune fille qui lui ressemblait, hasarda-t-il sans conviction.

— Non, répondit la serveuse dans un souffle, c'était bien elle.

Elle esquissa un rapide signe de croix et chuchota :

— Pauvre enfant! Le repos éternel lui est refusé et voilà qu'elle erre comme une âme en peine!

— Nous sommes tous des âmes en peine, murmura le moine.

Pensif, le moine rentra à sa demeure. Le chien lui fit fête et lui tendit la patte. Le moine s'en saisit et la secoua gravement puis le caressa et lui gratta la tête derrière les oreilles. Il s'absorba ensuite dans la préparation d'une savante décoction à base d'eau-de-vie, de noix de muscade et de safran. Sa gorge lui faisait encore mal et, parfois, ses poumons le brûlaient. Il cracha pour les vider puis bourra la cheminée de bûches bien sèches et s'assit pour contempler les flammes. De sombres pensées le tourmentaient. Il se prit le front entre les mains. La chaleur dégagée par l'âtre n'était pas sans lui rappeler messes noires et flammes de l'enfer mais la glace qui entourait son cœur et recouvrait les rues l'amenait à penser à Sophia. Il songea à son petit corps frêle et raide dans ce cercueil trop grand et à son âme qui errait maintenant à travers les rues dans une immense solitude.

Un courant d'air glacé courut dans la pièce. Il frissonna mais ne se retourna pas, son oreille désormais habituée au pas léger, presque glissant, d'Hélène.

— Vous voilà, fit-il.

Et son ton n'exprimait rien d'autre que cette simple constatation.

— Comment vous sentez-vous ? demanda-t-elle d'une voix inquiète. Ce n'était pas très raisonnable de sortir même si vous vous sentez mieux.

— La nuit m'a redonné calme et vigueur. Je vais bien.

Il s'obstinait à fixer le feu sans la regarder.

— Que se passe-t-il ? demanda-t-elle.

— Ce matin, à mon réveil, le chien était couché près de la cheminée et n'a pas exprimé le besoin de sortir. Je vous ai demandé si vous lui aviez ouvert pour ses besoins et vous m'avez répondu que non.

— Oui, nous l'avons fait sortir dans la cour.

— Et il n'a ni uriné ni déféqué, remarqua le moine. Étrange non, puisqu'il n'était pas sorti depuis la veille au soir ?

— Effectivement, car la maison était propre. Il s'est retenu...

— Ou bien, il était déjà sorti mais alors qui lui a ouvert ?

Hélène hésita.

— Votre fils est peut-être passé ?

Le moine lui jeta un regard froid.

— Je ne vois pas pourquoi...

Il s'enfonça dans une rumination silencieuse.

— N'avez-vous pas faim ? lui demanda-t-elle au bout de quelques longues minutes.

Le moine sursauta.

— Diable, maintenant que vous m'en parlez !

Il alla jusqu'à la cuisine.

— Par la queue de Neptune, fit-il, il ne reste déjà plus de ce beau pain blanc ?

— Vous aviez faim, c'est bien normal.

Le moine jeta un regard soupçonneux en direction du chien.

— Je n'ai pas souvenir d'en avoir mangé beaucoup.

Hélène rit.

— Après avoir soupçonné le chien, ne me mettez pas en cause s'il vous plaît. Je n'y ai tout simplement pas touché !

— Alors, c'est cet intelligent animal, fit gaiement le moine. Mon fils se vante de sa pie bavarde mais moi j'ai un chien qui sait tourner la clé dans la serrure, ouvrir la porte et trancher le pain !

— J'ai une autre explication, se moqua Hélène. Pendant la nuit, les lutins pillent volontiers les garde-manger des maisons où ils vivent !

— Des lutins ?

— Oui mais rassurez-vous, ils ne sont jamais bien méchants! Sortons donc pour acheter de quoi vous sustenter.

Hélène avait acheté un collier de cuivre pour le chien. Elle le lui attacha sans problème mais, étonnamment, l'animal refusa de sortir. Ils durent littéralement le traîner dehors.

— Ce chien a un comportement de plus en plus étrange, constata le moine intrigué. J'espère que sa maîtresse ne vient pas aussi le visiter en rêve.

L'animal eut un bref glapissement puis se mit à hurler. Tout son corps semblait pris de tremblements. Il fallut toute la patience d'Hélène pour le calmer. Enfin, il les suivit docilement, non sans jeter de fréquents regards derrière lui.

Au marché Saint-Jacques, des vendeurs échangeaient des coups de poing avec de petits revendeurs qui usurpaient leur place. Le moine les ignora et entraîna sa compagne devant les étals des commerçants transis jusqu'à la devanture d'un boucher. Celui-ci achetait le regrat, c'est-à-dire le reste des plats des maisons riches de la veille pour en remplir de vastes terrines et revendre le tout le lendemain. Mais il commerçait aussi de beaux quartiers de viande. Hélène choisit un rôti de porc. Rentré dans leur chaude demeure, le moine s'empressa de l'entrelacer adroitement de thym et de feuilles de laurier. Hélène revint de la cuisine avec un plat de fèves.

— Hum, des fèves! fit gaiement le moine. Quelle bonne idée! Pour Pythagore, le poisson est phosphorescent et donc aphrodisiaque, quant aux fèves, elles sont échauffantes!

Elle lui jeta un regard entendu.

— Grand bien nous fasse!

Une fois le rôti et les fèves disposés à cuire, Hélène s'assit et tapa légèrement du talon sur le sol en arquant les sourcils.

— Quelle est la date de naissance de Sophia? demanda-t-elle abruptement.

Il le lui dit. Elle le considéra avec surprise.

— Comment savez-vous cela?

Il le tenait du journal de Sophia qui était tombé dans ses mains. Celui-ci commençait par : "Je m'appelle Sophia et je suis née…"

— Je sais parce que je suis! répondit-il laconiquement.

Hélène arqua délicatement un sourcil.

— Et moi, je sais que vous l'avez lu dans le livre que vous avez subrepticement rapporté chez vous et qui tenait lieu de journal à Sophia.

— Diable, vous possédez le troisième œil!

Elle allongea les jambes près de l'âtre et, nonchalamment, les yeux du moine suivirent ce mouvement, épousant les plis de sa robe. Ils restèrent ainsi sans parler, gagnés par la douce chaleur du feu. Il la regarda feindre ne pas sentir ses regards sur elle. Des pensées sans nom s'agitaient chez le moine. Et le soir n'arrêtait pas de tomber et elle se tenait là, rêveuse au coin du feu, tandis que son âme à lui se troublait. Surpris d'entendre une voix au fond de son cœur, le moine écoutait.

Que se passe-t-il dans mon âme?

Il se leva et vint sans bruit derrière le fauteuil où Hélène rêvassait. Comme hypnotisé par sa nuque blanche, il se pencha vers elle. Une volupté plus chaude encore que l'enfer le fit frissonner des pieds à la tête.

Je suis un fou, pensa-t-il en se redressant. *Me voici à bander comme un carme auprès d'une jeune femme qui a la moitié de mon âge!*

Mais il savait bien qu'il ne s'agissait pas de cela. Un sentiment plus profond mûrissait en lui, le rapprochant inexorablement d'Hélène. Même consciente de l'agitation dans son dos, la jeune femme n'avait pas bougé.

— Qu'avez-vous, mon ami? demanda-t-elle.

Il se corrigea de son affolement en décidant d'affronter l'air glacé de la nuit.

— Rien, j'ai besoin de prendre l'air. Je vais amener le chien avec moi.

— Ce n'est pas très prudent, vous n'êtes pas encore guéri.

— Je vais bien me couvrir…

Dehors, le froid était si vif que le sang lui monta au visage, rosissant ses joues comme une paire de gifles. Il se morigéna.

Quelle vacuité de mes pensées! Je la regarde avec des yeux de jeune fou!

Le vent s'était levé et rabattait les pans de sa bure derrière lui. Près de lui, le chien s'était mis à gronder sourdement.

— Rentrez tout de suite!

La silhouette fine d'Hélène s'était encadrée dans la lumière. Docilement, le moine revint à l'intérieur.

— Quel temps du diable, murmura-t-il avant de se courber en deux pour éternuer.

— Un temps à ne pas mettre un moine hérétique dehors! Elle lui tendit son mouchoir.

— Tenez…

— Grand merci! L'air est si frais!

Il se retourna pour se cacher pendant qu'il se mouchait mais elle perçut son souffle irrégulier et lut la tension qui habitait ses épaules.

— Venez près du feu, insista-t-elle. Voulez-vous que je réchauffe pour vous un peu de cette potion contre la toux? Le rôti sera bientôt cuit.

Elle virevoltait soudain dans l'espace, emplissant la maison de bruits et de mouvements comme pour en chasser les mauvais souvenirs ou les pensées trop étroites.

— Comment êtes-vous devenu moine? lui demanda-t-elle plus tard alors qu'il buvait à petites lampées son remède brûlant, le chien couché à ses pieds.

Les yeux de son interlocuteur brillèrent.

— On a voulu faire de moi un membre du clergé parce que j'étais le second des garçons de ma famille et que, selon l'usage, l'aîné est destiné au métier des armes. Je n'avais à l'égard de la religion qu'une simple curiosité intellectuelle. Lorsque je découvris la diversité des religions dans le monde et le mal qui régnait sur terre, mon scepticisme s'accrut. Certes, je tenais l'homme comme seul responsable de ses propres maux puisque c'est lui qui sciemment crée et entretient l'enfer sur terre. Mais, comme vous l'entendez, j'étais moins sensible au catéchisme enseigné qu'à la hardiesse de pensée de nos philosophes. En fait, je brûlais d'un feu réformateur bien avant l'heure!

Il trépigna sur place et reprit d'un ton plus exalté :

— Mon aîné mourut au combat, le pauvre, lui qui était si doux de nature. Je courus le venger, abandonnant l'habit pour l'uniforme. Vous n'imaginez pas dans quel état de délabrement se trouvait l'armée! On recrutait les plus pauvres et désespérés de la société par force ou supercherie. Les grades s'achetaient et ce sont les plus sots qui commandaient nos troupes. De fait, rien n'a changé aujourd'hui. Sous Louis XIV, de bons officiers roturiers parvenaient à s'extraire du lot. C'est maintenant chose impossible. À part l'excellent maréchal de Saxe, tous nos généraux et maréchaux sont des sots et des estropiés de la cervelle. Avec eux, on ne fait jamais retraite mais on recule toujours! Bref, à l'armée, je me lassai des combats et un médecin m'enseigna. Rentré à Paris, je me passionnai pour l'anatomie, disséquant le plus possible de cadavres pour me former.

Il s'interrompit pour ajouter un peu de miel dans sa tasse.

— Je rejoignis ensuite Padoue où enseignait Giovanni Battista Morgagni qui pratiquait très régulièrement des autopsies. Il est âgé aujourd'hui de soixante-dix-huit ans! Il a découvert que toute maladie que nous observons du vivant des personnes, à travers les signes habituels de celle-ci, laisse des lésions dans les organismes. Dès lors, les lésions cadavériques peuvent nous permettre de connaître les causes de la mort par maladie des personnes. C'est ce que je dis toujours : ouvrez les cadavres et vous en saurez plus!

Les étranges yeux verts d'Hélène étincelèrent joyeusement.

— Comment avez-vous fait pour devenir si savant? demanda-t-elle en caressant affectueusement sa main.

Le moine reposa sa tasse.

— J'ai étudié sans trêve jusqu'à dompter les sciences. C'est à la lueur des lampes que l'on travaille le mieux. Je ne connais plus belle récompense qu'une nouvelle découverte après une âpre nuit sans sommeil!

— Vous avez été une lumière dans ce siècle où demeure tant d'obscurité…

— J'en ai trop fait! Je ne sais pas m'arrêter! Tous mes ennuis sont venus de là!

— Racontez-moi!

— Un jour, je commençai à écrire sur le ridicule des pré-éminences, remettant en cause la distinction des fonctions et la supériorité des uns et des autres. Je partais du principe que ce qui est petit peut être grand. Par prudence, je maniais l'ironie, la seule arme possible face à la monarchie policière. Donner de soi une image plus sotte que celle de l'autre, faire d'une apparente maladresse le comble de l'adresse et paraître louer ce que l'on blâme alors qu'en vérité l'on s'en moque, voilà ce qu'est l'ironie. J'acquis ainsi beaucoup de prestige et d'ennemis. Des femmes m'aimèrent. Elles s'en allèrent aussi, lassées par la vacuité de mes pensées. L'une d'elles resta. Je l'épousai et elle mit bientôt mon fils au monde. Hélas, hélas…

Il fourragea dans sa barbe comme pour y chercher ses mots.

— Elle prit une fluxion de poitrine et mourut alors que notre enfant avait quatre ans. Il me revint la douleur de pleurer ma chère femme et la lourde tâche d'éduquer mon fils.

— Vous avez été très certainement un bon père.

— N'en soyez pas si sûre, regretta-t-il, j'ai éparpillé mon âme aux quatre coins de l'Europe alors que j'avais un fils merveilleux qui m'attendait.

Il baissa la tête.

— J'ai manqué à mes devoirs de père et il m'en veut toujours pour cela.

— Voyons, remarqua Hélène, il est aujourd'hui à vos côtés.

— Oui mais avec lui j'ai l'impression de ne pas pouvoir rattraper le temps perdu. C'est comme si le sable me coulait des doigts.

La jeune femme s'assit sur l'accoudoir de son fauteuil et, à la manière d'une petite fille, entoura son cou de ses longs bras. Son corps était aussi souple que celui d'un chat et, comme cet animal, ses grands yeux le fixaient avec des reflets mordorés dans les prunelles.

— Pourquoi être revenu en France travailler avec lui?

Il soupira.

— J'étais tel Ulysse un voyageur fatigué et je n'avais nulle Ithaque à regagner.

— Et puis vous songiez à vous rapprocher de votre fils…

— Il me manquait tant.

— Et bien sûr, vous ne lui disiez pas!

— Vous me comprenez si bien, ma chère…

Il porta une de ses mains à sa bouche. Ses lèvres esquissèrent une moue clémente et elle le laissa baiser délicatement le bout de ses doigts. À cet instant, une bourrasque s'engouffra en hurlant par la porte. Le commissaire aux morts étranges entra et s'immobilisa en découvrant la scène.

— Je ne vous dérange pas ? demanda-t-il sèchement.

Les mains d'Hélène quittèrent le cou du moine.

— Que vous arrive-t-il ? demanda tranquillement la jeune femme.

Volnay lui jeta un regard couleur de glace.

— Je trouve votre conduite envers mon père inconvenante.

Hélène se leva tranquillement et lui tourna le dos sans répondre.

— Oh, mon fils, protesta le moine, tu fais erreur. Nous évoquions juste les sentiments filiaux.

— Je ne les avais jamais vus aussi tendrement évoqués ! persifla Volnay. Certainement pas avec moi en tout cas !

— Tu es injuste !

— Je suis consterné de te voir jouer les jolis cœurs avec une intrigante qui pourrait être ta fille !

— Mon fils, tu vois Padoue à la place de Pise et tu fais des montagnes d'un rien. Avec toi, autant chie un bœuf que mille moucherons !

De nouveau, la porte s'ouvrit brusquement. Le commissaire aux morts étranges et son père échangèrent un regard surpris. C'était la seconde fois de leur vie que Sartine faisait irruption chez le moine, et cela en l'espace de quelques jours !

— Ah ! Je vous trouve tous ensemble, s'écria le lieutenant général de police. C'est bien ! Je suis allé chez vous Volnay mais vous n'y étiez pas !

— Que se passe-t-il ? s'étonna le commissaire aux morts étranges.

Il était encore tout pâle de son altercation avec son père et Hélène. Un peu surpris, Sartine le jaugea du regard puis eut un sourire sarcastique.

— Nous avons retrouvé votre curé dansant. Il danse toujours mais, comme je l'avais prédit, au bout d'une corde !

XI

UN PROCUREUR ET AUTRES DIABLERIES

Volnay grimpa dans la voiture derrière Sartine. Il y trouva un troisième passager.

— Je vous présente le procureur Siltieri, fit sobrement le lieutenant général de police. C'est lui qui instruit notre affaire avec… euh… toute la discrétion voulue.

Le procureur était un grand homme efflanqué, aux joues creuses, au menton proéminent et au regard brûlant. Il déplut tout de suite au commissaire aux morts étranges par ses manières sèches et hautaines.

— Il était temps de nous rencontrer, dit-il à Volnay d'un ton acerbe. M. de Sartine m'a raconté comment vous avez laissé échapper la prostituée qui participait à cette messe noire.

— Il m'a d'abord fallu la trouver, répondit froidement le commissaire aux morts étranges. Je n'avais au départ pour indice qu'un cadavre dans un cimetière. Cette femme s'est ensuite rompu le cou dans un escalier mais je n'ai pas perdu pour autant le fil de cette enquête puisque je recherchais le curé dansant.

— Malheureusement, il ne vous a pas attendu pour se pendre, ricana Siltieri. Il est grand temps que j'intervienne!

— Nul doute que vous sachiez faire mieux que moi!

Siltieri lui jeta un regard noir.

— J'ai une certaine expérience en la matière, voyez-vous. J'instruis des dossiers de sorcellerie depuis dix ans. J'ai eu affaire à ces maîtres en perversité, pères du mensonge et serviteurs du démon qui prient le diable à la place de Dieu. Ces boucs fornicateurs singent l'eucharistie et rendent un culte fébrile à

Satan. Ils récitent l'introït à rebours pour dénier la virginité et appeler à la débauche. Tout chez eux est grotesque. Leurs flatulences remplacent l'encens. Ils chantent *Gloria in profundis Satani* au lieu de *Gloria in excelsis Deo*. L'*Ite missa est* étant remplacé par un *laus Satani*.

Il se signa fiévreusement.

— Dieu m'est témoin qu'en d'autres temps, la répression aurait été plus sévère avec les tribunaux de l'Inquisition !

Sartine s'agita, mal à l'aise.

— Il appartient à la justice du roi de rendre celle-ci et non aux tribunaux de l'Église.

— Certes mais il fut un temps où ils collaboraient ensemble ! Rappelons-nous que feu notre bon roi Louis XIV a sommé sorciers et sorcières de quitter son royaume sans délai et ordonné de punir exemplairement ceux qui ont pratiqué la magie.

— Ma police s'y emploie, rétorqua Sartine d'un ton aigre.

— Pas assez ! Pas assez ! Ils sont toujours là à tenter de nous faire prendre une paille pour une poutre !

Volnay frémit intérieurement. Chargé par la justice d'instruire l'enquête, Siltieri était un nostalgique des tribunaux de la très sainte Inquisition ! Cela le situait certainement dans le camp du parti des dévots contre celui de la marquise de Pompadour, ces deux camps se livrant à une lutte féroce dans les coulisses du pouvoir. Les deux policiers gardèrent le silence durant le reste du trajet, laissant le procureur continuer un monologue fébrile sur la nécessité de purifier l'hérésie par le feu.

Leur voiture suivit un lacis de ruelles ténébreuses dans le faubourg Saint-Marcel avant de s'arrêter dans un cahot devant un immeuble mal entretenu, rue du Puits-de-l'Ermite. Des archers du guet les attendaient et les conduisirent dans un appartement haut de plafond où régnait un froid glacial.

Le curé dansant avait été un grand gaillard dégingandé, long et maigre, sec comme une trique. Vêtu d'un mauvais gilet de serge noir et d'une culotte de peau rapiécée, il se balançait maintenant au bout d'une corde, la langue hors de la bouche. Le commissaire aux morts étranges le contempla un instant en silence puis se mit à arpenter la pièce, notant du regard chaque objet ou meuble qui s'y trouvait : une mauvaise tapisserie, un coffre pour les affaires, une table et quatre chaises...

Le spectacle qui s'offrait à eux dans ce qui semblait être la cuisine était assez édifiant.

— Que pensez-vous de tout cela ? lui demanda Sartine.

Volnay n'eut pas le temps de répondre car le procureur se planta au milieu de la pièce et prit la parole d'une voix forte.

— Mon avis est fait. J'ai déjà vu par le passé tant de signes de ce type ! Voyez par vous-même : hosties noires, cadavre de chat noir, cierges noirs. Quant à la présence de ce crucifix, n'ayez crainte, il sera probablement piétiné au cours de quelque séance. Il n'est pas possible que l'on ne l'ait pas entendu psalmodier ses diableries. Il doit y avoir des complices dans cet immeuble. Que les archers du guet fouillent tout !

Sartine jeta un bref regard à Volnay puis fit un signe au sergent du guet. Des hommes sortirent précipitamment de l'appartement.

— Ah, dit Siltieri en se ruant dans un coin de la pièce, un bâton de sorcier ! "Bâton blanc, bâton noir, mène-moi là où tu dois, de par le diable !"

Le commissaire aux morts étranges s'approcha calmement.

— Il s'agit d'un bâton de marche. Voyez, il est ferré à son extrémité.

— Vous ignorez donc que ces maudits sorciers font poser à leur bâton une ferrure avec la lame d'acier grâce à laquelle ils ont égorgé une victime afin d'en accroître la puissance ?

Volnay préféra ne pas répondre.

— Que quelqu'un dépende cet homme ! ordonna le lieutenant général de police pour tenter d'être utile.

Le commissaire aux morts étranges intervint.

— Un instant ! Cette scène de crime a été assez tourmentée comme cela. Toutes les traces ont été piétinées par le guet. Il faut que je me fasse une idée des assassins, moi !

Il prit une chaise et monta dessus pour examiner le cou de la victime. En bas, le procureur Siltieri haussa les épaules.

— Il n'y a ni empreinte de pas, ni indices qui tiennent. Toutes les preuves sont là sous vos yeux, jusqu'à ces hosties noires et triangulaires ! Les hosties à trois pointes comme ces

hérétiques les appellent! Voici les premiers ingrédients pour
se livrer à une parodie de messe où tout est inversé et perverti!

— Cela ne me dit pas qui a tué cet homme, remarqua tranquillement Volnay en tirant sur le crochet.

— Il s'est pendu tout seul par repentir ou bien ses acolytes
ont probablement jugé qu'il leur fallait un autre sacrifice…

— Je pense surtout que ses complices ou commanditaires
ont eu peur, osa le commissaire aux morts étranges. Ils ont
dû apprendre que nous avions trouvé la prostituée qui assis-
tait à la cérémonie et que nous étions sur les traces du curé
dansant. M. de Sartine, ici présent, ayant mis tous ses agents
à sa recherche, je suis certain que cela n'est pas passé inaperçu.

Le lieutenant général de police se rembrunit. Le commissaire
aux morts étranges examina la poutre à laquelle était accroché le curé dansant.

— Le crochet est planté ici depuis longtemps, constata le
commissaire aux morts étranges. Il ne l'a pas été pour l'occasion.

Il redescendit et se saisit des mains de l'homme.

— Pas de traces de lien. Elles n'ont pas été attachées puis
détachées.

— Cela confirme l'hypothèse selon laquelle il s'est donné la
mort, intervint Sartine. S'il se savait recherché…

Volnay secoua la tête.

— Pas forcément. Il pouvait être déjà mort étranglé avant
la pendaison ou simplement assommé. Le moine nous le dira.

Il examina les ongles du mort.

— Hum, il y a de la peau sous certains ongles. Il a dû griffer
ses agresseurs. Voyons pour la longueur de ses souliers.

Il sortit d'une poche une cordelette avec différents nœuds.

— Celle-ci correspond à une empreinte relevée sur les lieux
du crime, tout comme celle de la Vorace. Et de deux! Il m'en
reste encore trois à trouver…

Redescendant de sa chaise, il jeta un coup d'œil aux souliers
du curé dansant qui pendaient dans le vide.

— Tiens, un boiteux, remarqua-t-il machinalement.

— Que dites-vous? s'enquit Siltieri.

— Voyez les talons de ses chaussures, l'un est complètement déformé sur la droite, signe qu'il s'y appuyait plus que
sur l'autre.

— Voici encore une preuve! s'exclama le procureur.

— Pardon?

Siltieri eut un reniflement méprisant.

— Vous ignorez donc que ceux marqués par la lettre "B"
sont plus prédisposés que les autres à devenir des agents du
diable? Bohémiens, boiteux, borgnes, bègues, bossus, bâfreurs
ou buveurs!

— Et baveux, compléta Volnay sans rire.

Il se recula.

— Je vais faire un croquis de la scène.

Sortant d'une poche papier et fusain, il se mit à dessiner les
lieux. Malgré lui, Sartine s'approcha pour admirer la sûreté et
la justesse de la main de son commissaire aux morts étranges.
Pendant ce temps, un archer du guet rapporta de la chambre
du curé dansant un livre dont Siltieri s'empara avec un rugis-
sement de triomphe.

— Nous sommes dans l'antre du démon! Voyez plutôt!

Sartine s'approcha et jeta au livre un coup d'œil prudent
avant de se reculer vivement.

— La liste des principaux démons a été établie il y a mille
deux cents ans par l'Église au canon 7 du concile de Braga,
expliqua Siltieri avec ferveur. Tous ces noms abjects me sont
malheureusement familiers : Adramelech, grand chancelier des
Enfers mais aussi dieu du meurtre! Il est ici représenté sous
sa forme de paon. Astaroth, démon et trésorier des Enfers qui
chevauche un dragon et tient dans sa main une vipère car il
aime se changer en serpent. Ayperos qui commande à trente-
six légions et connaît le passé et l'avenir. Astarté à la tête de
génisse, démon femelle de la débauche. Béhémond, démon,
sa force est dans ses reins. Bélial, le meurtre et le vice réunis…

Sartine et les archers du guet se signèrent en frissonnant tandis que Siltieri poursuivait avec frénésie son étrange litanie. Sans
lui prêter attention, le commissaire aux morts étranges termina
son croquis et demanda qu'on emmène le corps du curé dansant chez le moine. Le cadavre venait d'être descendu et chargé

dans une voiture lorsque les archers du guet revinrent de leur fouille dans l'immeuble. Ils poussaient sans ménagement devant eux un couple terrorisé. Des couches de saindoux superposées semblaient tenir lieu de cou et de menton à l'homme, court et mal bâti. Jamais deux personnes n'avaient été aussi mal assorties car la femme était maigre comme une brindille.

— Nous avons trouvé des cierges noirs chez eux, dit le sergent du guet en brandissant triomphalement la pièce à conviction.

— Sacrilège! Hérésie! s'écria le procureur. Qu'on les emmène au Châtelet!

La femme se jeta à ses genoux.

— Pitié monseigneur! Nous n'avons rien fait de mal! Nous sommes d'honnêtes fournisseurs en bougies pour un marchand du Marais.

— Et vous le fournissez aussi en cierges noirs?!

— Non, ce sont des commandes de notre voisin. Il faut bien vivre...

— *Confessionem esse veram, non factam vi tormentorum!* s'écria Siltieri. "Les aveux ont été spontanés et non obtenus sous l'effet de la torture!"

La femme s'accrocha avec désespoir aux genoux du procureur.

— Pitié! Nous ne faisons que fabriquer des cierges et des chandelles!

Le visage de Siltieri se fendit d'un sourire méchant.

— Vous chanterez un autre refrain lorsque l'on vous mettra les brodequins! En attendant, nous visiterons demain cette échoppe que vous fournissez. Je suis curieux de savoir ce que nous allons y trouver! Allons, au Châtelet! Au Châtelet!

Il se tourna vers le commissaire aux morts étranges sans prendre garde aux cris effrayés poussés par le couple qu'on emmenait de force.

— Vous voyez que les choses sont simples : la mauvaise engeance s'assemble! Ces blasphémateurs et agents sacrilèges du mal vont livrer leurs complices sous la question!

— À travers les messes noires, ce n'est pas seulement le goût pervers du sacrilège qui s'exprime, remarqua Volnay, mais toute la cruauté et l'inhumanité d'un monde pour lequel la vie de l'autre n'est rien. Ces gens-là n'en sont pas.

Le procureur haussa les épaules.

— Les choses sont moins complexes que vous ne le supposez : il s'agit d'hérésie.

Il lui tourna le dos, salua Sartine et sortit en ramenant le pan de sa cape derrière lui d'un geste sec. Le commissaire aux morts étranges demanda à monter chez les suspects arrêtés. Ceux-ci devaient dormir dans une grande armoire sans battants, sur un grabat posé sur la planche. L'appartement était sombre et sentait le renfermé. Une lucarne l'éclairait, fermée par une planche à coulisse. Dans les cendres du feu refroidissaient des oignons et des raves. Volnay fit le tour du misérable logis, ne trouvant que de quoi fabriquer des cierges noirs. Peu convaincu de sorcellerie, il rejoignit Sartine. À cet instant, un des archers du guet eut un hoquet de surprise.

— Que font-ils donc tous ceux-là ?!

Le commissaire aux morts étranges alla le rejoindre à la fenêtre et jeta un coup d'œil dans la rue où la population s'assemblait, le visage rouge de colère et l'invective aux lèvres.

— Les nouvelles vont vite dans un quartier, murmura-t-il. Ils ont l'air hostile. Il faut dire que la police embarque sans ménagement des gens qui sont leurs voisins ou leurs amis…

Sartine le rejoignit et jeta un bref coup d'œil avant de s'essuyer nerveusement le front avec son mouchoir de dentelle.

— Regardez-la, Volnay, cette foule canaille. Si nous n'avions pas vingt archers du guet avec nous, elle nous mettrait en charpie. De nos jours, nous ne pouvons plus faire d'exécution publique sans que l'on insulte le bourreau et nos hommes ne parviennent même plus à mettre un gueux au pilori sans qu'on leur jette des pierres !

Le commissaire aux morts étranges demeura silencieux. Il avait senti la peur de Sartine. Ce n'était pas un manque de courage car l'homme possédait un caractère bien trempé mais la crainte de ce que représentait la foule, les grandes masses incontrôlables. Sartine savait pertinemment que la loi du nombre appartenait au peuple. Celui-ci l'ignorait mais un jour il se compterait. Sartine haïssait la foule car il avait prise sur tout sauf sur elle.

La foule, songea Volnay, est comme l'eau. Rien ne l'arrête lorsque la digue cède. Et qu'est-ce que la digue au final? Quelques milliers d'hommes en uniforme, eux-mêmes fils du peuple? La foule n'était ni consciente de sa force, ni dirigée.

Un jour, moi ou quelqu'un d'autre, nous l'enflammerons comme une torche et la lancerons contre la monarchie.

— Ne restons pas là!

La voix sèche et coupante de Sartine ramena Volnay à la réalité. Déjà une pierre venait de briser une vitre et roulait dans la pièce. Le peuple avait aperçu la perruque et le visage poudré et fardé du lieutenant général de police.

Ils descendirent précipitamment les escaliers et s'engouffrèrent dans la voiture sous un jet de pierres. Les archers du guet débordés reculaient en désordre.

— Tenez vos positions! cria le sergent du guet. Tenez vos positions!

Une pierre bien ajustée le fit taire. Ce fut la débandade. Des archers du guet tirèrent.

Volnay jura.

— Allez! Allez! cria Sartine au cocher.

Celui-ci claqua son fouet et, d'une voix brutale, hurla après ses chevaux. Des hurlements de peur et de rage jaillirent de la foule. La voiture eut un soubresaut avant d'être secouée de cahots. Volnay comprit qu'on venait de passer sur un corps humain. Des mains apparurent à la portière du carrosse puis un visage. Sartine frappa dans le front de l'homme qui lâcha prise. À sa portière, Volnay vit un assaillant entrer le buste dans la voiture. À la main, il tenait un couteau. Le commissaire aux morts étranges sortit son pistolet.

— Tirez! cria Sartine.

Le doigt de Volnay se crispa sur la détente.

— Tirez!

L'homme le contemplait stupidement, son couteau toujours pointé dans sa direction. À cet instant, la voiture prit de la vitesse et vira brusquement, l'homme déséquilibré chuta.

— À quoi vous sert de tenir une arme si vous ne vous en servez pas! cria Sartine mécontent.

Volnay rangea calmement son pistolet.

— Je n'en avais pas réellement besoin.

Le lieutenant général de police maugréa puis s'enferma dans un silence maussade dont il ne sortit qu'une fois quitté le quartier.

— Nos hommes vont regagner le Châtelet, espérons que la foule ne les accompagne pas.

Volnay eut un sourire sombre.

Un jour, le peuple ne se contentera pas de les reconduire jusqu'à leur caserne mais il marchera sur Versailles.

— Cela vous amuse, Volnay? gronda Sartine. Vous espérez un jour voir nos corps gigoter à un réverbère! Croyez-vous réellement que je ne connaisse vos convictions?

Le commissaire aux morts étranges ne répondit pas. Sartine savait trop de choses sur son passé pour le berner. Cela lui donnait d'ailleurs prise sur lui. Ceci et son efficacité dans les enquêtes expliquaient qu'un serviteur aussi zélé de l'État que Sartine conservât dans ses services un opposant secret au régime monarchique.

— Je ne souhaite la mort de personne, dit doucement Volnay. Et je voudrais bien résoudre cette enquête. La prostituée, le prêtre renégat… il nous manque encore trois participants et ceux-là j'aimerais les prendre vivants!

— Le procureur Siltieri ne va pas tarder à les identifier parmi tous les mécréants qu'il a fait embarquer.

Volnay secoua la tête.

— Je ne crois pas. Les trois personnes assistant à la messe noire devaient en être les commanditaires. Ce sont des gens d'un autre niveau et d'une autre condition que les malheureux qui vont subir la torture. J'ai parlé avec la Vorace et je peux vous assurer qu'elle n'avait ni l'imagination ni l'intelligence nécessaires à une telle chose. Mais voilà, le procureur Siltieri est un fanatique à l'esprit étroit. Il a déniché quelques pauvres bougres qui se trouvaient au mauvais endroit, au mauvais moment, et pense avoir tiré la fève du gâteau! Il va les mettre à la question et leur faire avouer tous les crimes que l'on souhaite. *Postquam depositus fuit de tormento.* "Aveux déposés après retour de la torture", comme dirait le moine!

Sartine sortit une prise mais les cahots de la voiture sur les pavés l'empêchèrent d'enfourner sans dégât le tabac dans les narines. D'un geste agacé, il brossa ses habits parsemés de brins.

— Si vous étiez plus rapide, nous n'aurions pas Siltieri sur le dos, maugréa le lieutenant général de police. Qu'allons-nous faire maintenant?

— Si nous passions chez le moine? proposa Volnay.

À sa grande surprise, Sartine accepta.

Le moine les contempla d'un œil satisfait. Cabotin, il ne lui déplaisait pas d'avoir pour public une aussi haute autorité que le lieutenant général de police. Hélène absente, la présence inespérée de Sartine le remplissait d'aise.

— J'ai procédé au déshabillage du corps, commença-t-il d'un ton docte, et j'ai relevé la présence d'importantes ecchymoses. L'homme s'est défendu. Cela s'est passé récemment car la couleur des ecchymoses est rouge vif le premier jour.

Il fronça délicatement les sourcils et poursuivit.

— La pendaison produit une pression qui provoque une compression du cou, ce qui empêche les vaisseaux d'amener le sang au cerveau ou à la trachée. Enfin, les muscles du cou sont atteints par la chute mais la hauteur de celle-ci a été faible selon ce que m'ont dit les agents du guet. J'ai observé que les marques de strangulation existent bien mais qu'elles sont situées à un niveau beaucoup plus bas qu'en cas de pendaison. De plus, les marques ne sont pas celles d'une corde car elles sont plus larges, probablement un bas ou quelque chose de ce type... En tout cas, un matériau plus souple que la corde...

— N'a-t-il pas pu être étranglé à mains nues? demanda Sartine.

Le moine se tourna vers lui, les yeux brillants.

— Question intéressante, monsieur le lieutenant général de police! Mais la réponse est négative car l'étranglement par voie manuelle exige plus de pression et donc les marques en seraient beaucoup plus nettes et les dommages musculaires plus importants. Je ne vous parle même pas de l'état de la gorge...

— Cela suffira en effet, s'empressa de dire Sartine. Vous soutenez donc que notre curé dansant a été étranglé par un bas et pendu ensuite à un crochet pour laisser croire à un suicide?

— Je ne soutiens pas : je prouve! Tiens, qu'est-ce que ceci?

Le moine ouvrit avec précaution le sachet que le curé dansant portait autour du cou.

— Du sel... On en porte autour du cou pour se prémunir du malin. Le curé dansant devait craindre que le diable ne l'emporte avec lui après l'invocation...

Le lieutenant général de police se tourna vers Volnay.

— Les participants tueraient leurs complices car ils les savent repérés?

Le commissaire aux morts étranges haussa légèrement les épaules.

— Peut-être l'auraient-ils fait de toute façon. J'ai la conviction que la prostituée et le curé n'étaient que des pions dans leur jeu, de simples outils pour respecter un rituel. Une fois celui-ci accompli, ils n'en ont plus besoin.

— Pensez-vous que les commanditaires de la messe soient de plus noble condition?

Volnay décrypta la question muette de Sartine : la cour pouvait-elle être impliquée? Si c'était le cas, le parti des dévots s'en réjouirait car cela lui permettrait de porter des coups à tous ceux qui n'étaient pas du même bord.

— Je ne vois guère la cour de Versailles mêlée à ce meurtre, dit le commissaire aux morts étranges.

— Tu as tort, intervint le moine au grand désespoir de son fils. Les grands de ce monde courent les devineresses et les tireurs d'horoscopes. Ils achètent des potions magiques ou des runes. Et il est de notoriété publique que la vicomtesse de Polignac recourait à des chercheurs de trésor. Quant au duc de...

— Nous parlons de meurtre, le coupa sans ménagement Volnay. Et il existe suffisamment de chapelles privées dans les châteaux ou les hôtels particuliers pour éviter que les grands de ce monde viennent salir leurs bottes la nuit dans des cimetières glacés!

Il laissa échapper un sourire sarcastique.

— À moins que notre ami Siltieri ne découvre que le marchand de chandelles fournissait en cierges noirs quelque seigneur…

Sartine émit un soupir irrité mais son attention fut attirée par le moine.

— Voyons voir ce que tu as dans les poches, disait ce dernier en s'adressant au cadavre.

Le moine énuméra un à un les objets trouvés sur le corps.

— Un mouchoir, une clé, une tabatière en bois, oh…

Il tenait entre deux doigts un anneau dans lequel était enchâssé un œil.

— Quelle horreur, fit Sartine en plissant le nez de dégoût.

— N'ayez crainte, le rassura le moine, ce doit être un œil de belette. C'est une amulette pour empêcher que l'on vous jette un sort pour vous nouer l'aiguillette. Pour les hommes, c'est toujours gênant !

Il ricana avant de reprendre son énumération :

— Un almanach, une paire de dés, un couteau, un billet de loterie sur l'hôtel de ville et une inscription en latin sur un billet…

— Laissez-moi voir ! s'écria Sartine.

Sa mine s'allongea lorsqu'il lut :

— *Cintra me ad incarte cla, a filiia Eniol, Lieber, Bruya, Braguesca…* Qu'est-ce encore que ceci ?

— Une formule magique pour gagner aux dés, expliqua le moine. On en vendait déjà quand j'avais vingt ans et je vous confirme que cela ne marche pas du tout !

Une toux qui sembla lui déchirer la poitrine l'interrompit.

— Pardonnez-moi, dit-il au lieutenant général de police, voulez-vous avoir l'amabilité de me passer le verre d'eau derrière vous ?

Tandis que l'autre se retournait, le moine dissimula rapidement sous sa bure une feuille de papier pliée. Volnay le fixa intensément mais ne dit rien.

— Il n'y a aucun verre derrière moi, dit sèchement Sartine.

Il lui fit face de nouveau, l'air mécontent.

— Ah pardon, fit le moine, c'est ma maudite fièvre. La carafe est à côté de toi, mon fils. Si tu veux bien avoir la gentillesse…

Volnay lui servit un verre qu'il but goulûment.

— Nous disons donc, continua-t-il après s'être essuyé les lèvres d'un revers de sa manche, un couteau, une quittance de loyer et de l'argent.

Il compta minutieusement.

— Trois livres et douze sols très précisément.

Sartine croisa les bras et les contempla d'un œil sec.

— Tout ceci ne nous avance pas vraiment. De son côté, Siltieri va faire mettre à la question ce couple qui va leur livrer des noms…

— Qu'ils parlent sous la torture, j'en suis bien certain, fit Volnay d'un ton calme, mais je ne pense pas qu'ils sachent grand-chose. Ils fabriquaient des cierges noirs pour le curé dansant mais seul celui-ci savait où les livrer…

Il s'interrompit. Au-dessus de leur tête, un hurlement à glacer le sang se faisait entendre. Sartine frissonna.

— Qui crie ainsi à la mort?

— Oh, ce n'est rien, s'empressa de répondre le moine. J'ai recueilli un chien mais parfois il semble devenir fou…

— C'est de vivre sous le même toit que vous! répliqua Sartine.

Le moine se rembrunit mais, sagement, ne répondit rien.

— Il est vrai que nous sommes tous sur les nerfs, conclut Volnay conciliant.

Sartine regarda avec stupéfaction son commissaire aux morts étranges à l'impassibilité et au calme légendaires.

— Nous n'avons pas connu d'affaire aussi difficile depuis longtemps, ajouta le moine. Et la victime est ici la plus délicieuse des enfants, la plus triste aussi…

— Comment savez-vous cela? demanda le lieutenant général de police.

— Parce qu'elle me l'a dit!

Sartine le considéra comme s'il était devenu fou.

— Cette Sophia vous a tourné la tête!

Le moine lui jeta un coup d'œil complice.

— Cette jeune fille nous hante tous. Elle n'aura de repos avant que l'on ne trouve son assassin!

— Votre fils vous a raconté notre conversation privée, constata Sartine en jetant un méchant regard à Volnay.

— Oh, il n'y a pas de mal à cela, intervint le moine. Pas plus qu'il n'y en a à rêver. Depuis l'Antiquité, les hommes tentent de trouver une explication à leurs rêves. Artémidore d'Éphèse racontait déjà des tas de choses très intéressantes à ce propos. À Babylone, les prêtres révéraient le Soleil, *seigneur de la vision*, et l'on se rendait au temple des songes pour y décrypter ceux-ci.

— Tout ceci n'en fait pas une science, remarqua le lieutenant général de police d'un ton acerbe.

— Détrompez-vous, l'oniromancie est la science de la divination à travers les rêves. Il nous revient à chacun de déchiffrer la révélation ambiguë de ceux-ci et de devenir les interprètes de nos songes.

Sartine le contempla d'un air sarcastique.

— Ne me dites pas qu'un esprit aussi rationnel que le vôtre s'emploie à ces fadaises.

— Mon esprit rationnel, comme vous dites, s'intéresse à tout ce qui est inexpliqué !

Une fois la porte de la maison refermée derrière le lieutenant général de police, Volnay s'empressa auprès de son père.

— Eh bien, qu'as-tu donc dissimulé aux yeux de Sartine ?

Le moine sourit finement.

— Tu as remarqué ma présence d'esprit ? Le verre d'eau, Sartine tourne la tête et hop !

On aurait dit un enfant se vantant d'une farce réussie. Volnay secoua la tête, atterré par les facéties de son père.

— Tu as pris un risque inconsidéré. Si Sartine s'en était rendu compte, je n'ose imaginer les conséquences… Tu sais qu'il ne nous apprécie guère et qu'avec lui nous sommes toujours sur le fil du rasoir…

— Peut-être mais bon je préfère que cette enquête progresse sans interférence extérieure. Ah oui, il reste du rôti de porc si tu en veux quelques tranches. Hélène et moi ne t'avons pas attendu pour lui faire honneur…

— Je n'ai pas faim.

— Bien, bien…

Le moine déplia soigneusement la feuille et l'approcha près du feu.

— Ma vue n'est plus ce qu'elle était mon fils, peux-tu me donner cette loupe sur la table à écrire?

Volnay s'exécuta.

— Ah! fit le moine d'un ton triomphant. Quelques adresses de livraison pour les cierges avec le nom des rues et des dates. J'aime les gens ordonnés!

Son fils s'approcha et lut par-dessus son épaule.

— Trois adresses seulement ces dernières semaines, observat-il. Le commerce n'est plus aussi lucratif qu'autrefois!

— Et le premier nom de rue qui apparaît est la rue des Canettes où réside notre astrologue! Mon Dieu, le curé dansant livrait en cierges noirs le père de notre victime!

— La coïncidence est troublante mais ne sautons pas à des conclusions hâtives, tempéra Volnay. Des centaines et des centaines de personnes habitent dans cette rue.

— La seconde adresse mentionne un quartier de Versailles. Sartine n'aimerait pas cela! Sans indication pourtant, autant chercher une aiguille dans une meule de foin. Mais quand même : Versailles!

Il approcha encore son œil de sa loupe.

— La troisième adresse est le Palais-Royal, sans autre mention! Sans doute un lieu de rendez-vous…

Le commissaire aux morts étranges examina le papier puis le rendit à son père. Il croisa ensuite les bras sur sa poitrine et laissa son esprit s'échapper des lieux. Lorsqu'il parla, son ton était ferme et décidé.

— Demain matin, nous irons interroger sans ménagement l'astrologue. Nous prendrons avec nous des archers du guet pour fouiller toute sa maison. Depuis le début de cette affaire, je ressens la pénible sensation de passer à côté de quelque chose d'évident!

— Cela arrive souvent! expliqua son père. Une part de ton esprit a découvert une partie de la solution mais ton esprit conscient ne veut pas en entendre parler pour des raisons diverses et variées. Ainsi luttent en nous *ce* qui croit savoir et *ce* qui sait.

L'expression du commissaire aux morts étranges resta indéchiffrable mais un léger mouvement d'épaules marquait son incrédulité face aux thèses osées de son père. Un instant le silence régna puis une bûche en se consumant s'écroula dans l'âtre, ce qui les fit tous les deux sursauter. Le moine se baissa pour tisonner le feu et rajouter du bois. En se relevant, il se saisit du poignet de son fils et baissa furtivement la voix.

— Je n'en ai rien dit à notre supérieur mais un nouveau mystère a surgi.

Il s'humecta nerveusement les lèvres avant de continuer.

— Lorsqu'on a descendu dans la première cave le cadavre du curé dansant, je suis allé dans la seconde cave chercher mes instruments. Or, c'est dans cette seconde cave que j'avais transporté le corps du gardien du cimetière pour le saler afin qu'il ne sente pas. Ma maladie m'a empêché d'accomplir cette corvée. Bref, je vais dans ma seconde cave et là, surprise, plus de cadavre !

Volnay sursauta.

— Hélène sait tout cela ?

— Oui, je l'ai envoyée chez le commissaire de quartier déclarer le… euh… vol. Un cadavre cela ne passe pas forcément inaperçu.

Les mains dans le dos, le commissaire aux morts étranges se mit à marcher de long en large comme pour donner de l'ampleur à ses pensées.

— Pourquoi vole-t-on un cadavre ? demanda-t-il.

Il s'apprêta à répondre lui-même à sa propre question.

— On le vole pour qu'on ne reconnaisse pas l'identité de la victime ou pour dissimuler la cause de sa mort. Or, toute personne sensée doit penser que ce cadavre dans la cave de l'assistant du commissaire aux morts étranges a été autopsié et identifié !

Le moine approuva.

— Bien entendu, on vole aussi des cadavres pour alimenter les médecins qui veulent progresser en matière d'anatomie. Ceux-là sont prêts à payer cher pour cela. Cependant, il y a des cimetières pour ça! Les déterreurs de cadavres n'oseraient pas s'introduire dans ma cave. Et d'ailleurs comment sauraient-ils que ce cadavre s'y trouve?

— Il y a bien les hommes qui sont venus chercher le cadavre de Sophia, remarqua Volnay. Ils ont pu remarquer l'autre corps mais ils n'auraient pas pu s'en emparer sous tes yeux.

Le moine baissa la tête.

— Tu ne les accompagnais pas? s'étonna son fils.

— Je n'avais pas le cœur de voir le corps de cette petite et puis tu sais bien que j'étais malade et alité. Ils se sont occupés de tout : nettoyage, habillage et mise en bière.

— Et tu les as laissés seuls dans ton laboratoire? Toi!

Son père haussa les épaules.

— Ils travaillent pour moi depuis deux ans. Ils connaissent mon laboratoire et se garderaient bien d'y toucher quoi que ce soit, me connaissant et me craignant!

— Étrange, fit le policier en plissant les yeux. Il doit pourtant exister une explication logique. Quelque chose auquel nous ne pensons pas!

— Peut-être n'a-t-on rien volé, murmura songeusement le moine. Tout cela pourrait être diablerie mais Sophia possédait un cœur pur. Il est possible après tout qu'elle soit devenue un ange et que son corps ait disparu.

Volnay lui jeta un regard soucieux mais se tut. Par habitude, il inspecta les lieux comme s'il s'agissait d'une scène de crime avant de secouer la tête.

— Une messe noire dans un cimetière est déjà inhabituelle en soi. Une enfant nue que l'on retrouve morte sur une dalle et qui hante les esprits des vivants, le gardien du cimetière que l'on assassine et dont le corps disparaît... tout cela sort décidément de l'ordinaire.

Le commissaire aux morts étranges réfléchit avant de reprendre :

— Le gardien du cimetière n'a pas vraiment été étranglé...

— Oui, répondit vivement le moine, comme je l'ai dit, on l'a privé d'air par compressions successives pour ne pas laisser de marques...

Le jeune homme fronça les sourcils.

— On n'a pas tué Sophia de cette façon. Les marques sur son cou étaient peu prononcées. Tu n'as d'ailleurs pas accompli toutes les recherches qu'il fallait en refusant de l'autopsier! On ne sait si elle est morte de froid ou de l'étranglement.

— Certes, fit le moine troublé. Certes…

— Et si l'assassin n'était pas le même? demanda Volnay.

Son père plissa les yeux, tentant de capter les pensées de son fils.

— Tu insinues que deux faits différents se sont produits cette nuit-là dans ce lieu?

— Peut-être. N'oublie pas que la messe noire a probablement été interrompue. Mais par qui? Qui donc peut bien se promener seul la nuit dans un cimetière?

— Mais le gardien de celui-ci, fit le moine.

Volnay s'impatienta.

— Si ce gardien n'a pas été tué par les célébrants de la messe noire, qui, en dehors de tous ces gens-là, peut rôder dans un cimetière pendant les heures sombres?

Le moine se frappa le front.

— Quelle bourrique je fais, moi qui suis si intelligent! Bien sûr! Les déterreurs de cadavres! Mais, de ce que nous avons appris d'eux, ils n'ont tué personne!

— C'est ce qu'ils ont raconté aux hommes de main de ton anatomiste, à moins que ceux-ci n'aient inventé cette histoire afin que je les laisse filer.

Son père demanda :

— Veux-tu retourner de nuit dans le cimetière où nous avons retrouvé Sophia?

— Sartine y a certainement posté des hommes à lui et, après ce qui s'est passé, je pense que l'endroit va être évité pendant quelques années!

Il hésita.

— Je suppose qu'Hélène va passer la nuit ici.

— Mon Dieu, si elle le souhaite…

— N'a-t-elle donc pas de logement? s'agaça Volnay.

Le moine écarta les bras en un geste de désespoir comique.

— Nous ne sommes pas intimes…

— Mais vous n'êtes pas loin de le devenir! Bonne nuit, père!

Volnay sortit. La neige tombait dans un silence magique. Dans l'impasse, il vit soudain Hélène s'avancer vers lui. Le vent semblait lutter avec les plis de sa longue robe, provoquant des frémissements de soie. Une certaine langueur paraissait affecter tous ses gestes. Elle sourit en le voyant.

— Hélène…

Elle s'arrêta, frémissante devant lui.

— Vous ne restez pas?

— Non. Mon père vous racontera les derniers événements de la journée. Il faut que je rentre chez moi pour réfléchir en paix. Il me semble que je ne vois pas les évidences!

Elle le regarda avec curiosité.

— Voilà qui ne vous ressemble pas!

Des flocons de neige s'accrochaient à ses magnifiques cheveux. D'un geste doux, Volnay les cueillit comme autant de fleurs.

— Vous êtes très attentionné, remarqua-t-elle.

— Vous êtes très belle.

Il la saisit à la taille et l'attira à lui. L'haleine d'Hélène vint se briser contre son visage, réveillant en lui des souvenirs oubliés. Sa bouche trouva la sienne. Elle se laissa faire mais ne lui rendit pas son baiser.

— Pardonnez-moi, chuchota-t-elle, mais c'est votre père que je préfère!

Le policier sursauta et recula d'un pas comme s'il venait d'être giflé.

Lorsque Hélène rentra, elle trouva le moine le front appuyé contre la fenêtre qui donnait sur l'impasse.

— Que faites-vous devant votre fenêtre?

— Je guette les âmes esseulées…

Volnay rentra chez lui à pas lents, accablé. Il raviva le feu et sortit son oiseau de la cage.

— Eh oui la pie, le croiras-tu? J'ai essayé d'embrasser Hélène! L'oiseau leva la tête.

— Et ce n'est pas par inclination pour elle, continua le policier. Je me méfie de cette espionne que Sartine m'a mise dans les pattes. Simplement, j'ai pensé que si elle était dans mes bras, elle cesserait ses familiarités avec mon père !

Il s'appliqua à lisser soigneusement le plumage de la pie.

— Eh bien mes craintes étaient fondées, elle en a bien après mon père. Et elle a eu le culot de me le dire !

La lueur des flammes se réfléchissait sur la tranche dorée des livres. Il la contempla un instant puis son attention se reporta sur l'oiseau.

— Toutefois, si cette femme est bien l'aventurière que je soupçonne, pourquoi m'avoir fait cet aveu ? Je ne comprends pas.

— Comprends pas, répéta la pie.

XII

LE FEU ET AUTRES DIABLERIES

La lune n'était plus qu'une coulée d'argent sur les toits. Cornevin, le commissaire de quartier, se planta devant Volnay. Il s'était trop approché du feu. Son visage avait pris une teinte de pierre cuite et ses cheveux une couleur de cendre.

— La maison a commencé à brûler après minuit. Je me suis rendu sur les lieux puis j'ai songé à vous prévenir.

— Vous avez bien fait, répondit Volnay.

L'autre se tourna vers les ruines fumantes.

— Les gens ont jeté des boules de neige sur le feu en attendant qu'on tracte par cheval des pompes à bras sur le lieu de l'incendie !

— Comment le feu a-t-il pris ?

— Peut-on savoir ? Il y a bien des incendies dans Paris. Une cheminée mal ramonée, le vent qui attise, les structures en bois de l'immeuble… La neige a empêché que le feu ne se communique aux autres maisons alentour.

Leur attention fut attirée par une carriole qui arrivait au pas prudent d'un cheval au poil gris, creusant de grandes balafres sur le sol enneigé.

— Oh, fit le commissaire de quartier. Il est déjà là…

— Oui, je l'ai prévenu avant de venir, dit Volnay.

Il se souvenait du baiser refusé par Hélène et de son aveu envers son père. Ses traits se durcirent. Le moine descendit tranquillement de sa voiture et avança vers eux en récitant :

— *"Hier, durant la nuit obscure*
Un grand feu s'éprit d'aventure

187

Mais avec soin et diligence
On amortit sa véhémence!"

— Tu m'en diras tant! fit son fils.

Ils contemplèrent en silence les ruines calcinées. Une douce chaleur s'en échappait.

— Il va me falloir un peu d'aide, dit enfin le moine. Je dois récupérer les corps dans la maison, si corps il y a.

— Pourquoi? s'étonna le commissaire de quartier.

Volnay et son père échangèrent un regard complice.

— Pour identifier les victimes, répondit le commissaire aux morts étranges, et connaître la cause de leur mort.

Le commissaire de quartier les regarda avec effarement.

— Mais s'il y a quelqu'un, il est mort brûlé, voyons!

Le moine eut un petit rire condescendant.

— Ah, si toute chose pouvait être aussi simple!

Et sans un mot de plus, il se dirigea vers les restes de la maison.

— Donnez-lui des hommes, fit le commissaire aux morts étranges, et allons un peu interroger le voisinage pour savoir s'ils ont vu quelque chose.

— Mais pourquoi?

Volnay le considéra d'un œil sévère.

— Mais pour faire notre métier!

À l'aube, Hélène entra dans le bureau de Sartine au Châtelet. Celui-ci se tenait frileusement devant le feu qui éclairait son visage de reflets incendiaires sous sa perruque poudrée et frisée. La jeune femme ôta nonchalamment son manteau de fourrure pour le confier à un domestique. Elle soignait ses apparitions chez le lieutenant général de police, s'étant vêtue pour l'occasion d'une belle robe de velours rouge. La pièce d'estomac triangulaire était décorée d'une échelle de rubans. La coupe et le tissu soulignaient la rondeur des seins moulés dans le corset. Des engageantes de la plus belle dentelle ornaient les poignets de sa robe toute couverte de rubans et de fleurs artificielles.

Une lueur intéressée brilla un instant dans l'œil de Sartine avant qu'il ne retrouve sa froideur habituelle.

— Aucun d'eux ne vous suspecte? demanda-t-il abruptement.

— Le moine est on ne peut plus charmant mais Volnay se méfie de moi.

— Cela ne me surprend guère, rien n'a prise sur mon commissaire aux morts étranges.

Il dit cela avec un mélange de dépit et de fierté.

— Pour le moine, reprit-il avec une grimace, c'est un savant cabotin, toujours prêt à faire la roue comme un paon devant les jolies femmes. Mais ne le sous-estimez pas, son intelligence est remarquable. En revanche, et c'est sa faiblesse, son orgueil en ses capacités est incommensurable. Flattez-le toujours et il vous adorera.

— Je sais comment le manier, ne vous inquiétez pas!

Sartine hocha la tête, satisfait, puis son regard s'assombrit.

— Notre cheval de Troie est dans la place, tout cela est fort bien mais la prostituée et le curé dansant sont morts, le père de Sophia a sans doute brûlé dans sa maison... Que reste-t-il comme piste?

— Un homme au comportement suspect pendant l'enterrement de Sophia...

— Oui, grogna Sartine, encore un que Volnay a laissé filer entre ses pattes. Il épuise une demi-douzaine de mes mouches à le chercher dans le quartier où il l'a perdu! Je me demande s'il ne serait pas plus sensé de jeter mon filet dans la ruelle de l'Or ou dans quelques endroits de ce genre et de mettre à la question tous ces nécromanciens, alchimistes, jeteurs de sorts ou marchands de philtres! Tant pis pour les honnêtes marchands, il se trouvera bien un ou deux coupables dans le lot!

— Le résultat n'est pas certain mais vous pourrez être sûr que tout Paris en parlera. Gardez vos enquêteurs. Ne vendez pas votre cheval pour acheter de l'avoine!

Le lieutenant général de police la considéra un instant en silence.

— Ce n'est pas mon intention, vous l'avez deviné. Hélène, vous n'êtes plus une enfant et vous connaissez les rouages du pouvoir. Le procureur Siltieri m'a été imposé. Il est proche de l'Église mais loin de Dieu ! C'est un homme du parti des dévots. Ce parti est soutenu par le Dauphin, fils du roi, et en lutte contre celui de la marquise de Pompadour, proche des encyclopédistes. Pour se conforter auprès du roi, les dévots ne rêvent que de l'effrayer avec un scandale sans précédent qui soit le fait d'hérétiques.

Sartine se tut. La personnalité tourmentée et morbide du roi l'effrayait secrètement. Persuadé d'être monarque de droit divin et ayant ancrée en lui une peur terrible de la mort et de la justice divine, il n'en était pas moins incapable de résister à ses pulsions et ses vices. Seule sa jouissance du moment l'intéressait. Une fois celle-ci passée, il devenait à nouveau un pantin sans âme aux mains de l'Église. Isolée et occupée à contrer les dévots avec le clan philosophique, la favorite, la marquise de Pompadour, s'éteignait doucement, rongée par la fatigue et la maladie.

— Ma situation est extrêmement compliquée, reprit le policier d'une voix tendue qui lui était inhabituelle. Je me vois dans la double obligation d'étouffer cette affaire et de la résoudre ! Le procureur Siltieri n'a, quant à lui, pour seul objectif que de faire le plus de bruit possible et d'envoyer à la potence quiconque sera pris la main dans le sac, coupable ou innocent !

Il s'assit sur le bord de son bureau et soupira.

— J'ai besoin d'une arrestation et Volnay ne me ramène que des corps !

— Il est parti de rien et il a déjà relevé plusieurs pistes, objecta Hélène.

Sartine darda sur elle un regard impérieux.

— N'allez pas succomber à son charme, ce n'est pas ce que je vous demande. Volnay a une conception de la justice bien particulière et le sens de la hiérarchie lui fait cruellement défaut. Vous êtes avec lui et le moine pour me rapporter tout ce qu'ils me dissimulent. Tenez, l'histoire de ce chien... Pourquoi me cacher cela ?

— Ils craignaient peut-être que vous ne le soumettiez à la question !

Devant l'impertinence de sa visiteuse, un rare sourire illumina le visage de Sartine avant de disparaître aussi vite, laissant même douter de son apparition.

— Des résultats, vous m'entendez? Je veux des résultats et ceci par tous les moyens! C'est peut-être le sort politique de la France qui se joue derrière tout cela!

Il alla s'asseoir à son bureau qu'il se mit à tambouriner avec ses doigts. Son œil avait pris une teinte vitreuse.

— Cette affaire est propre comme une écuelle de chats, murmura-t-il. Et dire qu'il faut que cela tombe justement sur Sophia!

La jeune femme le considéra attentivement.

— Savez-vous sur sa naissance quelque chose que j'ignore?

Sartine la fixa sans mot dire. Son regard était dur et impitoyable.

— Ai-je dit quelque chose de tel? Tenez-vous-en aux faits, répondit-il, et non à des hypothèses!

Le moine avait allumé les chandelles dans la cave et frottait ses mains pour les réchauffer. Devant lui, une masse informe noirâtre gisait sur une table.

— Alors? demanda le commissaire aux morts étranges.

— Deux corps. Une femme et un homme. Ils sont complètement calcinés mais le corps féminin pourrait bien être celui de la servante, quant au corps masculin il a la même taille que notre astrologue. Et puis regarde sa main. J'ai remarqué cette énorme bague avec un rubis lors de notre première visite. Il la porte. C'est bien lui car c'est elle!

Volnay fronça les sourcils et contempla fixement le cadavre de l'astronome.

— Que se passe-t-il?

Le commissaire aux morts étranges haussa les épaules.

— Je ne sais pas. J'éprouve une étrange impression mais je ne saurais dire quoi. Cette pierre…

— Elle est de grande valeur assurément. Chaque pierre a ses particularités. On dit que le rubis donne de la persévérance aux indécis…

Le commissaire aux morts étranges fit quelques pas dans la cave, caressant du bout du doigt un alambic, rangeant sans s'en rendre compte ce qu'il jugeait en désordre sur la table.

— Arrête de toucher à mes affaires, dit le moine, tu sais bien que j'ai horreur de ça!

— Toi et tes manies de rangement! grogna son fils.

Il se tourna vers son père, perdu dans ses réflexions.

— Tout se complique, dit-il. Une enfant tuée, le gardien du cimetière étranglé, la prostituée qui se rompt le cou et notre curé dansant qui gigote au bout d'une corde, récapitula-t-il comme si cela était une comptine. Ajoutons deux cadavres brûlés... l'astrologue et sa servante...

— Je n'ai trouvé aucune trace de meurtre sur ces cadavres, dit son père. Enfin, vu l'état...

Il désigna d'un geste dégoûté les restes calcinés.

— J'ai l'habitude qu'ils soient moins... abîmés!

Devant la porte de l'église Saint-Sulpice, un tremblement saisit tout entier le corps d'Hélène. Elle se figea et le laissa passer, fermant les yeux pour calmer les battements désordonnés de son cœur. Une douce plainte la saisit pourtant lorsqu'elle pénétra dans les lieux sacrés. Ceux-ci ne lui étaient ni agréables, ni familiers. Elle n'appréciait pas plus le Christ qui se tortillait sur la croix que les saints des vitraux, agonisant dans d'atroces souffrances.

Ses pas résonnèrent lugubrement sur les dalles froides. À la lueur tremblotante des cierges qui se consumaient, elle se dirigea vers un coin de l'église où étaient placés en vis-à-vis des chaises et des bancs. Au milieu, sur un siège surélevé, trônait le curé qui faisait répéter le catéchisme à des enfants.

Hélène attendit patiemment qu'il termine. De plus en plus intrigué par sa présence, discrète mais attentive, le curé lui jetait des regards curieux. Lorsqu'il la vit se saisir d'une bourse qui semblait remplie de bonne monnaie sonnante et trébuchante, il termina rapidement et renvoya d'un geste les enfants qui l'écoutaient, l'air grave et recueilli. La mine onctueuse, le curé s'approcha d'elle. Il avait atteint cet âge intermédiaire où, faute d'exercice et d'hygiène de vie maîtrisée, les muscles laissent place à l'embonpoint avant de se transformer définitivement en graisse. L'homme était pourtant sagace et avisé. Hélène savait qu'il avait fait établir dans sa paroisse une fabrique de mousseline.

— Madame, je suis le curé de la paroisse, puis-je quelque chose pour vous?

La visiteuse arbora son plus beau sourire, s'efforçant de ne pas le fixer de face car il avait des yeux rapprochés et elle ne savait trop comment porter son regard.

— Vous le pouvez. Puis-je vous entretenir en particulier?

D'un geste, il l'invita à le suivre jusqu'à la sacristie. Là, elle lui montra la lettre de recommandation de Sartine, ce qui l'impressionna fort.

— Je vous remercie, mon père, de me recevoir à l'impromptu, dit-elle en rangeant la lettre.

— Dieu, madame, vous avez des titres de recommandation qui obligent... Pensez donc! M. le lieutenant général de police en personne! Il a beaucoup œuvré dans notre bonne ville pour son approvisionnement et le commerce des grains. Je ne parle même pas de la sécurité publique. Que puis-je pour votre service?

Hélène dissimulait derrière un masque aimable d'étranges pensées. La remarque anodine de Sartine l'avait alertée.

Et dire qu'il faut que cela tombe justement sur Sophia!

L'agressivité du lieutenant général de police lorsqu'elle l'avait questionné sur la naissance de Sophia la confirmait dans son soupçon. On lui cachait quelque chose!

— Je souhaite quelques renseignements sur la famille Marly, fit-elle d'un ton neutre. Vous savez, l'astrologue de la rue des Canettes...

— M. Marly, je vois, oui. On parle un peu de lui dans le quartier...

Le curé eut un reniflement dédaigneux.

— Faire commerce des étoiles pour prédire l'avenir! Vous pensez bien que je ne vois pas un tel homme à la messe!

— Est-il homme de mauvaise vie?

L'autre haussa un sourcil.

— Pas à ma connaissance, il se tient à l'écart autant des récréations mondaines que de la messe ! Mais l'astrologie…

Il se signa.

— Voilà bien diablerie que de prétendre connaître le sort des mortels en contemplant les étoiles. Ceci est blasphème ! Notre sort est entre les seules mains de Dieu.

Sa bouche marqua un pli sarcastique.

— Mais hélas, nous vivons dans un siècle de superstition, il est encore des parents qui m'apportent leur enfant à baptiser avec un morceau de pain noir autour du cou pour éloigner le mauvais sort !

— C'est surtout à la fille de l'astrologue que je m'intéresse, précisa Hélène.

Elle prit un air enjôleur.

— Je sais combien les archives des paroisses sont admirablement tenues. M. Marly a toujours vécu dans le quartier et je connais la date de naissance de sa fille. Je voudrais vérifier qu'elle a bien été déclarée à votre paroisse à sa naissance ou à son baptême.

— Je ne peux rien vous refuser ! dit onctueusement l'ecclésiastique. Quelle est cette date de naissance ?

— Le 12 janvier 1747.

— Je vais vous chercher cela dans nos archives des registres paroissiaux.

— Je suis certaine que tout y est consigné.

Un sourire suffisant éclaira le visage du curé.

— Madame, avec les registres des commissariats de police, les archives paroissiales sont ce qu'il y a de mieux tenu en France. Vous verrez que dans trois siècles, on y lira encore toute l'histoire de France !

Le curé revint une vingtaine de minutes plus tard avec un ouvrage relié de cuir noir.

— Pardonnez-moi. Le recueil était parfaitement bien archivé mais difficile d'accès !

D'un revers de la manche, il fit voler la poussière.

— Hum, l'année 1747… Janvier, m'avez-vous dit. Elle n'avait donc pas douze ans lorsqu'elle est morte cette pauvre enfant !

— Comment savez-vous cela?

L'ecclésiastique lui jeta un regard surpris.

— Ignorez-vous que tout se sait dans un quartier?

Il mouilla son index et son pouce avant de tourner les pages.

— Janvier... voilà...

Il lut, avança encore, fronçant les sourcils.

— Non, elle n'y figure pas. Je vais regarder par sécurité le mois de février.

Hélène attendit patiemment, voyant la déception se peindre progressivement sur le visage de son interlocuteur.

— Non décidément mais peut-être a-t-elle été déclarée à une autre paroisse? J'étais là à cette époque mais je n'ai pas souvenir d'elle.

Il se gratta pensivement la joue.

— À l'époque, ce Marly n'était pas astrologue. Étonnamment, il était maître joaillier.

Hélène fronça délicatement les sourcils. Elle se souvenait de l'énorme et inhabituel rubis monté sur bague au doigt de l'astrologue.

— Maître joaillier? répéta-t-elle pour marquer son intérêt et l'inciter à continuer.

— Oui, il épousa une femme qui était la domestique d'une personne de qualité à la cour. Je crois que c'est à la mort de son épouse, deux ans après la venue au monde de leur fille, qu'il vendit son commerce pour se consacrer aux étoiles. Le chagrin probablement et sans doute un brin de folie...

— La petite a donc perdu sa mère très jeune.

— Certes.

— Et elle n'a pas été déclarée et baptisée à votre paroisse?

— Non.

Hélène se pencha légèrement en avant et le regard du curé effleura sa poitrine avant de se réfugier dans ses yeux.

— Dites-moi mon père, savez-vous de quelle personne de qualité la mère de Sophia était la domestique?

Son interlocuteur s'agita nerveusement.

— Dieu tout-puissant! Pensez-vous donc que l'on sache dans les quartiers de Paris ce qui se passe à la cour de Versailles?

La jeune femme haussa négligemment les épaules.

— Ma foi, oui!

Elle posa une bourse sur la table. Les écus tintèrent dans un bruit métallique qui fit sursauter le curé.

— J'aimerais faire un don aux pauvres de votre paroisse.

Mais elle garda ses doigts serrés autour de la bourse. Le curé se racla la gorge, embarrassé.

— Madame, vous me mettez dans une situation délicate...

— Dieu a confiance dans votre jugement!

L'homme se tortilla les mains. Malgré le froid de la pièce, une goutte de sueur coula le long de sa tempe. Hélène contempla le sillon humide qu'elle avait laissé. C'était celui de la peur.

— Tout ceci restera entre nous?

— Je vous le jure sur le Christ, répondit-elle d'une voix égale.

— Ce n'étaient d'ailleurs que des rumeurs...

— Bien entendu.

Il baissa encore la voix et, lorsqu'il parla, celle-ci était devenue presque inaudible.

— C'était une danseuse de l'Opéra, à l'époque tout Paris était à ses pieds. On la surnommait Mlle Belle Ange.

Ils étaient remontés de la cave. Tandis que son fils bourrait la cheminée de grosses bûches, son père dépliait avec précaution une couverture qui recélait ses découvertes de la nuit.

— En fouillant dans les décombres avec le commissaire de quartier, j'ai trouvé ce livre. Il se trouvait dans une niche de pierre, ce qui l'a protégé. Seule la couverture a souffert.

Les yeux du moine brillaient de plaisir en effleurant les pages du bout des doigts.

— Ce livre n'a pas brûlé. Une chance car il propose quelques recettes pour enflammer les sens de sa belle!

Il commença à le feuilleter avec un plaisir évident.

— Cette recette-là est un peu compliquée puisqu'elle nécessite de réchauffer des excréments de crocodile et d'antilope, de la bile de bouc sauvage et je t'en passe. J'aurais un peu de mal à trouver tout cela! Celle-ci me semble plus abordable mais elle nécessite quand même les cheveux d'un mort, des grains d'orge enterrés dans son tombeau, du sang de tique d'un chien noir... Non vraiment... Ah, voilà pour retrouver vigueur : "Frictionne ton membre d'écume de la bouche d'un étalon..."

Il releva la tête pour se retrouver sous l'œil inquisiteur de son fils.

— Naturellement, je n'ai pas besoin de tout ça, s'empressa-t-il d'ajouter. Je suis resté jeune et très vigoureux...

— J'espère que ce n'est pas Hélène qui te met ainsi en émoi, remarqua froidement Volnay.

Le moine cilla brièvement.

— Au cours de nos investigations dans les ruines, poursuivit-il rapidement, le commissaire de quartier a également découvert un second livre. Celui-ci était dans un coffret de fer, sans doute scellé dans un mur. Pour le dissimuler ainsi, il devait posséder une certaine valeur.

— Qu'est-ce que ceci? demanda son fils en pointant un doigt inquisitorial sur la couverture du livre.

— Des sceaux démoniaques : Lucifer, empereur, Belzébuth, prince, et Astaroth, grand-duc des Enfers... Et ce cavalier portant lance et sceptre se nomme Abigor. Il commande soixante légions de démons et est très prisé des chefs de guerre pour sa science militaire. Et voici Baël, chef de guerre aux trois têtes de chat, d'homme et de crapaud. Ici Ayperos, le lion à la tête et aux pattes d'oie avec une queue de lièvre et enfin là, épervier au poing, Balan, roi des Enfers qui connaît tout du passé comme de l'avenir...

— Tes connaissances de l'occulte me stupéfieront toujours, fit son fils d'un ton aigre-doux.

Gêné, le moine haussa négligemment les épaules.

— Tu sais, je m'intéresse à tout et à n'importe quoi!

Volnay lui jeta un regard impavide.

— Ainsi, notre astrologue s'intéresse aux forces de l'Enfer. Serait-ce lui l'instigateur de la messe noire dans laquelle a péri sa fille?

— Pas forcément! s'écria le moine. On peut aussi s'intéresser à Satan par curiosité intellectuelle ou encore pour mieux le combattre...

— Et la servante? Non, je l'ai vue se signer lorsqu'elle a bâillé à notre arrivée. Or, l'on se signe pour empêcher que le diable entre par votre bouche et s'empare de votre âme. Mais l'astrologue… Il achetait peut-être des cierges noirs à un homme qui a participé au meurtre de sa fille et lisait des livres à la gloire des démons… À propos, que dit donc ce livre?

— Il est en latin. Je le maîtrise bien mais c'est un ouvrage ésotérique et compliqué. J'aurai besoin de temps pour le lire et le comprendre. Tant mieux car, pour achever de me remettre, il me faut rester au chaud et boire des tisanes!

— Avec une jeune et jolie garde-malade! compléta sans rire son fils.

La neige tombait en petits cristaux blancs et froids. Giflée par la bise, Hélène tenait sa tête rentrée dans les épaules. Elle ne releva la tête qu'avant de passer l'angle de la rue Saint-Jacques. Des passants la bousculèrent sans un mot d'excuse car elle s'était immobilisée sans avertissement. Le sentiment d'une présence derrière elle la tenaillait. La jeune femme résista à la tentation de se retourner comme elle l'avait déjà fait à plusieurs reprises sans résultat. La foule se pressait, anonyme, grelottante. Tous les visages se ressemblaient, beaucoup exprimant la même difficulté de vivre. Un instant, elle hésita. Ce n'était pas une personne qui la suivait, plutôt une ombre… quelque chose de fluide qui se faufilait à travers la masse compacte des gens dans la rue.

Hélène s'engagea rue de la Lanterne, retrouvant le calme et le silence ouaté procurés par la neige. Là, elle s'arrêta. Un regard pesait lourdement sur ses épaules. Lentement Hélène se retourna. Son cœur rata un battement. Une lueur laiteuse baignait maintenant la rue, estompant les formes d'une irréelle silhouette frêle. C'était Sophia! Elle avait un petit air perdu dans ses vêtements trop amples et ses grands yeux tristes la fixaient, semblant lire au-dedans d'elle. Un instant le soleil perça les nuages et Hélène ferma les yeux, éblouie par la réverbération sur la neige. Lorsqu'elle les rouvrit, Sophia avait disparu.

Hélène rentra sans frapper. Volnay lui jeta un regard mécontent et allait se livrer à quelques réflexions mais il s'arrêta à la vue de son visage couleur de cendres.

— Qu'avez-vous? On dirait que vous venez de croiser un fantôme!

La jeune femme s'adossa à la porte, la poitrine frémissante.

— J'ai vu Sophia!

Le moine se précipita vers elle.

— Ah vous aussi!

Il se tourna vers son fils.

— Avec moi et la servante de l'auberge, cela fait trois maintenant? Persisteras-tu à me prendre pour un fou?

— Un instant, fit Volnay en saisissant le bras d'Hélène. Où l'avez-vous aperçue?

— Dans la rue, à deux pas de là.

Le policier se précipita dehors. Le moine soupira.

— La réaction de mon fils est parfaitement logique et rationnelle mais je sais qu'elle ne le mènera nulle part. On ne voit Sophia que lorsqu'elle le veut bien!

Une dizaine de minutes plus tard, le retour de Volnay lui donna raison.

— Personne en vue, fit-il. Vous avez rêvé!

Hélène jeta un regard entendu au moine. Elle avait appris à connaître les mécanismes intellectuels du commissaire aux morts étranges basés sur l'observation, la réflexion, l'analyse puis la synthèse. Il n'y avait pas place pour tout ce qui relevait du domaine de l'irréel. Pour lui, un fait irrationnel signifiait simplement que l'explication était plus difficile à trouver!

— Vous avez été longtemps absente, remarqua le policier. Où étiez-vous donc?

— Chez moi, j'avais besoin d'un bon bain!

Volnay renifla l'air comme s'il voulait vérifier et marqua son scepticisme d'un haussement de sourcils.

— Et où résidez-vous?

Une lueur de moquerie traversa le regard d'Hélène.

— Seriez-vous en train de mener un interrogatoire, commissaire? Dans notre cas, mon adresse ne vous regarde en aucune manière à moins que vous n'ayez en tête l'espoir de me rendre quelque visite…

Gêné, Volnay détourna la tête.

— Pas le moins du monde!

Le souvenir du baiser volé à Hélène le tourmentait tout autant que l'attitude de la jeune femme.

— Allons, fit le moine d'un ton conciliant, arrêtez de vous chamailler tous les deux!

On frappa à la porte. Un coup timide d'abord puis renouvelé avec un peu plus d'assurance.

— J'espère que ce n'est pas encore Sartine! se plaignit le moine.

Hélène arbora un sourire figé.

— Pour le savoir, le mieux est d'aller ouvrir! dit sèchement le commissaire aux morts étranges.

Un étrange individu fit son apparition sur le seuil de la maison. Il avait un visage rond et hilare, une bouche pleine de dents gâtées et une haleine à faire tomber par terre. D'un geste ample il salua Volnay et le moine puis se courba presque à terre devant Hélène en l'appelant *Votre Gracieuseté*.

— Ah, voilà une de mes mouches, constata le commissaire aux morts étranges. Venez donc Gaston vous réchauffer devant le feu avant de me conter ce qui vous amène.

L'autre ne se fit pas prier et, après avoir quitté ses gants, promena avec ravissement ses mains au-dessus des flammes.

— Oh, que faites-vous là? demanda-t-il en baissant la tête.

— Des œufs à la braise, répondit le moine. Je vous en donnerai un si vous nous avez rapporté de bonnes nouvelles!

— Avec plaisir, monsieur le moine!

Il sembla alors découvrir la présence de l'animal près du feu.

— Oh, vous avez un chien maintenant! Quelle belle bête!

Il se tourna vers Volnay.

— Je suis d'abord passé chez vous mais ne vous y trouvant point, j'ai couru jusqu'ici. J'ai de la chance que vous ne soyez pas au Châtelet!

— Qu'avez-vous à me dire? demanda le commissaire aux morts étranges en lui servant un petit verre d'eau-de-vie pour se réchauffer.

La mouche vida celui-ci d'une traite, s'essuya la bouche d'un revers de main et remercia aimablement.

— J'ai retrouvé la trace de votre homme, celui avec l'épée au côté. Grand, blond, les cheveux filasse, les épaules carrées, l'air brutal et le visage mangé par la petite vérole… Il se peut qu'il en existe d'autres mais celui-ci répond point par point à votre description.

— Avez-vous trouvé où il habite?

— Ah commissaire, hélas non. J'ai repéré l'homme dans une taverne mais ensuite il est reparti à cheval. J'ai eu beau courir, je l'ai vite perdu!

Le moine soupira.

— Je suis ensuite revenu interroger les gens à la taverne, reprit vivement la mouche. J'ai dû payer quelques tournées pour cela. D'ailleurs, monsieur le chevalier, si vous pouviez faire quelque chose pour mes frais… J'attends toujours des mois avant que l'on me rembourse!

Volnay hocha la tête et sortit sa bourse.

— Voici de la part de M. de Sartine.

— Oh, commissaire, vous êtes généreux. Grand merci!

Il empocha les pièces et reprit son récit.

— J'ai donc appris dans cette taverne que l'homme est un habitué. Il vient boire seul ou, parfois, avec quelque prostituée du quartier. Je me suis donc permis de poster une mouche dans cette taverne jour et nuit. D'ailleurs, si je pouvais avoir une petite avance car là-bas nous sommes obligés de consommer…

— Ce que je vous ai donné ne vous suffit pas?

— Diable, commissaire, pour moi si mais je ne suis pas seul! Nous allons nous relayer à quatre pour ne pas manquer votre homme!

De nouveau, la main de Volnay plongea dans sa bourse.

— Ne buvez pas trop, conseilla-t-il, mes petites mouches doivent garder tous leurs sens en éveil.

— Vos mouches, commissaire, ont leurs yeux et leurs oreilles bien ouverts et rien ne peut leur échapper! s'exclama Gaston.

Il fit mine d'ouvrir ses ailes et de s'envoler.

— Avant de partir, puis-je avoir un de ces œufs à la braise? demanda-t-il plein d'espoir.

XIII

ABBAYE ET AUTRES DIABLERIES

Une fois Gaston parti, ils se partagèrent avec plaisir les derniers œufs à la braise, se brûlant les doigts et les lèvres.

— La mouche s'est envolée mais nous avons encore beaucoup à faire, dit le moine en débouchant une bouteille. Vous allez me goûter celui-ci, c'est du vin de Bordeaux, il vient de mes amis libraires les Madison, à Livourne, des gens plein d'esprit. Que faites-vous cette après-midi, ma chère ?

— Je vais poursuivre mon enquête.

— Très bien, fit le moine d'un ton un peu pincé, nous poursuivrons la nôtre également. Décidément, vous nous délaissez ces temps-ci. Je vais bouder !

En réponse à son caprice, elle lui adressa un sourire charmant.

— Mais pour le moment, rebondit-il gaiement, j'ai à vous soumettre une amusante petite énigme. Vous souvenez-vous qu'hier soir je vous ai raconté nos découvertes dans les poches du curé dansant ?

Il but une lampée de vin et claqua la langue d'un air appréciateur.

— Par acquit de conscience, j'ai depuis fouillé la doublure de la veste du curé dansant, j'y ai trouvé un second papier, soigneusement dissimulé. Deux adresses y figurent : le quai de la Mégisserie, sans plus d'indication, et la seconde certainement un lieu connu de notre curé dansant mais pas de moi ! Voyez par vous-même : *la couche ou la louche de lensser…*

— Jamais entendu parler de ce lieu ! Montrez-moi donc ce papier.

Le moine alla le lui chercher tandis qu'elle portait son verre à ses lèvres. Elle but encore une gorgée en examinant le papier, ses jolis sourcils délicatement froncés.

— Je ne lis pas la même chose que vous, murmura-t-elle enfin. Les lettres sont mal tracées et je ne suis pas certaine que notre curé dansant maîtrise parfaitement l'écriture. Je lirais plutôt *la bouche de l'enfer*!

Le moine jaillit brusquement de son siège.

— La bouche de l'enfer! Mais oui! C'est ainsi qu'on surnomme une abbaye abandonnée à quelques lieues de Paris. Le père abbé était tellement intraitable qu'on raconte que des moines se jetèrent dans le puits par désespoir et revinrent ensuite hanter les vivants. Persécuté par les revenants, le père abbé se pendit. Les derniers moines s'empressèrent de déguerpir et plus personne n'osa reprendre possession des lieux car on entendait la nuit des cris et des gémissements. On imagina bien vite que les diables avaient pris possession de cet endroit et même les bergers des environs n'osèrent plus s'en approcher.

Il jeta à Hélène un regard complice.

— Les diables vous font-ils peur, ma chère?

— Pas le moins du monde, répondit-elle, puisqu'il en existe un dans chaque homme!

Pour gagner l'endroit, ils avaient décidé de prendre la carriole du moine. Au pas prudent mais sûr de leur cheval, ils quittèrent Paris et gagnèrent les hauteurs du Petit-Montrouge. Ils prirent ensuite, en direction de la Beauce, une route environnée de moulins à vent à la toiture en charpente couverte de bardeaux. Enchanté, le moine se fit lyrique et déclama :

— "En ce moment, ils découvrirent trente ou quarante moulins à vent et don Quichotte dit à son écuyer : La fortune conduit nos affaires mieux que ne pourrait y réussir notre désir même. Regarde ami Sancho ; voilà devant nous au moins trente démesurés géants auxquels je vais livrer bataille et ôter la vie à tous tant qu'ils sont. Avec leurs dépouilles, nous commencerons à nous enrichir car c'est prise de bonne guerre et c'est grandement servir Dieu que de faire disparaître si mauvaise engeance de la face de la terre!"

Hélène rit et se blottit près de lui pour échapper à la morsure du froid. Instinctivement, le bras du moine lui enserra les épaules. À une intersection, ils empruntèrent une voie sinueuse dont l'état se dégrada au fur et à mesure de leur avancée. Envahi de broussailles, le chemin qui menait à l'abbaye baignait dans la boue et la neige. Les ronces griffèrent les roues de la voiture et égratignèrent le flanc de leur cheval. Plus loin, couvertes d'une croûte de neige, les branches des arbres formaient une voûte immaculée sous laquelle ils s'engouffrèrent.

Au détour du chemin, ils découvrirent le sommet d'un colombier puis les ruines grises de l'abbaye, dévorées par les mauvaises herbes et recouvertes d'une nappe de lierre. Des fleurs de givre décoraient le bord du toit de l'église surmontée d'un modeste clocheton. Le moine se souleva de son siège pour examiner les environs.

— Eh bien, mon fils, toi non plus tu n'as pas peur des diables?

Volnay haussa les épaules.

— Pas plus que des hommes!

Le moine rit puis fit silence lorsqu'ils franchirent le portail de l'abbaye.

— As-tu remarqué qu'il y a des carrières à côté? demanda le policier à son père. Par temps de grand vent, cela doit faire un bruit impressionnant. De là viennent peut-être les bruits et gémissements que les gens croient entendre.

Le moine se tourna vers Hélène, un large sourire à la bouche.

— Vous voyez, c'est tout mon fils, il a une explication rationnelle à tout!

Volnay sauta à terre et tira son pistolet.

— Soyons prudents, nous pourrions tomber sur un repaire de brigands ou de contrebandiers.

Il lança un regard ironique à son père.

— Cela aussi peut être une explication à la réputation des lieux. Un endroit hanté est un endroit sûr pour qui se cache de l'ordre royal!

Le moine haussa les épaules et descendit à son tour. Il tendit ensuite les bras pour aider Hélène, recevant sans frémir son corps frais contre le sien et le conservant près de lui un instant de trop, les cheveux de la jeune femme au vent lui fouettant le visage.

— Où donc sont vos diables ? lui demanda-t-elle gaiement.

— Ils sont probablement allés traire les vaches !

L'abbaye était disposée en trois épis bas et trapus qui s'appuyaient comme un gros animal engourdi contre le flanc sud de l'église. Rongés par la mousse, les vantaux de la porte de l'église tenaient encore bon et leur livrèrent passage dans un geignement criard. Les pas des trois visiteurs résonnèrent lugubrement dans l'austère église au transept flanqué de part et d'autre d'une chapelle. Les vitraux ornant la façade éclairaient faiblement les lieux déserts. La nef voûtée comptait huit travées dont les voûtes reposaient sur des colonnes en faisceaux. Au plafond, des oiseaux avaient fait leurs nids, jonchant le sol de leurs immondices. Ils remontèrent jusqu'au maître-autel surélevé, impressionnés malgré eux par la solitude imposante des lieux.

Deux portes s'ouvraient sur le cloître dont l'une dans le haut de la nef. Ils s'avancèrent en silence, frappés par la froide beauté de la pierre dans la perspective enneigée. Entre les contreforts, deux arcs reposaient gracieusement sur des colonnettes sculptées. Dans une niche creusée, l'abbé des lieux devait pouvoir donner ses lectures publiques avant l'office de complies. La salle du chapitre ne leur révéla rien, aussi se dirigèrent-ils vers le réfectoire, le moine n'oubliant pas de donner la main à Hélène. Le battant de la porte pivota sans bruit comme s'il était bien huilé. Ils clignèrent des yeux, cherchant à accommoder leur vision à la semi-obscurité qui régnait. Le moine se saisit de son briquet et alluma la torche dont il s'était muni.

Ils firent quelques pas. Lorsque la porte se referma derrière eux, la flamme de la torche vacilla et le moine s'immobilisa. Un souffle contraire venait face à eux, du passe-plat creusé dans le mur attenant à la cuisine, et la fumée de la torche leur piquait les yeux, irritant leur gorge. Le moine leva haut sa torche, éclairant la charpente en châtaignier qui surplombait le réfectoire. C'est alors qu'ils aperçurent les peintures.

— Comment a-t-on pu faire des restes d'une abbaye un lieu aussi sacrilège? murmura Volnay choqué.

— En matière de magie noire, rétorqua le moine, on utilise beaucoup de rituels chrétiens en les détournant de leur sens initial. Ici, c'est un lieu sacré que l'on détourne de son objet.

Il brandit sa torche devant lui.

— Pour savoir contre qui vous vous battez, il vous faut connaître votre adversaire car, comme vous le savez, Satan se nomme aussi l'Adversaire.

Satisfait de son jeu de mots, le moine fit une petite pause comme s'il s'attendait à des applaudissements. Déçu, il reprit :

— Comme Zeus contre les Titans, le grand Rê en Égypte contre les dragons et tant d'autres divinités, Dieu aussi dut combattre les siens en révolte. C'étaient des anges rongés d'orgueil ayant à leur tête Satan. Il les combattit avec ses anges restés fidèles et les précipita dans les profondeurs de la fosse, la géhenne.

"Te voilà tombé du ciel
Astre brillant, fils de l'aurore!"

Un long silence régna. Ils contemplaient tous comme hypnotisés les peintures démentes.

— Ce n'est pas tout, fit doucement le moine.

Ses doigts coururent le long des murs pendant qu'il se déplaçait, les amenant à une autre fresque.

— La chute, reprit-il, s'accompagne de la métamorphose. Voyez ces anges si beaux qui se couvrent d'écailles, de cornes et de queues fourchues. Quel châtiment pour ces splendides créatures qui ambitionnaient de s'élever et de siéger au-dessus des montagnes de Dieu.

— Des animaux… murmura Hélène d'une voix étranglée.

— Sept animaux, précisa le moine. Le lion pour son orgueil démesuré, le porc pour sa gloutonnerie, l'âne pour sa paresse, le singe pour son impudeur, le loup pour sa férocité, le rhinocéros pour sa colère et enfin le dragon rouge pour sa cupidité. *Benedicite omnes bestiae et pecore Domino* : "Bêtes sauvages et troupeaux, bénissez tous le Seigneur!"

La jeune femme était blême. Semblant ne pas s'en apercevoir, le moine les conduisit au mur suivant.

— Le diable a tous les vices… comme l'homme ! commenta-t-il brièvement.

Hélène exhala une plainte à la vue des images représentant toutes les perversions de l'humanité dans leur horreur la plus crue.

— Voici l'œuvre de l'homme, conclut le moine. Cet enfer qu'on appelle le monde !

Et il ajouta d'un ton sec :

— Il est parfois plus aisé de dire qu'elle est celle du diable !

Il y eut un bruissement d'air et un choc contre terre. Hélène venait de s'évanouir.

Le rat se figea soudain dans le noir. Il tourna la tête. Le sol était rongé par une lueur orangée qui semblait envahir le monde, jetant pêle-mêle contre les murs des ombres monstrueuses. Avec un petit couinement, il s'empressa de disparaître dans un trou.

Portant un flambeau, le moine ouvrait la marche. Le commissaire aux morts étranges le suivait, portant dans ses bras Hélène comme si elle pesait moins qu'une plume. Volnay la déposa à l'entrée de l'église, près de la porte sous laquelle s'infiltrait un vent cinglant. Son manteau avait glissé pendant qu'il la portait, il l'emmitoufla dedans. Le moine l'examina et lui tapota les joues jusqu'à ce qu'elles reprennent un peu de couleur. Hélène ouvrit les yeux et les referma aussitôt. Le moine tendit une fiole à son fils.

— Je vais lui soulever la tête. Tâche de lui glisser quelques gouttes de ceci entre les lèvres. C'est de la liqueur de fleur d'oranger que je fabrique moi-même.

Son fils lui jeta un regard de reproche.

— C'est juste pour lutter contre le froid, ajouta précipitamment le moine.

Il saisit délicatement la nuque de la jeune femme. Hélène ouvrit de nouveau les paupières. Le moine la contempla gravement. Ange inconnu, il y avait dans ses yeux quelques éclats de la splendeur des cieux.

— Buvez, dit Volnay avec une douceur inattendue.

Elle but puis hoqueta et toussa.

— Vous allez mieux? s'enquit le moine. Que vous est-il arrivé?

Il hocha la tête et continua :

— Toutes ces diableries sont impressionnantes!

Du menton, il désigna l'extérieur à son fils.

— Peux-tu aller chercher une couverture dans la carriole? Nous partirons lorsque Hélène sera remise de son malaise.

Il reporta son attention sur la jeune femme, inquiet de son teint diaphane.

— Je ne vous pensais pas si sensible, pardonnez-moi. Qu'est-ce qui vous a donc tant effrayée dans ces peintures ?

— Moi, répondit-elle d'une faible voix.

Elle se releva à demi pour lui saisir le poignet.

— Aidez-moi à prier Dieu.

— Je ne peux pas, répondit le moine, je ne crois plus en lui.

XIV

RITUEL ET AUTRES DIABLERIES

Depuis leur dernière venue, une chape blanche s'était abattue sur la maison de la Dame de l'Eau. Désorientés, le commissaire aux morts étranges et le moine contemplèrent les lieux, le chien sur leurs talons. Discrète de nature, la ruelle de l'Or sous la neige s'était enfoncée dans une ouate cotonneuse qui étouffait jusqu'aux respirations des rares passants. Le temps semblait s'être arrêté, figé dans une gangue de glace.

— C'est une bonne chose qu'Hélène n'ait pas manifesté l'intention de nous accompagner, déclara Volnay en s'approchant de l'entrée.

— De toute manière, dit le moine, je n'autorise que toi à rendre visite à ma bonne amie Dame de l'Eau! *Chien-chien* également, bien entendu!

La première remarque parut rasséréner Volnay. Manifestement, il lui savait gré de conserver quelque méfiance envers la jeune femme, notamment pour ses relations avec Sartine. Son père n'avait pas dû juger nécessaire que le lieutenant général de police apprenne l'existence des étranges et anciennes relations entre lui et la Dame de l'Eau. Satisfait, il poussa la porte.

Le plafond était haut et quelques chandelles sur le lustre jetaient des ombres lugubres sur le sol et contre les murs. La propriétaire des lieux et ses deux visiteurs se pressèrent près du feu pour se réchauffer car la température dans la pièce était glaciale.

— Oh, le joli chien! s'exclama la Dame de l'Eau en découvrant qui les accompagnait. Je vais lui donner un os à ronger.

— En parlant d'os à ronger, fit le moine, nous avons quelque chose pour vous !

— Des livres magiques et des déterreurs de cadavres ? s'exclama leur hôtesse après les avoir écoutés. Que ne m'aurez-vous demandé mon cher moine !

— Tout cela est monnaie courante par ici, plaisanta celui-ci.

Il jeta un regard en coin vers son fils au masque impassible avant de plaider sa cause.

— Nous avons besoin d'aide. Comme je vous l'ai déjà expliqué, nous sommes ici aux lisières de la nuit. Nous avons besoin d'un guide !

— D'un guide ou d'un indicateur ? Une mouche, comme vous dites si élégamment…

Le moine lui prit le bras avec empressement.

— Sartine ne patientera pas indéfiniment. Si nous n'avançons pas dans notre enquête, le procureur Siltieri fera mettre à sac la ruelle de l'Or et ses hommes ne feront aucune distinction entre magie blanche et magie noire !

La Dame de l'Eau hésita. Elle jeta une poignée d'herbes sur les charbons ardents et une fumée âcre se dégagea de l'âtre.

— On dit que certains mages déterrent des cadavres pour fabriquer philtres ou potions, murmura-t-elle, mais je pense **pour** ma part qu'ils sont plus nombreux à s'en vanter pour donner du sérieux à leurs tours qu'à le faire réellement !

Elle jeta un bref regard aux deux livres que le moine avait posés sur une table basse près de là.

— Quant à ces ouvrages, fit-elle mal à l'aise, je ne sais si…

— Jetez donc un coup d'œil à celui-là, proposa le moine, il y a toutes sortes de recettes que les clients de la ruelle de l'Or doivent adorer !

D'un geste prudent, la Dame de l'Eau se saisit du premier livre que le moine lui tendait et le feuilleta avec méfiance. Rapidement, elle se détendit et un rictus ironique vint orner ses lèvres.

— Voyons voir, dit-elle avec indulgence, comment nouer l'aiguillette : "Prendre une verge de loup mort, appelez le nom de celui à qui vous voulez nouer l'aiguillette et liez ladite verge avec un fil blanc. L'homme sera alors aussi impuissant pour accomplir l'acte de Vénus que s'il était châtré !"

Elle jeta un regard aiguisé au moine.

— C'est amusant comme le monde entier semble parfois tourner autour de l'aiguillette des hommes!

Ses doigts longs et fins coururent le long des pages pour s'arrêter au hasard.

— Oh mais voilà comment réparer le pucelage perdu ou paillarder avec vigueur toute la nuit!

Elle leva les yeux au ciel et reprit sa lecture en secouant la tête d'un air consterné.

— Des recettes de grand-mère tout cela, propres à flatter la virilité de l'homme!

Avec un air moqueur, elle rendit l'ouvrage au moine.

— Est-ce là tout ce que vous avez à me montrer? Des recettes pour déflorer les pucelles?

Le moine alla reposer le livre en souriant puis lui apporta le second ouvrage.

— Savez-vous qu'il est extrêmement facile de connaître les passages préférés d'un livre de ce genre? demanda-t-il. En effet, lorsqu'on l'ouvre toujours au même endroit, il en prend la marque. Regardez, je feuillette et il s'ouvre à cet endroit. Je le referme, je recommence et c'est la même page. Essayez…

D'un pas prudent, la Dame de l'Eau s'approcha. Elle tendit une main hésitante au-dessus du livre ouvert et la retira soudainement comme si on venait de la mordre.

— Magie noire! fit-elle en reculant vivement.

Elle frissonna.

— Une magie très puissante…

Dans un coin de la pièce, les bras croisés sur sa poitrine, Volnay observait la scène en silence. Les traits de son visage restaient indéchiffrables. La Dame de l'Eau s'approcha à nouveau très lentement de l'ouvrage. Un instant, sa main sembla flotter dans l'air comme l'aile d'un ange, pure de toute ombre. Et puis, elle glissa jusqu'au livre et fut envahie par l'obscurité.

— Mon Dieu, chuchota-t-elle, où donc êtes-vous tombé?

Surmontant sa répugnance, elle tourna les pages jusqu'à celle que lui désignait le moine.

— C'est un rituel d'envoûtement, chuchota-t-elle d'une voix oppressée. Un envoûtement de sang…

— Dites-nous-en plus! la pressa le moine.

— Non! Je ne lis pas ce genre de livres! Pour rien au monde, je n'oserais prononcer ces formules même silencieusement! Je ne sais pas où vous avez mis les pieds mais vous êtes face à…

Elle hésita avant de terminer dans un souffle :

— Satan…

Le moine lui effleura le bras.

— Comment procède-t-on au rituel d'envoûtement?

— Il faut une mèche de cheveux, répondit-elle à contre-cœur, ou une rognure d'ongle de la personne qu'on désire envoûter. Pour les envoûtements de sang, plus puissant, une goutte du sang de la personne ou de celui de sa descendance est nécessaire. Une statuette de cire ou une poupée de chiffon représente l'envoûté. On la baptise et on lui donne parrain et marraine. Ensuite, on la pique avec une aiguille tout en récitant une certaine formule.

La Dame de l'Eau s'écarta du livre et revint au centre de la pièce, les contemplant d'un air soucieux. Elle tenait loin de son corps sa main qui avait touché le livre.

— Y a-t-il moyen de faire cesser l'envoûtement? s'enquit le moine.

— Le maléfice ne peut être levé que par le sorcier lui-même mais celui-ci doit obligatoirement le transférer à une autre personne. C'est une règle essentielle de la magie noire : ce qui a été formé ne peut être détruit, juste transmis. Dans le cas contraire, le maléfice retombera sur lui. C'est ce que l'on appelle le choc en retour.

La Dame de l'Eau se dirigea vers une grande vasque remplie d'une eau claire.

— J'ai besoin de me purifier au contact de l'eau. Venez, je la lirai pour vous.

Elle s'adressait au policier. Celui-ci ne bougea pas d'un pouce. Il se souvenait d'une séance précédente où il avait vu dans cette même eau un crime qui allait se commettre.

— Vous avez peur?

Cela décida à la rejoindre le commissaire aux morts étranges, dont la fierté ne tolérait pas une telle suspicion. Son hôtesse agita l'eau du bout de ses doigts et lui dit :

— Ne prononcez aucune parole inutile et surtout ne vous signez pas.

— Ces deux choses ne sont pas dans mes habitudes ! répondit froidement Volnay.

La cloche du couvent des Bénédictins sonnait quinze coups lorsque Hélène arriva chez l'ancien inspecteur de police qui lui servait à l'occasion d'informateur. Maintenant âgé de soixante ans, il résidait avec sa mère dans un appartement simple mais propre et bien entretenu où elle avait déjà eu l'occasion de se rendre. Si quarante-huit commissaires de police contrôlaient Paris sous l'autorité d'un lieutenant général de police, vingt inspecteurs assuraient des tâches plus spécialisées comme la censure du théâtre ou des livres, la pédérastie, les juifs, la voirie, les étrangers… Il avait été l'un d'eux.

À sa grande surprise, l'occupant des lieux lui ouvrit la porte, ses mains pleines de mousse de savon.

— Je lave les cheveux de ma mère, expliqua-t-il d'un air embarrassé, cela vous ennuie-t-il que je termine ? Elle adore ça. Elle a si peu de plaisir, la pauvre…

Hélène l'accompagna près du feu où, sur une chaise au dossier roide, se tenait une petite femme toute rabougrie qui ne se retourna même pas à son approche. Les yeux clos, elle était si raide et immobile qu'un instant la jeune femme craignit qu'elle ne fût morte. Et puis, elle vit la poitrine se soulever doucement et les lèvres s'entrouvrirent sur un refrain. La chose était douée de respiration et fredonnait une chanson !

— Vous pouvez parler devant elle, dit l'ancien inspecteur. Elle est sourde comme un pot et ne possède plus tous ses esprits.

Il entreprit de lui frotter avec vigueur la tête, faisant poindre le sang jusqu'à la racine des cheveux. Hélène expliqua brièvement son cas à son interlocuteur.

— Vous étiez chargé de la surveillance des prostituées et des mœurs des chanteuses ou danseuses des théâtres royaux…

— Tout comme le contrôle des écrivains, ce qui n'était pas moins passionnant. Mais bon, ce sont les enquêtes sur la vie amoureuse des grands de ce monde qui intéressent le pouvoir, si possible avec des anecdotes bien croustillantes. Notre bon M. de Sartine ne déroge pas à la règle. Il se fait bien voir du roi en le régalant chaque semaine des mœurs déplorables de son temps.

D'un geste, il fit voler des bulles de savon dans l'air. Hélène suivit des yeux l'étrange ballet de celles-ci jusqu'au sol.

— Et tout ça, pour quoi ? reprit l'homme. Qu'en font-ils là-haut de tous nos rapports ? Savoir que tel fermier général entretient une danseuse ou une comédienne et se rend tous les dimanches après la messe dans une certaine maison de plaisir du Louvre ? Entretenir toute une armée d'agents pour cela, c'est jeter les épaules de mouton rôties par la fenêtre !

Il haussa les épaules avec philosophie.

— Seulement, voilà : le pouvoir est fasciné par la chose, toujours !

Hélène jugea bon de reprendre en main le cours de la conversation.

— Vous avez connu la Vorace ?

Il fronça les sourcils.

— Oui, une prostituée aux plus bas instincts. Elle se faisait cogner mais cognait aussi durement les hommes qui le lui demandaient à l'occasion ! De riches négociants se faisaient ainsi fesser en soirée après avoir rossé leurs employés dans la journée ! Mais croyez-moi, les premiers y prenaient plus de plaisir que les derniers !

— Chacun trouve ses plaisirs où il peut ! dit la jeune femme d'un ton neutre. Connaissiez-vous ses fréquentations ?

L'ancien inspecteur haussa les épaules.

— Toute la racaille et quelques bons bourgeois qui aimaient à s'encanailler. Elle ne possédait pas de protecteur en particulier.

Les bracelets s'entrechoquèrent aux poignets d'Hélène alors qu'elle agitait la main pour stopper la discussion.

— N'en parlons plus. Parlez-moi plutôt de Mlle Belle Ange. Je sais qu'il y a douze ans, elle dansait à l'Opéra et tout Paris se traînait à ses pieds.

— C'est peu de le dire, ricana l'ancien policier. De tous les péchés, la luxure est celui auquel l'homme a le plus de mal à résister. Je ne connais pas un des grands de ce monde qui n'adore entretenir une jeune danseuse du corps de l'Opéra.

Ses yeux brillèrent.

— La beauté de Mlle Belle Ange surpassait sans fioriture celle des autres. On se battait pour déposer sa fortune à ses pieds. À vingt ans, elle roulait déjà en carrosse avec deux laquais à plumet derrière sa voiture.

— Comment se nommaient ses amants?

L'autre eut un rire gras, imité niaisement par sa mère.

— Comment voulez-vous que je me souvienne? Dans ce royaume, tout le monde fornique!

— Fornique! Fornique! brailla soudainement sa mère.

Hélène pensa fugitivement à la pie de Volnay qui aimait tant répéter la fin des phrases qu'elle entendait. Cette femme ressemblait à un petit oiseau blessé, faible et dépourvu d'esprit mais, quelque part, toujours à l'écoute du monde qui l'entourait.

— Il y a douze ans qui cela pouvait-il être?

L'autre agita en l'air ses mains trempées.

— Elle les prenait puis les laissait. Vous savez bien comment sont les femmes! Que voulez-vous que je vous réponde?

Hélène hocha la tête. Elle s'était préparée à la réponse.

— Mlle Belle Ange a mis une petite fille au monde douze ans plus tôt. Savez-vous qui est le père?

— Personne ne s'en est vanté à l'époque!

— Si vous ne savez pas, déclara Hélène, je passerai alors par l'accoucheuse. Dans ce milieu-là, il faut des femmes discrètes et compétentes et elles ne sont pas si nombreuses que cela. Donnez-moi des noms.

Devant sa ténacité, l'ancien inspecteur lui jeta un regard admiratif.

— Ah mais ça, c'est tout à fait possible!

Il jeta un coup d'œil à la bourse qu'elle venait de prendre en main.

— Vous avez les petites pièces en or qui ravivent la mémoire?

Le commissaire aux morts étranges fixait sans ciller l'eau claire. Derrière lui, il entendit son hôtesse murmurer :

— Gardez bien les yeux ouverts et surtout ne devenez pas fou !

D'abord, Volnay ne vit rien. Il se pencha plus encore et soudain la terre sembla fuir sous ses pieds et un vertige le prit. Un gigantesque brasier se consumait au milieu d'une clairière et une ronde infernale s'était formée autour. Des crapauds à la bouche énorme s'épuisaient à souffler à contresens dans leurs flûtes, des scarabées boiteux battaient la mesure tandis que des écrevisses faisaient claquer leurs pinces.

Au son de cette musique horrible, chaque danseur entraînait en hurlant derrière lui une danseuse échevelée et débraillée. Puis le feu s'éteignit d'un coup et seule la lune éclaira la clairière enfumée. Les hommes se jetèrent sur le corps énervé des femmes. En un instant, chasubles et soutanes furent arrachées et les membres s'entremêlèrent dans la plus obscène des orgies. Des râles et des gémissements montèrent au ciel. Soudain le feu se ralluma et le silence se fit, craintif et respectueux. Les corps se détachèrent lentement les uns des autres. Les danseurs se relevèrent pour s'attrouper au pied du brasier devant lequel un trône noir était apparu. Sur celui-ci siégeait un prince au visage de bouc. Sur ses genoux se trémoussait l'une des danseuses, livrée à ses caresses lubriques. Lorsqu'il en eut fini avec elle, il la renvoya d'une chiquenaude. Alors la foule sembla se fendre en deux comme si elle venait de recevoir un coup d'épée. Pâle et glacée, une femme la traversa pour aller droit jusqu'au prince noir. Son corps luisait faiblement à la lune et ses yeux étincelaient d'une joie sauvage dans l'obscurité. Volnay la reconnut d'un coup : c'était Hélène !

Hélène déversa sur la table une bourse remplie de pièces et les étala devant elle jusqu'à ce qu'elles forment un éventail doré.

— Il y a douze ans, vous avez accouché une jeune danseuse de l'Opéra, Mlle Belle Ange. Son enfant a été confié à un maître joaillier nommé Marly et à son épouse. Vous souvenez-vous de tout cela ?

La sage-femme contempla l'argent avec effarement.

— Dieu, madame, je suis tenue dans mon métier à la plus grande discrétion. Et croyez-vous qu'en me faisant venir pour accoucher quelqu'un de qualité, on me précise qu'elle était la maîtresse d'un tel ou un tel?

Hélène sourit ironiquement.

— Dans votre milieu, tout se sait! À Versailles tout se sait!

Elle soupira.

— C'en est même étonnant : on ne peut plus garder un seul secret de nos jours!

Et bien entendu, pensa-t-elle fugitivement, *M. de Sartine sait également. Seulement voilà, il sait mais ne veut pas dire, lui!*

— Marly… fit songeusement l'accoucheuse. Mme Marly, oui…

Ses doigts tremblants effleurèrent les pièces.

— Mlle Belle Ange avait dix-sept ans, dit-elle très vite, belle mais pas plus de cervelle qu'un joli oiseau. On m'a fait venir au soir alors que le travail commençait. L'affaire se présentait mal et j'y ai passé toute la nuit. Mais à l'aube…

Son regard se teinta de fierté.

— À l'aube, reprit-elle, je réussis à tirer le bébé de son embarras, une mignonne petite fille.

Elle hocha la tête.

— Mlle Belle Ange n'a pas voulu prendre son enfant dans ses bras. Cela arrive parfois… Elle m'a demandé si je connaissais quelqu'un d'honnête condition qui désirerait l'adopter. Je n'eus pas à répondre car la dame de compagnie de Mlle Belle Ange s'écria qu'elle voulait un enfant de tout son cœur mais que la nature ne lui en laissait pas la possibilité. Cette dame de compagnie s'appelait Mme Marly…

L'accoucheuse ramena d'une main avide les pièces vers elle tout en regardant Hélène avec crainte.

— Par la suite, j'ai ouï dire que Mme Marly avait quitté son travail, sans doute avec l'enfant et une pension. Vous savez comment cela se passe… Plus personne n'a reparlé de cette histoire.

Elle commença à compter les pièces.

— Un mot encore, intervint la jeune femme en plaquant sa main sur la sienne, donnez-moi le nom du père.

L'accoucheuse sursauta au contact de la main d'Hélène. Sous sa paume, elle sentait les pièces marquer leur empreinte dans sa chair. Prise de panique, elle ferma les yeux pour mieux se concentrer.

— Je vous jure que je l'ignore mais en sortant, je croisai deux hommes qui en étaient presque venus aux mains et que l'on tentait de séparer. L'un d'eux était M. de Sartine! Quant à l'autre, il s'agissait de messire Guillaume de…

Elle dit le nom et Hélène resta sans voix en reconnaissant le nom secret du moine.

La Dame de l'Eau tendit à Volnay un bol fumant.

— Tisane de toile d'araignée! annonça-t-elle.

Le policier eut un mouvement de recul.

— Je plaisantais, voyons!

Le moine éclata de rire. Le commissaire aux morts étranges prit un air boudeur.

— Très drôle!

Assis à califourchon sur une chaise, près du feu, le moine laissa reposer sa tête sur ses poignets.

— Ainsi tu as assisté à un sabbat et tu y as vu Hélène… fit-il songeusement.

— Comme je te vois!

— Hum, hum, étrange… Hélène avec le prince à tête de bouc…

Le moine leva le doigt en l'air pour réciter doctement :

— "Aimer un bouc puant ardemment, le caresser amoureusement, s'accointer et s'accoupler avec lui horriblement et impudemment!"

Un sourire naquit sur ses lèvres.

— Non, cela ne lui ressemble pas!

— Je me suis toujours méfié d'elle, maugréa Volnay.

— Tu crois maintenant à la divination, s'étonna son père. Lorsque cela t'arrange en fait!

Le moine secoua la tête.

— Il faut savoir interpréter les choses que l'on voit. Hélène est peut-être celle qui nous conduira jusqu'à la résolution de cette énigme. Quant au sabbat…

Il réfléchit.

— S'il y a sabbat, il y a adoration de Satan. Ceci confirme bien que nous sommes face à des satanistes. Dis-moi, tu n'as pas vu de sorcières sur des balais par hasard?

Le commissaire aux morts étranges secoua la tête.

— Ah dommage, regretta le moine, j'aurais bien voulu savoir à quoi elles ressemblaient!

Il se gratta la barbe.

— J'ai lu quelque part que les balais qu'elles chevauchent figurent la verge de Moïse. C'est un puissant symbole phallique!

La Dame de l'Eau secoua la tête en souriant :

— Tout tourne autour de cela!

Le moine approuva vigoureusement et continua :

— Sais-tu que les sorcières n'ont pas besoin de cours pour chevaucher leur balai? Il leur suffit d'accrocher une chandelle à son extrémité et de dire : "Bâton blanc, bâton noir, mène-moi là où tu dois, de par le diable."

— Tu as de drôles de lectures, remarqua sèchement Volnay.

La Dame de l'Eau et le moine échangèrent un fin sourire.

— Plus que tu ne l'imagines mon fils, rit le moine, plus que tu ne l'imagines!

Il eut encore un long rire silencieux, ses épaules se soulevant et s'affaissant. Une fois calmé, il expliqua :

— Dans *L'Âne d'or*, Apulée, un auteur latin du IIe siècle, raconte comment Pamphile se change en hibou pour se rendre au sabbat. Pour cela, elle se sert d'un onguent en s'en couvrant du plus petit orteil à la racine des cheveux! C'est de cette lecture qu'enfant mon goût de l'insolite est né!

Il questionna de nouveau son fils.

— Tu n'as rien vu d'autre?

— Non, la scène s'est brusquement évanouie.

— À l'aube, tout disparaît d'un coup, murmura la Dame de l'Eau.

Volnay ne releva pas. Il porta le bol fumant à ses lèvres et but une gorgée prudente.

— Messe noire ou envoûtement alors? demanda-t-il en reposant le récipient d'un air gêné.

— Les deux, répondit son père.

— Mais nous n'avons retrouvé sur les lieux du crime ni poupée, ni statuette de cire !

— Si, elle était sous tes yeux !

Le commissaire aux morts étranges le considéra avec effarement. Le moine haussa les épaules.

— Non, mon fils, je ne suis ni vieux, ni fou, ni gâteux.

Et il ajouta avec un plaisir évident :

— D'ailleurs, si tu étais un peu plus concentré sur ton sujet et si tu gardais l'esprit plus ouvert, tu aurais déjà deviné de quoi il retourne !

Volnay ouvrit et referma la bouche sans prononcer un mot comme si on venait de lui jeter un sort. Enfin, il réussit à articuler :

— J'ai fouillé toute la scène du crime, en long, en large et en travers. Je te dis qu'il n'y avait nulle statuette de cire et nulle poupée !

Le moine lui jeta un regard triste.

— Ils n'en avaient pas besoin, la poupée c'était Sophia !

XV

NEIGE ET AUTRES DIABLERIES

Il s'était mis à neiger très doucement alors qu'ils remontaient la ruelle de l'Or. Les flocons de neige tombaient avec une grâce aérienne. Le moine releva la tête comme pour humer l'air du soir.

— La sorcellerie, dit-il, est née de l'ignorance et de la misère mais aussi d'une révolte contre l'ordre établi qui en était la cause. La messe noire n'est qu'une rébellion contre le culte de Dieu et son Église. Tout est inversé dans le satanisme et l'inversion, c'est la rébellion !

Il s'amusa à tendre la main pour y recueillir de la neige. Chaque flocon semblait posséder sa propre structure, merveille architecturale plus complexe qu'on ne l'imaginait.

— Une messe noire, chantonna-t-il comme s'il s'agissait d'une ritournelle, un flocon de neige, un rituel d'envoûtement par le sang, un flocon de neige, une vierge que l'on n'a pas profanée, un flocon de neige et autres vilaines diableries…

Le commissaire aux morts étranges haussa les épaules et dit :

— À mon avis, la clé de l'énigme réside dans le choix de Sophia comme poupée d'envoûtement. Lorsque nous en aurons découvert les raisons, nous trouverons les coupables.

— Et qu'est-ce qui pousserait un père à sacrifier sa propre fille ? C'est impensable !

Il sursauta soudain.

— Sauf s'il ne s'agissait pas de sa fille mais d'une enfant adultère… Mais comment savoir maintenant que notre astrologue est mort ?

Volnay réfléchit une seconde puis se décida.

— Je dois passer au Châtelet pour faire un point sur l'affaire avec Siltieri. Accompagne-moi.

Le moine sursauta.

— Moi ? Au Châtelet ? Tu veux ma mort !

Son fils haussa les épaules.

— Il ne t'est pas interdit d'y entrer et Siltieri ne te connaît pas.

Lorsque les deux hommes arrivèrent au Châtelet, le moine ne put s'empêcher de commenter.

— Les cachots sont abominables et l'air est difficile à respirer car il n'y a point d'ouverture extérieure et descend seulement d'en haut. Tout n'est que ténèbres et contagion.

Si le Châtelet comportait des prisons, il abritait aussi les affaires de police et celles de justice, aussi y croisèrent-ils conseillers, procureurs, notaires, gardes-notes, commis-greffiers ou huissiers à verge que le moine s'amusa à dévisager impudemment. Avant d'entrer chez Siltieri, Volnay confia le chien à un archer du guet de sa connaissance. Il hésita une seconde et jeta un regard en biais à son père.

— Siltieri n'est pas très commode. Certains le considèrent même comme assez buté alors ne va pas le provoquer ou te moquer de lui. Fais attention à ce que tu dis.

Il fit encore un pas et ajouta :

— Ne dis pas de mal du roi, du pape ou de l'Église, ne jure pas et ne parle pas de tes expériences de laboratoire.

Tout à coup, il s'arrêta net et se tourna vers son père.

— En fait, il vaudrait mieux que tu ne dises rien du tout !

On les introduisit dans le cabinet de travail de Siltieri, seulement éclairé par la chiche lumière d'une fenêtre et d'une chandelle. Celui-ci les salua sèchement. Volnay présenta le moine comme son assistant et s'enquit des suites de l'arrestation des voisins du curé dansant. D'un coup, le visage fermé de Siltieri se fit rayonnant.

— J'ai soumis à la question les gens que j'ai fait arrêter hier et ils ont donné le nom d'un boulanger.

— Magnifique ! dit le moine.

Le procureur ne releva pas l'ironie.

— Le maudit hérétique fabriquait des hosties avec de la farine, des herbes et de l'urine !

— J'espère bien que tous les boulangers ne font pas ça, murmura le moine sans se soucier des sourcils froncés de son fils.

Siltieri s'approcha de lui.

— Pardon?

— Non, je disais que cela me rappelle que l'on réduit cette mixture en poudre pour empoisonner les puits.

Triomphant, le procureur se tourna vers le commissaire aux morts étranges.

— Vous entendez!

Volnay jeta un regard noir à son père.

— J'ai mis aussi le boulanger à la question, reprit Siltieri. Il ne parle pas, il chante!

Le procureur exultait.

— Les noms tombent les uns après les autres et vont nous permettre de remonter tout le réseau de ces diables.

Le commissaire aux morts étranges eut une moue dubitative.

— Tout cela est de la piétaille, de pauvres gens qui contribuent à alimenter les commerces de fausse magie des escrocs qui pullulent dans Paris. Vous savez bien que ceux-ci exploitent la crédulité du peuple comme des bourgeois et des nobles. Ils leur promettent l'immortalité ou la fortune, leur vendent des cartes au trésor, des formules ou des carrés magiques...

Siltieri le coupa.

— Faire acte de magie, c'est faire croire au peuple qu'il peut rivaliser avec Dieu et le roi!

Volnay contempla le procureur d'un œil neutre, notant son visage illuminé, brûlé de l'intérieur par une flamme noire. Son âme ardente semblait lui sortir par les yeux.

Un exalté au service de Dieu et du roi. La pire espèce.

— Si vous croyez que tout ceci ne concerne pas votre enquête, reprit Siltieri, vous vous trompez. Les mauvaises gens que vous cherchez sont plus près que vous ne le pensez. Des fabricants de cierges, je remonte au boulanger, du boulanger je vais au meunier puis, curieusement, je bifurque sur des mécréants se livrant à la vente de cadavres...

Son regard accrocha celui du moine.

— Cadavres souvent destinés à des hérétiques qui croient lire dans les corps des réponses qui n'y sont pas!

Impavide, le moine ne cilla pas. Volnay sentit la sueur lui glacer l'échine. Manifestement, il s'était fourvoyé en amenant son père au Châtelet. Siltieri savait parfaitement qui était son père.

— Sorts, maléfices, propos diaboliques, sabbats, gronda le procureur en se plantant devant le moine, je vais passer au fer rouge toute cette ville! Puis je ferai brûler vifs sorciers et sorcières, au bois vert pour prolonger leur agonie. Seuls ceux qui se confesseront pourront être étranglés!

— Nom de Dieu! siffla le moine.

— Attention! gronda le procureur. Jurer le nom de Dieu, de Jésus ou du pape constitue un blasphème inspiré par le diable et en France on vous coupe la langue pour cela! Les blasphèmes sont des indices du crime de sorcellerie et, en ce domaine, je peux poursuivre sur la simple clameur publique!

— Je n'ai voulu sacrifier personne sur une pierre tombale, fit doucement remarquer le moine, je suis ici pour trouver le coupable de ces crimes.

Siltieri resta un instant interdit.

— Certes, fit-il, certes…

Le moine renchérit :

— Nous soupçonnons le père de cette jeune victime d'être peut-être le coupable de ce crime.

— Vraiment? Ce tireur d'horoscopes!

— Nous n'avons pas de preuve, d'autant plus qu'il est mort cette nuit dans l'incendie de sa maison.

— Mort? Tout comme cette prostituée et ce curé dansant? Voilà beaucoup de coïncidences…

Siltieri n'était pas l'idiot à triple étage que l'on pensait.

— Oui, renchérit le moine devant son fils interdit, et nous avons trouvé dans les ruines de sa maison des livres terribles et interdits.

Il les cita et se signa. Siltieri apprécia. Il revint à sa table de travail et trempa sa plume dans l'encre.

— Ainsi ce maudit bougre d'astrologue versait dans le satanisme! Le châtiment de Dieu l'a rejoint, à moins que ses complices…

Avec application, il se mit à tracer des lettres serrées.

— J'ordonne qu'on enquête auprès de son entourage, fit-il.

— Il n'avait pas d'amis et sa servante est morte dans l'incendie, remarqua Volnay.

— Qu'importe! dit Siltieri. Nous trouverons bien quelqu'un à qui brûler la plante des pieds pour l'inciter à parler!

Le commissaire aux morts étranges et son père s'entreregardèrent avec anxiété.

— Eh bien, nous allons vous laisser et continuer l'enquête de notre côté, conclut Volnay. Je ne manquerai pas de vous tenir informé de la suite.

— Faites, faites...

Siltieri ne releva pas la tête lorsqu'ils sortirent. Les deux hommes ne dirent pas un mot avant d'avoir quitté le Châtelet rempli de courants d'air glacé. Le chien trottinait auprès d'eux, tout à sa joie de les avoir retrouvés.

— Ton Siltieri a une tête à boire des infusions de queues de cerises! remarqua gaiement le moine une fois à l'air libre.

— Pourquoi lui as-tu raconté toutes ces choses? grommela Volnay.

— Pour me faire bien voir de lui! Je croyais que c'était ce que tu désirais!

— Je t'avais demandé de te taire.

— C'est difficile pour moi!

Le commissaire aux morts étranges exhala profondément et un halo de brume sembla se dérouler de sa bouche.

— Était-il nécessaire de le mettre au courant pour l'astrologue?

— Sartine le sait bien, lui. Et de toute façon, cela ne mènera Siltieri nulle part car je ne le juge pas plus intelligent que nous et sans doute beaucoup plus obtus. Par ailleurs, s'il ne sait rien sur l'astrologue, c'est qu'il ne dépense guère en espions.

Volnay opina du chef puis fit la moue.

— Quand même, j'aurais préféré que tu te taises. Sais-tu seulement ce qu'est le silence?

— Comme dit M. Pascal, le silence est la pire des persécutions : jamais un saint ne s'est tu!

Son fils leva les yeux au ciel.

— Tu es tout sauf un saint!

Une cohue encombrait le Pont-Neuf. Ils piétinèrent sur place avant de l'emprunter, observant autour d'eux comme à leur habitude. Ils virent un maître joaillier sortir avec son client de la boutique afin de lui montrer l'éclat d'une bague à la lueur du jour. Il la retira ensuite du majeur de sa main gauche pour l'enfiler au doigt de la main droite de son client. Volnay jeta un coup d'œil distrait au manège puis s'immobilisa brusquement comme si une idée venait de le frapper net. Son souffle resta suspendu une seconde alors qu'il comprenait enfin ce qui le tourmentait.

— Oh, mon Dieu! Pourquoi n'y ai-je pas pensé plus tôt! Que c'est bête de ma part!

Et, le regard dans le vague, il répéta encore dans un murmure accablé :

— Que c'est bête!

Hélène avait trouvé refuge dans le faubourg Saint-Jacques où, dans un morne silence, se bousculaient cloîtres, hôpitaux ou couvents. De temps à autre, on entendait une cloche sonner mais, hormis cela, la neige épaisse semblait étouffer tous bruits, venant encore ajouter à l'impression de solitude et de recueillement de l'endroit. La jeune femme n'aimait pas ce quartier mais il avait pour avantage que personne ne songerait à y chercher quelqu'un comme elle.

Alors qu'elle grimpait l'escalier de son immeuble, rue des Marionnettes, Hélène perçut dans son dos un pas léger et jeta un rapide coup d'œil par-delà la rambarde. Derrière elle, un homme montait avec prudence, se gardant de faire du bruit. Un chapeau rabattu sur ses yeux dissimulait son visage. Elle gagna rapidement un coin de son palier et s'immobilisa dans l'ombre. Sa main glissa sous sa robe et en ressortit armée d'une dague. L'homme passa devant elle sans la remarquer et s'arrêta devant sa porte. Hélène fit deux pas rapides et lui mit le fil de sa lame sous la gorge.

— Ce ne sera pas nécessaire, fit alors Sartine.

Le lieutenant général de police l'avait aidée à allumer du feu dans la cheminée et tendait ses mains aux flammes. Son expression était pensive.

— Pourquoi a-t-il fallu que vous alliez là-bas? demanda-t-il.

Il soupira et appuya son front sur le manteau de la cheminée.

— Qui vous a renseigné? demanda-t-elle.

Et elle pensa : *L'accoucheuse ou l'inspecteur?*

Un éclair de fierté traversa l'œil de Sartine qui s'était redressé.

— Ce sont vos sales petites mouches, c'est cela? fit dédaigneusement Hélène. Vous me faisiez suivre parce que vous n'aviez pas plus confiance que ça en moi!

— Ai-je eu tort? demanda-t-il d'un ton tranquille.

Et il ajouta d'une voix neutre, sans regret inutile :

— De toute façon, je n'ai confiance en personne.

Il remit en place une boucle de sa perruque.

— Mes mouches sont effectivement partout!

Et tout à coup, avec ses deux bras, il imita un vol désordonné tandis que sa bouche émettait un bourdonnement bizarre. Hélène frémit. Par moments, cet homme lui faisait peur.

— Vous avez connu cette femme, n'est-ce pas? demanda-t-elle.

— Elle était très belle, répondit-il d'une voix basse et sourde. Nous la voulions tous mais elle n'était à personne…

Et il ajouta dans un soupir :

— Sinon au plus offrant comme il se doit…

Elle attendit.

— Sophia lui ressemblait beaucoup, ajouta-t-il après un silence.

— Volnay m'a dit que vous aviez gardé son portrait, c'est pour cela?

Il lui jeta un regard vide.

— Décidément, mon commissaire aux morts étranges est bien bavard avec vous, à moi il n'en dit pas autant!

— Et pourtant, il est loyal.

Sartine secoua la tête.

— On ne peut rester loyal qu'à un idéal et je ne corresponds pas à celui du chevalier de Volnay.

Il sourit.

— Encore moins à celui du moine d'ailleurs!

Hélène se raidit.

— Il ne faut rien leur dire, reprit Sartine d'une voix basse et pressante. La chose doit rester discrète. Ce n'est pas tant Volnay qui m'inquiète que le moine. Je ne sais pas comment il pourrait réagir.

Il fixa la jeune femme dans les yeux.

— Soyez certaine que, de mes deux enquêteurs, le moine est le plus dangereux. C'est aussi un homme redoutable, les armes à la main. Vous ne devineriez jamais ce dont il est capable!

Hélène cilla brièvement. De découvrir que Sartine craignait le moine la remplissait de surprise et d'effroi.

— Qui de vous deux était le père de Sophia? demanda-t-elle néanmoins.

XVI

LOGIQUE ET AUTRES DIABLERIES

Un vent violent soufflait, le moine repoussa avec difficulté la porte de sa demeure derrière lui.

— *Chien-chien* est content de rentrer chez lui ! constata-t-il en voyant l'animal filer vers la cheminée.

— Hum. Descendons à la cave, vite ! commanda son fils. Je veux revoir le cadavre de notre astrologue.

Tout en dévalant l'escalier, le commissaire aux morts étranges expliqua à son père :

— Quelque chose m'a troublé la première fois que j'ai vu le corps mais je ne parvenais pas à comprendre quoi. Il y avait, coincée dans mon esprit, comme une évidence, une vérité qui ne voulait pas se faire connaître. Et puis tout à coup, lorsque dans la rue j'ai vu ce joaillier, tout s'est éclairci. Quand je rencontre quelqu'un au cours d'une enquête, je ne me contente pas de le regarder, je l'observe et je m'imprègne de mille détails. Or, l'astrologue portait une chevalière d'un genre très particulier, à la main droite. Cette chevalière nous a permis entre autres d'identifier le cadavre.

Ils étaient arrivés devant le corps calciné. Le commissaire aux morts étranges le considéra un instant, un sourire de satisfaction aux lèvres.

— Voilà ! Sur ce corps affreusement brûlé et méconnaissable, la chevalière ne se trouve pas à la bonne main !

Il hocha la tête.

— Lorsque nous répétons sur quelqu'un en face de nous le même geste que pour notre propre personne, la gauche et la droite s'embrouillent. Ce n'est pas l'astrologue qui est mort. Il

231

a voulu nous le faire croire en mettant sa bague à la main d'un cadavre mais il s'est saisi de sa main gauche et non de la droite !

Le moine se figea.

— Mais tu as parfaitement raison, il la portait à l'autre main. Je m'en souviens car c'est de celle-ci qu'il nous a ouvert la porte !

Ses yeux brillèrent d'excitation.

— On a incendié cette maison après y avoir introduit un cadavre de la même taille que l'astrologue. La chevalière à son doigt avait donc pour but de nous permettre de l'identifier comme étant M. Marly, l'astrologue.

— Et d'échapper ainsi à nos soupçons. Avec la découverte de la Vorace, l'astrologue a dû sentir l'étau se resserrer autour de lui et a choisi de disparaître.

Ils regagnèrent pensivement le rez-de-chaussée de la maison, s'épuisant en hypothèses. Soudain, le commissaire aux morts étranges s'immobilisa. Ses yeux s'étrécirent en regardant le sol.

— Des miettes de biscuits par terre… cela vient de la cuisine.

Le moine le rejoignit et s'exclama :

— Mes biscuits secs ! On m'a mangé tous mes biscuits secs ! Ce doit être Hélène…

— Qu'ai-je fait ? demanda une voix enjouée derrière eux.

Hélène s'arc-boutait pour refermer la porte.

— Euh, ce n'est rien ma chère, fit le moine. Nous nous demandions qui a mangé les biscuits secs…

— Ce n'est pas moi, je vous assure, dit-elle tranquillement en époussetant son manteau recouvert de neige.

Le commissaire aux morts étranges la scruta attentivement. Elle avait l'air pâle et fatiguée. Finalement, il se retourna vers son père.

— Tu as normalement quatre clés de cette maison. Tu en portes une sur toi, moi également et…

Il jeta un coup d'œil incisif à la jeune femme qui ne broncha pas.

— Si j'ai bien compris tu en as confié une à Hélène…

— Certes, fit le moine qui avait compris où son fils voulait en venir. Et la quatrième clé est pendue ici…

Il désigna un clou au mur de la cuisine.

— Mon Dieu, elle a disparu !

Volnay se tourna vers Hélène.

— Est-ce vous?

— Non.

— Bien sûr… et pourtant, il existe toujours une explication rationnelle!

Le commissaire aux morts étranges sembla s'absenter en lui-même. Il était immobile mais ses pensées prenaient une tournure vertigineuse. Hélène et le moine virent le bleu de ses yeux se teinter d'un gris aux textures d'acier trempé. Ses paupières se fermèrent et plus rien en lui ne bougea. Le moine retint Hélène de parler car il savait comment procédait son fils. Lorsque celui-ci ouvrit les yeux, le bleu avait de nouveau envahit ses yeux.

— Père, peux-tu prendre le livre de Sophia, là où elle a consigné son journal? Ensuite, suis-moi.

Le moine s'exécuta en silence et, bien qu'elle ne fût pas formellement invitée, Hélène les accompagna jusque chez Volnay. La pie les accueillit dans un torrent de jurons à l'adresse de la jeune femme. Manifestement, l'oiseau tenait Hélène comme responsable des absences répétées de son maître, à moins que celui-ci n'ait prononcé devant la pie des mots qui visaient la jeune femme.

— Calme-toi, gentil oiseau, fit la jeune femme en grattant les barreaux de la cage. Je suis Hélène…

— Hé… lè… ne, fit la pie, gaar… ce…

Hélène se tourna vers Volnay.

— Monsieur, que dit votre pie? demanda-t-elle froidement.

Sans répondre, le commissaire aux morts étranges alla droit à son cabinet de travail et ouvrit un tiroir en bois de rose.

— Vous vous souvenez du panneau qu'on a placé sur la porte du cimetière et sur lequel était inscrit…

— *Interdit à Dieu d'entrer*, compléta le moine.

— Le voici!

Il le posa sèchement devant eux, près de la cage de la pie.

— Et maintenant, père, ouvre le livre dans lequel Sophia a consigné son journal et compare les deux écritures.

Le moine s'exécuta et se figea instantanément sur place. Tout le sang semblait s'être retiré de son visage.

— Mon Dieu, fit-il au bord de la panique, celle qui a écrit ce journal et celle qui a inscrit ces mots sur le panneau à l'entrée du cimetière sont une seule et même personne : Sophia !

Tandis que la pie jacassait, Volnay arpentait rageusement son salon.

— Tout était pourtant logique : toi, Hélène et la servante de l'auberge voyez Sophia après sa mort. Son chien devient fou à certains moments comme s'il sentait sa présence. Le cadavre du gardien de cimetière disparaît. Vous avez tous voulu mettre cela sur le compte des esprits, soit !

Il se planta devant son père.

— Mais ne pouvais-tu pas te rendre compte que quelqu'un vivait dans ta maison ? De la nourriture disparaît dans ta cuisine. On urine devant ta porte. On sort le chien pendant que tu dors, on t'emprunte une clé…

Pour la première fois de sa vie, le moine resta muet car son esprit avait du mal à accepter la vérité. Sans pitié, le commissaire aux morts étranges reprit sa diatribe contre son père :

— On vit chez toi et il faut encore que ce soit moi qui aie l'idée de comparer l'écriteau du cimetière au journal de Sophia !

— Mais…

— Pour moi, cela signifie une chose : Sophia n'est pas morte !

— Mais on l'a enterrée ! protesta le moine.

— Enterrée ? Tu ne l'as ni autopsiée, ni mise en bière !

— Les embaumeurs l'ont mise en cercueil !

— Qu'en sais-tu ? explosa son fils. Tu n'y étais pas ! Sophia avait quitté la cave quand les embaumeurs sont venus. Tu leur as demandé de s'occuper du cadavre dans la première cave mais sans préciser qu'il s'agissait de celui d'une jeune fille, n'est-ce pas ?

Le moine essaya de se souvenir.

— C'est ma foi vrai, murmura-t-il.

— Tu as pour excuse ta maladie, bougonna son fils. Les embaumeurs se sont donc rendus dans la première cave, ne trouvant pas le cadavre, ils ont regardé dans la seconde. Au vu de ton état, ils ont dû penser que tu avais confondu le lieu et se sont donc occupés du corps du gardien du cimetière, le mettant en bière. Comme, pas plus que toi, le père de Sophia n'a voulu la contempler une dernière fois, les embaumeurs ont cloué le cercueil. Ainsi, il est naturel que l'erreur n'ait pas été réparée. Voilà ce que c'est que de devenir gâteux !

Pour la première fois depuis qu'elle les avait suivis, Hélène intervint d'une voix dure.

— Vous ne devriez pas parler ainsi à votre père.

Volnay se figea. Le noir de ses prunelles sembla grandir démesurément, signe d'une intense colère.

— Qui êtes-vous, intrigante, pour vous permettre de me juger ? gronda-t-il d'une voix basse et rauque. Que savez-vous de nous et de quel droit vous mêlez-vous de nos affaires ?

— Vos affaires ? ironisa-t-elle.

Elle balaya la pièce d'un vaste geste de la main.

— Des livres, un oiseau savant et quelques cadavres, voilà à quoi se réduisent et vos affaires et votre vision du monde ! Respectez donc votre père, entendez-le et écoutez-le pour changer.

— Mon père est un vieux fou !

Hélène le gifla. La claque résonna sèchement dans toute la pièce. La joue marbrée de rouge, Volnay la fixa d'un air abasourdi. Le moine ouvrit la bouche et la referma comiquement. Les mains le long du corps, légèrement cambrée en avant, Hélène défia du regard le commissaire aux morts étranges. Puis, elle passa très lentement devant lui et recula jusqu'à la porte, sans le quitter un instant de ses étranges yeux aux reflets dorés. Une bouffée d'air froid coucha les flammes des bougies lorsqu'elle sortit sans prononcer un mot. À son tour, le moine tourna les talons.

— Où vas-tu ? demanda son fils.

— Le vieux fou rentre chez lui.

— Père...

Le moine leva la main pour l'arrêter.

— N'en rajoute pas, tu en as assez dit pour aujourd'hui.

Demeuré seul, Volnay ralluma le feu et resta quelques instants à le contempler sombrement. Puis, comme s'il venait de prendre une résolution, il jeta un manteau sur ses épaules et sortit, ignorant les commentaires dépités de sa pie.

Sans surprise, le moine retrouva Hélène chez lui. Ce n'était pourtant pas la compagnie qu'il souhaitait. Les reproches de son fils l'avaient profondément blessé et il préférait rester seul pour ressasser ses pensées.

— Mais où est donc *chien-chien*? s'étonna-t-il. Je pensais qu'il allait me faire la fête.

C'est alors qu'il s'aperçut de l'émoi d'Hélène.

— Le chien a disparu! dit-elle. Je l'ai cherché dans toute la maison.

— Voyons, cela ne se peut! Nous l'avons laissé ici pour aller chez mon fils et nous avons refermé la porte à clé.

— Certes.

Le moine voulut descendre dans les caves puis gagna le cellier, sa chambre et le séjour, cherchant partout.

— Il n'est plus ici, quelqu'un nous l'a pris!

— C'est une chose certaine. Nous n'avons plus qu'à attendre qu'on nous le ramène.

Elle n'avait osé prononcer le prénom de Sophia. Sans mot dire, le moine gagna son fauteuil favori devant le feu qui flambait joyeusement et s'abandonna silencieusement à la contemplation des flammes.

Hélène hésita un instant. Elle savait que la détermination du commissaire aux morts étranges à mener ses enquêtes cachait une faillite personnelle intime. Son père en souffrait pour lui. Par amour pour son fils, il l'avait rejoint pour l'aider et le conseiller mais celui-ci n'était plus l'enfant qu'il avait connu. De se voir ainsi rejeter devait lui avoir brisé le cœur.

Elle vint près de lui et, très naturellement, s'assit sur ses genoux. Le moine ne réagit pas. Il grattait sa barbe d'un air pensif, évoquant des souvenirs de temps heureux ou en tout cas tels qu'il croyait avoir été.

— Il vous aime, dit Hélène, n'en doutez point.

Le moine hocha la tête sans rien dire. La jeune femme posa la main sur son épaule. Elle n'était pas sans ignorer que, tel le cheval de Troie, son intrusion dans le duo d'enquêteurs suscitait tension, désir et méfiance. Le couple père et fils se trouvait au bord de l'explosion et ce n'était pas ce qu'elle désirait.

— Quelle erreur épouvantable ai-je commise, murmura soudain le moine. Ma fierté intellectuelle ne s'en relèvera pas!

Hélène sourit. C'était tout lui!

— Voilà qui est mieux, chuchota-t-elle à son oreille. Il vous faut raisonner en homme de science. Une succession de faits vous a mené où vous en êtes : la présence d'une drogue inconnue, le corps d'une enfant que vous refusez d'ouvrir parce que tout votre être s'y oppose, votre maladie, la présence de deux corps dans votre cave… et une enquête bien compliquée.

— En verrons-nous jamais le bout?

Les lèvres d'Hélène se pincèrent et elle le considéra avec une certaine sévérité.

— Il le faut! Je termine toujours ce que j'ai commencé et je ne vous sens pas différent de moi.

La main du moine se posa sur son genou.

— Oui, je crois que nous nous ressemblons beaucoup!

Il eut un sourire d'excuse.

— Pour ce qui est de notre caractère, pour le reste, je ne vous ferai pas injure…

Comprenant ce qu'il voulait dire, elle eut un sourire indulgent.

— Vous êtes resté très bel homme et vous avez beaucoup de charme…

— Vous êtes bien aimable!

À cet instant, Volnay entra chez le moine et jeta un rapide regard circulaire dans la pièce, notant au passage la présence d'Hélène sur les genoux de son père, la main de celui-ci sur la jeune femme, et s'abstenant stoïquement de tout commentaire.

— D'où viens-tu, fils? demanda le moine d'un ton neutre.

— Je reviens de chez les embaumeurs, répondit Volnay en lorgnant sur les mains que son père venait de poser sur les hanches d'Hélène comme pour le narguer.

Il détourna le regard.

— Pas de chance, poursuivit-il d'un ton neutre, nos bougres sont partis à cinquante lieues de Paris pour s'occuper de la tante de leur patron qui est morte. Ils ne reviendront pas d'ici trois jours. Avec ce temps affreux, envoyer un archer du guet à cheval leur poser la question ne nous aidera guère. Il nous faut déterrer le cercueil pour en avoir le cœur net.

— Mais…

— J'ai toute autorité par Sartine. Et puis, le père de Sophia étant mort, personne ne s'y opposera. Je vais aller de ce pas voir notre obligeant collègue commissaire de quartier. Il m'a paru assez compréhensif jusque-là.

Ses yeux se posèrent brièvement sur Hélène.

— Inutile pour l'instant d'en informer Sartine. Je peux m'être trompé et il peut y avoir une autre explication à la similitude d'écritures sur le panneau et dans le livre de Sophia.

Son ton n'était guère convaincant. Il hésita encore, contrairement à ses habitudes.

— Eh bien, je crois que je vais vous laisser…

Pour la première fois, Volnay ne semblait pas remettre en cause la présence d'Hélène dans la maison de son père. On ne lui répondit pas.

— Bonne nuit! dit-il en tournant sèchement les talons.

— Bonne nuit, mon fils! fit le moine en relevant la tête.

Lorsque la porte se referma, Hélène se leva pour aller ajouter une bûche dans le feu et resta un instant devant l'âtre, comme hésitant sur l'attitude à adopter. Le regard du moine coula de nouveau vers la jeune femme et il soupira.

— Mon fils me cause bien des soucis, mon amie.

— Ne vous inquiétez pas pour lui, il est allé raconter ses malheurs à sa pie!

Le moine ne dit rien. Il contempla songeusement Hélène et les rides autour de ses yeux s'accentuèrent. C'était un peu comme lorsqu'on découvre qu'un félin n'est pas qu'un bel animal mais aussi un tueur.

— Nous avons oublié de lui parler de la disparition du chien, constata-t-il, mais cela attendra bien demain.

Il fit une pause.

— Je vais me coucher dans mon lit, reprit-il en se levant lentement. Peut-être feriez-vous bien de rentrer chez vous… Il n'est pas tard et les rues sont encore sûres. Si vous le souhaitez, je vous raccompagnerai.

Elle secoua la tête.

— Ce n'est pas nécessaire mais, si vous me le permettez, je boirai une de vos tisanes avant de partir.

Il lui tourna le dos.

— Je vous en prie, faites. Bonne nuit. Fermez bien la porte à clé en partant même si cela n'a guère d'importance. On entre et l'on sort de cette maison comme dans un moulin !

Allongé sur son lit, le moine ferma les yeux, se laissant envahir par le chagrin et la mélancolie. La vie passait trop vite. Il n'avait pas vu son fils grandir et maintenant voilà que celui-ci le rejetait.

Le temps passe et nous emmène comme feuilles au vent.

Le bruit d'un loquet l'arracha à ses pensées. Un bref courant d'air balaya la pièce. Hélène tira la porte de la chambre derrière elle et annonça d'un ton définitif :

— Je viens dormir avec vous.

XVII

CERCUEIL ET AUTRES DIABLERIES

Volnay ne trouvait pas le sommeil. Il retira du tiroir de son secrétaire la lettre de Chiara qu'une fois de plus il lut et relut. La jeune femme lui donnait un an pour la rejoindre en Italie sans toutefois lui en promettre. Le cœur du jeune homme se serra. La trahison de Chiara avait encore valeur de fer rouge.

Il porta la lettre à ses narines pour en humer le parfum qui s'en était évaporé depuis longtemps. Par moments, il lui semblait retrouver quelques notes florales qui, effet de son esprit, lui remontaient en mémoire avec quelques souvenirs en lien comme ce jour où leurs lèvres s'étaient trouvées en un baiser profond et sensuel. Le souffle court, il reposa brutalement la lettre.

— Que croit-elle donc? demanda-t-il à la pie.

Mais l'oiseau resta sage dans sa cage. Volnay se sentit ridicule. Au lieu de rester à raconter sa pauvre vie à sa pie, il se revêtit d'un chaud manteau et, armé de la tête aux pieds, se glissa parmi les ombres de la nuit. Pour quelques liards, il trouva un porteur de falot qui lui dénicha un fiacre qui le conduisit au faubourg Saint-Marcel. Là, il se rendit directement chez l'Écureuil. L'odeur des égouts et des immondices le saisit dès qu'il descendit de voiture. Il inspira l'air glacé et expira bruyamment comme pour nettoyer ses poumons de toute cette pestilence. Le voyant seul et bien de sa mise comme de sa personne, des prostituées s'accrochèrent à lui comme autant de sirènes abandonnées. La pénombre masquait à peine l'épaisse couche de fard rougissant leurs joues. Dans ce quartier, elles ne portaient pas de bas de soie mais de laine grossière et rapiécés recouvrant leurs longues jambes. Volnay écarta doucement de lui ces pathétiques appels à l'amour et poursuivit résolument son chemin vers l'immeuble où résidait la jeune prostituée.

Il trouva l'escalier aussi raide que dans son souvenir. Il le gravit sans faire de bruit, s'arrêtant à mi-chemin pour reprendre sa respiration. Devant la porte, il reconnut l'oiseau gravé d'une main malhabile et cela le fit sourire. Tendant l'oreille, il perçut les halètements d'un homme. Il n'entendit pas l'Écureuil. Volnay imagina son corps se tortillant dans la chambre et son cœur s'assombrit inexplicablement. Pensif, il redescendit l'escalier et affronta de nouveau le froid, se forçant à contourner le pâté de maisons à pas lents avant de revenir à son point de départ et remonter l'escalier. En haut, il colla l'oreille à la porte avant de frapper doucement. Un pas léger puis un verrou qu'on tire et la porte s'ouvrit, accompagnée d'une petite exclamation inquiète :

— Tu as oublié quelque chose ? Oh…

L'Écureuil considéra le commissaire aux morts étranges qui se tenait gêné dans l'embrasure de la porte et s'empourpra.

— Je vous dérange ? demanda-t-il.

Elle rougit violemment.

— Non, j'allais juste me coucher…

Sur la table se trouvaient un broc d'eau et une bassine. Les éclaboussures marquaient l'usage que l'on en avait fait. Le regard de l'Écureuil rattrapa le sien, allant avec lui jusqu'à la bassine puis vers le galetas en désordre. De nouveau, une rougeur envahit la jeune fille.

— Vous…

Elle hésita.

— Vous êtes venu pour…

— Pour parler, dit rapidement Volnay.

— Ah…

Imperceptiblement, elle se détendit et répéta comme pour mieux s'en convaincre :

— Me parler…

Et elle ajouta d'un ton espiègle :

— C'est vrai que vous n'êtes pas comme les autres hommes !

La jeune fille le fit asseoir sur son grabat et le rejoignit, calant son flanc contre le sien comme pour rechercher un peu de sa chaleur.

— Avez-vous toujours besoin de moi pour votre enquête? s'enquit-elle avec curiosité.

Un instant il hésita et puis, sa raison reprenant le dessus, il lui décrivit très précisément l'homme croisé au cimetière.

— Cet homme est dangereux, la prévint-il. Si vous le voyez, suivez-le très discrètement pour connaître ses habitudes : un appartement où il se rend ou un endroit où il aime à se divertir, cabaret ou tripot. Venez ensuite m'en avertir.

Il lui donna son adresse ainsi que celle du moine, lui décrivant comment y aller pour le trouver ou lui laisser un message. Ceci dit, il retomba dans une pesante torpeur car il n'avait nulle idée de la conversation à tenir.

— Qui était la femme qui vous accompagnait? demanda l'Écureuil d'un ton faussement innocent.

— Quelqu'un qu'on m'a imposé pour cette enquête.

— Ah donc, elle n'est pas… enfin… elle n'est pas votre…

— Dieu me garde, elle n'est rien pour moi! dit sans hésitation Volnay.

La jeune fille remua d'aise.

— Et vous n'avez personne pour s'occuper de vous?

Le commissaire aux morts étranges baissa la tête.

— Je suis seul, vous savez. J'ai cru connaître l'amour mais il m'a abandonné. Il me restait mon père mais il s'est perdu dans les jupons d'une aventurière et moi je suis comme un benêt à parler à ma pie qui ne sait que répéter mes dernières paroles…

L'Écureuil se pencha vers lui et son doigt suivit lentement la cicatrice qui courait du coin de son œil à sa tempe.

— Vous avez bien fait de venir, chuchota-t-elle. Je saurai comment chasser vos idées noires.

Il secoua la tête.

— Je ne suis pas venu pour cela, j'avais juste besoin de parler à un être humain, pas à une pie.

Les lèvres de l'Écureuil cherchèrent les siennes et, un moment, Volnay sentit son souffle tiède sur sa bouche. Il se laissa embrasser sans joie ni réaction. La jeune fille se recula comme s'il venait de la frapper.

— Pardonnez-moi, dit-elle.

Désorientée, elle le contempla. Sa connaissance des hommes ne lui était d'aucun secours face à celui-ci. Finalement, elle posa sa main sur son épaule.

— N'avez-vous donc personne chez qui aller ?

Il secoua la tête.

— Je n'ai pas d'amis…

Et il ajouta dans un murmure :

— À part vous…

L'Écureuil se pencha encore un peu plus sur lui. Ses doigts glissèrent sur ses joues, y recueillant avec surprise une larme amère qui laissa un sillon argenté sur son passage.

— Vous feriez mieux de rentrer chez vous, fit-elle d'une voix soudain paniquée, ce que vous attendez de moi, je ne puis vous le donner…

Au début, le moine pensait résister à la tentation. Et puis, il s'aperçut que ses mains soudain empressées couraient sur le corps d'Hélène comme prises de folie et voilà que, sur son ventre lisse et poli, il imprimait la marque de dizaines de baisers. Maintenant, la jeune femme se tenait couchée à ses côtés et il goûtait au bonheur de la savoir là, son jeune corps encore vibrant d'énergie auprès de lui. Ses lèvres chaudes et aimées, cette haleine de vie, faisaient frissonner l'âme du moine. Le parfum d'Hélène semblait être passé par son sang qui charriait désormais dans ses veines des parfums d'automne et de printemps mélangés. La jeune femme souffla doucement sur son visage et à ses narines puis dit :

— Par la vertu de mon souffle, je t'enflammerai d'amour.

Le moine rit.

— J'aime toujours à la folie, on s'ennuie quand on aime médiocrement !

Et il ajouta malicieusement :

— J'ai toujours su que vous fréquentiez les sorcières !

— Et moi que vous étiez un homme vigoureux !

Le rire du moine s'amplifia.

— Certes !

Il rejeta la couverture et se leva.

— Où allez-vous ?

— Faire de la lumière !

Elle se redressa avec un sursaut et la couverture glissa de ses épaules.

— Non, n'y allez pas !

Son ton était paniqué. Surpris, le moine gratta une allumette et se retourna vivement avant de se figer. Sur l'épaule d'Hélène, il venait d'apercevoir fugitivement une fleur de lys marquée au fer rouge. Elle était donc flétrie ! Pas avec un "V" pour voleur mais par l'emblème royal réservé aux crimes les plus graves !

Elle le considéra avec un mélange de haine et d'effroi saisissant avant de recouvrir vivement son épaule.

— Vous avez vu ?

Le moine ne répondit pas. La flamme de l'allumette lui brûla soudain les doigts et il la lâcha avec un grognement de douleur.

— Qu'avez-vous fait pour mériter une telle infamie ? demanda-t-il d'un ton douloureux.

— J'ai tué un homme, répondit-elle d'un ton tranquille et détaché.

— Oh, fit le moine en reculant d'un pas.

— Ne craignez rien, je ne vais pas recommencer ce soir !

Il revint près d'elle et s'assit au bord du lit, gardant néanmoins une distance prudente avec la forme allongée immobile.

— Vous deviez avoir une bonne raison, lâcha-t-il enfin, prêt à tout lui pardonner.

— Des tas ! Si vous saviez…

Dans la pénombre, il sut qu'elle gardait les yeux fixés au plafond.

— Nous vivions à Paris où mon père était apothicaire. Ma mère l'aidait à préparer ses drogues, cuissons et distillations. Elle possédait un réel talent pour cela. Mon père mourut lorsque j'étais très jeune et ma mère, qui avait bonne réputation, parvint à faire survivre son commerce. Mais elle ne se contenta pas de composer. Elle avait l'esprit curieux…

Hélène s'interrompit pour tourner lentement la tête vers lui.

— Comme vous, remarqua-t-elle.

Le moine hocha la tête et vint se recoucher auprès d'elle, humant discrètement le parfum de sa chair tiède.

— Elle cherchait à comprendre la propriété des plantes, les actions entre elles, et les principes chimiques, reprit Hélène d'un ton neutre. Elle se mit en quête d'explications dans des livres anciens, dans l'observation de la nature et en interrogeant les plus savants.

Elle fit une pause.

— Peut-être même vous a-t-elle consulté ? ajouta-t-elle.

Le moine perçut un mouvement dans le noir, le bruit de draps froissés et tout à coup la jeune femme posa sa tête sur sa poitrine.

— Comme votre cœur bat vite, remarqua-t-elle.

Il l'enveloppa de ses bras.

— Continuez votre récit, ma chérie.

Un léger soupir s'exhala des lèvres d'Hélène.

— Ma mère se trouvait en butte à la jalousie d'autres apothicaires de son quartier. Le travail en laboratoire est en effet exclusivement réservé aux médecins, aux professeurs de chimie et aux maîtres apothicaires. On lui en contesta le titre et on lui en fit procès mais, comme vous le savez, la justice est lente, aussi continua-t-elle à exercer. Ses recherches l'amenèrent à composer un élixir d'anti-vapeurs crâniennes puis elle composa un philtre de beauté, un philtre d'amour… Au fil du temps, la clientèle changea. Sa réputation grandit mais pas dans les bons milieux. Les gens ne venaient plus seulement pour se faire soigner mais aussi pour espérer. Elle voulut leur faire plaisir et se plongea dans les grimoires de Paracelse ou Agrippa. Elle inventa une potion de répulsion pour faire fuir les indésirables puis un philtre de jeunesse.

La jeune femme s'interrompit et darda sur lui un œil pénétrant.

— D'après les croyances populaires, on est sorcière de mère en fille. Je ne vous fais pas peur ?

Le moine secoua la tête en silence.

— Vous avez tort, rétorqua-t-elle. Peut-être puis-je d'un souffle dessécher la moelle de vos os !

Sans réaction de son compagnon, Hélène fit une petite moue et reprit son récit.

— La police commença à s'intéresser à ma mère et, de nouveau, ses confrères la dénoncèrent. Les policiers envahirent son laboratoire. On y trouva, comme chez tout apothicaire, des plantes, poudres, pommades, liqueurs et drogues qu'un expert jugea *bonnes ou mauvaises suivant l'utilisation que l'on en fait et la dose utilisée.* Ses grimoires la trahirent toutefois car ils contenaient des formules magiques. Elle se retrouva donc en prison au Châtelet. On la fit croupir dans une cellule infestée de rats avec de l'eau jusqu'aux mollets. Sa santé se détériora rapidement. Elle n'y résista pas un mois.

D'un geste instinctif, le moine la serra contre elle. La chaleur de son jeune corps sembla se joindre à la sienne, l'engourdissant insidieusement.

— Lorsqu'elle mourut, reprit Hélène, elle me laissa seule et sans famille. Les amis de mon père s'étaient depuis longtemps détournés de nous et les nouveaux amis de ma mère me fuirent comme la peste, craignant d'avoir affaire à la police. On me jeta à l'hôpital des Enfants-Perdus, c'était un mouroir. Je crus y devenir folle.

Elle sentit la main du moine lui caresser les épaules et ferma les yeux. C'était une main rassurante, celle d'un homme droit et loyal qui ne faillit jamais.

— Un couple de maraîchers cherchait un enfant à adopter, murmura-t-elle d'une voix altérée par l'émotion. Le mari me choisit. Ce n'était pas par charité mais pour faire de moi leur bonne à tout faire. J'avais quatorze ans. Comme je possédais de l'éducation et qu'eux relevaient d'une ignorance crasse, ils aimaient à m'humilier comme si cela pouvait être une revanche sur leur pauvre vie. Le moindre prétexte était bon, une marmite mal récurée et le mari m'attachait pour me suspendre à la poutre maîtresse de la grande pièce, parfois par les pieds, la tête en bas. Sa femme se contentait de m'appliquer contre les aisselles des œufs à la coque bouillants ou de me planter des aiguilles dans la paume de la main. Leurs enfants contemplaient le spectacle en hurlant de joie.

Le moine se raidit et attendit la suite avec appréhension.

— Un an passa, mon corps se développa et ma poitrine affirma ses rondeurs. Un jour, ce qui était écrit arriva. L'homme m'amena avec lui, soi-disant pour l'aider à vendre les produits de sa ferme au marché. À l'aller, il arrêta sa carriole sur le bord de la route, m'attacha les mains dans le dos et me viola. Comme je me débattis, pour me punir, je fis le reste du chemin à pied jusqu'au marché au bout d'une corde. Pendant la foire, je lui dérobai un couteau. De nouveau, au retour, il décida de me violer. Je comprenais désormais pourquoi son choix s'était porté sur moi à l'hôpital des Enfants-Perdus.

Elle jeta un regard farouche au moine. Dans la pénombre, celui-ci vit ses yeux briller comme ceux d'un chat en colère.

— Il ne revit plus jamais sa maison, fit-elle d'un ton glacial. Je le persuadai de me laisser faire pour qu'il ait plus de plaisir. Tout émoustillé, il accepta et je m'assis à califourchon sur lui avant de lui planter mon couteau dans le cœur. Je visai mal et il me fallut m'y reprendre à plusieurs reprises. Il criait plus fort que les cochons qu'il saignait à la ferme. Je l'ai frappé et frappé, ensuite, j'ai attendu qu'il se vide de son sang. Cela a été le plus heureux moment de ma vie.

Le moine sursauta. Il sentit plus qu'il ne vit Hélène poser sur lui un regard moqueur.

— Vous avez cru à mon histoire?

— Oui, fit-il doucement.

— Il ne faut pas, fit-elle sur un ton de doux reproche. Mais je vais quand même vous raconter la suite.

De nouveau, elle appuya la tête sur sa poitrine. Cette fois, le moine caressa ses cheveux comme pour l'apaiser.

— Je retournai à la maison où l'on m'avait tant maltraitée et j'y mis le feu. Je regardais la femme et ses enfants s'éparpiller dans les champs en hurlant, m'assurant qu'il n'en restait plus un dans la maison. Ma vengeance terminée, je marchai jusqu'à Paris en mendiant. Là-bas, je fus arrêtée pour vol et on m'amena devant le commissaire de quartier. Je sentis que je le troublais. Je lui lançai quelques œillades engageantes et il me proposa d'arranger mon affaire et de me prendre pour servante. Il vivait seul avec une cuisinière qui lui servait de bonne à tout faire. Il l'envoya dehors sous prétexte de courses et me prit, à moitié habillée, sur la table de la cuisine. Cela dut lui plaire car il me conserva avec lui.

— Quel porc ! lança le moine d'un ton dégoûté. Un commissaire du Châtelet.

— Un homme, Guillaume, le reprit-elle d'un ton las. Seulement un homme…

Elle semblait fatiguée.

— Il n'était pas vraiment méchant d'ailleurs. Il ne me battait presque jamais et ses besoins étaient vite satisfaits. J'eus droit à une chambre sous les combles et à des livres. Il m'apprit à tirer au pistolet et à manier l'épée. Un jour, je proposai qu'il m'emploie pour une enquête. Je me fis marquer au fer rouge des criminels pour m'introduire dans une bande de voleurs et d'assassins que je lui permis d'arrêter. Tout cela l'impressionna fort. Dès lors, je lui devins indispensable et un jour, peu avant sa mort, il me présenta à Sartine… Vous pouvez deviner la suite…

Le silence tomba brutalement entre eux.

— Pour la fleur de lys, lui glissa-t-elle au bout d'un instant, ne dites rien à votre fils !

— M'avez-vous vraiment menti pour votre histoire ?

— Bien sûr que je vous ai menti ! Pourquoi irais-je donc raconter ma vie au premier venu ?

À sa grande surprise, le moine approuva.

— Je comprends, moi-même je ferais de même ! Néanmoins, votre histoire est en partie vraie pour ce que j'en sais.

Étonnée, elle le regarda.

— Votre mère m'a effectivement consulté à un moment de ma vie, expliqua le moine avec une douceur infinie. Je n'étais pas en France à l'époque où elle fut jetée en prison. Ce n'est qu'un an plus tard que j'appris cette affreuse nouvelle. Son corps avait été jeté à la fosse commune et je n'avais pas un endroit où me recueillir. Je savais qu'elle avait une fille et la recherchai pour m'assurer qu'elle allait bien mais personne ne put me renseigner sur votre sort.

Il soupira et ajouta d'un ton las :

— Je suis désolé.

Hélène se souleva sur un coude et le contempla songeusement.

— Ce n'est pas votre faute, dit-elle enfin. Je sais que si vous m'aviez retrouvée, vous vous seriez bien occupé de moi.

La main de la jeune femme se promena impudemment sur le corps fin, noueux et musculeux du moine, suivant les nombreuses cicatrices qui marquaient sa peau de l'empreinte indélébile d'une jeunesse tumultueuse.

— Mais peut-être pourrez-vous me renseigner? chuchota-t-elle.

— Quoi donc?

Elle lui mordilla légèrement le lobe de l'oreille et demanda d'un ton provocant :

— Est-ce que je fais l'amour mieux que ma mère?

XVIII

LEVÉE DE CORPS ET AUTRES DIABLERIES

L'aube se levait à peine, baignant d'une faible lueur croix et angelots aux pieds glacés. Les rafales de vent faisaient tourbillonner la neige poudreuse entre les tombes. Telle la statue du commandeur, la haute et rigide silhouette du commissaire aux morts étranges se découpait comme une ombre spectrale. À ses pieds s'entassaient des pelletées de terre. Le soleil n'avait pas encore percé lorsqu'on ôta le couvercle du cercueil de Sophia. Volnay s'approcha d'une démarche raide et baissa les yeux. Impassible, il se retourna ensuite vers son père.

— Regarde par toi-même!

Le moine vint à pas lents, presque malgré lui. Il jeta un coup d'œil prudent au cercueil et son teint vira au gris.

— Je suis un âne bâté.

Il venait de constater qu'il s'agissait bien du cadavre du gardien du cimetière.

— C'est peu de le dire! renchérit son fils.

Le commissaire de quartier, Cornevin, s'approcha à son tour. Volnay devait à son obligeance l'ouverture de la tombe.

— Mon Dieu, fit-il en blêmissant, ce n'est pas la petite Sophia.

Volnay se tourna vivement vers lui.

— Gardez cela secret! Rien de tout ceci ne doit être révélé.

L'autre déglutit péniblement et acquiesça.

— D'accord mais m'expliquerez-vous enfin ce que signifie cette diablerie?

— Plus tard, plus tard…

Volnay se saisit du bras de son père et l'entraîna loin de la tombe au bord de laquelle le commissaire de quartier et les fossoyeurs les observaient avec curiosité. Il jeta un coup d'œil pour s'assurer qu'ils se trouvaient assez éloignés du petit groupe.

— Père, il y a une chose que je ne m'explique pas, c'est que tu aies considéré cette enfant comme morte alors qu'elle ne l'était pas! Comment as-tu pu?

Le moine se tordit les mains de désespoir.

— C'est sans doute la propriété de la substance qu'elle a ingurgitée malgré elle. Avec une dose importante, celle-ci doit ralentir toutes les fonctions vitales, les battements du cœur et donc tout signe de vie. D'ailleurs, bien des personnes ne doivent pas s'en réveiller dans de telles circonstances car seule la dose fait le poison…

— Oui, et comme tu ne t'es pas livré sur elle à une autopsie…

— Dieu du ciel, heureusement que je n'ai pas eu envie de charcuter cette pauvre enfant!

Le moine se signa ce qui surprit fort son fils.

— Sophia était plongée dans un sommeil aux portes de la mort mais elle était bien vivante, déclara Volnay les yeux mi-clos. La cérémonie devait l'exiger. La mise à mort n'intervenait qu'à son terme. Mais le gardien du cimetière est arrivé. Il a fallu le tuer. On l'a étouffé avec beaucoup de sang-froid pour ne pas laisser de traces. Et puis les participants ont dû vouloir reprendre la cérémonie. Seulement, ce n'était pas leur jour : des déterreurs de cadavres sont arrivés! Nos participants de la messe noire ont cédé à la panique et se sont enfuis en laissant Sophia sur la pierre tombale. La suite, tu la connais. Les assistants du gardien sont allés voir les feux follets, ont trouvé le cadavre de leur maître et alerté le guet.

Le moine respira un grand coup.

— J'étais très troublé ce soir-là, avoua-t-il. Le corps de Sophia était glacé et elle portait des marques à son cou. Cela, ajouté à la substance qui la mettait en état d'hibernation, m'a complètement trompé. Dans ma cave aussi il faisait froid. Et puis, je suis tombé malade.

Une vapeur s'exhala de ses poumons en même temps qu'une longue plainte. Celle-ci n'émut pas Volnay qui considéra son père avec colère.

— J'ai mis du temps mais je suis arrivé à comprendre que Sophia n'était pas morte, moi ! Toi-même serais arrivé aussi vite, sinon plus, à la même conclusion en temps normal. Seulement voilà tu n'es pas dans ton état normal. Cette jeune femme, Hélène, t'a fait tourner la tête !

Pour la première fois depuis longtemps, le moine se mit en colère.

— Mon fils, tu commences à me baver dans la cornemuse !

Surpris, Volnay ouvrit toute grande la bouche et la referma stupidement. Il contempla un instant son père et puis son attention fut attirée par l'irruption intempestive d'un homme dans son champ de vision. La perruque aux rouleaux de pigeon de Sartine semblait voler d'une tombe à l'autre. Le lieutenant général de police marchait à grands pas dans l'allée, le visage fermé. Avec appréhension, Volnay le regarda se diriger vers eux d'un air décidé, écrasant la neige fraîche sous ses talons.

— Qu'est-ce que ceci ? murmura le moine.

— Ça, fit son fils, ce sont les ennuis !

De loin, ils entendirent les imprécations de leur supérieur qui venait de les apercevoir.

— Tambour et cymbales, soupira le moine. Cet homme remplit le monde de bruit !

En arrivant devant eux, Sartine ne les salua même pas.

— Alors, est-ce vrai ?

— Oui, monsieur, fit Volnay d'un ton neutre. C'est le gardien du cimetière qui a été enterré à sa place. À mon avis, Sophia est bien vivante. Nous avons également découvert que M. Marly, son père, n'est pas mort et sans doute à l'origine de toute cette affaire…

Et le commissaire aux morts étranges raconta pourquoi il en était arrivé à cette évidence. Sartine le coupa sans ménagement.

— Décidément, vous êtes en dessous de tout ! Non seulement, vous laissez cette prostituée vous échapper mais vous perdez aussi le cadavre de la victime qui par ailleurs n'est même pas morte ! Pas plus que son père d'ailleurs, d'après vous ! En fait, dans cette affaire, personne n'est mort à part le gardien du cimetière ! Mais qu'est-ce que c'est que cette histoire abracadabrante ? De qui se moque-t-on ? De la police du roi ?

Il se tourna vers le moine et, se haussant sur la pointe des pieds, vint coller son visage à un fil du sien.

— Et vous, vous n'êtes même pas capable de voir qu'une personne est vivante ? Vieux fou !

— Je ne suis pas vieux, rétorqua le moine.

Puis il se retourna vers son fils :

— Décidément, c'est l'évangile en cours : je suis vieux !

Sartine recula et siffla entre ses dents comme un serpent. Jamais, Volnay ne l'avait vu dans cet état.

— Mes policiers, dit-il d'une voix où perçait une sourde menace, doivent être de bonnes vie et mœurs et de confession catholique lorsqu'ils me prêtent serment. Ce n'est pas votre cas, je le sais parfaitement. Je vous tolérais jusqu'à présent comme un élément étranger au sein d'un corps parfaitement sain pour votre efficacité mais force est de constater que celle-ci a disparu.

Il contempla un instant ses bottes souillées par la neige puis releva la tête.

— Je vous retire cette enquête et vous suspends de vos fonctions !

— Qui mènera l'enquête à votre place ? protesta Volnay. Ce sot de Siltieri ?

Sartine l'écrasa de son dédain.

— Vous me connaissez mal ! Ai-je la réputation de mettre tous mes œufs dans le même panier ?

— C'est Hélène qui va poursuivre l'enquête, constata le commissaire aux morts étranges avec amertume.

Le lieutenant général de police eut un geste agacé.

— Votre moine me l'a convertie ! Elle ne me servira plus à rien dans cette affaire. Non, j'ai un autre atout dans ma manche et il est temps pour moi de le jouer !

Dans un grand bruissement, il tourna les talons et s'éloigna. Soudain il s'arrêta et se retourna.

— Bien entendu, vous ne serez plus rémunéré et vous devrez me faire parvenir au Châtelet le solde de mes avances pour vos frais en me justifiant ceux-ci !

— Ça, c'est très mesquin, murmura le moine lorsque Sartine eut de nouveau tourné le dos. Il veut rogner notre écuelle pour étrangler l'affaire !

Et il ajouta pour lui-même :

— Heureusement que j'en mets un peu de côté à chaque enquête pour assurer nos arrières. Il n'est pas encore venu le temps où nous ne pourrons plus faire frire !

Volnay le considéra avec effarement.

— Quoi ?

Son père haussa les épaules avec fatalisme.

— Tu es trop honnête alors je suis prévoyant pour deux ! Sans le savoir, Sartine finance nos vieux jours !

Pour la première fois depuis longtemps, Volnay rit. Son rire s'éleva au-dessus des pierres, léger dans l'air immobile. C'était le rire clair d'un enfant qui retrouve son père. Il semblait soudain débarrassé d'une chape de glace. Sous les yeux des fossoyeurs, les deux hommes se livrèrent alors à un étrange manège en se tapant dans les mains, paumes retournées avant de se congratuler. Puis, leur gaieté exprimée, ils retournèrent à l'entrée du cimetière sous un soleil qui ne réchauffait rien.

— Père, qu'a voulu dire Sartine en disant que tu avais converti Hélène ?

Le moine eut l'air gêné.

— Je n'en ai pas la moindre idée, au fil du temps, Sartine devient de plus en plus difficile à comprendre !

— Toi et Hélène, vous n'avez pas… euh… tu vois ce que je veux dire ?

— Oh, mon fils, elle a vingt ans de moins que moi !

— Un peu plus, père, un peu plus…

Ils marchèrent en silence entre les tombes glacées, heureux de leur complicité retrouvée jusqu'à ce que le moine questionne Volnay.

— Mon fils, puis-je te poser une question ?

— Oui, père.

Le moine humecta ses lèvres gercées par le froid. Sa mâchoire tremblait légèrement.

— Ai-je tant vieilli que ça que tout le monde me traite de vieux gâteux ?

Sa voix était si tremblante que le cœur de Volnay se serra. Dans un geste instinctif, il s'arrêta et prit son père dans ses bras.

— Sartine et moi ne sommes que des imbéciles. Bien sûr que non, papa !

Le moine tressaillit, Volnay venait de prononcer le plus beau mot du monde pour son oreille. Naturellement, sa main prit celle de son fils et celui-ci qui, adolescent, avait horreur de cela, se laissa faire sans résistance. Ce fut ainsi qu'ils sortirent du cimetière.

XIX

SOPHIA ET AUTRES DIABLERIES

D'abord Sophia n'avait rien vu, rien entendu. Ce fut une voix grave et cuivrée qui la sortit de sa léthargie. De plus en plus réceptive, elle s'efforça de capter des sons, au début inaudibles, puis elle entrouvrit les yeux, s'efforçant d'accommoder sa vision. Une présence s'affairait dans la pièce froide. Elle guetta du coin de l'œil une ombre dans son champ de vision ou un changement de forme, s'efforçant de distinguer les couleurs mais le monde restait gris. Elle se rendormit.

Les heures passèrent et, lorsque Sophia s'éveilla véritablement le matin du second jour, ce fut pour constater qu'elle se trouvait dans une cave glaciale. Seule une lugubre lumière mouillée filtrait d'un lointain soupirail. Heureusement une épaisse couverture la recouvrait tout entière et, délicatesse suprême, on lui en avait étendu une autre sous elle. Dans sa compassion, le moine avait même glissé en cette occasion un coussin sous sa nuque.

Sophia essaya de bouger ses membres mais sans vraiment y parvenir. Évitant de céder à la panique, elle se concentra sur une de ses mains jusqu'à faire fonctionner ses doigts l'un après l'autre. Lorsqu'elle glissa un mollet hors de la couverture, le froid la mordit. Tous ses mouvements semblaient se ralentir. Frissonnante, elle réussit au bout d'une heure à s'asseoir, enveloppée dans la chaude couverture.

Si l'enfer était un gigantesque laboratoire rempli de fourneaux, de fioles et de cornues, Sophia devait donc s'y trouver mais, en y réfléchissant, elle ne se souvint pas d'avoir commis quelque chose pour le mériter. Elle pensa alors au purgatoire car elle n'estimait pas avoir vécu suffisamment pour avoir mérité son paradis. Mais pourquoi personne n'était-il là pour l'accueillir? Perplexe, elle réfléchit. Il y avait bien eu une personne près d'elle. Il lui semblait se souvenir d'une bure comme celle d'un moine. Il lui parlait gentiment. Il fallait qu'elle retrouve cet homme ou cet esprit.

Sophia se laissa glisser à terre, étouffant un gémissement lorsque ses pieds nus prirent contact avec le sol glacé. Resserrant la couverture autour de son corps, elle entreprit d'explorer les lieux. Jamais, elle n'avait observé un tel endroit. On aurait dit qu'un savant fou avait entrepris de mettre le monde en éprouvettes ou en alambics. D'un pas mal assuré, elle tenta d'échapper à ces lieux étranges mais la porte de la cave était fermée à clé.

C'est donc bien le purgatoire, se dit-elle. *On ne peut en sortir avant l'heure mais où donc sont les autres âmes en peine?*

Elle remarqua alors qu'on avait laissé un morceau de pain blanc sur une table ainsi qu'une carafe d'eau. Elle avait faim et mangea donc le pain, s'étonnant que dans la mort on dût ainsi continuer à s'alimenter. Ensuite, elle eut soif et but. Ainsi rassasiée et désaltérée, elle fit de nouveau le tour du laboratoire et découvrit une seconde cave. Un frisson la secoua tout entière. Le cadavre d'un homme gisait là et nulle couverture ou drap ne le recouvrait.

Fébrilement, Sophia fit le tour des lieux, secouant en vain la lourde porte. Le cœur battant, elle revint ensuite dans la deuxième cave. Là, elle découvrit une autre porte, plus petite et plus basse. Elle tendit la main vers le loquet et découvrit qu'il jouait. Un escalier très raide la mena jusqu'à une chambre. Dans celle-ci, sur un lit à bas piliers, dormait un homme. Elle le contempla avec surprise puis pensa qu'il ressemblait à l'inconnu qui parlait souvent au-dessus d'elle pendant qu'elle dormait. Une certaine tiédeur régnait dans la pièce et elle se sentit mieux, s'enhardissant à ouvrir un coffre et y découvrant avec plaisir des robes et mantelets, des manchettes et coiffes ornées de dentelles, des bas et une paire de mules et des bottines. Elle se vêtit, choisissant la robe la plus chaude même si elle était trop grande pour elle, des bas de laine. Les bottines étaient en revanche à peu près à sa taille.

Une fois vêtue, Sophia regarda autour d'elle. Ses besoins primaires assouvis, boire et ne plus avoir froid, elle se sentait vide et inutile. Son attention fut alors attirée au chevet du dormeur par une belle couverture au cuir vieilli et marbré sur laquelle elle déchiffra un titre : *Éloge de la folie* d'Érasme. Elle le prit en main pour le feuilleter puis le reposa, le trouvant trop compliqué.

Ne sachant que faire, elle s'assit au bord du lit, savourant le confort de celui-ci, le plaisir de ses nouveaux vêtements et la douce quiétude de la pièce. Au bout d'un moment, l'homme ouvrit les yeux. Ils étaient remplis d'humanité. Il lui parla et elle lui répondit même si la conversation n'avait pas grand sens pour elle. Saisie d'une brusque impulsion, elle lui déclara avec beaucoup d'assurance qu'il rêvait. Elle en venait en effet à penser qu'elle était un ange et que nulle personne sur terre ne devait connaître sa présence. L'homme ferma les yeux et, légère et silencieuse, elle se glissa de nouveau par la porte.

Sophia ne redescendit pas dans la cave. À mi-chemin de l'escalier, une porte donnait sur un minuscule cellier. En refermant la porte, elle avait tout juste la place pour y étendre ses deux couvertures et s'y enrouler. Il faisait moins froid ici que dans la cave. Après avoir vidé un pot de confiture, elle s'endormit, enroulée dans sa couverture, un goût de framboise dans la bouche.

Elle se réveilla d'un sommeil sans rêve qui parut lui avoir duré des années et gagna la chambre où elle avait rencontré le moine malade. Elle n'y trouva personne. La maison qu'elle traversa était vide et silencieuse mais soudain une masse de poil se précipita sur elle en glapissant de joie. Elle tomba à terre et une langue râpeuse courut sur son visage. Éperdue de joie, elle serra son chien dans ses bras.

— C'est donc vrai que tu es là ?

Un long moment, elle le tint contre elle, réchauffant son corps à sa chaleur. Puis elle eut faim et trouva un reste de beau pain blanc qu'elle partagea avec le chien. Ainsi ragaillardie, elle s'enhardit et résolut de sortir pour voir à quoi ressemblait le monde après la mort.

La porte était fermée. Elle explora les lieux et trouva une clé suspendue à un clou dans la cuisine. Elle s'en saisit, la tourna dans la serrure et sortit. Ensuite, très naturellement, elle referma à clé derrière elle. Le monde était le même que dans la vraie vie. Dans la rue, elle fut assaillie par le bruit. Les commerçants vantaient leurs produits et, par moments, lui parvenait aux oreilles la voix reconnaissable des cochers, le timbre cassé d'avoir trop crié.

Elle avançait à pas lents dans la ville avec une liberté nouvellement acquise. La jeune enfant éprouvait désormais un sentiment de paix même si des souvenirs mélancoliques frémissaient encore en elle. Sophia entreprit de retourner à la maison qui l'avait vue grandir. Elle ne s'y sentait rattaché en rien. La vie y avait été des plus mornes et des plus ennuyeuses. Néanmoins, elle constituait un repère dans une existence, ou plutôt une non-existence, qui en manquait. Sans émotion, elle revit les pierres noires et la tour qui se dressait dans le ciel. Elle s'assit un instant sur les marches, perdue dans ses réflexions. Des souvenirs contraires la firent alors frissonner et elle se hâta de s'éloigner. Elle croisa la servante, lui jetant un regard vide qui parut la terroriser car elle se signa comme pour conjurer un mauvais sort. Sophia comprit alors qu'elle était morte et devenue une de ces revenantes dont sa nourrice lui parlait à la veillée.

Témoin fidèle de ses pèlerinages, le chien l'accompagnait, la queue frétillante. Son séjour chez le moine lui avait profité. On l'avait lavé et frotté, coupé le poil en trop, flatté et donné sans compter une nourriture abondante. De retrouver ensuite sa petite maîtresse, ou celle qu'il s'était choisie comme telle, semblait lui conférer une énergie débordante.

Ne sachant où se diriger, Sophia décida de suivre le chien qui semblait parfaitement savoir où aller. Il la conduisit non loin de la maison du moine, dans un curieux dédale de cours, chacune plus petite que l'autre au fur et à mesure qu'elle avançait. Dans la troisième de ces cours, se dressait un arbre. Elle s'amusa à en secouer les branches et la neige retomba en poudre sur elle. Le chien alla jusqu'à la porte de la maison sur laquelle donnait la cour et leva la patte pour uriner. Elle rit puis le gronda avant de l'imiter.

Lorsqu'elle jugea qu'il était temps de rentrer, Sophia s'agenouilla près de son chien et lui demanda de la ramener à ce qu'elle considérait désormais comme sa maison ou son lieu de transit vers une autre vie. Le chien haleta doucement entre les paumes de ses mains puis la conduisit non loin de là. Sophia sortit la clé de sa poche et ouvrit. Elle alla jusqu'à la cuisine et partagea un biscuit avec son ami à quatre pattes, près des cendres de l'âtre. Se sentant fatiguée, elle embrassa son animal et gagna la chambre du moine. Le chien geignit et gratta à la porte puis se tut. Sophia descendit jusqu'à la cave. Horrifiée, elle y découvrit un corps calciné et regagna vivement le cellier. Encore frissonnante, elle s'y réfugia. L'endroit était rassurant avec ses jambons pendus, ses pots de confitures, ses herbes odorantes et ses bouteilles cachetées soigneusement rangées. Elle trouva un panneau et un fusain près des bouteilles. Un autre panneau récapitulait les noms des vins et leurs années. Elle s'amusa à écrire sur celui qui était vierge : *Interdit à Dieu d'entrer* et songea à l'apposer sur la porte de son repaire avant de renoncer. Elle trouverait bien une autre manière de l'employer. Comme elle y songeait, la fatigue la gagna soudain. Elle ferma les yeux et sentit son esprit dériver avant de s'endormir au milieu de parfums de thym et de laurier.

XX

DANS LA TÊTE D'UN CHIEN
ET AUTRES DIABLERIES

Un blanc laiteux flottait dans les rues. Comme à leur habitude, au petit matin, les employés de la voirie ramassaient crottes et cadavres dans Paris. Les boulangers de Gonesse envahissaient les rues avec leurs petits pains. Par centaines, les porteurs d'eau se faufilaient dans les immeubles pour vendre l'eau de la Seine, désinfectée au vinaigre blanc. Dans l'aube glacée, les deux enquêteurs regagnèrent à grands pas le domicile du moine. Celui-ci ressassait toute l'affaire dans sa tête avant de la régurgiter en phrases hachées.

— Sophia entendait nos paroles dans son demi-sommeil ou sa demi-mort et puis elle s'est réveillée. Par chance pour elle, j'avais posé une chaude couverture sur son corps. Cela l'a empêchée de mourir définitivement de froid dans ma cave !

— Elle aurait pu mourir de froid dans le cimetière.

— Nous sommes venus très vite et l'avons apportée. De plus, la substance avait ralenti son métabolisme pour la faire entrer dans une sorte d'hibernation tout comme un ours.

— Mais quand elle s'est réveillée ?

— Elle s'est crue morte ! C'est une pauvre enfant de douze ans à qui on a parlé de l'enfer, du paradis et du purgatoire ! Elle est venue me visiter dans ma chambre car j'ai un accès direct à ma seconde cave. Elle s'est habillée dans un coffre des vêtements de ta pauvre mère et elle m'a parlé. Fiévreux et croyant avoir affaire à un spectre, je ne l'ai pas détrompée sur son état. Plus tard, elle a navigué entre la cave et ma chambre, allant dans la cuisine pour se nourrir.

— Et c'est probablement ce faisant qu'elle a compris qu'elle n'était pas morte…

— C'est vraisemblable. Aussi s'est-elle rendue chez elle en amenant le chien mais elle s'est contentée de s'asseoir sur le perron de sa maison. Quelque chose l'a empêchée de rentrer.

— Est-ce elle qui a mis le feu à la maison de son père?

Le moine fronça les sourcils.

— Tu m'en demandes trop!

Une fois arrivés, ils fouillèrent minutieusement toute la maison du moine, découvrant dans le petit cellier l'endroit où Sophia avait dormi et le pot de confiture vide.

— Où peut-elle bien être? se lamenta le moine.

— Elle entre et elle sort à sa guise, remarqua Volnay. Toutefois cette nuit elle n'est pas rentrée puisque tu m'as raconté avoir mis une clochette à ta porte, côté intérieur pour te prévenir de son éventuel retour après la disparition du chien.

— Par un tel froid, elle est peut-être morte cette fois-ci.

— À moins que…

— À quoi penses-tu?

— Le chien l'accompagne. Si elle ne sait où aller, elle peut suivre cet intelligent animal.

Le commissaire aux morts étranges croisa les bras, appuyant son poing sous son menton et fermant à demi les yeux, dans l'attitude qu'il adoptait parfois pour mieux réfléchir.

— Je ne sais pas entrer dans la tête de Sophia, avoua-t-il au bout d'un instant, aussi vais-je tenter de pénétrer dans celle de son chien!

— Tu as parfaitement raison, mon fils. Platon remarque que le chien sait distinguer un ennemi d'un ami, l'ennemi étant celui qu'il ne connaît pas, ce qui suppose, sinon un certain savoir, une certaine mémoire. Quant à Aristote, dans *De anima*, il attribue quelques qualités intellectuelles aux espèces animales, spécialement à celles qui ne se contentent pas de procréer mais nourrissent et élèvent leurs petits, allant même jusqu'à développer une forme de collaboration sociale. Note d'ailleurs que dans l'espèce humaine, certains ne vont pas si loin et, après avoir procréé, abandonnent femme et progéniture!

Les parenthèses du moine pouvant être interminables, Volnay le coupa gentiment.

— Le chien ne la conduira donc pas chez son ancien maître où il ne prenait que des coups.

— Quoique la fidélité de ces animaux soit parfois touchante, ils sont comme ces enfants que leurs pères frappent mais qui tentent désespérément de leur manifester de l'amour.

— Oui, bien. Le chien connaît son quartier. Il y a peut-être des endroits où il trouve plus facilement à se nourrir, dans les cours des auberges par exemple… Il a suivi aussi Sophia au cimetière où on l'avait entraînée pour la messe noire mais pourquoi y retournerait-il? Il t'a enfin suivi chez toi mais aussi chez moi puis dans la ruelle de l'Or… Oui! Il est entré avec nous chez la Dame de l'Eau et y a trouvé un bon feu! Elle lui a même donné à manger!

— Tu crois donc que son estomac gouverne *chien-chien*? s'exclama son père outré.

— Arrête de l'appeler ainsi et trouve-lui plutôt un nom!

Le moine plissa les yeux.

— Bonne idée, je vais l'appeler Aristote!

Volnay leva les yeux au ciel puis se décida rapidement.

— Couvre-toi, nous allons aller chez moi puis, si nous ne trouvons rien, nous nous rendrons à la ruelle de l'Or.

— Bien, je vais laisser un mot à l'intention d'Hélène pour qu'elle nous attende ici. Je ne sais pas où elle est passée après… euh… cette nuit.

Son fils lui jeta un bref coup d'œil mais se tut. Dehors, un ciel vitrifié les accueillit. Ils se rendirent chez Volnay puis gagnèrent ensuite la rue Saint-Jacques. Là, le commissaire aux morts étranges s'immobilisa. Face à eux, une silhouette sombre se découpait dans la blancheur immaculée. Les yeux du commissaire aux morts étranges s'étrécirent.

— Attends-moi, fit-il au moine.

Il traversa rapidement la rue et rejoignit la silhouette encapuchonnée. Les têtes des deux hommes s'inclinèrent l'une vers l'autre. Le moine observa attentivement. L'inconnu semblait murmurer à l'oreille de son fils. Celui-ci l'interrompit à plusieurs reprises pour le questionner. À la dernière réponse, le commissaire aux morts étranges leva la tête en l'air, son regard semblant se perdre dans les tourbillons frisés des fumées de cheminée. Puis il tira quelques pièces de sa bourse et les glissa dans la main de l'autre avant de rejoindre le moine.

— C'est une des mouches qui surveillent le quartier où a disparu l'homme à l'épée croisé au cimetière lors de l'enterrement de Sophia, expliqua Volnay. Les recherches n'ont rien donné mais je leur ai demandé de persévérer.

— Vraiment? fit le moine avec méfiance. Sartine nous a retiré l'enquête et donc tout pouvoir sur ses mouches.

Il s'arrêta devant une vieille femme qui, pour deux sols, vendait du café au lait dans un gobelet. Le visage rouge, l'œil sanglant et la respiration saccadée, elle portait sur le dos une fontaine en fer-blanc qui devait peser bien lourd.

— Les ordres du lieutenant général de police vont mettre un peu de temps à parvenir aux mouches, dit Volnay tandis que son père sirotait son café. Ce ne sont que des pions, des ombres dans la rue…

Son père acquiesça. Il prit une nouvelle tasse de café, autant pour soulager un peu la femme de son fardeau que pour doubler son obole. Ceci fait, ils reprirent leur route.

— Dans la *Métaphysique*, reprit gaiement le moine, Aristote écrit que les chiens sont pourvus de sensations, celles-ci générant la mémoire. Or la mémoire permet d'apprendre et donc de développer une forme d'intelligence. Il est plus aisé d'ailleurs de la développer lorsque l'on est doté de l'ouïe, ce qui n'est pas le cas de tous les animaux, les abeilles étant par exemple sourdes comme un pot!

Le commissaire aux morts étranges continua sa marche sans répondre, entièrement concentré sur les paroles de la mouche qui résonnaient encore à ses oreilles, ouvrant un abîme sous ses pieds. Sans s'apercevoir de ce manque d'attention, son père gazouillait tout en battant l'air des bras.

— Un philosophe stoïcien, Sextus Empiricus, démontre qu'un chien poursuivant un gibier qui peut avoir pris trois voies différentes, s'il renifle et ne sent rien pour les deux premières, ne reniflera pas la troisième car il en déduit qu'il l'a prise!

Le moine agita triomphalement un doigt en l'air.

— Il manifeste donc une capacité de réflexion !

Le moine pouvait être intarissable. Volnay subit en chemin, sans broncher, l'étude du philosophe Héraclite d'Éphèse, son père concluant par sa citation préférée de ce dernier : "Je gémis sur l'instabilité des choses ; tout y flotte comme dans un breuvage en mixture ; amalgame de plaisir et de peine, de science et d'ignorance, de grandeur et de petitesse : le haut et le bas s'y confondent et alternent dans le jeu du siècle."

Les deux hommes pénétrèrent enfin dans la ruelle de l'Or. L'étrangeté de l'endroit qu'ils connaissaient pourtant bien leur fit adopter spontanément l'attitude furtive et silencieuse des gens qui s'y glissaient. Le moine baissa sa capuche sur ses yeux et le commissaire aux morts étranges rentra le menton dans le col de son manteau. Ensemble, ils frappèrent à la porte de la Dame de l'Eau.

On leur ouvrit très rapidement et ils entrèrent avec reconnaissance dans la maison, découvrant du même coup le chien et un bon feu flambant dans la cheminée. L'animal se leva en glapissant et se jeta sur le moine, les deux pattes avant levées, cherchant à lui passer sa langue râpeuse sur le visage.

— Voilà *chien-chien*… euh… Aristote ! s'exclama le moine en lui ébouriffant le crâne. Remarque comme il a le sens du juste puisqu'il remue la queue de contentement en nous voyant ! Ce qu'il fallait démontrer !

La Dame de l'Eau le regarda avec stupéfaction. Volnay haussa les épaules.

— Une démonstration de l'intelligence animale, expliqua-t-il brièvement. Sophia est-elle là ?

— Oui. J'ai entendu gratter à la porte cette nuit. C'était le chien et je l'ai tout de suite reconnu. Il était accompagné de cette jeune fille. Elle semblait épuisée et transie. Je l'ai fait entrer puis lui ai donné à manger. Elle a répondu à mes questions par des réponses sans queue ni tête et s'est endormie à table. Il a fallu que je la réveille pour l'amener à ma chambre. Cela fait bien douze heures qu'elle dort ! Je pensais l'accompagner chez vous une fois debout.

Elle les conduisit à sa chambre où dormait Sophia. À leur entrée, le chien agita joyeusement la queue, fit le tour du lit, renifla les draps puis se coucha pesamment en poussant un profond soupir.

Les deux hommes contemplèrent Sophia dans un silence émerveillé. Bien que pâle, son visage n'avait plus la teinte livide de la nuit dans le cimetière. Sur l'oreiller, il était auréolé d'un casque de cheveux d'or filé. Les deux hommes admirèrent la finesse de ses traits, la moue charmante de ses lèvres abandonnées au sommeil et ses petits poings crispés sur les draps.

Le moine sembla en tomber amoureux à l'instant même. Aussi son fils crut-il plus prudent de le raisonner d'emblée.

— Nous ne pouvons pas la ramener chez nous, dit-il. Sartine nous a retiré l'affaire et il serait immédiatement informé par ses mouches de l'arrivée de Sophia.

Il s'interrompit et fronça les sourcils, l'air tendu.

— Je pense également que Sartine nous cache bien des choses dans cette affaire.

Couché au pied du lit, le chien releva la tête avant de la reposer sur ses deux pattes avant, l'air désolé. À cet instant, Sophia ouvrit les yeux et les fixa. Son regard semblait être le miroir de son âme. Le moine la contempla, extasié.

— Sophia!

Un long frémissement saisit l'enfant.

— Suis-je morte? demanda-t-elle angoissée.

— Non, ma jeune amie, vous êtes bien vivante!

Elle coula vers lui un doux regard de reproche.

— Alors pourquoi ne pas m'avoir détrompée lorsque nous avons parlé?

Le moine soupira.

— J'étais dévoré par la fièvre et je croyais rêver...

Il baissa la tête et murmura :

— Où donc peut-on rencontrer des êtres tels que vous sinon dans nos rêves?

Elle ne sembla pas comprendre. Aussi le commissaire aux morts étranges intervint avec peu de ménagement.

— Qui donc a voulu vous tuer?

Sophia se troubla.

— Je ne sais pas, je ne sais plus... tant de monde...

Le policier se pencha vers elle.

— Avez-vous rencontré des gens effrayants ou des inconnus qui n'auraient pas dû s'intéresser à vous?

Elle ferma les yeux comme pour mieux réfléchir avant de les ouvrir tout grands, la mine effrayée.

— L'an dernier, je crois, un jour où je jouais aux cailloux sur les marches de ma maison, un carrosse s'est brusquement arrêté devant moi. Un homme a passé la tête par la portière. Il portait une très jolie perruque et de beaux habits. Il m'a demandé si je me nommais Sophia. Quand je lui ai répondu que oui, il m'a souri et m'a tendu une pièce en or pour que j'aille m'acheter une belle poupée.

— Cet homme a-t-il dit comment il s'appelait? la questionna Volnay.

— Non mais lorsqu'il a ordonné au cocher d'aller de l'avant, celui-ci lui a répondu : Où désirez-vous aller monsieur le lieutenant général de police?

Le moine laissa échapper un terrible blasphème.

— Enfer et damnation! Ce fils de chien de Sartine!

La Dame de l'Eau et l'enfant le regardèrent avec effarement. Sophia semblait sur le point de pleurer.

— Où est mon père? demanda-t-elle d'une voix faible.

Le moine lui prit alors la main et lui apprit prudemment que son père était mort. Cela ne sembla pas chagriner outre mesure Sophia mais le moine savait que les enfants n'associaient pas à la mort la même peur que les adultes. Mourir, c'était simplement partir. Parfois d'ailleurs, après avoir appris la mort d'un proche ou d'un parent, ils demandaient quand il allait revenir…

Avec beaucoup de délicatesse, le moine ne la détrompa pas.

Mal à l'aise, le commissaire aux morts étranges écoutait son père sans mot dire et son regard ne quittait pas la pointe de ses bottes. Il releva pourtant la tête lorsque le moine demanda à Sophia si elle se souvenait de qui l'avait enlevé.

Les souvenirs de l'enfant semblaient brouillons, ses impressions se chevauchaient. Elle avait échappé à la surveillance de la servante pour se glisser dans la rue afin de retrouver le chien. Une voiture, noire comme un corbillard, s'était arrêtée près d'elle. Une main gantée, tenant une fiole, sortit de la portière.

— Mon enfant, fit une voix masculine bien timbrée, bois cette potion et tu t'échapperas enfin de ce monde qui te tient prisonnière.

Sophia était restée immobile, à la fois fascinée et terrifiée. Soudain, un bras puissant avait emprisonné les siens tandis qu'un mouchoir humide s'écrasait sur ses narines. Ses muscles étaient devenus tout mous tandis qu'elle flageolait sur ses jambes et que sa vue se brouillait.

Le commissaire aux morts étranges hocha la tête, comprenant toute l'affaire. Tandis qu'un homme accaparait l'attention de l'enfant, un autre se glissait derrière elle pour l'endormir et la jeter dans la voiture.

Sophia pleurait maintenant, revivant ses peurs.

— Que me voulait cet homme qui m'appelait mon enfant? sanglota-t-elle.

La Dame de l'Eau jeta un regard inquiet au moine mais celui-ci n'avait aucunement l'intention de lui raconter la messe noire dans le cimetière.

— Sophia, nous t'avons retrouvée inconsciente et comme morte. C'est pour cette raison que nous t'avons conduite dans ma cave. Tu t'es ensuite éveillée et tu as commencé à aller et venir dans ma maison. Tout cela est du passé. Aujourd'hui, tu es en sécurité ici. Néanmoins…

Il fit une pause et jeta un bref regard à son fils.

— Néanmoins, il nous paraît plus prudent que tu demeures ici jusqu'au moment où nous arrêterons les deux hommes qui t'ont enlevée.

— Vont-ils revenir?

— Non, car ils ne savent pas où tu te trouves.

Sophia le regarda avec de grands yeux innocents.

— Pourquoi les adultes font-ils ainsi du mal aux enfants?

Le moine secoua sombrement la tête.

— C'est une question que je n'ai pas fini de me poser…

Dans cette matinée laiteuse, les deux hommes se pressaient au milieu de la foule des portefaix, des colporteurs et des domestiques. Une armée de jeunes gens s'employait à décrotter bas et chaussures. À un coin de rue, malgré ses doigts gourds de froid, un escamoteur divertissait le public de ses tours de passe-passe. Le moine et son fils lui accordèrent un regard entendu.

— Voici Sartine! gronda Volnay. Il agite une main vide devant nous et tiens la pleine dans son dos! Depuis le début, il nous mène en bateau. Cet homme est d'une duplicité sans égale!

Il retrouva son calme, le temps que des pensées cohérentes s'ordonnent dans son esprit. Sartine l'avait intrigué en gardant pour lui son croquis de Sophia. Il s'était même enquis avec une espèce d'émotion de ses conditions de vie avant qu'elle ne trouve la mort. Il avait ensuite rêvé d'elle...

— Cela explique l'intérêt qu'il a toujours manifesté pour cette petite à partir du moment où il a vu le dessin, dit-il.

— Mais pourquoi ne rien nous dire tout en nous confiant cette enquête? objecta le moine.

— À qui pouvait-il la confier à part nous? rétorqua Volnay. Tout le monde aurait été étonné que le commissaire aux morts étranges ne soit pas en charge du plus mystérieux des crimes de Paris depuis...

— Depuis la femme sans visage, compléta le moine.

Le commissaire aux morts étranges ne répondit pas. Parler de cette affaire le ramenait à Chiara.

— Père, dit-il brusquement, promets-moi de ne dire à personne où se trouve Sophia.

— Bien entendu.

— Ni à Hélène... surtout pas à Hélène!

Songeuse auprès du feu, Hélène les attendait chez le moine. Elle releva la tête à leur entrée dans une interrogation muette.

— Nous avons retrouvé Sophia, lui apprit le moine d'un ton réjoui.

— Quoi? Comment?

— Grâce à Aristote!

Le commissaire aux morts étranges intervint.

— Ce serait un peu long à expliquer et cette information doit rester secrète. N'avez-vous rien à nous apprendre de votre côté?

— Non. Où se trouve Sophia?

— Cela ne vous regarde pas, décréta froidement le commissaire aux morts étranges. Je répète ma question : n'avez-vous rien à nous apprendre?

Hélène demeura impassible. Ses beaux yeux verts mouchetés d'étoiles étaient aussi peu expressifs qu'une pierre précieuse.

— Rien, répondit-elle.

Volnay se tourna théâtralement vers le moine.

— Père, la preuve en est donnée que nous ne pouvons faire confiance à Hélène puisqu'elle nous cache des informations de la plus haute importance.

La jeune femme ne broncha pas.

— Que voulez-vous dire?

Volnay se planta devant elle, irradiant d'une satisfaction mauvaise.

— Vous ne nous racontez pas vos visites à un ancien inspecteur de police à Paris ou à une accoucheuse? Ni celle de Sartine, ensuite, à votre domicile?

Hélène le contempla avec des yeux ronds. La surprise semblait l'avoir figée sur place.

— Comment savez-vous? murmura-t-elle.

Puis un éclair de colère traversa brutalement son regard.

— Les mouches! s'exclama-t-elle horrifiée. Vous m'avez fait suivre par des mouches!

Le commissaire aux morts étranges eut un imperceptible haussement d'épaules.

— Pas exactement, c'est Sartine qui vous fait suivre par ses mouches. Moi, je me suis contenté d'acheter l'une d'elles!

Il se tourna vers son père et lâcha avec bonne humeur.

— Tu vois qu'il n'y a pas que toi qui utilises l'argent de Sartine à des fins qu'il ne soupçonne pas!

Un rare sourire illumina son visage et ses yeux pétillèrent de gaieté. Tout à coup, Hélène eut l'impression de voir en lui son père le moine tel qu'il avait pu être plus jeune.

— En l'occurrence, reprit Volnay, j'achète une mouche de Sartine avec l'argent de Sartine!

Cette fois, il rit comme si la chose le ravissait. Le moine et Hélène le contemplèrent avec effarement.

— J'oubliais de vous dire, précisa le commissaire aux morts étranges en reprenant son sérieux, que la mouche en question a cuisiné l'accoucheuse. Il lui a fait très peur, aussi lui a-t-elle avoué ce qu'elle vous avait confié. Pour la mouche, cela ne signifiait pas grand-chose, ces gens-là se contentent d'espionner, de faire parler puis de rapporter sans toujours comprendre.

Hélène chercha en vain à sonder le regard de Volnay pour savoir s'il mentait. Peine perdue. Qui donc pouvait se vanter de lire dans ce puits sans fond ? Elle se décida et dit très rapidement à l'attention du moine :

— Sartine m'a fait suivre par ses mouches. Il a su le résultat de mes découvertes et m'a interdit d'en parler à quiconque.

Aiguillonné par le serpent du doute, le moine fixa Hélène d'un œil étincelant.

— Je comprends. Néanmoins, fit-il d'un ton où perçait le regret, entre nous et Sartine, il vous faut choisir votre camp !

Impressionné par la fermeté de son ton, Volnay jeta un regard approbateur à son père.

— Cette accoucheuse, reprit Hélène d'un ton égal, a mis au monde le bébé d'une danseuse de l'Opéra il y a douze ans. La mère ne voulait pas de l'enfant qui a été confiée à sa dame de compagnie de l'époque : Mme Marly. Celle-ci a quitté son emploi contre sans doute une rente. Son mari était alors joaillier. À sa mort, deux ans plus tard, il a vendu son commerce pour se livrer à sa passion : l'astrologie.

Impavide, le moine acquiesça sans mot dire.

— Et comment se nommait cette jeune danseuse de l'Opéra ? s'enquit son fils.

C'était reconnaître qu'il l'ignorait. Hélène eut le sentiment d'avoir été jouée. La mouche de Volnay n'avait pas questionné l'accoucheuse. Cela dit, rien n'empêchait le redoutable commissaire aux morts étranges de le faire plus tard. Aussi, répondit-elle de bonne grâce, son regard accrochant au passage celui du moine dont elle guetta la réaction.

— Mlle Belle Ange.

Un frisson sembla ébranler tout entier le moine. Volnay s'en étonna.

— C'est le froid, je n'arrive pas à me réchauffer, expliqua son père.

Son expression restait indéchiffrable mais ses sentiments remontaient à fleur de peau.

— Intéressant, fit-il en se levant. Je te laisse réfléchir là-dessus, mon fils. Moi, je vais visiter mes pauvres, cela me changera les idées.

— Tu me laisses pour tes bonnes œuvres alors que nous venons de découvrir que Sophia n'est pas morte et que nous avons un nouvel indice ? s'étonna le commissaire aux morts étranges.

— Tu n'es pas seul, répondit son père d'un ton sarcastique. Hélène est là. J'ai toute confiance en sa sagacité et en ton esprit logique !

Quittant la rue de l'Arbalète, il emprunta la rue des Postes puis la rue Sainte-Geneviève. Là, il entra chez une fripière qui, le reconnaissant, le conduisit sans mot dire à l'arrière de sa boutique. Elle lui porta des vêtements dignes d'un gentilhomme et l'aida à enfiler une chemise de soie, un gilet brodé et à nouer son jabot. Une culotte à pont d'un bleu éclatant souligna sa taille mince et une veste à velours de soie sa belle prestance. Ainsi paré, et après s'être complaisamment admiré dans une glace, le moine lui glissa quelques pièces dans la main et elle lui ouvrit une porte qui donnait sur une cour. Il s'inclina pour lui baiser galamment la main et l'appela *princesse des étoffes*, ce qui la fit rougir de plaisir.

— Attention, le prévint-elle, le sol est très glissant jusqu'à l'immeuble d'en face.

Il sortit donc d'un pas prudent en murmurant :

— Eh bien, je souhaite beaucoup de plaisir à la mouche qui m'attend devant cette friperie !

Une patache survint. Il se gara prudemment pour éviter d'être renversé ou de salir ses beaux vêtements contre les essieux de la voiture.

Restés seuls, Volnay et Hélène se regardèrent en chiens de faïence.

— Vous vous valez bien vous et Sartine, grogna enfin le policier. Dire qu'il nous lance sur une enquête sans nous apprendre ce qu'il sait, nous adjoint les services d'une femme pour nous aider et lui interdit de nous révéler ce qu'elle a trouvé!

La jeune femme soutint son regard avec une expression d'audace sur le visage.

— Vous avez raison sur un point : Sartine ne veut pas que cela se sache. Il était très fâché de ma découverte.

Elle réfléchit rapidement. Ce n'était pas à elle de révéler à Volnay que son père pouvait être aussi celui de Sophia.

— Votre père ne semblait pas intéressé à connaître le nom du géniteur de Sophia mais vous peut-être…

— J'allais vous poser la question, la coupa Volnay.

— L'accoucheuse ne connaissait pas le nom du père, dit-elle rapidement, mais le jour de l'enterrement, elle a aperçu dans le corridor M. de Sartine.

Le commissaire aux morts étranges se figea.

— Sartine encore… murmura-t-il.

Voici pourquoi le carrosse de Sartine s'était arrêté devant Sophia et que le lieutenant général de police lui avait demandé son nom, souri et tendu une pièce. Sophia était sa fille! Volnay exhala profondément comme pour se vider d'une trop grande colère.

— Ce maudit bougre savait tout cela depuis le départ mais il n'en a rien dit!

Toute sa rancune envers son supérieur trouvait à s'exprimer en cette occasion.

— Je vais aller le voir!

Hélène se jeta à son bras, l'épouvante se lisait sur son visage.

— Non, il saura que j'ai parlé et sa rancune sera terrible envers moi! À moins que vous ne lui racontiez que vous le faites espionner par une de ses propres mouches et alors sa vengeance s'abattra sur vous!

Volnay la dévisagea avec étonnement.

— Vous avez peur de lui?

— Terriblement!

Son visage était d'une pâleur diaphane.

— Pas vous? demanda-t-elle d'une petite voix.

— Mais… non…

Volnay réfléchit.

— Mais parfois pour mon père, oui…

— Et l'inverse doit être vrai, remarqua Hélène.

Le commissaire aux morts étranges la contempla pensivement puis alla prendre son manteau.

— Rassurez-vous, je vais simplement le voir pour le convaincre de nous confier de nouveau l'enquête. Je lui dirai que je suis sur les traces de Sophia et que je me fais fort de la retrouver sous deux jours.

— Vous allez lui livrer cette petite ?

— Lui livrer ?

Il s'était planté devant elle et l'affrontait.

— Lui livrer ? répéta-t-il d'un ton offusqué. Vous oubliez que cet homme, si impitoyable qu'il paraisse, pense être son père. Et de toute façon, nous ne pourrons lui cacher bien longtemps Sophia. Que voulez-vous donc que nous fassions d'elle ? La dissimuler et l'élever dans la clandestinité ?

Il se dirigea vers la porte et, lorsqu'il l'ouvrit, se retourna une dernière fois.

— Je ne le crains pas mais j'ai appris une chose ces dernières années, c'est que l'on ne peut pas avoir sur terre pire ennemi que Sartine !

L'hiver aidant, de grands braseros brûlaient dans les cours des hôtels particuliers de la rue Saint-Honoré, délicate attention pour les invités lorsqu'ils descendaient de leurs carrosses. Pendant ce temps, dans les rues, on mourait de froid.

Sans hésiter, le moine se dirigea vers l'entrée et se fit annoncer sous son nom. Il savait que Mlle Belle Ange était devenue Mme de Morange. À l'époque, les mauvaises langues insinuèrent qu'elle avait conservé ainsi son ange. Son mari était riche mais réputé pour être fort bête. Pour se moquer de lui, des amis de la nouvelle Mme de Morange lui prêtèrent un livre, chose fort nouvelle pour lui, puis un second du même auteur qui était en fait le même. "Tout ceci est très intéressant, avait dit le mari, mais l'auteur se répète un peu…"

Dans l'antichambre, un valet somnolent se redressa en sursaut. Il portait une livrée rouge garnie de galons tissés aux couleurs et armoiries de sa maîtresse.

Mme de Morange était encore à sa toilette du matin, la toilette légère, et, comme toutes les dames de la bonne société, elle y recevait. Celle plus sérieuse du soir s'y accompagnait d'un bain de modestie. Il s'agissait d'un bain moussant qui préservait l'intimité de l'hôtesse à ses visiteurs.

La maîtresse des lieux se trouvait entre les mains de son coiffeur. Autour d'elle trônaient dans un joyeux désordre des boîtes à poudre, des boîtes à mouches, des pots à pommade et des flacons de parfum. De jolis bronzes et d'exquises porcelaines décoraient des consoles et des tables de marbre. Deux petits marquis occupaient des fauteuils de noyer sculpté, ornés de tapisseries de soie au petit point. Le moine dissimula sa contrariété et, d'un regard, jaugea les importuns. De jeunes prétentieux à la langue bien pendue qui savaient tout sans avoir jamais rien fait, s'étant donné comme seul labeur celui de naître.

Le moine fut accueilli dans ce lieu exquis par la maîtresse de maison avec une surprise ravie. Du moins, c'est ce qu'elle laissa paraître. Mme de Morange dardait sur le monde des yeux de poupée de faïence. Son visage était fin, sa bouche vermeille se découpait en un arc gracieux et elle présentait une gorge bien blanche. Elle possédait les mille et une manières de plaire de ces femmes éduquées pour cela ou ayant tout compris de la vanité des hommes.

Malgré lui, le moine ressentit un frisson nostalgique. Il se souvenait d'une époque où les baisers coulaient de ses lèvres. Il observa les plis rouges de celles-ci tandis qu'elle parlait d'une voix fraîche et sucrée. Son regard glissa ensuite le long de son corps, admirant la robe en fil de soie bleu, aux broderies au point de chaînette et aux boutons recouverts de taffetas doré. À la naissance de ses seins, sa poitrine semblait jaillir en globes de l'échancrure de sa robe. Sagement posées sur ses genoux, il lui trouva également les plus belles mains du monde, blanches et délicates, perdues dans un flot de dentelles, et le lui dit. Cela fit rire les petits courtisans.

— Monsieur est d'une galanterie d'une autre époque, remarqua l'un d'eux.

Le sourire du moine vacilla.

— Vous avez l'esprit en écharpe, leur répondit-il, je ne vous comprends guère !

Le coiffeur frisa les cheveux de Mme de Morange avec des papillotes et des fers chauds. Pendant ce temps, la conversation allait bon train. On faisait assaut d'esprit tout en se moquant des absents. Le moine jouait son rôle avec une indifférence étudiée, l'air vaguement ennuyé par la conversation des deux petits marquis. L'acuité de son regard démentait toutefois cette fausse nonchalance. Il était prompt à relever leurs erreurs, à redresser un propos ou se moquer d'eux sans y paraître. Comme leurs habits étaient surchargés de dorure, il leur dit humblement :

— Je fais pâle figure à côté de vous qui êtes dorés comme un calice !

Ils froncèrent les sourcils et décidèrent de se liguer contre lui, faisant allusion à son âge avancé et l'appelant grand-père des sages.

— Décidément, marmonna le moine, c'est l'évangile du jour !

— Madame, fit soudain le plus jeune des petits marquis à la maîtresse de maison. On ne voit plus à vos dîners ce monsieur toujours assis en bout de table, qui ne parle jamais et a l'air un peu bête…

— Il s'agit de mon mari, répondit-elle aimablement, et il est mort l'année dernière.

Cette fois, le moine éclata et dit aux jeunes marquis :

— Vous avez la bouche trop près des oreilles, vous vous écoutez parler comme de jeunes sots que vous êtes ! Sortez donc avant que je ne vous embroche sur mon épée !

Ils sortirent en se bousculant comme des gazelles et l'on entendit nettement l'un d'eux dire à l'autre d'un ton offusqué :

— Cet homme est grossier et sans industrie !

Le sourire du moine s'accentua et il se tourna vers la maîtresse de maison.

— Vos petits marquis ont des cervelles de colibri.

— Ne me les abîmez pas, ils sont de très bonne famille !

— Oh, ne vous inquiétez pas, la rassura le moine, je ne sors désormais mon épée que pour les affaires sérieuses.

Et il ajouta après réflexion :

— Je suis désolé d'apprendre la mort de votre mari...

Mme de Morange haussa les épaules d'un air indifférent.

— Ne le soyez pas, c'est vrai qu'il était bête et son seul mérite est d'avoir fait de moi une veuve très convenable.

— Je qualifierais en d'autres termes que *convenable* une veuve de trente-deux ans, si je ne m'abuse, aussi fraîche et belle que vous !

Flattée, elle hocha modestement la tête.

— Quel beau parleur !

— Oh, la langue est une des rares choses qui ne rouille pas avec l'âge !

Elle sourit.

— Mais que me vaut le plaisir de vous voir après tant d'années ? Comment se fait-il que vous ayez tout à coup trouvé le chemin de ma demeure ?

Le front du moine se plissa de rides profondes.

— Une fâcheuse affaire, madame, très fâcheuse.

— Mon Dieu, vous m'effrayez...

Il posa sur elle un regard triste.

— Madame, pardonnez-moi de raviver peut-être de mauvais souvenirs mais il y a douze ans, vous avez donné naissance à une enfant que vous abandonnâtes le jour d'après.

Mme de Morange chancela et porta la main à son cœur.

— Mon Dieu, pourquoi me parler de cela ? Pourquoi remuer ainsi le passé ? Que vous prend-il ?

— Cette jeune fille est aujourd'hui au cœur d'une enquête policière. Vous ne le savez peut-être pas mais j'assiste le commissaire aux morts étranges de Paris.

Mme de Morange agita frénétiquement son éventail.

— Lui est-il arrivé quelque chose ?

Le moine la contempla un instant sans rien dire puis secoua doucement la tête.

— Non madame, n'ayez crainte.

— Alors, je ne comprends pas.

— Il n'y a rien à comprendre, fit-il, une enquête de police a lieu sur ses parents adoptifs. J'ai besoin de renseignements sur Sophia.

— La vérité est que je n'en ai malheureusement aucun à vous donner, regretta-t-elle.

— La vérité est que vous n'avez rien à faire de cette enfant, corrigea le moine.

— Que voulez-vous, mon cher, répondit-elle négligemment, je n'ai pas l'instinct maternel. D'autres l'ont pour moi!

Le moine la considéra gravement.

— Vous pouvez, certes, ne pas me répondre. C'est votre droit le plus strict, comme est mon droit d'aller poser la question à mon supérieur, M. de Sartine.

Mme de Morange se troubla.

— Que vient faire là M. de Sartine?

— C'est un homme que j'apprécie beaucoup, dit sans rire le moine. Et sans doute, le personnage le mieux renseigné de tout notre royaume.

Son hôtesse prit un ton enjôleur :

— Déranger le lieutenant général de police pour cela alors que je pourrais tout vous révéler…

— Me direz-vous enfin qui est le père de cet enfant?

Le moine perdait patience mais sans hausser le ton et il accompagna cette question d'une gracieuse révérence comme pour s'excuser d'insister. Mme de Morange cilla nerveusement.

— Soit, je vous le dirai mais ce soir, après le souper que je donne et à la condition que vous l'animiez suffisamment de votre brillant esprit.

Devant ce caprice de femme du monde, le moine conserva son sang-froid. Mme de Morange était charmante mais son cerveau ne pesait pas plus lourd que celui d'un moineau. Il s'inclina devant elle.

— Il en sera fait selon vos désirs…

Dans son bureau du Châtelet, Sartine se retourna vivement et s'empressa de réajuster sa perruque. Un valet était en train de la poudrer à l'aide d'une grosse houppe emplie d'un mélange de farine et de racine réduite. Pour se protéger de la poudre qui volait, le lieutenant général de police portait un cône sur le visage qui lui donnait l'apparence d'un grand échassier. Il l'ôta brusquement et toussa. Volnay réprima un sourire. Lorsque Sartine se poudrait, il devait y en avoir pour une journée de pain !

— Pour qui donc vous prenez-vous à forcer ainsi ma porte ? gronda ce dernier.

— Je suis sur le point de retrouver Sophia !

Avec satisfaction, Volnay vit Sartine se troubler. D'un geste sec, il congédia son laquais.

— Sophia ? s'écria-t-il. Elle est donc toujours en vie ?

— Toujours, oui.

Sartine ferma les yeux un bref instant.

— Ramenez-la-moi et il vous sera beaucoup pardonné, dit-il très rapidement.

— Je n'avais pas le sentiment d'avoir trop de choses à me faire pardonner, remarqua froidement le commissaire aux morts étranges. Mais n'êtes-vous pas désireux que je vous ramène également le criminel derrière tout cela ?

Le regard du lieutenant général de police se fit calculateur.

— Son père, l'astrologue ? Peut-être auriez-vous meilleur marché de me le ramener avec une balle entre les deux yeux ! Cela éviterait beaucoup d'explications…

— Évidemment !

— Oh, ne prenez pas vos airs supérieurs, Volnay ! Je m'efforce de maintenir l'ordre royal et il est menacé. La messe noire, la mort du curé dansant et les arrestations de Siltieri ne sont pas passées inaperçues et c'était sans doute l'intention de ce dernier. L'imagination fait le reste ! J'ai ici un rapport selon lequel, dans un cabaret où l'on s'ivrognait, une femme de mauvaise vie prise de boisson a évoqué le diable. Aussitôt, au dire des témoins, celui-ci est apparu, l'a soulevée dans les airs avant de la projeter contre un mur, comme un fétu de paille, lui brisant le crâne !

— Ce sont les autres convives qui ont dû la tuer.

— Sans doute mais j'ai encore trois rapports de police où le guet a dû s'introduire dans des maisons car l'esprit malin frappait dans les murs ou détruisait tout sur son passage. Un gendre a même été tué par son beau-père qui l'avait pris dans la nuit pour Satan en personne alors qu'il se rendait à la cuisine pour calmer une petite faim !

— Quelqu'un alimente ces rumeurs et colporte des ragots !

— Et qui donc croyez-vous que ce soit, sinon le parti des dévots ? hurla Sartine.

Il se calma et réajusta sa perruque.

— Vous les connaissez pourtant et les conclusions de Siltieri vont dans leur sens. Plus on craint le diable, plus on craint Dieu et plus ils ont d'influence !

Volnay hocha la tête, toutes ces considérations politiques ne lui avaient pas échappé mais son affaire à lui était simplement de trouver des meurtriers. À chacun ses préoccupations !

— Puis-je reprendre mon enquête et vous ramener Sophia ? demanda-t-il tranquillement.

Le lieutenant général de police le considéra attentivement, cherchant sans succès à percer le masque impénétrable de son collaborateur.

— Quarante-huit heures à partir de maintenant, siffla-t-il. Pas une minute de plus. À vous et vous seul !

— J'ai besoin de mon père pour réussir !

— Votre père décline. Il croit qu'il a toujours vingt ans mais ce n'est pas le cas.

— Où voulez-vous en venir ?

Sartine lui jeta un regard glacé.

— À ceci : votre père a jugé morte Sophia lors qu'elle était vivante. Il est dépassé. Je ne peux plus l'employer dans ma police.

Il leva la main en l'air pour interrompre les protestations du commissaire aux morts étranges.

— Il y a pire ! Votre père se livre à l'exercice de la chimie qui conduit inévitablement à des agissements plus dangereux comme la transmutation des métaux en or. Des arrêts ont été rendus par le Parlement de Paris en matière de sortilèges et de maléfices. L'enrichissement par l'alchimie ou la recherche de trésors par conjuration d'esprits sont interdits et punissables !

Volnay l'arrêta d'un geste.

— Vous savez bien que mon père est un scientifique et que seule le pousse sa curiosité intellectuelle.

Sartine coupa court à sa défense.

— Votre père est un danger pour moi comme pour vous. Oh, je ne suis pas un ingrat. En récompense de ses bons services, je lui ferai attribuer une jolie pension et il pourra se retirer à la campagne. Pourquoi pas en Bourgogne ? C'est une terre si riante...

Il se campa devant son subordonné, les pieds écartés et les mains dans le dos, adoptant un ton d'une rondeur enjouée.

— Là-bas, il pourra se livrer à toutes les expériences qu'il souhaite dans un beau laboratoire que nous lui ferons installer...

Un sourire rusé s'afficha sur ses lèvres.

— Qui sait, peut-être qu'une fois le poids de ses enquêtes enlevé de ses épaules il trouvera le secret de l'élixir de longue vie et nous enterrera tous !

La fausse bonne humeur de Sartine inquiéta Volnay.

— Et si mon père trouvait la solution de notre énigme, le réintégreriez-vous dans votre police ?

— Cela n'arrivera pas ! répondit Sartine. Cela ne peut arriver !

On frappa. D'un ton impatient, le lieutenant général de police ordonna d'entrer. Un valet lui remit un pli après moult courbettes. Sartine fronça les sourcils en voyant le sceau et le déplia d'une main fébrile. Sans qu'il sût pourquoi, Volnay vit la figure de son supérieur devenir mortellement pâle. Finalement, le lieutenant général de police congédia le laquais et se tourna vers Volnay.

— Le roi, dit-il. Il veut nous voir tous les deux.

Dire que Sartine parut contrarié aurait été un euphémisme. Jamais, le commissaire aux morts étranges n'avait observé son supérieur dans un tel état d'agitation. Comme s'il en était conscient, Sartine expira doucement, ferma brièvement les yeux et les rouvrit pour les poser sur Volnay.

— Nous allons nous mettre d'accord sur l'histoire à raconter au roi, dit-il.

Le moine se dirigea vers l'Observatoire. Lui et son fils avaient déjà discuté de la nécessité de cette visite mais les événements qui se succédaient à un rythme frénétique l'avaient toujours repoussée à demain.

Construit au siècle dernier sous Louis XIV, l'Observatoire royal était une construction rectangulaire flanquée de deux tours octogonales à ses angles méridionaux. Une troisième tour carrée servait d'entrée au nord. Haut de vingt-six mètres, le bâtiment était imposant et l'atmosphère à l'intérieur confortait l'impression que ceux qui y demeuraient se sentaient investis d'une mission suprême. Le moine avait bien connu l'un des astronomes qui y travaillait, un certain Jean de Foy. Il s'enquit de lui et bientôt un homme au profil énergique et aux yeux de charbon le rejoignit. Sous sa veste, il portait un gilet de taffetas agrémenté de broderies de soie. Le moine le salua comme s'ils s'étaient quittés la veille. L'autre le considéra avec attention, ses yeux pleins d'une prudence visible, avant de le reconnaître.

— Messire Guillaume de…

— Pas de nom, pas de nom! le coupa vivement le moine. Ma situation n'est pas officielle même si j'aide à mener des enquêtes qui le sont!

Jean de Foy approuva d'un mouvement sec du menton.

— Je comprends, dit-il.

Il tira de sa poche une longue bouffarde de terre blanche puis, sortant sa tabatière, entreprit de découper une carotte de tabac.

— *Nicotiana tabacum*, murmura le moine en plissant les yeux.

— Je préfère la pipe à la prise, précisa l'astronome comme s'il fallait s'en excuser.

— Éternuer est réservé aux gens de la bonne société, dit gaiement le moine en pensant à Sartine.

L'autre, décontenancé, haussa un sourcil.

— Que puis-je pour vous?

— Je m'intéresse à M. Marly. Il a trouvé la mort dans l'incendie de sa maison, le saviez-vous?

— Oui, les nouvelles circulent vite à Paris!

— L'avez-vous connu? questionna le moine.

Jean de Foy jeta un regard circulaire autour de lui.

— Ne préférez-vous pas faire quelques pas dans le jardin ?

— Certes, dit le moine en souriant.

— Je vais chercher mon manteau.

Leurs pas crissèrent bientôt sur la neige tassée qui recouvrait l'allée.

— M. Marly, n'est-ce pas ? fit l'astronome en soufflant la fumée entre ses dents serrées sur le tuyau de sa bouffarde. Oui, il venait parfois lorsqu'il se posait des questions et comme sa connaissance des étoiles était extrêmement pointue et précise, nous avions toujours plaisir à discuter avec lui, même s'il n'était pas des nôtres.

— Que savez-vous de lui ?

Jean de Foy se gratta la tête.

— Je crois que son père était officier de marine.

Il baissa le ton pour qu'on ne l'entende pas.

— Il s'est fait tuer loin des siens au cours d'une guerre inutile, laissant seule sa femme élever son fils…

— Parlez-moi de lui. Il s'intéressait à des choses bien étranges…

— Vous parlez des étoiles ?

— Des étoiles et de ce que l'on peut en faire…

Jean de Foy réfléchit une seconde et hocha la tête.

— Il est vrai que M. Marly développait des idées peu conformes à celles du pouvoir royal. À vous je peux le dire. Même si la science d'aujourd'hui nous fait tout passer au crible de la raison, il n'en reste pas moins que les sciences humaines ont observé maintes choses merveilleuses et inexplicables.

Il posa une main fraternelle sur l'épaule du moine.

— Mais nous sommes des scientifiques, vous comprenez cela ? Aux yeux de la police, la limite est floue entre astrologie et magie. Nous autres, astronomes, nous observons les étoiles. Les astrologues, eux, les font parler.

— Que croyait Marly ?

L'autre soupira.

— Que tout était écrit dans la voûte étoilée. La géomancie astronomique pour connaître les choses passées, présentes et celles futures.

Il fit une pause, regardant autour de lui et formant sans en être vraiment conscient un globe de ses mains.

— Vous savez, l'astronomie a pour but l'observation et la découverte des étoiles, nous ne tirons pas de conclusion autre que scientifique dans cet Observatoire. L'astrologie, elle, s'est développée à partir de croyances puisant dans des civilisations aussi riches que variées, en Perse, à Babylone ou en Égypte, le tout saupoudré de philosophie grecque. Aujourd'hui, les astrologues observent le mouvement des planètes et, à partir d'une date de naissance, révèlent le caractère et le destin de cette personne. Mais d'autres s'intéressent à quelque chose de plus grand.

— La divination, suggéra le moine.

— Oui. En Chine comme dans les Amériques, on dresse depuis longtemps des calendriers prophétiques. Cela fascinait Marly. Que ce ne soit pas que les destins individuels qui soient prédéterminés mais aussi le sort des civilisations.

Il marqua une pause et ajouta :

— Et aussi que l'on puisse influencer la destinée sur terre en s'appuyant sur le secret des étoiles.

— Le secret ?

Jean de Foy haussa les épaules.

— Dieu me garde de le connaître, je serais le plus savant des hommes ! Mais Marly estimait que si l'on accomplissait telle chose, avec la bonne conjonction des étoiles, on possédait plus de chance pour que tout se passe parfaitement.

Le moine hocha la tête.

— C'est le principe même de l'astrologie ! Mais dites-moi, je me souviens d'avoir vu sur son bureau un livre sur l'Apocalypse. Bien étrange lecture pour un admirateur des étoiles.

Jean de Foy se troubla.

— Dites-moi tout mon ami, fit doucement le moine, vous savez bien que nous sommes du même bord.

L'astronome écarta la bouffarde de ses lèvres et se racla la gorge.

— Il existe une tradition selon laquelle le Christ serait descendu trois jours aux Enfers après sa mort et avant sa résurrection. Nul ne sait ce qui s'est passé durant ce séjour mais l'on dit qu'aux Enfers le Christ aurait remis à Lucifer une étoile à cinq branches. Pourquoi ? Cette question tourmentait bizarrement Marly.

— Je comprends, murmura le moine. Selon l'Apocalypse, le mal doit être racheté à la fin des temps. Lucifer donnera alors aux justes l'*Étoile du matin* et recouvrera son état angélique.

Il inspira profondément.

— Serait-ce l'Étoile du matin que le Christ a remise à Lucifer ?

Jean de Foy s'arrêta de marcher et toussota. Une écharde de brume semblait plantée dans sa gorge.

— Ce n'est pas quelque chose dont on peut discuter avec tout le monde car cela signifierait que Lucifer est en fait le serviteur du Christ.

Les yeux du moine s'étrécirent.

— Étoile tombée du ciel, il aurait volontairement accepté de tomber dans le mal pour servir les desseins de Dieu, tout comme Judas, la rage au cœur, trahit Jésus pour accomplir sa mission et achever l'œuvre…

Il se tourna vers Jean de Foy.

— Savez-vous ce qu'il avait en tête ?

— Je l'ignore mais…

L'astronome s'arrêta net, sous le coup d'une pensée.

— Il citait souvent Shakespeare, un auteur anglais.

— Je connais. Que disait-il ?

Jean de Foy plissa les yeux puis, les mains théâtralement levées, récita :

— *"Lorsque les mendiants meurent, on ne voit aucune comète ; Mais les cieux s'enflamment d'eux-mêmes à la mort des princes !"*

XXI

VERSAILLES ET AUTRES DIABLERIES

Figés sous le givre, les jardins de Versailles dégageaient une impression féerique. Volnay ne leur accorda pourtant qu'un regard éteint. Tous ces carrés de verdure glacés, ces allées rectilignes et ces angles droits ne reflétaient pour lui qu'une société trop surveillée et en coupe réglée. Son esprit aspirait à plus de courbes, de souplesse et de liberté.

Un nuage de poudre annonça le passage d'un courtisan aussi immaculé que le mont Blanc tellement il s'était poudré à la toilette. La rencontre des dames de la cour, transies dans leurs beaux atours au milieu de leurs promenades, le laissa de marbre. Les perruques des hommes lui semblaient trop poudrées, les coiffures des femmes de véritables pièces montées et leurs joues trop colorées par les rouges pour rehausser le teint. La mine superbe et la gorge blanche, ces femmes ne le faisaient pas rêver. Elles nourrissaient à leur façon l'atmosphère de fin de partie d'une cour décadente, arc-boutée sur son arrogance et ses privilèges.

Volnay regarda du coin de l'œil les courtisans regroupés dans les couloirs glacés du château. Si son expression demeurait indéchiffrable, répulsion et dégoût s'agitaient en lui. Non contents de posséder la majorité des terres de France, tous les courtisans grouillant autour du monarque s'accaparaient encore rentes et pensions. Du matin au soir, ces inutiles gravitaient autour d'un seul point fixe : le roi. Dès l'aube, gagnés par l'unique obsession d'être vus de celui-ci, ils s'affolaient dans les escaliers et les corridors pour se trouver sur son passage. Leur journée se passait ainsi dans une course éperdue après leur astre pour parvenir peut-être à assister à son coucher. Un duc racontait que le plus beau jour de sa vie était celui où il avait porté la lumière pour le coucher du roi!

La vie des courtisans était une vie d'esclaves. Il leur fallait faire des grâces pour être admis à dîner par quelqu'un en vue qui leur permettrait de rencontrer un proche du roi. Ensuite, ils devraient manœuvrer auprès de celui-ci pour être conviés à un des soupers royaux. Les plus chanceux parviendraient à se faire inviter à la chasse du roi qui forçait le cerf trois à quatre fois par semaine pour oublier ses idées noires. La récompense de cette interminable partie de chasse se manifestait parfois sous la forme d'une invitation à l'un de ces petits voyages qu'affectionnait le roi à Choisy, La Celle ou Marly. Arrivés dans un de ces châteaux, les courtisans se retrouvaient soit dans le camp des "Polissons" qui repartaient au soir dans de grandes voitures inconfortables, soit dans celui des "Logeasses" qui restaient coucher. Le cœur battant, ces derniers se regroupaient alors en bas d'un escalier, attendant qu'un huissier vienne lire la liste des participants au souper.

Telle était la vie à la cour de Versailles.

Volnay jeta un coup d'œil à la dérobée à Sartine. Celui-ci dénotait assurément dans le lot : plus intelligent que la moyenne, plus dangereux… Il accomplissait un dur labeur au service de son roi et en était raisonnablement récompensé. Mais, comme les autres, pour conserver l'estime du monarque, il devait en permanence éviter les pièges de ses concurrents, les chausse-trapes des envieux, flatter la favorite pour rester dans ses bonnes grâces, soigner ses relations avec le Dauphin, se méfier du parti des dévots et se garder des jésuites… toute une vie d'équilibre.

Pour conserver ses privilèges, Volnay savait Sartine prêt à tout. Serviteur sans état d'âme, il avait fait persécuter M. de Tiercelin, qui tentait de préserver la vertu de sa fille des faveurs royales. Celle-ci finit dans une maison du roi, avenue Saint-Cloud. Une fois lassé par la jeune fille, comme par toutes les autres, le monarque se rendit à Saint-Cloud pour jouer une dernière fois son rôle d'amant attentionné avant de les faire embastiller le lendemain, elle et son père. Il la fit libérer plusieurs années plus tard pour qu'elle finisse sa vie au couvent.

Si Volnay avait la patience des chats, Sartine, lui, n'aimait pas attendre. Il soupirait bruyamment, pianotait sur l'accoudoir de son fauteuil et fixait d'un œil courroucé l'huissier impassible comme s'il le rendait responsable de son attente.

Enfin, on les introduisit dans le cabinet de travail du roi qui donnait sur la magnifique cour de Marbre. Le monarque revenait de la chasse et avait offert le pied du cerf tué à une marquise dont il convoitait les faveurs. Maintenant, il tournait en rond car, une fois l'animal tué, il lui fallait un autre gibier.

Louis XV, qui approchait de la cinquantaine, conservait une belle prestance et il portait fort majestueusement son habit et son gilet richement brodés de fils d'or et d'argent. Cependant, tous les excès de sa vie dissolue lui donnaient un teint de plomb et une bouche aux commissures crapuleuses. Cet écart entre majesté et canaillerie devenait frappant selon les sujets qu'il abordait dans la conversation.

— Sire, fit cérémonieusement Sartine en s'inclinant, voici le chevalier de Volnay que vous avez demandé à voir. Notre fameux commissaire aux morts étranges...

Un instant, le roi sembla s'évader du sombre cachot de ses pensées et regarda Volnay avec curiosité.

— J'ai appris que vous retourniez les tombes?

Le jeune homme cilla brièvement. Il connaissait le caractère morbide du monarque. Celui-ci aimait à s'enquérir de qui était mort ou qui allait bientôt l'être. Une histoire de tombe ouverte devait le fasciner. Mais cela suffisait-il pour le recevoir en particulier?

— Votre Majesté est bien informée.

— Je suis au courant de tout ce qui se passe dans mon royaume, répondit le roi d'un ton condescendant.

Et il ajouta avec un brin d'ironie :

— Quand ce n'est pas mon bon Sartine qui me le raconte, c'est quelqu'un d'autre qui le fait...

Du coin de l'œil, Volnay vit le lieutenant général de police pâlir imperceptiblement. Il savait qu'avec ce roi la disgrâce frappait sans prévenir. Un soir, il vous parlait aimablement et vous félicitait, le lendemain, vous étiez démis de vos fonctions sans rien comprendre.

— Alors, cette tombe ? s'impatienta Louis XV.

Le commissaire aux morts étranges sentit tout le poids du regard de Sartine sur lui et répondit comme convenu :

— Sire, j'ai pris sur moi de faire ouvrir une tombe car je soupçonnais que la bonne personne ne s'y trouvait pas.

Une lueur d'intérêt traversa l'œil du roi.

— Racontez-moi ça.

Volnay jeta un coup d'œil de côté. Sartine fixait un point du mur devant lui avec une indifférence affectée.

— Sire, expliqua le commissaire aux morts étranges, par un incroyable concours de circonstances les cadavres de deux victimes d'un meurtre ont été inversés.

— Voyez-vous donc ! Mais comment est-ce possible ?

Sartine jugea opportun d'intervenir.

— Sire, lui rappela-t-il, il s'agit de cette affaire de messe noire dans un cimetière.

Le roi pâlit.

— Messe noire, murmura-t-il d'un ton atone. Il n'y a jamais rien eu de tel sous mon règne.

Sartine s'agita à côté de Volnay.

— Monsieur le lieutenant général de police, lui dit le roi, il est important que vous disiez à vos policiers de ma part tout ce que des gens de bien comme eux doivent faire pour déconcerter ceux qui, de quelque qualité qu'ils soient, sont mêlés à un si vilain commerce.

Il avait parlé d'un ton ferme, inhabituel. Tout ce qu'il y avait d'adulte et de responsable en lui s'était concentré dans cette phrase. Un instant, Volnay le vit comme il aurait pu être s'il avait pris son devoir de roi au sérieux et considéré l'étendue des obligations de sa charge envers ses sujets. Puis sa curiosité malsaine reprit le dessus et l'impression passa :

— Dans quel état se trouvait le cadavre lorsque vous avez fait ouvrir le cercueil ?

Sartine lui avait soufflé préalablement sa réponse, aussi Volnay fit comme son supérieur attendait de lui. Pour amuser le roi, Sartine prit le relais, racontant que les embaumeurs devaient être saouls pour avoir inversé les deux cadavres et qu'il était très difficile de creuser la terre dans les cimetières par ce froid avec la couche de neige qui recouvrait la terre.

Le roi se lassa vite. C'était Louis XV. Trop éphémère, tout plaisir le laissait sans joie une fois l'instant passé. L'anecdote l'avait amusé quelques secondes avant qu'il ne retombe dans son mortel ennui.

— Cette enquête avance-t-elle ? demanda-t-il soudain.

Son regard glacé pesait lourdement sur eux. Sartine se raidit.

— Oui, sauf erreur de sa part, le chevalier de Volnay est en passe de remonter une piste jusqu'au commanditaire.

C'était là faire peser sur le commissaire aux morts étranges tout le poids de l'échec si l'enquête échouait. Volnay comprit en un quart de seconde l'habileté du lieutenant général de police. L'attention du roi attirée sur cette affaire, il se devait de fournir un coupable. Cela dit, Sartine se montrait rusé en évitant de parler des soupçons pesant sur l'astrologue mort. Cela pouvait constituer une porte de sortie honorable. Trois coupables : la prostituée, le curé renégat et le père de Sophia. Une bonne histoire pour régaler le roi.

Volnay se détendit légèrement. Louis XV se pencha vers son lieutenant général de police.

— Pensez-vous que des gens de ma cour se livrent à de telles choses ?

Le ton était coupant.

— Non, sire, s'empressa de le rassurer Sartine. L'enquête du chevalier de Volnay démontre bien qu'il s'agit de gens du peuple, de petits-bourgeois.

Le roi se rejeta en arrière, arborant une moue satisfaite.

— Tant mieux, tant mieux… je ne supporterais pas que des gens de haute naissance sacrifient des êtres humains pour acquérir gloire, richesse et puissance.

C'est pourtant ce que vous faites à longueur d'années, pensa Volnay. *Sacrifier des gens sans autre raison et résultat que satisfaire à votre grandeur et votre gloire… Quant à vos gens de haute naissance, qu'ont-ils de plus que les autres, à part d'être nés dans un berceau doré ?*

— Votre Majesté, fit Sartine en aiguillant de nouveau la conversation dans la direction qu'il souhaitait, dans ce type de messe noire, il est plus souvent question de débauches que de sacrifices.

— Vraiment? fit Louis XV de nouveau intéressé.

— Sire, généralement la cérémonie sacrilège a lieu dans une cave. On étend un matelas sur des sièges avec des tabourets à chaque bout. Une jeune fille nue s'y couche. Elle est vierge mais ne le demeure pas longtemps!

Le roi s'esclaffa malgré lui.

— Son corps sert d'autel vivant au célébrant, continua Sartine impavide. Il place un calice entre les seins de la vierge et, sur son ventre blanc, un crucifix posé à l'envers. Après avoir chanté la messe à rebours, au moment de l'Offertoire, lorsque les fumées d'encens contenant des parfums capiteux envahissent la pièce, l'assistance arrache ses vêtements et se livre à des luxures éperdues. Le célébrant, quant à lui, s'occupe de son autel...

Volnay jeta un coup d'œil étonné au lieutenant général de police. Celui-ci semblait bien renseigné sur ces pratiques. Le roi, convenablement émoustillé, attendait la suite avec intérêt.

— Ainsi, continua Sartine d'un ton ennuyeux pour bien montrer que le sujet ne l'excitait pas, l'acte accompli, les hommes s'échangent... que dis-je, s'arrachent leurs partenaires et se livrent avec elles à tous les transports possibles, y compris ceux que Dieu comme la Nature réprouvent...

Volnay songea avec tendresse à son père. Celui-ci aurait simplement dit que, le péché de chair se trouvant au centre des préoccupations du monde chrétien, le culte de Satan permettait bien évidemment de s'en libérer dans le délire de la débauche.

— Je peux néanmoins affirmer, reprit le lieutenant général de police, que ces pratiques, existant depuis des siècles, sont fort rares sous le règne de Votre Majesté. L'affaire de cette messe noire dans un cimetière nous a conduits d'ailleurs à nous livrer à des arrestations qui permettront, dans la plus grande discrétion, de mettre totalement fin à ce type de pratiques exécrables.

— Je n'en attendais pas moins de vous. Dites-moi mon bon Sartine, est-il vrai que la duchesse de...

Il jeta un bref regard à Volnay et reporta son attention sur son lieutenant général de police.

— Vous voyez qui je veux dire ?

Sartine hocha la tête.

— Est-il vrai, reprit le roi, qu'elle paillarde avec un garçon d'écurie et ceci aux pieds de ses chevaux ?

— Certes, fit Sartine vaguement gêné par la présence du commissaire aux morts étranges.

— Et est-il exact qu'elle se fasse également monter par les chevaux ?

S'enfermant dans son monde, Volnay n'écouta plus la conversation entre les deux hommes. Le roi y révélait une fois de plus que le seul intérêt qu'il portait aux autres était d'ordre nauséeux. Isolé dans son château glacé de Versailles, à des lieues de l'humanité, il n'aimait personne, pas plus lui que ses proches. Personne.

Le jeune homme se mit à le considérer d'un œil perçant, l'imaginant courir nu autour du lit auprès de toutes jeunes filles. Dans cette nudité, dépouillé de son faste, le roi devait apparaître comme un homme comme les autres.

Sa naissance a placé son destin plus haut que tous, son comportement le fait redescendre plus bas que nous tous, songea-t-il.

Il dut supporter encore quelques minutes le croassement du roi et de son lieutenant général de police. Quand l'audience fut terminée, il suivit Sartine, familier des lieux, pour sortir au plus vite de cet endroit.

Ils empruntèrent la galerie des Glaces et Volnay se questionna à propos de ce détour inutile. Mais sans doute le lieutenant général de police aimait-il à se montrer lorsqu'il revenait de visiter le roi. Peut-être, plus subtilement, désirait-il rappeler à son insolent collaborateur toute la majesté du roi dans le miroir de sa splendeur.

Les miroirs... Reflet des vanités, trois cent cinquante-sept miroirs au mercure apportaient une transparence et une luminosité un peu trouble. Mais l'essentiel se trouvait ailleurs. Quand on parcourait la galerie des Glaces sur ses soixante-treize mètres de longueur, il était inévitable de porter les yeux au plafond pour se perdre dans des cieux d'un bleu unique traversés par mille mètres carrés d'histoire en allégories ou trompe-l'œil.

Se reprenant pour ne pas céder à l'admiration, il baissa la tête et remarqua alors la femme de loin, reconnaissant son port altier mais fatigué. Son beau visage intelligent affichait une grâce tranquille et le charme particulier de ses yeux subjuguait ceux qui croisaient son regard. Une dame de compagnie et plusieurs courtisans marchaient derrière elle. À son passage, on s'empressait de lui faire place et de la saluer avec déférence.

C'était la marquise de Pompadour. Souriant, Volnay s'apprêta à la saluer mais elle détourna la tête en passant près de lui.

— Eh oui, ricana Sartine ravi de sa déconvenue, les amitiés tournent vite avec les grands de ce monde. Vous leur servez un jour, ils vous en récompensent parfois. Et lorsque vous les croisez de nouveau, ils ne vous reconnaissent même pas ou font semblant de ne pas vous remettre!

Comme si une idée nouvelle venait de lui traverser l'esprit, il jeta un regard froid au jeune policier.

— Il me semble tout à coup, chevalier de Volnay, que vous n'avez plus de protecteur en ce beau royaume de France!

Le commissaire aux morts étranges rentra directement de Versailles jusque chez lui, ruminant sombrement l'inexplicable comportement de la marquise de Pompadour. Elle lui devait pourtant beaucoup pour avoir résolu au printemps dernier une affaire dans laquelle elle était impliquée. À sa grande surprise, il trouva son père chez lui, s'adonnant à la conversation avec son amie la pie. Un grand feu flambait dans la cheminée et réchauffait quelque peu la pièce sans que la température atteigne toutefois une quelconque tiédeur.

— Toi ici et seul! voulut plaisanter Volnay.

Le moine ne releva pas l'allusion à Hélène.

— Je ne suis pas seul puisque j'instruis ta jolie pie! Elle s'ennuie, tu sais? Tu la délaisses…

— Et Hélène?

— J'ignore où elle se trouve depuis ce matin puisque je suis passé à l'Observatoire après avoir rendu visite à Mme de Morange.

— Mme de Morange ?

Le moine fit signe à son fils de s'asseoir près de lui.

— Mlle Belle Ange, jeune danseuse de l'Opéra il y a encore douze ans, a trouvé un riche benêt pour l'épouser il y a une dizaine d'années et est devenue Mme de Morange. Tu devrais un peu plus t'intéresser aux commentaires des gazettes !

Volnay haussa les épaules.

— Et tu ne m'as rien dit !

Le moine eut une moue d'excuse.

— Je ne tenais pas à en parler avec Hélène. Sans les révélations de ta mouche, elle ne nous aurait rien dit de ce qu'elle venait d'apprendre. En conséquence, j'ai revu ma position. Jusqu'à ce que j'aie la preuve qu'elle soit fiable, je me considérerai en droit de lui dissimuler certaines informations. Qui plus est si ce froid au cul de Sartine rôde dans les parages !

Rien ne pouvait faire plus plaisir à son fils.

— D'autant plus, renchérit celui-ci, qu'Hélène nous a été imposée par Sartine lui-même !

— Oui, fit le moine dubitatif.

Il marqua un temps et plissa les yeux. Les rides de curiosité de son front se creusèrent.

— Néanmoins, fit-il, cela ne ressemble pas à Sartine d'employer des femmes, encore moins de nous en lancer dans les pattes.

— Tu sais, remarqua Volnay soucieux, je me suis moi aussi demandé pourquoi Sartine avait introduit Hélène dans notre enquête et notre intimité. J'ai pensé à Hélène de Troie et au cheval de Troie. Le but de Sartine, par l'intermédiaire d'Hélène, n'était-il pas de nous séparer ? Tout ce jeu de la séduction qu'elle a joué avec toi…

Le moine resta impavide. Le souvenir de la jeune femme lorsqu'elle était venue s'allonger près de lui, tout son corps rayonnant d'énergie, le poursuivait encore.

— "Elle a terriblement l'air, quand on l'a devant soi, des déesses immortelles", dit-il en récitant un vers d'Homère sur la vraie Hélène de Troie.

— Celle-là a aidé à déclencher la guerre de Troie, remarqua Volnay, mais j'ai aussi pensé à Hélène de Tyr…

Son père lui jeta un regard noir.

— La prostituée?

— La compagne de Simon le Magicien, le concurrent de Jésus à l'époque! Était-elle un ange déchu dans un bordel de Tyr?

Le regard du moine sembla s'éparpiller autour d'une nuit passée, d'une fleur de lys gravée comme un joyau brûlant sur une épaule lisse.

— Les anges déchus… murmura-t-il. "Elle fut la lune, l'accord parfait, puis un jour, les anges, ses fils, se révoltant contre elle, de son empire la chassèrent et, dans un corps de femme, l'enfermèrent."

Il se tut. Ses regrets étaient autant d'éclats de verre plantés dans son cœur. Son fils l'examina avec curiosité.

— Père, es-tu attaché à cette jeune femme?

Le moine hésita. À nouveau, son cœur s'affolait mais il n'en montrait rien.

Plus que je ne saurais le dire…

— Je l'apprécie certes beaucoup mais elle a semé le doute dans mon esprit en nous dissimulant des démarches et des informations cruciales.

— Ses relations avec Sartine sont fort troubles, renchérit son fils, elle me paraît assez le craindre pour bien le servir.

Le moine ferma un instant les yeux, lorsqu'il les rouvrit, son regard était de nouveau serein.

— Ne la condamnons pas trop vite comme d'autres l'ont fait pour nous car je la tiens en haute estime. Revenons plutôt au cœur de notre affaire. Après toutes nos découvertes, il semble certain que notre astrologue a voulu sacrifier au diable la fille qu'il avait adoptée, en échange de quelque chose. Le portrait que l'on me fit de M. Marly à l'Observatoire est révélateur. C'est celui d'un illuminé, un illuminé qui s'intéresse autant à l'Apocalypse qu'au roi dont il a tiré l'horoscope, souviens-toi.

— Mais quelle est la raison qui l'a poussé à sacrifier Sophia?

Le moine réfléchit.

— Tu te souviens de l'affaire des Poisons? Nous en avons suffisamment discuté. Lors de son arrestation, on a retrouvé dans les papiers de la marquise de Brinvilliers des lettres de confession dans lesquelles elle s'accusait de ses crimes commis. Elle y racontait aussi son viol, à l'âge de sept ans, par un de ses frères. Le passé n'excuse rien mais explique tout!

— C'est-à-dire?

— Cet homme en veut beaucoup au roi parce que celui-ci a envoyé son père officier se faire tuer sur les mers, laissant sa mère élever seul son fils.

Il s'interrompit et leva les bras d'un geste ample pour réciter :

— *"Lorsque les mendiants meurent, on ne voit aucune comète ; Mais les cieux s'enflamment d'eux-mêmes à la mort des princes!"*

— Qu'est-ce? demanda Volnay.

— Shakespeare! Et lorsque M. Marly le récite, ce n'est à mon avis pas anodin. Il en veut au roi pour avoir bridé les libertés de son peuple et assez peut-être pour le tuer.

— Et ceci en assassinant Sophia…

— Envoûtement de sang. Je te l'ai dit, Sophia est la poupée que l'on sacrifie!

Un silence pensif s'ensuivit, seulement rompu par les jacassements de la pie qui s'affolait en tourbillonnant dans la cage, son plumage reflétant des lueurs métalliques. L'évocation du diable et de ses anges déchus semblait imprégner l'atmosphère de la maison d'une menace impalpable.

— Où étais-tu de ton côté? s'enquit enfin le moine.

— Au Châtelet, faire la paix avec Sartine. Et de là à Versailles…

— Versailles!

Le commissaire aux morts étranges lui narra sa rencontre avec le roi tandis que son père secouait doucement la tête, un sourire ironique aux lèvres.

— Pour Sartine, conclut le policier, la situation n'est pas aussi désespérée que je le pensais mais elle est néanmoins préoccupante.

Volnay considéra son père d'un œil attentif.

— Sartine ne nous aime pas mais toi il te craint.

Un silence.

— Aurais-tu une quelconque prise sur lui ?

— Non.

— Attention, l'avertit son fils. Tu sais qu'on peut vite se faire égorger au coin d'une rue.

Le moine eut une moue indulgente.

— Un homme menacé peut avoir mis en sécurité certains papiers qui, à sa mort ou sa disparition, peuvent être remis à la bonne personne au bon moment. C'est pour cela que cet homme ne craint pas de se faire égorger au coin d'une rue.

— Tu disposes de moyens de pression sur Sartine ? s'étonna Volnay.

— Je ne dis ni oui ni non. Reste à l'écart de tout ça ! Moins tu en sauras, mieux cela sera !

Le commissaire aux morts étranges considéra longuement son père. Il le savait homme ouvert mais rempli de secrets accumulés tout au long de son existence.

— Sartine veut t'écarter de moi et donc de son chemin, avoua Volnay mal à l'aise. Il te verrait bien couler de vieux jours paisibles en Bourgogne devant les fourneaux de ton laboratoire.

— Pour que je puisse couler *de vieux jours*, répliqua avec humeur le moine, il faudrait d'abord que je sois vieux et ce n'est pas le cas !

Il se leva vivement et ajouta d'un ton rageur :

— Quant à mes fourneaux, Sartine peut toujours aller se cuire un œuf dessus !

Un coup discret à la porte interrompit le moine.

— Si c'est Sartine, fit-il, son cul va lui en cuire !

Il bondit à la porte.

— Mais ce peut être Hélène, ajouta-t-il en s'apaisant. Ah non, elle ne frappe pas, elle !

Il ouvrit la porte et baissa la tête, surpris de l'apparition d'une frêle jeune fille de seize ans aux vêtements rapiécés et au visage couvert de taches de rousseur.

— Mademoiselle ? Vous cherchez quelqu'un ?

Elle parut intimidée à sa vue et une légère rougeur envahit son visage. Le moine lui sourit pour la rassurer.

— Ne vous êtes-vous pas trompée de porte ?

Prenant son courage à deux mains, elle releva la tête avec plus d'assurance.

— Monsieur, pardonnez-moi mais je cherche M. le commissaire aux morts étranges…

— Oh…

Volnay avait rejoint son père et découvert la visiteuse.

— Entrez, fit-il précipitamment, il fait si froid dehors…

Elle pénétra dans la pièce comme à contrecœur, regardant timidement autour d'elle. Son regard trahit son admiration pour la belle bibliothèque qui regorgeait de livres aux belles enluminures. Elle eut un petit cri de surprise en découvrant la pie.

— Oh, le bel oiseau! s'exclama-t-elle.

— Elle parle plusieurs langues, intervint le moine avec orgueil. C'est moi qui les lui enseigne!

— Elle est à moi, intervint le commissaire aux morts étranges, en bousculant légèrement son père pour arriver à la cage avant lui. Tenez, ajouta-t-il en se saisissant d'une main de la jeune fille, vous pouvez la caresser, elle y est habituée…

L'Écureuil se laissa faire, partagée entre la crainte et le ravissement, enchantée de la présence de la main de Volnay autour de la sienne. Le moine s'émerveilla de voir son fils sourire et rire en présentant sa maison, fier des rangées bien alignées de ses livres et de sa merveilleuse pie parlante. De son côté, la jeune fille semblait consciente que derrière la sécheresse feinte du commissaire aux morts étranges se dissimulait une sensibilité exacerbée, et les regards qu'elle lui lançait dénotaient plus qu'un simple calcul.

Son tendre intérêt pour le beau commissaire aux morts étranges l'avait conduite à un achat dont elle n'était pas coutumière. Dans son quartier, on parlait d'une vieille femme qui vendait des philtres d'amour à base de sang de mouton noir mêlé à du sang menstruel. Le garçon qui l'absorbait tombait inévitablement sous votre charme. Seule une infusion de nénuphar pouvait rompre le sortilège. Néanmoins, la composition du philtre lui déplaisant, elle avait opté pour un sachet de poudre de chauve-souris.

Vous en jetez une pincée par-dessus l'épaule du jeune homme et il ne pourra plus se détacher de vous.

Encore fallait-il en avoir l'occasion sous le regard d'un témoin et alors que l'œil de son commissaire aux morts étranges semblait toujours aux aguets.

La visite de sa demeure accomplie, Volnay fit asseoir la jeune fille dans son meilleur fauteuil et ajouta deux bûches dans le feu, lui proposant ensuite une boisson qu'elle déclina. Surpris de tant de sociabilité de la part de son fils, le moine hochait la tête d'un air approbateur. Enfin, lorsqu'ils furent tous assis près de l'âtre, gagnés par une douce tiédeur, Volnay s'enquit des raisons de la visite de l'Écureuil.

— J'ai retrouvé l'homme dont vous m'avez parlé dans une taverne, expliqua-t-elle. J'ai fait en sorte qu'il me remarque et très vite je…

Elle baissa les yeux gênés.

— Je lui ai plu… Il voulait… enfin… je lui ai dit que ce n'était pas possible car j'avais un autre rendez-vous. Il n'était pas très content de ce contretemps mais je lui ai proposé de le revoir le lendemain. Il m'a donné rendez-vous devant le jardin des Tuileries demain matin, dimanche, à neuf heures.

— Vous êtes très habile, apprécia le moine.

— Merci, dit Volnay. Merci !

Il alla à son cabinet de travail et en sortit une bourse. L'Écureuil le rejoignit vivement et posa la main sur son poignet.

— Je ne veux pas d'argent pour cela.

Elle hésita.

— Ce que j'ai accompli, c'est pour vous…

Dans un coin de la pièce, le moine eut un sourire entendu.

— Je serai chez vous demain à huit heures, dit-elle doucement.

— Plutôt sept, si vous le permettez, j'aime arriver à l'avance.

— Comme vous le désirez…

Elle se haussa sur la pointe des pieds pour lui donner un baiser sur la joue. Alors il se passa une chose étonnante, loin de la repousser, Volnay se pencha sur elle pour chercher ses lèvres et accompagna tendrement son baiser tout en la serrant contre lui.

Oh, se dit le moine, *mon fils s'humanise !*

Oh, pensa l'Écureuil, *je n'ai même pas eu à jeter ma poudre de chauve-souris !*

Hélène avait parcouru la ruelle de l'Or dans la journée, observant et posant des questions, la bourse à la main pour délier les langues. Finalement, elle s'arrêta devant la maison de la Dame de l'Eau. La neige recouvrait tout mais des traces fraîches ornaient celle-ci. Un animal était sorti de la maison pour se soulager et avait gaiement gambadé sur l'étendue blanche. Hélène observa un instant les empreintes, cligna des yeux sous la luminosité trop forte puis se détourna et reprit le chemin de sa maison.

Entrée dans son appartement du faubourg Saint-Jacques, Hélène fit le tour de la pièce après avoir allumé les bougies. La clarté de celles-ci jeta des lueurs incendiaires sur le cercle qu'elle traçait en disposant autour d'elle les chandeliers. Les lueurs dorées dans ses beaux yeux verts semblèrent lutter contre le noir des prunelles. Une plainte sourde, presque un gémissement, s'exhala de la poitrine de la jeune femme.

Lorsqu'elle était enfant, le soir, Hélène rejoignait sa mère apothicaire dans la salle de préparation où elle la trouvait devant ses balances, une balance avec scrupule et une balance à trébuchet. Elle y pesait minutieusement ses préparations car si une dose guérissait, une infime proportion supplémentaire pouvait aussi tuer. Hélène se promenait alors au milieu des bassines et des chaudrons, admirant au passage les moules à pilules ou les alambics dans lesquels sa mère préparait les eaux distillées.

Sa mère lui racontait parfois des légendes d'un autre temps. L'homme est un dieu fourvoyé qui ne se souvient plus des cieux car son œil a mesuré tout l'abîme de la nuit. Mais, si l'homme est tombé, la rassurait-elle, il conserve sans le savoir certaines des facultés que Dieu lui a données. Ce pouvoir endormi, pour d'obscures raisons, quelques-uns encore savent le réveiller...

Quelques-uns...

Assise en tailleur, les mains reposant sur ses genoux, paumes ouvertes, Hélène cligna des paupières. Ses yeux semblèrent alors

se révulser et elle se mit à psalmodier d'une voix caverneuse et dans une langue qui ne ressemblait à nulle autre sur cette terre :
— *Atha Gabor Leonam Adonaï!*

XXII

DÎNER D'ESPRIT ET AUTRES DIABLERIES

Dans les bureaux d'esprit des salons de la bourgeoisie, régnait une légèreté qui n'existait pas à Versailles. La cour fascinait encore mais n'attirait plus. Beaucoup de grands de ce monde qui n'avaient plus rien à obtenir du roi préféraient habiter à Paris et s'y divertir. La capitale dictait désormais le ton en matière de bon goût et d'art de vivre.

À une cour rigidifiée par l'étiquette, se substituait ici la plaisante réunion d'une bonne société. Le snobisme n'en était pas absent mais sans affectation outrée et le ton de la conversation restait badin. L'hôtesse y recevait toutes les attentions galantes propres à la contenter et un public divers s'y pressait : poètes ou hommes d'affaires, comédiens ou négociants, gens de lettres, danseuses et demi-mondaines. La seule obligation était de laisser tous ses soucis à l'entrée du salon. On ne tolérait ni les gens frustes, ni les esprits chagrins. La vie se résumait au jeu, à l'art de la conversation, au rire et au plaisir de faire la cour et d'aimer.

À son époque, et sous son propre nom, le moine avait fait fureur dans ce type de soirées, dispensant bons mots et saillies drolatiques, inventant des charades et poussant le couplet en chantant fort juste. Parmi les plus anciens, on l'accueillit donc avec curiosité mais le vrai centre d'intérêt restait Mme de Morange, mélange fascinant de jeunesse à demi éteinte et de grâce espiègle.

Elle portait une robe de soie bleue rayée d'argent avec des motifs de ruban floral et des manches pagodes à double volant. Un collier de perles fines ornait sa gorge. Le haut du corset replié à la naissance des seins laissait apercevoir deux globes d'un blanc laiteux. Sa main agitait nonchalamment un éventail brodé.

Le souper était un ambigu. Tous les mets se trouvaient sur la table de manière à exciter l'appétit par la vue et le sentiment du beau. La salle se parait de lumières qui se réfléchissaient dans la porcelaine délicatement ouvragée et jusqu'à la pointe des couverts. Dans leurs flacons du cristal le plus pur, vins et liqueurs brillaient de mille éclats. Pâtisseries et confitures sèches ornaient le milieu du jour de table. Les colonnades de sucre des gâteaux miroitaient de couleurs roses ou jaunes sous les girandoles de lumière. Viandes, poissons, tourtes et chartreuses entouraient les desserts en cercles concentriques, entremêlés de sauces ou de crèmes de toutes les couleurs. Les corbeilles débordaient de pain blanc en forme de cygne ou de tourterelle. L'image de ces mets se projetait en même temps que les flammes des chandelles dans une succession de miroirs vénitiens des plus exquis.

L'hiver étant là, d'exquises guirlandes de fleurs en papier remplaçaient les plantes. Elles ornaient vases et urnes, serpentant auprès des chandeliers tandis que des lierres se trémoussaient autour des lustres de Murano. On avait même poussé la délicatesse à figer dans de la gelée des herbes et des piments de couleur.

On passa bientôt à table et le moine nota la ronde parfaite des valets débarrassant par la droite, dans un seul mouvement semi-circulaire, l'assiette usagée tout en introduisant la nouvelle par la droite.

De nos jours, apprécia-t-il, *le bon service se perd. Voilà une maison où l'on sait tenir son rang!*

Après le bon dîner de quatorze heures, il se contenta des plats les plus proches de lui, à savoir des écrevisses cuites à l'eau et farcies de laitance de carpe avant d'être rôties au beurre et panées à la mie de pain. Il goûta aussi par distraction à un saucisson royal à base de chair de perdrix et de chapon crue, assaisonnée d'épices, de champignons et de truffes. Il ne s'en soucia pas plus que cela car il mangeait maigre le premier jour de la semaine et soumettait son corps au jeune le second.

La conversation ne l'intéressa guère car sa venue avait pour seul but de questionner Mme de Morange. Néanmoins, il lui fallait justifier sa place et le moine n'était pas homme à passer pour un cul pincé ou un sot d'esprit même si l'assemblée cherchait surtout le bon mot qui ferait rire l'hôtesse ou la flèche qui percerait le cœur d'un rival. Les convives prenaient des airs fins et entendus, adressant à leur interlocuteur de fades sourires. On développait, dans ce qui se prenait pour la bonne société, la raillerie au rang d'un art. Avec une politesse extrême, on amenait sournoisement la victime dans le ridicule en approuvant tout ce qu'elle disait, en l'exagérant même à l'extrême.

— Dieu a décidé qui naîtrait pauvre ou riche, il n'y a rien à redire là-dessus, lançait justement un nobliau qui, de notoriété publique, devait son titre à l'enrichissement de son père dans le commerce des esclaves.

— Dieu a très certainement pourvu aux quartiers de noblesse de chacun et décidé quelles familles participeraient ou non aux saintes croisades, répliqua vertement le moine.

L'autre rougit. C'était lui faire subtilement remarquer sa position de parvenu.

— Les croisades n'ont pas été la seule façon de servir Dieu, remarqua-t-il.

— Certes, il n'y a pas de sots métiers, admit le moine. Les petits Savoyards sont bien utiles pour ramoner les cheminées et permettre à la fumée de celles-ci de grimper haut vers le ciel.

— Je ne vous parle pas des petites gens! s'emporta le nobliau.

Le moine se rafraîchit avec une douce plombières avant de répliquer :

— Il n'y a pas de petites gens, simplement des petites personnes! Tenez, prenez les marchands d'esclaves…

Des rires moqueurs fusèrent autour de la table. Les regards se portèrent vers le fils du marchand d'esclaves. Sans bonne répartie, son sort était scellé dans la bonne société.

— Et moi, je vous réponds que petites gens et petits métiers sont une seule et même chose car Dieu l'a ainsi décidé! lança le parvenu.

— Vous prêtez sans savoir à Dieu beaucoup d'intentions, répondit le moine d'un ton mordant. A-t-il voulu que des enfants meurent de faim ou de froid tandis que vous vous gorgez de carpes bien grasses ou de cochon de lait?

— Dieu pourvoira au bien-être des méritants dans l'au-delà! Je doute que vous en soyez avec votre esprit hérétique et séditieux.

Le moine lui jeta un regard glacial.

— On dit que les choses qui mènent l'homme en enfer sont au nombre de trois: la calomnie, l'endurcissement et la haine. Ce chiffre de trois vous désignera-t-il pour les flammes éternelles?

Le nobliau se leva écarlate, jeta sa serviette par terre et sortit après avoir salué la maîtresse de maison. Un silence gêné tomba dans la pièce. Le moine fut le premier à le rompre.

— Cette plombières, dit-il en agitant nonchalamment sa cuillère, est à damner le saint que je ne suis pas.

Des rires coururent le long de la table et la conversation reprit son cours. Le souper terminé, on passa dans un salon pour organiser des parties de pharaon. Les invités s'éparpillèrent autour des tables, sortant leur bourse pour miser. Un joueur représentait la banque et possédait les cinquante-deux cartes, les deux autres, nommés *les pontes*, misaient sur une nappe de velours de soie.

Le moine rejoignit Mme de Morange dans son boudoir, une ravissante pièce aux lambris imprimés d'un rose tendre. La pièce sentait le jasmin comme si l'on venait d'y brûler un parfum. Dans une niche peinte couleur lilas, une ottomane reposait sur un parquet de marqueterie. La maîtresse de maison s'y allongea voluptueusement et darda sur lui un regard flamboyant.

— Vous avez manqué ruiner ma soirée, lui reprocha-t-elle vertement.

— Ce grand singe n'a eu que ce qu'il méritait!

— Quand même, vous êtes bien prompt à offusquer mes invités, ces petits marquis ce matin et ce soir…

— Un fils de marchand de viande humaine.

— Sont-ce vraiment des hommes que l'on envoie travailler dans les îles?

— Oui, madame, je vous l'assure, répondit gravement le moine, et ils ont une âme et des sentiments comme vous et moi.

Enfin, surtout moi, pensa-t-il fugitivement, en contemplant Mme de Morange.

Il la jugeait désormais sans plus de cœur que les hommes et les femmes de son époque, sa seule conscience, légère, semblant née de la jambe gauche.

— Vos idées nous amèneraient tout droit à... à une révolution ! s'exclama-t-elle. Et d'abord, pourquoi s'appesantir sur une idée ? On peut bien disserter sans raisonner !

— Parler pour ne rien dire me fatigue !

— Allons, mon bon Guillaume, lui dit-elle en lui pressant affectueusement la main, laissez tomber vos bonnes causes et parlons plutôt de vous.

Le moine ne se laissa pas enrober par son sourire sucré.

— Madame, je me suis plié à toutes vos exigences. J'ai participé à votre souper, j'ai donné la réplique à vos caniches, j'ai aboyé avec eux contre les gens qu'on peut se permettre de moquer mais il est tard et je suis fatigué. J'ai une enquête à mener et besoin de réponses. Mon ami Sartine n'apprécierait pas de me voir perdre mon temps dans les soupers.

— Oh, Sartine...

Elle semblait soudain en avoir moins peur. Le moine lui jeta un regard aigu et ajouta :

— Le procureur Siltieri s'occupe également de cette question et il n'est pas homme facile !

À la mention de Siltieri, Mme de Morange s'agita, mal à l'aise.

— Que venez-vous me menacer ? gémit-elle. J'étais si tranquille dans mon hôtel à recevoir mes amis et à jouir de la vie. J'en avais même oublié jusqu'à...

— Jusqu'à l'existence de votre fille, termina sèchement le moine. J'avais bien compris !

Il la considéra d'un œil neuf, conscient d'avoir devant lui les restes d'une enfant gâtée, une poupée de porcelaine dans une maison de marbre, une femme qui se nourrissait du regard que les autres portaient sur elle, une personne qui recevait mais ne donnait rien.

On est parfois bien surpris de retrouver plus tard qui l'on a aimé, pensa tristement le moine.

— Ma question est simple, reprit-il d'une voix glaçante, à l'époque vous fréquentiez plusieurs hommes à la fois. J'en étais. Sartine, de même. Peut-être d'autres… Et puis, le roi vous avait remarquée… Qui est le père de Sophia ?

Mme de Morange froissa nerveusement les plis de sa robe et releva la tête, les larmes aux yeux.

— Vous me pressez de questions sur mon enfant, que se passe-t-il donc ? Lui est-il arrivé quelque malheur ?

Le moine secoua la tête d'un air désapprobateur.

— Madame, vous n'avez pas vu votre enfant depuis sa naissance. Me trompé-je ? Non ! Alors, ne parlons pas de sentiment ou d'émotion et gardez au sec vos jolis yeux.

Elle ravala ses larmes.

— Que savez-vous donc de l'instinct maternel, moine du diable ? J'avais dix-sept ans lorsque je la mis au monde. Dix-sept ans !

Il lui renvoya un sourire dur.

— Madame, vos remords et vos regrets sont tardifs et je ne peux qu'y compatir mais, encore une fois, j'ai à faire. Je mène une enquête pour laquelle je dois trouver des réponses. Je vous repose donc une dernière fois ma question : qui est le père de Sophia ?

Mme de Morange le fixa, le regard vide.

— Après tout… dit-elle simplement.

Malgré lui, le moine contempla ses lèvres pleines et rouges, suspendu à celles-ci comme si le reste de sa vie en dépendait.

— Le père de Sophia… commença-t-elle.

Il se pencha en avant, son cœur cognant durement contre sa poitrine.

— C'est le roi, termina-t-elle.

Comme frappé d'apoplexie, le moine chancela.

— Le roi, répéta-t-il. Bien sûr, que je suis bête…

Le moine fit quelques pas dans la rue déserte et, frissonnant, ramena son manteau au plus près de son corps. Le vin cognait trop dans son crâne, il trébucha sur le sol glacé. Dans la rue de lourdes masses d'ombre semblaient se précipiter sur lui. Il se releva et fit quelques pas en expirant doucement, laissant la brise caresser ses tempes et rafraîchir son front, abandonnant au vent ses idées noires. Ardemment, il avait souhaité que Sophia fût de lui mais il n'en était rien. C'était l'enfant d'une crapule royale. Sur terre, le mal régnait et la justice n'existait pas. Seules subsistaient quelques âmes de bonne volonté.

Peut-être que les satanistes ont raison : le diable tient Dieu prisonnier de son ciel!

En faisant le tour de l'hôtel particulier, il surprit le manège du cuisinier et de l'intendant, revendant déjà à quelques traiteurs les restes du dîner dont les invités s'étaient régalés.

Sophia… Accablé de chagrin, le moine prit le chemin du retour et bientôt la nuit l'avala. Les rues obscures de Paris semblaient étrangement calmes par rapport au brouhaha de la journée. Il passa devant le Palais-Royal. On y jouait ou on soupait en caressant les filles. Il obliqua rue du Coq en direction du Vieux Louvre. Des cabarets italiens s'échappaient déjà des mélopées avinées et il se mit à chantonner à l'unisson. Alors la nuit fut trouée d'éclats métalliques et l'enfer se rua sur lui.

— Tue! Tue!

C'était le cri des assassins qu'ils poussaient autant pour se donner de l'audace et de la rage que pour impressionner leur victime. Brutalement dégrisé, le moine dégaina son épée et se mit souplement en garde. Une lueur froide et affûtée brillait maintenant dans son regard. Tirant sa dague de la main gauche, il para les coups d'épée de chacun de ses assaillants. Le moine en compta quatre, armés de lourdes rapières et conduits par un grand roux malingre au visage balafré de la joue au menton.

— Tue! Tue!

À chaque attaque, le moine encaissait sans broncher cette détermination à l'assassiner. Il parait au plus pressé, défendait, attaquait sans se départir de son calme et la sueur coulait le long de son visage buriné. À un moment, une lame lui entailla le dessus de la main qui tenait la dague.

Ils sont trop nombreux, je n'y arriverai pas.

— À l'assassin, cria-t-il d'abord sans conviction puis d'une voix de plus en plus forte.

Il para de justesse un coup au ventre et, du revers de sa dague, ouvrit la gorge de son adversaire qui s'était trop fendu pour lui porter le coup.

Trois! fit intérieurement le moine. Il avait cessé de crier "À l'assassin!". Personne ne viendrait et les gens restaient peureusement derrière leurs fenêtres, s'efforçant de distinguer dans le noir le féroce combat engagé dans la rue. Le moine ne s'en formalisa pas. Il avait appris de la vie à ne pas trop attendre le secours des autres lorsqu'il se trouvait dans le besoin.

De nouveau, une pluie de coups s'abattit sur lui mais de manière trop désordonnée. Avec un calme hallucinant, le moine bloqua l'attaque de ses adversaires et riposta aussitôt. Comme l'un de ses agresseurs se ruait seul sur lui, il dégagea et, glissant sa lame sous le bras de l'autre, le blessa profondément.

Les assassins hésitèrent. Le moine était un homme terrible les armes à la main. Rares étaient ceux qui possédaient comme lui le sentiment du fer, cette faculté de sentir en une fraction de seconde, au contact de la lame de l'adversaire, si celle-ci s'engageait par-dessous ou par-dessus et si l'autre s'apprêtait à attaquer, croiser, retourner ou dégager. Avec une adresse diabolique, il para un coup porté à son cœur et repoussa ses assaillants en claquant leur fer. Une détermination effrayante irradiait de toute sa personne. L'agresseur blessé à l'épaule recula, vacillant sur le sol glacé. Le moine se rua sur lui et l'embrocha sans un battement de cils. C'en était trop pour l'un des spadassins qui tout à coup fit volte-face malgré les imprécations de son chef. Le rouquin se retrouva seul face au moine et là celui-ci sut que cela allait être une autre affaire. C'est alors qu'un cri jaillit dans la nuit.

— Halte-là, le guet!

Le rouquin recula de plusieurs pas avant de tourner les talons et s'enfuir dans la nuit. Le moine fit de même mais dans une direction opposée. Manifestement, aucun des deux combattants ne se fiait aux archers du guet.

La pie jacassa lorsque la porte s'ouvrit, heureuse de revoir autour d'elle son petit monde. Volnay jeta un regard épouvanté au sang qui gouttait par terre.

— Que s'est-il passé? Tu es blessé?

— Un simple bobo, fit le moine avec une mâle assurance. On a essayé de m'assassiner au sortir de l'hôtel de Mme de Morange. Peux-tu m'aider à bander ma main?

Son fils se précipita. Le moine lui indiqua comment nettoyer la blessure avant de la bander.

— Des spadassins de bas étage, gronda-t-il, ce n'est pas faire honneur à un escrimeur de ma qualité qui en a refroidi cent en duel!

— Huit, père.

— Huit en duel officiel avec témoins mais bien plus en réalité! Enfin, seul le rouquin tirait correctement mais des rouquins Siltieri nous dirait que leurs cheveux ont été brûlés par les flammes de l'enfer!

Volnay étouffa un sourire.

— Hélène n'est toujours pas revenue? s'inquiéta le moine.

— Es-tu seulement passé chez toi?

— Oui et elle n'y est pas.

Le commissaire aux morts étranges haussa les épaules.

— Qu'as-tu appris là-bas? s'enquit-il enfin.

Pour une fois, le moine fut bref.

— Que Sophia est la fille du roi!

Volnay tressaillit. L'affaire commençait dans un cimetière et le menait maintenant tout près du roi, dans sa propre descendance! Mais où donc étaient-ils encore tombés?

— Notre maître joaillier est marié à une femme qui ne peut avoir d'enfant, récapitula-t-il. Celle-ci lui demande d'adopter un jour la fille de Belle Ange, elle-même maîtresse du roi. Recevant pour cela une pension, et après la mort de sa femme, il vend son commerce et abandonne son métier pour se consacrer à sa passion : les étoiles. Puis il laisse sa fille adoptive s'élever toute seule…

— Peut-être en voulait-il au monarque pour avoir introduit sans le vouloir son propre enfant dans son foyer, le privant de l'affection de sa femme? hasarda le moine.

— En tout cas, ce père adoptif s'intéresse à la sorcellerie et au roi! Souviens-toi que, lorsque nous avons visité l'astrologue, il nous a caché qu'il établissait le thème astral de Louis XV! Ce n'est donc pas un hasard si l'on retrouve cette fille de roi allongée nue sur une tombe! Et pour une messe noire!

— Pour un rituel d'envoûtement, le corrigea le moine. Souviens-toi du livre de l'astrologue. Le rituel nécessite une conjonction bien précise d'étoiles, la célébration d'une messe noire et le sacrifice d'une victime. Mais attention, il s'agit d'un envoûtement par le sang. La personne à envoûter doit être du même sang que la victime.

— Et Sophia est la fille de Louis XV!

Ils se regardèrent stupéfaits.

— C'est le roi que l'on veut envoûter! s'exclama Volnay.

XXIII

CHEVALIER SATANISTE
ET AUTRES DIABLERIES

Comme une pointe en diamant, les rayons du soleil vinrent se poser avec délicatesse sur l'Écureuil lorsque le commissaire aux morts étranges lui ouvrit la porte. Elle eut un sourire céleste quand Volnay l'invita à boire un café. Le moine arriva bientôt et lui baisa galamment la main.

— Je suis de plus en plus inquiet, Hélène n'est pas rentrée de la nuit, glissa-t-il à son fils.

Volnay lui jeta un regard moqueur.

— Et pourquoi donc cette jeune femme rentrerait-elle chez toi tous les soirs?

— Mon Dieu, c'est ce qu'elle fait depuis le début de cette enquête. Je n'ai aucune nouvelle d'elle et je ne sais où et comment la joindre.

— C'est elle qui en a décidé ainsi! Pour ma part, je l'ai quittée hier matin avant de partir voir Sartine. Elle ne m'a rien confié de ce qu'elle comptait faire.

Le moine refusa le café qu'on lui proposait et s'appliqua à lisser sa barbe d'un air pensif. Enfin Volnay donna le signal du départ pour le jardin des Tuileries. Deux statues représentant Mercure et la Renommée chevauchant un cheval ailé flanquaient l'entrée principale. Haut lieu de promenades mondaines, les entrées en étaient toujours gardées et n'importe qui n'était pas admis. L'Écureuil eut un sursaut en lisant l'écriteau à l'entrée du jardin *"Interdit aux chiens, aux filles, aux laquais et aux soldats"*. Remarquant son trouble, le policier lui tendit son bras et entra avec assurance avec elle et son père, passant sans un regard pour le factionnaire de service.

— Comme c'est beau, chuchota l'Écureuil à l'oreille de son compagnon. Je ne suis jamais venue ici.

Le moine observa avec désapprobation le maintien raide de Volnay alors que la jeune fille à son bras n'attendait de toute évidence que compliments et badinage.

Pourquoi lorsqu'il est avec une femme mon fils donne toujours l'impression de marcher sur des épines ?

— Nous sommes en avance d'une heure, reprit l'Écureuil pour meubler la conversation.

— C'est mieux ainsi. Mon père et moi avons l'habitude d'arriver toujours au moment où l'on ne nous attend pas. Cela nous a parfois appris des choses intéressantes !

Jardins de galanterie aux beaux jours, les jardins sous la neige étaient presque déserts. Volnay observa l'allée centrale percée dans l'axe du palais des Tuileries et délimitée à l'est par un bassin rond, à l'ouest par un bassin octogonal. Louis XIV avait fait redessiner les jardins par André Le Nôtre qui avait introduit des terrasses dotées de rampes en courbe pour y accéder. Le commissaire aux morts étranges remarqua une silhouette connue emprunter l'une d'elles. Il s'immobilisa comme un chien en arrêt, les narines frémissantes.

— Je connais cet homme, murmura-t-il.

— Mon Dieu, dit le moine, n'est-ce pas Sartine qui vient ?

— C'est bien lui, confirma son fils.

— Étonnant ! Mais alors...

— Alors, cachons-nous !

Ils quittèrent précipitamment l'allée centrale, contournèrent les parterres qui refleuriraient au printemps et trouvèrent derrière un bosquet de sapins un bon point d'observation. Leur attention fut alors attirée par un homme à la large carrure marchant à grands pas entre des haies de buis. Ses bottes écrasaient la neige, faisant voler autour de lui des nuages d'une fine poudre blanche. L'Écureuil laissa échapper une exclamation :

— C'est lui !

— L'homme du cimetière ! s'exclama le moine. Voici donc l'atout dans la manche de Sartine : un sataniste !

— Mieux vaut qu'il ne sache pas que nous savons ! murmura son fils. Restons dissimulés à leurs yeux.

Ils observèrent en silence les deux hommes qui parlaient vivement. Sartine s'agitait nerveusement et ses gestes étaient de plus en plus brusques. Finalement, le lieutenant général de police tourna les talons et s'en fut à grands pas, fort mécontent.

— Les voilà qui se séparent ! s'exclama le moine. Que faisons-nous maintenant ?

— Laissons Sartine repartir, il doit avoir sa voiture non loin de là. Je vais suivre le sataniste avec Gaston et cette fois je lui mettrai la main dessus.

— Il m'a l'air dangereux, je viens avec toi.

— Tu es très repérable avec ta bure et je préfère que tu raccompagnes mon amie jusqu'à une voiture.

— Certes ton épée n'est pas pucelle mais je serais plus rassuré si...

— Ne t'inquiète pas, le coupa Volnay, je te rejoindrai chez moi. Restez là quelques instants avant de quitter les jardins.

L'Écureuil eut une moue attristée.

— Ne puis-je aller avec vous ?

Le moine intervint.

— Mon enfant, vous n'avez pas idée de l'affaire où vous mettez les pieds.

Mais elle ne l'écoutait pas et s'accrochait au bras de Volnay.

— Vous reverrai-je ?

Le policier la contempla un instant et dit :

— Oui.

Il reçut comme une offrande son corps mince contre le sien, la serrant à son tour avec ferveur contre lui puis il s'arracha à son étreinte et, à pas souples, prit la direction de la sortie du jardin.

— Eh bien eh bien... murmura le moine. Mon fils m'étonnera toujours.

Il le suivit des yeux alors qu'il s'éloignait avant de reporter son attention sur l'Écureuil.

— Je vois que vous vous entendez bien avec mon... euh... avec le commissaire aux morts étranges.

Elle rougit pudiquement.

— Oui, enfin je crois. Il n'est pas toujours facile à cerner.

Le moine approuva, amusé. Vive et éveillée, la jeune fille lui plaisait.

— Voyez-vous, fit-il en lui prenant le bras et en l'entraînant hors du jardin, dans l'exercice de son métier Volnay est un homme froid et rationnel. Mais en compagnie des femmes, il est capable de se montrer tout à fait ridicule !

— Pourquoi donc ?

Le moine haussa les sourcils.

— Mon... euh... Volnay aimerait pouvoir tout maîtriser dans sa vie, y compris ses sentiments.

Il soupira.

— Pour ma part, j'y ai renoncé depuis fort longtemps !

Le commissaire aux morts étranges se glissa hors des jardins des Tuileries. Déjà, l'épaisse silhouette du sataniste disparaissait à l'angle d'une rue. L'homme marchait très vite. Volnay courut pour le rattraper mais, lorsqu'il arriva au carrefour, l'autre avait disparu.

— Psitt !

Le commissaire aux morts étranges repéra une silhouette qui semblait changée en statue de glace. L'homme grelottait, dissimulé à moitié dans une porte cochère.

— Ah, les mouches de Sartine sont parfois bien utiles ! souffla Volnay.

Il le rejoignit rapidement.

— Alors, la mouche, dis-nous ce que tu as vu ! lança gaiement le policier.

— Il a pris la première rue à droite et va traverser la place Louis-le-Grand, dit Gaston en battant des bras pour se réchauffer. Venez ! Il va très vite !

Ils le retrouvèrent rue des Capucins, marchant lourdement botté et éperonné, l'épée aux côtés, comme un condottiere. Deux yeux de prédateur brillaient dans son visage anguleux d'où saillaient deux pommettes sèches. Volnay le suivit jusqu'à une enseigne représentant un bras tenant une épée. L'homme entra au rez-de-chaussée de la maison. Le commissaire aux morts étranges échangea un signe discret avec Gaston pour lui indiquer de l'attendre avant de se glisser à son tour dans les lieux.

Il se retrouva dans une salle d'armes où résonnait le bruit des fleurets entrechoqués. Le sol était parqueté mais patiné et usé par les semelles des combattants. Tout un pan de mur était couvert de glaces dans lesquelles se reflétaient les fleurets accrochés dans un râtelier. De grandes fenêtres dispensaient la lumière terne du jour. Dans un coin de la salle, trônait un cheval de bois pour apprendre l'escrime à cheval.

Maigre et nerveux, le maître d'armes portait une ample chemise de batiste aux manches larges, les poignets à boutonnière rentrés dans les gants. Il discutait avec le sataniste lorsqu'il aperçut Volnay. Il interrompit sa conversation pour s'approcher de lui.

— Monsieur, désirez-vous une leçon? Mes deux élèves terminent leur engagement et je devrai m'occuper de monsieur qui vient d'arriver, à moins que tous deux vous ne souhaitiez croiser le fer ensemble?

— J'en serai ravi, fit Volnay en s'inclinant légèrement.

Le maître d'armes revint vers le sataniste qui feignait l'indifférence. Celui-ci l'écouta et hocha brièvement la tête en signe d'assentiment. Il jeta ensuite un regard lourd sur Volnay avant de s'incliner pour le saluer. Le policier lui rendit son salut. Puis les deux hommes attendirent, les yeux fixés sur l'échange en cours, évitant de s'observer.

Les combattants s'affrontaient, vêtus d'un plastron bourré d'une laine épaisse maintenue entre deux grosses toiles recouvertes d'une épaisseur de cuir. Au centre du plastron, un cœur de cuir rouge était dessiné. Les fleurettistes battaient souvent l'air de leur fer, peinant à se trouver tant ils faisaient preuve de prudence, ne se risquant que pour esquiver des bottes maladroites sans les mener à leur terme. L'assaut achevé, le maître d'armes donna quelques conseils aux combattants. Une fois ceux-ci sortis, il revint vers Volnay et le sataniste, tenant à la main deux fleurets mouchetés par une bourre de tissu enveloppée de cuir, maintenue par une cordelette à l'extrémité de l'arme.

— Messieurs, dit-il, je ne vous connais pas, aussi vais-je vous observer dans un premier temps. Désirez-vous un plastron pour amortir les coups?

— Pour moi, ce n'est pas la peine, dit le sataniste. Je ne crois pas que monsieur puisse me toucher.

— C'est drôle, fit Volnay, j'allais dire la même chose!

L'autre le considéra pensivement et fendit l'air de son épée avec une nonchalance affectée.

— Je pense que je peux vous donner une petite leçon…

Le maître d'armes intervint.

— Messieurs, ce n'est qu'un échange d'observation. Pas de touche au visage ou de bousculade. N'oubliez pas que l'escrime se résume en cinq points : le sentiment du fer, le coup d'œil, le jugement, la vitesse et la précision.

Il leva le bras.

— Messieurs, saluez! En garde! Allez!

Les fers teintèrent et s'entrechoquèrent. La garde du sataniste était parfaite. Tout de suite, le commissaire aux morts étranges comprit que son adversaire était redoutable. Combattant expérimenté, il alternait avec vivacité attaque et contre-attaque. Volnay tenta de prendre l'offensive mais se vit stoppé. L'autre battit alors brusquement sa lame et tenta un coup d'estoc avant de se fendre. Le policier recula prudemment, tenant sa garde en prime. Son adversaire attaqua de nouveau, tenta une botte, avançant toujours. Volnay porta sa garde en prime et se cantonna prudemment à une position défensive dans l'attente d'une ouverture. Le maître d'armes approuva ce choix tactique d'un bref hochement de tête.

Le sataniste attaquait maintenant sans relâche, le pressant de plus en plus. Volnay reculait tout en tentant de se préserver. D'un geste vif, son adversaire arracha la mouche de son épée et bondit en avant. Ses yeux avaient pris une teinte farouche.

— Monsieur! cria le maître d'armes.

Il n'eut pas le temps d'intervenir. Après un mouvement d'une rapidité inouïe, l'épée du sataniste se posa sur la gorge de Volnay.

— Monsieur, fit son adversaire, vous êtes mort!

Le commissaire aux morts étranges ne cilla pas. Son heure n'était pas venue et il le savait. D'un coup d'épée sec, le maître d'armes écarta la lame du sataniste.

— Monsieur, votre attitude est inqualifiable!

L'autre eut un rictus sardonique et, sans quitter Volnay des yeux, répondit :

— Pardonnez-moi, maître, c'était pour donner un peu de piquant à l'exercice !

Le policier fit un pas en avant, empêchant ainsi son adversaire de brandir son fleuret.

— Monsieur, dit-il, je suis commissaire au Châtelet et je vous déclare de prise de corps.

Un grand rire ébranla le sataniste pour se terminer dans ce qui ressemblait au hennissement d'un cheval.

— Vous voulez me faire prisonnier ? Eh bien attrapez-moi d'abord !

Il se jeta sur son adversaire pour lui asséner au menton un coup de la garde de son épée puis bouscula le maître d'armes et se précipita hors de la salle. Pendant ce temps, à terre, Volnay comptait les étoiles. Le maître d'armes alla chercher un flacon de sel et aida le policier à se mettre debout.

— Cet homme est fou, grommela-t-il.

— Est-ce un de vos clients ? demanda le commissaire aux morts étranges.

— C'est la première et dernière fois que je le vois, répondit fermement l'autre.

Il hésita et ajouta :

— En tout cas, c'est un redoutable bretteur. Je vous conseille de l'éviter car la prochaine fois, il pourrait bien vous tuer !

Volnay ignora le conseil et sortit rapidement. Dans la rue, il repéra Gaston qui revenait, tout essoufflé.

— Tu l'as perdu ?

— Diable commissaire, il court plus vite qu'un chien. Quand il s'est élancé dehors, j'ai… j'ai couru à sa poursuite mais il… il était trop rapide pour moi !

Il se cassa en deux les mains sur les genoux, soufflant bruyamment.

— Tu manges trop, fit Volnay. Cela t'alourdit. Jamais chat emmitouflé ne prit souris !

— Commissaire, les mouches n'ont pas pour fonction de courir mais de suivre ! Pas besoin d'être maigre pour espionner.

Le policier ne répondit pas. Sur ses épaules pesait le poids d'échecs répétés : la Vorace d'abord, Sophia puis le sataniste par deux fois. Ce dernier était un adversaire tout bonnement redoutable. Son assurance incroyable le disputait à son arrogance. Il semblait ne rien craindre de personne. Au cimetière, lors de l'enterrement de Sophia, il s'était sans vergogne signé à l'envers, révélant son identité de sataniste. Quelques minutes auparavant, il avait choisi d'affronter Volnay en combat singulier, s'offrant même le luxe de lui faire grâce de la vie.

Il virevolte trop, songea le policier. Un peu comme s'il voulait que l'on s'attache à ses pas plutôt qu'à ceux de son complice l'astrologue. À moins que son assurance ne provienne de la haute protection de quelqu'un.

— Dis-moi Gaston, dit-il, tu es seul ?

— Oui, commissaire.

— Et la mouche qui me suit ?

— Lorsque vous êtes entré dans la salle d'armes, je l'ai envoyée chercher du renfort.

Le commissaire aux morts étranges posa une main ferme sur l'épaule de Gaston.

— Dis-moi, mouche mon amie, que dirais-tu d'oublier ce qui vient d'arriver ? Ce ne serait bon ni pour toi ni pour moi que Sartine apprenne que nous avons laissé filer un suspect !

— Je n'osais pas vous le proposer commissaire. Rien n'est advenu, tout est à advenir !

Un sourire éclaira brièvement le visage de Volnay.

— Nous nous comprenons !

Gaston soupira de soulagement.

— Nous sommes des hommes de terrain, commissaire. Dans leurs bureaux du Châtelet, au coin du feu, ils ne se rendent pas compte des difficultés de nos professions !

Pour remercier la mouche de garder le secret sur leur malheureuse aventure, Volnay décida de lui offrir le meilleur repas de sa vie. Aussi, après être allés chercher le moine, les trois hommes s'attablèrent chez un traiteur non loin de là.

C'était un des rares traiteurs où l'on pouvait emporter les plats mais également manger sur place, en arrière-salle *et à sa propre table*, pour ne pas concurrencer les aubergistes. Le premier plat bouleversa Gaston : des yeux de veau farcis au gratin dont les prunelles avaient été avantageusement remplacées par des truffes noires entières. La mouche n'utilisait pas de fourchette mais mangeait en utilisant le pouce, l'index et le médius car, disait-il, les deux autres doigts servaient au diable lorsqu'il mangeait. Le moine lui remplit de nouveau sa flûte en remarquant :

— Tu avais soif mon ami la mouche!

— Ah, soupira Gaston, j'aime le champagne mais le coût m'en a fait perdre le goût!

Après les entremets, les larmes vinrent aux yeux de la mouche à la vue du canard aux huîtres, cuit à la braise et servi baignant dans une sauce liée au coulis de veau et de jambon, avec un peu de lard fondu, des truffes et de petits champignons parfumés.

— Ah, ce doit être très onéreux! commenta Gaston impressionné. Vous jetez la maison par les fenêtres pour moi!

Le commissaire aux morts étranges mangea peu mais les deux autres convives dévorèrent pour lui. Des pots de confitures sèches furent amenés pour dessert car Volnay, qui n'avait pas l'habitude de passer beaucoup de temps à table, estima que l'on pouvait se passer de fromage. La mouche pleura de bonheur en voyant les pots de mûres, framboises, prunes, pommes et poires glisser dans son assiette.

— Pourquoi pleures-tu? s'étonna Volnay.

— Vous êtes si bons avec moi alors que je vous cache tant de choses!

Le moine se moqua.

— Ne voilà-t-il pas que notre mouche devient sentimentale devant des pots de confitures…

— Sans oublier ce merveilleux veau et ce splendide canard aux huîtres, s'écria Gaston, le tout arrosé de cet excellent vin de Champagne!

Il essuya ses doigts poisseux sur sa manche. Volnay lui tapota le bras.

— C'est pour te remercier de ne rien dire au sujet de notre poursuite si mal engagée…

La mouche se frotta le nez avec sa manche.

— Oh pour ça, je suis plus fautif que vous! Non ce qui me peine, c'est cet homme après qui nous avons couru. Aujourd'hui, je l'ai bien vu à la lumière du jour et cette fois plus de doute possible, je l'ai reconnu!

— Alors?

— Il s'appelle Fauve et c'est un inspecteur de police!

Le commissaire aux morts étranges empila les bûches dans la cheminée tandis que son père tirait d'une boîte en noyer une petite fiche. Il la lut avec application après s'être pourvu d'une paire de bésicles.

— Inspecteur Fauve, dit *le chevalier de Fauve* car c'est le nom qu'il prend pour s'introduire officieusement dans certains cercles aisés. C'est d'ailleurs un spécialiste des états civils et des actes de naissance. Le faux en écriture est sa spécialité! Son secteur d'activité est les filles et les salles de jeu. Lorsque Sartine a mis en coupe réglée les maisons de jeu, le chevalier de Fauve lui a été bien utile. L'homme vit sur un certain pied. On dit que plusieurs femmes travaillent pour lui.

Il leva les yeux vers son fils pour apporter un commentaire éclairé.

— Ce n'est pas un cas rare, de nos jours, la probité des policiers laisse à désirer.

Un silence et le moine ajouta d'un ton dramatique :

— Le seul problème est que le chevalier de Fauve est mort, il y a deux ans, assassiné par un condamné qu'il convoyait et qui lui a brisé le crâne à coups de pierre.

— Difficile dans ces conditions de reconnaître un cadavre! remarqua Volnay.

— Le coup a dû être monté pour lui permettre de disparaître officiellement et de travailler dans l'ombre pour Sartine.

— Réfléchissons! décréta le commissaire aux morts étranges en se levant et en commençant à arpenter la pièce.

Cette nouvelle information permettait à son esprit de rebondir, d'échafauder d'autres hypothèses.

— Deux femmes à la messe noire : la Vorace et une inconnue. Trois hommes : l'astrologue, le curé dansant et… le chevalier de Fauve ou Sartine ? Comme à son habitude, Sartine sait tout. Il a suivi la trace de cette enfant dès sa naissance sachant qu'elle provenait de la couche du roi. Une bâtarde peut toujours servir… De plus, il semble remarquablement informé des pratiques de messes noires !

— Sartine… murmura le moine. Comme tu y vas, mon fils ! Disons plutôt le chevalier de Fauve, cela me semble plus plausible.

À cet instant, la porte s'ouvrit brutalement et toute une troupe d'archers du guet envahit la pièce, suivie du lieutenant général de police. Sous son manteau bordé d'hermine, celui-ci portait un habit de velours noir.

— Encore vous ! s'exclama le moine. Décidément, vous n'en finissez plus d'envahir ma maison ! Peut-être désirez-vous y prendre une chambre ?

— Vous ne croyez pas si bien dire ! Dites-moi où se trouve Sophia et je vous tiendrai pour quitte !

— Vous m'avez donné quarante-huit heures pour la retrouver, rappela Volnay indigné.

— Et moi, je crois que vous l'avez déjà ! répondit Sartine en se plantant devant lui.

— Vous vous trompez.

Le lieutenant général de police essaya de sonder le regard de son commissaire aux morts étranges mais, comme tant d'autres, il se perdit dans la profondeur de celui-ci, puits sans fond.

— Fouillez partout ! cria Sartine dépité. Ouvrez les coffres, les armoires, regardez dessous les lits, sondez les planchers et les murs !

Il y eut un vacarme dans toute la maison, ponctué par les cris du moine :

— Ne touchez pas à ce clavecin avec vos gros doigts, vous allez me le désaccorder. Reposez immédiatement ce vase ! Vous, laissez mes plantes tranquilles ou vous vous gratterez le cul toute la nuit !

On rapporta à Sartine des livres reliés en maroquin.

— Qu'est-ce que ceci ?

Le lieutenant général de police lut avec application le titre du livre :

— *Dissertation sur les apparitions des anges, des démons et des esprits et sur les revenants et vampires de Hongrie, de Bohême, de Moravie et de Silésie.*

Il releva la tête et fixa le moine avec ahurissement.

— Je m'attendais à tout, y compris à des facéties scatologiques, mais qu'est-ce donc que ces lectures ? Et qui est son auteur ?

— Dom Augustin Calmet est mort il y a deux ans, répondit le moine. Désolé, vous ne pourrez pas lui passer les brodequins et le livrer au bûcher ! Je le lis par curiosité mais j'avoue que ce n'est pas très sérieux…

— Et celui-ci ? reprit Sartine. *Caractères de magie tracés* de l'abbé de Rocheblanche !

— C'est un saint homme ! dit le moine sans rire.

— *Secrets merveilleux de la magie naturelle et cabalistique du Petit Albert*, continua Sartine impavide.

— Oh, de nos jours tout le monde sait que les salamandres habitent la région du feu, les sylphes celle de l'air, les gnomes le cœur de la terre et les ondins le fond de nos eaux !

— Et encore un autre ! s'exclama le lieutenant général de police. *Cosmopolite ou Nouvelle Lumière chimique pour servir d'éclaircissement aux trois principes de la nature exactement décrits dans les trois traités suivants…*

— *Le Traité du mercure, Le Traité du soufre* et *Le Traité du vrai sel des philosophes*, compléta le moine.

— Belle lecture ! commenta Sartine d'un ton sévère. Je vous félicite !

— Le contenu des livres permet d'en savoir plus sur le monde, expliqua le moine imperturbable. Bien sûr, on pourrait manger les livres pour mieux les digérer mais le plus sûr moyen de s'instruire est encore de les lire !

— Pas ces livres-là ! gronda Sartine.

Le moine secoua la tête.

— Je dénie toute forme de superstition ou d'obscurantisme. Je ne vois ni lutin, ni fée autour de moi. J'estime simplement que la nature recèle d'admirables secrets qu'il nous convient de percer.

— Vouloir percer les secrets de la nature est un outrage au ciel car si celui-ci désirait nous les révéler, il l'aurait fait!

— Je ne vois pas les choses comme vous, répondit paisiblement le moine. La nature me lance un défi, j'y réponds!

— Vous feriez mieux de cesser de lire toutes ces diableries et de demeurer à la place que Dieu vous a assignée!

— Sartine, gronda le moine, cinquante entrées différentes conduisent à la connaissance générale des mystères et vous n'en connaissez pas une seule!

Le lieutenant général de police eut un grognement exaspéré et se tourna vers Volnay.

— Dites-moi où est Sophia et nous en resterons là. Je sais que parfois vous agissez bizarrement mais, pour cette fois, je ne vous en tiendrai pas rigueur!

— Monsieur de Sartine, fit calmement Volnay, je vous ai dit que j'avais besoin d'un peu de temps pour la trouver. Pourquoi remettre en cause notre arrangement?

— Mais parce que je n'ai aucune confiance en vous!

— Je ne peux vous répondre pour l'instant, s'entêta le commissaire aux morts étranges.

— Très bien, fit Sartine en se tournant vers les archers du guet. Tous à la maison du commissaire!

Il toisa Volnay d'un air menaçant.

— Vous nous accompagnez ou préférez-vous que l'on défonce votre porte?

— Je préfère vous ouvrir, les voisins ne comprendraient pas!

Sous les quolibets de la pie, les hommes de Sartine envahirent la maison du commissaire aux morts étranges qu'ils se mirent en devoir de dévaster. Volnay eut un pincement au cœur en voyant les archers du guet saisir ses livres avec leurs grosses mains malhabiles.

— Sartine! Qu'ils ne touchent pas à mes livres! Sophia ne se cache pas entre les pages!

Le lieutenant général de police eut un grognement exaspéré.

— Vous, votre père et vos fichus livres! Vous feriez mieux de vous intéresser aux gens!

XXIV

ENLÈVEMENT DE SOPHIA
ET AUTRES DIABLERIES

La tempête passée, Volnay et son père entreprirent de ranger la maison du commissaire aux morts étranges. La pie jacassait à qui mieux mieux mais les deux hommes gardaient un silence renfrogné. La matinée s'achevait mal. Ils avaient surpris leur supérieur avec un inspecteur de police officiellement mort et suspecté de satanisme, Volnay avait perdu l'homme et Sartine venait de faire fouiller de fond en comble leurs maisons par ses hommes afin de retrouver Sophia. Quant à Hélène, ils en étaient sans nouvelles depuis la veille au matin. Le moine remettait en place une grande glace dans un cadre en bois sculpté et doré lorsque l'on cogna contre la porte.

— Je crois que pour cette enquête le monde entier gravite autour de nos deux maisons ! se plaignit le moine. Si seulement, cela pouvait être Hélène…

— Je vais ouvrir, soupira son fils.

La porte ouverte, il se retrouva devant la gueule menaçante du pistolet du chevalier de Fauve !

— Puis-je entrer cher confrère ?

Volnay recula. Il jeta un bref coup d'œil derrière lui, apercevant le moine glisser sa main sous sa bure, sans doute pour se saisir de sa dague. Comme devinant les mauvaises intentions des occupants de ces lieux, le chevalier de Fauve leva une main en l'air.

— Tout doux, messieurs, je suis venu ici de mon plein gré et je ne suis pas animé de mauvaises intentions. Bien au contraire !

— Prouvez-le, dit calmement Volnay.

— Mais tout de suite !

Le visage illuminé d'un large sourire, le chevalier de Fauve tendit son pistolet à Volnay qui s'empressa de le pointer sur lui.

— Amusant! commenta le moine en sortant sa dague. Mais est-il chargé?

— Il l'est, le rassura son fils.

Le chevalier de Fauve prit un air vaguement ennuyé.

— Puis-je m'asseoir?

Sans attendre de réponse, il ôta son manteau. Dessous, il portait un habit galonné et des manchettes en dentelles. Avec un soupir d'aise, il s'assit sur un fauteuil près du feu et se frotta les mains.

— Quel bonheur de se réchauffer!

Il jeta un regard circulaire à la pièce.

— Une charmante demeure, vraiment. Un peu en désordre toutefois... Ah, voici votre fameuse pie qui parle! On dit qu'elle est très impolie!

— Comment savez-vous où j'habite? le questionna Volnay.

— Oh, je suis un inspecteur de police et votre résidence n'est pas secrète.

— Pourquoi avoir fui ce matin?

Le chevalier de Fauve haussa les épaules.

— Parce que vous vouliez me prendre et que je ne le voulais pas. J'avais à vous parler mais, pour prouver ma bonne foi, il me fallait me livrer à vous de mon plein gré. J'aurais pu vous tuer ce matin, convenez-en. Et j'aurais pu faire de même à l'instant.

— Cela peut aussi constituer une manœuvre, remarqua le moine.

De Fauve porta un regard nonchalant sur lui.

— Vous vivez dans un monde de soupçon. Il vous faut apprendre à faire confiance. Surtout entre collègues...

— Un collègue mort, ironisa Volnay.

L'autre hocha la tête.

— Il y a deux ans, Sartine m'a demandé de mourir pour mieux infiltrer les milieux les plus noirs de la capitale. Pour cette raison, je le rencontre de temps à autre mais jamais au Châtelet, toujours dans un endroit public à Paris et brièvement.

Il avait l'accent de la vérité. Impressionnés, Volnay et son père échangèrent un regard surpris.

— Pourquoi cette mission? demanda le commissaire aux morts étranges.

— Croyez-vous qu'il ne se passe rien derrière les murs des hôtels particuliers de Paris ou même chez le bourgeois? Il y a dix ans, la comtesse de Montboissier et son amant, le duc d'Olonne avec sa maîtresse ainsi que le duc de La Tour d'Auvergne ont traité avec le diable par l'intermédiaire d'un certain Dubuisson, peintre en bâtiment. Celui-ci traça même le cercle dans lequel il allait faire apparaître le diable avec la pointe de l'épée du duc d'Olonne!

Ses yeux s'étrécirent.

— Paris est une ville remplie de secrets, de secrets magiques souvent et cela déplaît à M. le lieutenant général de police. Il veut purger cette ville de ses sorciers ou faux mages. C'est même devenu une obsession chez lui.

Sa grande carcasse se plia en avant et il baissa la voix.

— Il faut dire qu'il s'en passe de belles et que Sartine a raison d'être inquiet. Vous seriez surpris des noms de certaines personnes de haut rang qui se livrent à des pactes démoniques.

Il s'interrompit pour froncer les sourcils comme s'il se souvenait de quelque chose de déplaisant.

— Sartine m'a semblé prendre goût à mes rapports, reprit-il d'une voix soucieuse. Il m'en demande toujours davantage. Mais au fur et à mesure de nos rencontres, il me paraît de plus en plus renseigné sur tout ce qui relève de la magie noire comme si…

— Comme si, dans un même temps, il lisait des ouvrages interdits, acheva le moine.

L'inspecteur hocha la tête.

— C'est cela, oui. Ses questions sont de plus en plus précises et surtout il me questionne sur certains livres très particuliers et me demande comment se les procurer. Il y a deux semaines, il voulait savoir si la main d'un pendu tenant une bougie allumée formait une main de gloire avec de vrais pouvoirs et si la mèche de la bougie devait bien être tressée avec les cheveux du propriétaire de la main! Les notes et manuscrits que je parviens à subtiliser l'intéressent au plus haut point. Il se met aussi à me demander des adresses…

Le moine hocha la tête.

— À trop vouloir sonder l'abîme, on peut s'y perdre…

Le chevalier de Fauve soupira.

— Ne m'en parlez pas! Ces derniers temps, Sartine m'a inquiété. Il ne m'a pas chargé d'enquêter sur l'affaire du cimetière. N'y voyez aucune envie ou jalousie, je n'ai pas pour habitude de mettre ma faucille dans le champ du voisin mais, du fait de mon implication dans le milieu, j'étais le mieux placé pour mener celle-ci, même parallèlement à la vôtre. Au lieu de cela, Sartine m'a occupé à des broutilles.

— Pourquoi alors vous êtes-vous rendu à l'enterrement de Sophia?

— J'ai pris sur moi. Je me disais que peut-être j'y retrouverais des figures connues…

— Vous vous êtes signé à l'envers…

— Pour m'en faire reconnaître au cas où…

— Et Sartine ne vous a jamais demandé d'enquêter?

— Non, il me gardait comme atout dans sa manche, comme il disait, mais en fait, lorsqu'il a daigné se souvenir de moi, c'était pour Sophia.

Le moine tressaillit.

— Oui, dit le chevalier de Fauve, il m'a parlé d'elle. Il voulait que je la retrouve à tout prix. Il ne comprenait pas comment elle pouvait être encore vivante. Je devais découvrir où elle se cachait car elle aurait, m'a-t-il dit, échappé miraculeusement à la mort.

Il se pencha vers eux, l'air grave.

— Sartine cherche cette enfant, elle occupe toutes ses pensées. Il veut la retrouver coûte que coûte!

Le moine s'appliquait à lisser le plumage de la pie à travers les barreaux de sa cage.

— Je me demande si nous avons bien fait de le laisser repartir, soupira-t-il. Que penses-tu de lui?

— Je ne suis pas certain de vouloir lui confier ma pie à garder mais son histoire me paraît crédible, répondit son fils qui arpentait la pièce.

— Oui, tout ceci ne m'étonne guère. La police se soucie fort peu de la noblesse ou des bourgeois, son but est de défendre le régime contre tous. Les faux sorciers sont une injure à son autorité comme tout ce qui peut influencer les esprits faibles et Dieu sait qu'ils sont légion ici-bas!

— Sartine nous aurait donc manipulés?

— Il l'a fait en nous taisant l'ascendance de Sophia alors qu'il la connaissait.

— Mais de là à commanditer une messe noire!

— Sartine est droit comme une faucille, se moqua le moine. Avec lui, rien ne m'étonne plus. Le chevalier de Fauve dit vrai au moins sur une chose. Sartine envoie ses inspecteurs et ses mouches provoquer les faux sorciers pour les démasquer puis il les fait arrêter discrètement par des lettres de cachet. Pour l'interrogatoire, un commissaire du Châtelet utilise une grille de questions...

Le commissaire aux morts étranges le coupa.

— Je redoute que l'on ne découvre Sophia. Tu as entendu le chevalier de Fauve à son sujet? Sartine est reparti il y a deux heures avec ses hommes. Il connaît l'existence de la ruelle de l'Or et a pu s'y rendre après être revenu bredouille de chez nous. Ses mouches ont dû nous suivre bien souvent chez la Dame de l'Eau. Je crains le pire!

Le moine sursauta.

— Tu as raison! Je vais ôter ma bure et ceindre mon épée. Va de l'avant, je te rejoindrai!

Enfouie sous la neige, la maison semblait abandonnée. Le commissaire aux morts étranges sortit son pistolet et poussa la porte. Du haut de l'escalier, il embrassa d'un coup d'œil la scène. En bas, près de la cheminée, la Dame de l'Eau gisait à terre. Des chaises étaient renversées, un vase brisé. Derrière une porte, on entendait les jappements rageurs du chien.

Volnay descendit précipitamment l'escalier. Il ranima la Dame de l'Eau en lui faisant respirer des sels.

— Que s'est-il passé? haleta le moine. Qu'avez-vous, ma Dame? Ont-ils enlevé Sophia?

Le commissaire aux morts étranges répéta la dernière question.

— Ils étaient deux hommes masqués, geignit la Dame de l'Eau en se tenant la tête. L'un en habit de velours rouge, l'autre en habit de velours noir avec une perruque poudrée.

— Sartine! s'exclama le moine.

Volnay devint pâle.

— Cela explique son étrange comportement et ses propos lorsqu'il m'a dit : *Vous n'êtes pas ouvert comme moi à l'invisible et à l'inattendu!* Il semblait effrayé à l'idée que Sophia soit un fantôme venu se venger de ses meurtriers!

— J'ai également vu le visage d'une femme à la fenêtre de leur voiture, ajouta la Dame de l'Eau.

— Comment était-elle? la pressa le commissaire aux morts étranges.

— Jeune et belle, des cheveux bruns tirant sur le roux, de beaux yeux verts…

— Hélène! s'écria Volnay. La complice de Sartine!

Le visage du moine devint d'une pâleur extrême.

— Non, je ne le crois pas! Pas elle! Pas elle!

C'était presque un cri désespéré. Le commissaire aux morts étranges lui posa la main sur l'épaule.

— Père, pour la première fois je commence à y voir vraiment clair dans cette histoire! Les choses prennent enfin un sens pour moi. Nous n'écoutons plus ce que les gens nous disent! Souviens-toi du jour où nous avons rencontré Hélène. Elle nous a dit qu'elle parlait l'araméen et était un peu sorcière.

"D'après les croyances populaires, on est sorcière de mère en fille."

— Et nous avons ri, se souvint le moine avec amertume.

— Toi, surtout!

— Hum…

Le moine se rembrunit.

— Qui plus est, et tu ne le sais pas, elle porte une fleur de lys à l'épaule.

— Quoi! Et tu ne m'en avais rien dit? Et d'abord comment l'as-tu vue?

Son père écarta les doigts de la main.

— Euh… cela fait beaucoup de questions.

— Comment l'as-tu vue? demanda froidement Volnay.

— Euh, par hasard, à la toilette…

— Et tu n'as pas jugé bon de m'en parler?

— Elle m'a raconté une histoire à faire pleurer et puis je crois qu'elle m'a un peu ensorcelé, je l'avoue.

Il pointa un doigt en l'air pour citer Cornelius Agrippa :

— "La femme ensorcelle l'homme quand, par un regard fort fréquent, elle dirige la pointe de celui-ci vers la pointe de l'autre et que ses yeux s'attachent fort, portant au cœur de l'autre une vapeur du plus pur sang engendré par la chaleur de son propre cœur."

— On appelle cela l'amour, fit remarquer la Dame de l'Eau.

Le moine s'empourpra.

— Évitez-moi ces imbécillités! trancha le commissaire aux morts étranges.

L'éclat de son œil était dur comme le diamant.

— Comme je l'ai dit, reprit-il, j'y vois désormais clair. Revenons en arrière, une nuit dans un cimetière. Sophia est allongée, inerte, sur la dalle froide. Cinq monstres l'entourent. Trois hommes, deux femmes. Ces trois hommes sont Sartine, le commanditaire, l'astrologue, le complice, et le curé dansant, l'exécutant. La prostituée donnant l'eucharistie, c'est la Vorace. La seconde femme participant à cette messe, sorcière à ses heures et agent de Sartine, s'appelle Hélène!

— Sartine, à la limite, je veux bien, murmura le moine, mais Hélène!

— Elle les a menés droit vers Sophia!

Le moine baissa la tête, accablé.

— Réfléchis! insista Volnay. C'est Sartine qui, dès le premier jour, nous a mis Hélène dans les pattes pour l'aider à prendre le contrôle de cette enquête, Sartine qui ne quitte pas Sophia des yeux depuis des années. Tu l'as toi-même reconnu dans la description de l'homme qui lui a donné un louis d'or. Et comme tu as pu le constater, Sartine cherche Sophia. Il a fait fouiller nos maisons et il s'est ensuite rendu à la ruelle de l'Or car ses mouches l'ont assez renseigné sur nos fréquentations là-bas.

— Et Sartine portait aujourd'hui un habit de velours noir…

— Tout se tient! renchérit Volnay. Lorsque j'ai voulu arrêter la Vorace et qu'elle s'est enfuie, Hélène n'a pas cherché à la retenir. Elle a dû ensuite avertir Sartine que nous étions sur la piste du curé dansant, ce qui a entraîné sa mort immédiate!

— Allons chez elle, décida le moine.

— Connais-tu son adresse? s'étonna son fils.

Une lueur moqueuse brilla dans les yeux du moine.

— Moi non mais sais-tu quelque chose qui échappe aux mouches?

Un sourire froid illumina le visage du commissaire aux morts étranges.

— Certes non! Suis-moi!

Ils sortirent de la maison et marchèrent en ligne droite vers Gaston qui recula, épouvanté par l'expression de leurs regards.

— Conduis-nous chez Hélène!

— Hélène? Mais je ne sais pas…

Volnay le saisit brutalement au col.

— Fini de jouer, mouche, oh ma mouche! Sous tes dehors de benêt, je sais que tu es le plus rusé de tous! Et tu dois parfaitement savoir où demeure cette jeune femme!

— Vous n'allez pas me faire du mal après m'avoir invité à votre repas, balbutia Gaston tout congestionné sous la poigne de fer du policier. Nous avons goûté aux mêmes plats…

— Mais nous n'avons pas partagé avec toi le pain de l'Eucharistie! remarqua finement le moine.

— Et je ne vous jetterai pas la pomme du péché! conclut la mouche résignée.

Il contempla le moine et le commissaire aux morts étranges. Une lueur farouche brillait dans leurs yeux. Rarement, il avait vu hommes aussi déterminés.

— Allons, murmura Volnay d'une voix rauque, hâte-toi de nous conduire.

Et dans sa voix perçait une sourde menace. La mouche n'hésita plus.

— Venez avec moi!

Ils le suivirent jusqu'à l'appartement d'Hélène, s'étonnant au passage du choix du faubourg Saint-Jacques et de la proximité des couvents.

— Siltieri aurait adoré habiter ici, commenta sans rire le moine. Je m'étonne qu'il n'ait pas encore visité cet endroit!

Rue des Marionnettes, ils s'engouffrèrent dans l'immeuble de la jeune femme et gravirent quatre à quatre les marches de l'escalier.

— Attends-nous à la porte et veille à ce que personne ne nous dérange, décréta le commissaire aux morts étranges.

L'appartement était meublé avec sobriété mais goût. Les meubles en acajou semblaient de ligne classique, avec peu de bronzes ou de dorures. Un rideau de vieux taffetas cramoisi masquait la grande fenêtre du salon. Volnay émit un petit cri étranglé en découvrant la table de la cuisine tout ensanglantée. Le moine s'empressa de le rejoindre.

— Chats noirs, crêtes de coq et rognons de bélier... murmura-t-il atterré devant l'étrange étalage.

— Voilà qui commence bien mal, constata le commissaire aux morts étranges.

— On lui donnerait le bon Dieu mais non sans confession, dit son père choqué.

Volnay alla jusqu'à la chambre et l'appela.

— Vois-tu ces livres?

Le moine mit ses bésicles et se pencha pour lire les titres.

— *De la vray magie noire vel Sigillum Salomonis*, *Agrippa*, *Clavicula Salomonis*... hum... tout cela sent le soufre!

Il baissa la tête, atterré. Son monde s'écroulait.

— C'était donc ça! Elle est allée à l'école du diable et en a appris la malice.

Son fils s'empara sur le bureau d'un cahier griffonné de figures et de chiffres.

— Des sorts, des formules, des conjurations, déchiffra le moine par-dessus son épaule. Où va se nicher le mal? Décidément, toujours là où on l'attend le moins!

Volnay eut une moue dubitative.

— Inutile d'aller plus loin, nous savons maintenant à qui nous avons affaire! Heureusement que tu n'as pas... enfin, tu vois ce que je veux dire...

— Comment? Euh, oui...

Son fils lui jeta un regard soupçonneux.

— Dis-moi, père, avec Hélène, tu n'as quand même pas…

— Qu'est-ce qui peut te faire penser ça ! s'exclama trop vite le moine.

— Je ne sais pas, parfois il me semble que tu refuses d'accepter ton âge…

— Mais je n'ai aucune envie de vieillir, fils ! s'écria le moine.

— Oui, dit Volnay, c'est bien ça le problème !

XXV

MESSE NOIRE
ET UNE DERNIÈRE DIABLERIE

L'obscurité régnait partout en maîtresse mais était-ce la nuit pour autant? se demandait avec inquiétude Sophia. Sa nourrice lui racontait que la lune rappelait à la vie des vampires dans leurs tombeaux, éveillant leur soif de sang. Alors, afin d'exorciser sa peur, Sophia ne cessait de parler à Hélène comme si seuls les mots pouvaient la maintenir loin de la folie et de la mort :

— Ma nourrice me disait que les monstres n'existaient pas et que ce n'était que des histoires auxquelles il ne fallait pas croire.

Dans le noir, les yeux vert et doré d'Hélène semblèrent se rétrécir pour n'être plus qu'une fente.

— Ta nourrice avait tort, Sophia, les monstres existent bien. Ils sont partout autour de nous et on ne sait même pas les distinguer des autres.

Elle se tourna à demi pour tenter de réduire la morsure des liens à ses poignets et ses pieds.

— Et dis-toi bien qu'ils prennent toujours l'apparence la plus aimable pour que tu ne te doutes de rien. Ils sont là pourtant, tout autour de nous…

Un sourire adoucit son visage.

— Heureusement, l'espoir demeure. Au mal s'oppose toujours le bien. C'est une question d'équilibre. Ils viendront…

— Qui cela? demanda Sophia. Le commissaire et son gentil moine?

— Oui, car ils sont braves et intelligents.

Hélène se tourna contre le mur et murmura.

— Du moins je le crois !

— Que croyez-vous donc?

L'homme entrait, habillé de velours rouge. Avec lui, un pan de lumière se glissa jusqu'aux deux prisonnières avant de disparaître lorsque la porte claqua. Le nouvel arrivant alluma une lanterne qui jeta des reflets tremblotants sur les murs froids.

— Toi d'abord, fit-il en s'agenouillant près de Sophia.

Il lui fit ingurgiter de force le contenu d'une petite fiole. Curieusement, l'enfant ne se débattit qu'une fois enlevée la fiole de ses lèvres. Il se contenta de la maintenir au sol, sous les imprécations d'Hélène, jusqu'à ce qu'elle s'endorme. Alors seulement, il se tourna vers la jeune femme et sa bouche dévoila un sourire de loup.

— Vous ensuite…

Il montra une certaine familiarité avec Hélène, comme s'il la connaissait depuis toujours, car, après avoir soigneusement vérifié les attaches de ses mains dans son dos, il retroussa sa robe d'une main experte et lui caressa les cuisses.

— Belle bête! apprécia-t-il.

Il rit et ajouta :

— Une fois, je n'ai pas vérifié l'état des liens d'une prisonnière et j'ai failli me faire arracher les yeux par cette femme. Cela a été la surprise de ma vie.

— Une fois, un homme m'a violée, rétorqua Hélène, cela ne m'a pas du tout surprise!

Il la regarda avec un froid détachement.

— Ne vous inquiétez pas, je m'occuperai plus tard à calmer vos ardeurs mais j'ai promis la primeur à un de mes amis qui a un gros sentiment pour vous.

Et il ajouta d'un ton tranquille :

— Nous vous tuerons ensuite.

Elle le suivit des yeux alors qu'il sortait de sa besace une coupe et un goupillon noir. Sans mot dire, il dénoua le lacet qui retenait ses chausses et urina dans la coupe. Il y ajouta du sel et ce qui semblait être du soufre. Ensuite, il trempa son goupillon dans la coupe et s'approcha de la jeune femme qui se contorsionna pour échapper à son étreinte. D'une main ferme, il la saisit par le cou et traça sur son front avec le goupillon le signe de croix à l'envers.

— Hélène, dit-il, je te rebaptise.

Dans un souffle, la jeune femme cracha :

— Je n'ai jamais été baptisée!

Surpris, l'autre la contempla avant d'éclater de rire.

Ils avaient fouillé sans succès l'appartement d'Hélène à la recherche d'indices pour les diriger dans leur quête désespérée.

— Ils n'ont pas amené Sophia chez Hélène et la maison de l'astrologue a brûlé, récapitula Volnay. Est-elle chez Sartine? Ce serait prendre un risque énorme dans sa position et la chose se remarquerait…

Il médita un instant.

— Allons à l'abbaye en ruine!

— Mais pourquoi?

— C'est le seul lieu où ils puissent se trouver, je n'en connais pas d'autre!

Le moine gémit de désespoir.

— Nous sommes complètement démunis!

Il claqua des doigts.

— Mais j'y pense, Hélène était avec nous lorsque nous sommes allés dans cette abbaye. Sachant que nous connaissons les lieux, ils n'y amèneront pas Sophia.

Son fils lui jeta un regard sombre.

— Je sais bien mais encore une fois je ne sais où aller et surtout n'oublie pas qu'ils ignorent que nous avons découvert l'enlèvement de Sophia.

— Voilà un sacré coup de dé! conclut le moine atterré.

Le second homme s'approcha d'Hélène à pas lents, le sourire aux lèvres. Il était vêtu d'un costume de velours noir et portait une perruque poudrée.

— Vous! souffla la jeune femme. Vous!

Son sourire s'effaça lentement et sa noirceur se dévoila. Il s'agenouilla et lui flatta la croupe.

— Mon compagnon a raison : belle bête! Depuis le temps que je pense à vous et que je vous espère! Soyez flattée d'avoir retenu l'attention d'un homme qui tient une si belle place dans la société. Que ferai-je de vous ensuite, Hélène? Peut-être mon cheval! J'ai lu que si je vous passais au cou des lanières de peau arrachées à des cadavres écorchés, je vous transformerai en une monture infatigable!

Et sans plus de commentaires, il commença à défaire son haut-de-chausses. Hélène ferma les yeux et ne les rouvrit que lorsqu'on la força à ouvrir la bouche.

— Non, balbutia-t-elle en montrant les dents.

Elle reçut une gifle qui lui ébranla une canine mais, par prudence, son agresseur changea d'avis et lui écarta les cuisses.

— Tu as raison, décida-t-il, nous nous passerons des préliminaires.

Il l'enfila d'un coup et s'activa en elle avec vigueur.

— Bouge un peu! haleta-t-il.

— Je vous laisse faire, répondit-elle d'un ton glacial. Vous remuez beaucoup mais la nature vous a peu doté, je ne sens rien!

Il la gifla.

— Bouge je te dis! Bouge femme!

Hélène resta inerte.

— Tu me tiens tête, hurla-t-il, aussi vais-je te corriger, impudente catin!

Il la frappa encore, lui fendant la lèvre et entaillant ses pommettes sans qu'elle laisse passer un son entre ses dents serrées. Comme émoustillé par le spectacle de la femme battue, l'homme s'activa en elle avec des petits cris de bête et éjacula dans un grognement satisfait.

Il resta allongé sur elle un instant puis, en soupirant, se leva et ajusta ses chausses. Il s'aperçut alors que la jeune femme ne l'avait pas quitté du regard.

— Vous serez le premier à mourir, lui annonça froidement Hélène.

Ils avaient réquisitionné trois chevaux à la première écurie venue et commencé une cavalcade folle à travers Paris puis la campagne enneigée. Le pauvre Gaston peinait à garder son équilibre sur sa pourtant placide monture et souffrait le martyre. À l'abbaye abandonnée, dans le vent glacial, ils se précipitèrent vers le réfectoire aux diaboliques peintures. Le commissaire aux morts étranges alluma son briquet et confectionna une torche improvisée.

— Rien, fit-il en examinant les lieux.

Ils passèrent à la cuisine puis cherchèrent le dortoir des moines avant de retourner à l'église. Dans le bras du transept, côté sud, s'ouvrait la sacristie. Ils poussèrent la porte puis décidèrent de revenir au cloître, explorant cette fois le côté ouest. Soudain, le commissaire aux morts étranges poussa une exclamation.

— Des traces de pas!

Il s'agenouilla dans la neige fraîche et les examina avec attention.

— Deux hommes qui portent un fardeau, déclara-t-il. Non! Que dis-je! Deux fardeaux car ils ont fait deux voyages.

Le moine leva les yeux, découvrant la double cheminée du chauffoir où l'on graissait les chaussures et où, à une lointaine époque, réchauffait l'encre tandis que les moines se faisaient tondre.

— S'il y a bien un lieu où amener une prisonnière et éviter qu'elle ne meure de froid, remarqua-t-il, c'est ici.

Son fils se releva souplement et, dans un même mouvement fluide, tira son pistolet et tourna doucement le loquet de la porte. La tiédeur relative de la pièce les saisit d'entrée. Dans l'âtre d'une cheminée refroidissaient des cendres.

— Bien vu! fit le moine en clignant des yeux pour accommoder à la demi-pénombre. Ils l'ont amenée là, ligotée et recouverte d'une couverture. Vois les traces d'un corps d'enfant dans la poussière et cette longue corde qui devait la tenir sans doute pieds et poings liés.

— Attends, père! s'écria soudain Volnay en désignant du doigt une autre corde et une seconde couverture. Regarde! Cela change tout!

Il se pencha et examina les traces.

— Là se trouvait un second corps allongé. Le corps d'un adulte. On tenait ici deux personnes prisonnières!

— Mais qui…

— Qui accompagnait Sophia?

— Hélène! Mais…

— La Dame de l'Eau l'a aperçue dans la voiture mais on la menaçait peut-être d'une arme.

— Mon Dieu, oui, s'écria le moine. Tu as raison comme de bien entendu! Ce n'est pas ce que nous pensions. Oh mon Dieu…

— Quoi?

La lumière de la torche venait de jeter un éclat doré au sol. Le moine se saisit délicatement de l'objet.

— Un anneau! Et il y a une inscription à l'intérieur!

Il chaussa ses bésicles et le porta à ses yeux tandis que son fils l'éclairait.

— *AGLA*, lut-il avec application. Il s'agit d'une formule caba-listique formée de la première lettre des quatre mots hébreux *Atha Gabor Leonam Adonaï*: "Vous êtes puissant et éternel Seigneur."

D'un soupir, il exhala l'air de ses poumons.

— Il ne peut appartenir qu'à Hélène! C'est elle qui s'en est dessaisie pour nous laisser une indication. Cela confirme bien qu'on la tenait prisonnière!

Il lança une longue imprécation et se frappa la tête.

— On nous manipule!

— C'est aussi mon impression.

— Le tableau chez Hélène était un peu chargé: toute cette charcuterie sanglante et ces livres blasphématoires! Siltieri n'au-rait pas mieux fait comme mise en scène. Nous avions envie d'y croire et nous y avons cru. Pauvre enfant! Oh, mon Dieu!

— Arrête d'en appeler à Dieu, remarqua son fils, il ne peut rien pour nous.

— C'est vrai! Nous sommes partis comme des benêts en nous disant: si c'est comme ci, ça ne peut être comme ça! En vérité, même une souris de laboratoire irait plus vite que nous dans ses réflexions!

Le moine tourna sur lui-même comme si ses pensées s'af-folaient.

— Nous avons décrété que le but de cette messe noire était de tuer le roi. C'est ce que l'on a voulu nous faire croire.

Brisons là toutes nos hypothèses! Une enquête est comme un jeu d'emboîtement de pièces en bois. Éparpillons les pièces, recomposons-les différemment et posons-nous de nouvelles questions. La personne visée par l'envoûtement d'une messe noire peut littéralement sécher et dépérir jusqu'à passer à trépas et nul docteur ne pourra la sauver. Seule une contre-messe a ce pouvoir en faisant à son tour sécher et mourir le célébrant et ses commanditaires.

Il agita théâtralement les bras en l'air.

— Seulement, une messe noire peut avoir d'autres desseins que ceux de tuer... Pense à la Montespan, fils, pense à la Montespan! L'histoire est là pour nous montrer le chemin de l'humanité et nous n'en tenons aucun compte!

Volnay le regarda avec effarement.

— Je vois où tu veux en venir : on peut ne pas chercher à tuer le roi mais à l'influencer dans son jugement et sa volonté! Mais es-tu bien sûr de toi?

— Oui car nous avons été manipulés de bout en bout, je me ruine le gosier à te le dire!

— Dieu! Si tu devines bien, nos déductions sont tardives. Prions le ciel pour qu'il ne soit pas trop tard!

— Ne prions pas, fit le moine, armons-nous et courons!

— Et où courir? l'arrêta son fils.

— Je crois le savoir et j'espère pour une fois ne pas me tromper!

Ils coururent enfourcher leurs chevaux et le moine indiqua brièvement à son fils où il fallait se rendre. Une fois sur leurs montures, ils les talonnèrent sans pitié.

— Et moi! cria Gaston essoufflé qui débouchait à l'air libre. Attendez-moi!

Les deux cavaliers ne se retournèrent même pas.

Les ombres grisées du crépuscule les rattrapèrent une heure après, lorsqu'ils aperçurent la silhouette menaçante du château. Au-dessus de leurs têtes roulaient de gros nuages noirs, un orage menaçait d'éclater. Le commissaire aux morts étranges se dressa sur ses étriers.

— Ce château a l'air désert, remarqua-t-il, mais ce n'est pas une ruine en dehors de la partie nord qui aurait besoin de quelques travaux !

— Comment allons-nous entrer ?

— En sonnant à la grille comme des gens bien élevés !

Ils menèrent leurs chevaux écumants jusqu'à l'entrée. La foudre s'abattit tout près d'eux alors qu'ils arrivaient devant la grille du château.

— Fâcheux signe, murmura le moine, un Romain aurait rebroussé chemin !

— Mais pas nous ! répondit Volnay la main crispée sur son épée.

Le murmure de la pluie et l'odeur de pierre mouillée et de végétation pourrissante les saisirent lorsqu'ils descendirent de monture. Le commissaire aux morts étranges héla le gardien. Une face de rat d'âge indéterminé s'encadra dans la lucarne de la tourelle qui jouxtait l'entrée du château.

— Laisse-moi faire, fils, murmura le moine.

— Que voulez-vous ? cria l'homme.

— Entrer pardi, se moqua le moine, nous sommes des invités. Veuillez avoir l'amabilité de vous approcher pour le vérifier.

Le visage disparut dans un grognement. Ils attendirent. Bientôt la porte de la tourelle s'ouvrit. Le gardien descendit le petit escalier qui la desservait et s'approcha, le visage chafouin et l'air méfiant.

— Je ne vous annoncerai pas, déclara-t-il avec hauteur, car il n'y a personne d'autre que moi ici ce soir. Tous les domestiques ont reçu leur congé pour la journée.

— Ne soyez pas si prompt à décréter que nous n'entrerons pas, répliqua le moine, et regardez d'abord ceci.

Il fit mine de fouiller ses poches et jeta une bourse entre les barreaux de la grille. L'autre fit encore quelques pas en avant et se pencha pour la ramasser en marmonnant.

— Votre argent ne change rien à tout cela…

Mais lorsqu'il releva la tête, il se retrouva face au canon d'un pistolet et à l'œil féroce du moine.

— Il me tarde de tuer quelqu'un aujourd'hui, annonça celui-ci d'un ton rauque, alors ne me tente pas ! Ouvre cette grille et laisse-nous entrer !

Le gardien bredouilla quelque chose mais se hâta d'ouvrir la grille. Une fois à l'intérieur, le moine lui colla son pistolet sur la tempe, le doigt crispé sur la détente.

— Combien d'hommes de main à l'intérieur?

— Deux, monseigneur.

— Et les autres?

— Trois.

— Merci!

Il frappa d'un coup sec et l'homme s'écroula à terre. Volnay eut une exclamation étouffée et lui jeta un regard froid.

— Comment faire maintenant pour l'interroger? Sais-tu où se déroule la cérémonie?

Le moine cilla brièvement.

— Euh… Une chapelle! Il doit bien y avoir une chapelle ici!

— Je l'espère pour toi! La prochaine fois que tu as envie de frapper quelqu'un, demande-moi d'abord!

Ils se ruèrent à l'intérieur du château. Les nuages noirs voilèrent les derniers reflets du jour et, d'un coup, le château se remplit de ténèbres. Les portes tremblèrent, les boiseries craquèrent et les charnières grincèrent. Des tentures masquaient les fenêtres. Ils avançaient dans une pénombre oppressante au rythme de leur cœur battant, heurtant parfois dans le noir des meubles dressés sur leur chemin comme autant d'obstacles. Ils débouchèrent sur un salon dont les rideaux tirés laissaient percevoir l'éclat des éclairs au-dehors. Ceux-ci illuminèrent brièvement des porcelaines à l'effigie du roi.

— Ah, notre bon roi est là aussi, marmonna le moine sarcastique.

Son fils lui fit signe de se taire et ils continuèrent leur progression en silence. Soudain, le moine s'arrêta net. Dans cette pièce les fenêtres n'étaient pas masquées. Derrière de lourds meubles, un bruit de respiration compressée et étouffée lui parvenait, accompagné de frémissements diaboliques. Une présence maléfique les attendait dans le noir. Le moine recula jusqu'à se trouver dos au mur et posa la main sur la garde de son épée en criant :

— Venez, mes petits chéris!

Un rouquin se rua vers eux, l'épée à la main.

— Tue!

Son cri se répercuta en écho, ses yeux étincelaient d'une haine brûlante.

— Ah, une vieille connaissance! gronda le moine en parant le coup. J'espère que tu as fait quelques progrès depuis notre dernière rencontre sinon va-t'en tenir l'écheveau à ta femme!

De son côté, Volnay croisait le fer avec un farouche spadassin. Il esquiva une série d'attaques poussives par de souples mouvements et tenta une botte audacieuse qui toucha son adversaire au flanc. Sans pitié, le commissaire aux morts étranges l'acheva sur place.

Le rouquin était d'un autre acabit. Il bloquait avec facilité les attaques du moine et se montrait redoutable en riposte. S'enhardissant, il tenta de presser son adversaire mais manqua sa contre-attaque. Aussitôt comme s'il avait attendu cela toute sa vie, le moine redoubla puis se fendit droit au cœur.

— Plus de morts, moins d'ennemis! conclut-il en essuyant son épée sur le corps de son adversaire.

— Nous devons être dans la bonne direction, constata Volnay en reprenant son souffle, sinon ils n'auraient pas été postés ici.

— Il faut toujours aller dans le sens du combat, dit judicieusement le moine. Plus il y a de monde, mieux c'est!

L'éclair au-dehors zébra le ciel, une lumière intense auréola l'autel. L'homme avait quitté son habit de velours rouge et abandonné le goupillon avec lequel il avait baptisé Hélène. Il portait désormais une chasuble blanche bordée de pives noires. Ses poignets s'ornaient de bracelets de perles noires et, à sa ceinture, scintillait la lame luisante d'un couteau. Ainsi paré, le chevalier de Fauve avait belle allure. À l'aide d'une sanguine, il traça un triangle sur le sol et plaça des cierges noirs des deux côtés du triangle. À la base de celui-ci, il inscrivit les lettres sacrées IHS accompagnées de deux croix.

Ceci fait, Mme de Morange entra, drapée dans un manteau de laine rouge mais les pieds nus. À l'invitation du chevalier de Fauve, elle ouvrit son manteau et se coucha nue et frissonnante sur les dalles froides de la chapelle, les bras en croix, un cierge noir dans chacune de ses mains. Son compère lui couvrit le ventre d'un napperon brodé sur lequel il disposa un crucifix, la tête du Christ à l'envers.

— Heureux les forts! clama-t-il. Heureux les méchants, les violents et les blasphémateurs, le royaume de Satan est à eux!

Le chevalier de Fauve prit ensuite un calice sur l'autel et s'approcha du corps inerte de Sophia. Il se saisit d'un de ses poignets qu'il tint au-dessus du récipient. Mme de Morange brailla d'une voix de tête :

— Lucifer, maître des esprits rebelles, je te prie de m'être favorable!

Les éclairs au-dehors jetaient des reflets incendiaires sur les corps nus de la mère et de sa fille. Bleue de froid, Mme de Morange geignit faiblement. La foudre tomba non loin de là.

— C'est un signe, cria le chevalier de Fauve d'une voix exaltée, un signe très encourageant! Continuons!

Il leva son couteau vers le ciel et se mit à psalmodier :

— Astaroth, Asmodée, princes d'amour, je vous conjure d'accepter le sacrifice de cette enfant! En échange, je voudrais que reviennent à sa mère l'affection du roi, la faveur des princes et des princesses de la cour et la satisfaction de tous ses désirs. Voilà, en témoignage de son respect, la vie et le sang de sa propre fille et de celle du roi. Puisse-t-il l'aimer jusqu'à la fin de ses jours!

Le chevalier de Fauve allait ouvrir les veines de l'enfant lorsque la porte s'ouvrit violemment. L'arme au poing, Volnay et le moine apparurent. D'un coup d'œil, le policier embrassa la scène : Mme de Morange étendue nue auprès de Sophia, inerte, Hélène recroquevillée dans un coin de la chapelle, le visage tuméfié, pieds et poings liés, et le chevalier de Fauve, le poignard à la main. Le sataniste contempla les deux arrivants d'un œil joyeux.

— Un moine défroqué! Voilà le participant qu'il nous manquait même si le policier est de trop!

Mme de Morange poussa un cri effrayé et se releva vivement pour courir se couvrir de son manteau.

— Eh, madame, ne courez pas si vite, se moqua le moine, ce n'est pas la première fois que je vous vois nue! Quant à mon fils, les femmes comme vous le laissent de marbre!

D'agacement, Volnay siffla doucement entre ses dents et agita son arme en direction du chevalier de Fauve.

— Lâchez ce poignard!

Un sourire torve envahit la face du chevalier de Fauve.

— Que croyez-vous donc qu'il puisse m'arriver? Les lois physiques n'existent plus, je suis à l'abri de vos balles dans le cercle sacré. Ici, il n'y a plus que vous, moi et le diable!

— Bougre de fou, dit le moine en levant son pistolet, je vais te montrer ce qui est sacré ici-bas, moi!

Vivement, le chevalier de Fauve souleva le corps de Sophia et posa la lame effilée de son poignard sur sa gorge.

— Lâchez vos armes ou, par l'Enfer, je vous jure bien que je l'égorge d'un coup!

Avec un geste léger, presque indétectable, Volnay fit signe à son père. De concert, les deux hommes se baissèrent lentement et posèrent leur pistolet à terre.

— Poussez-les loin de vous, fit le sataniste.

Le commissaire aux morts étranges devança son père et donna un coup de pied dans le premier pistolet. Celui-ci acheva sa course dans les pieds du chevalier de Fauve qui, satisfait, le ramassa. Le second coup de pied, plus violent sous le coup de la colère, fit glisser plus loin le second pistolet, à deux mètres à peine d'Hélène. Celle-ci jeta un regard inexpressif à l'arme puis à Volnay. Ses paupières cillèrent une fois, rapidement.

Pendant ce temps, le moine s'était nonchalamment écarté de son fils qui, lui-même, avait fait un pas de côté. Il devenait difficile au sataniste de les tenir ensemble dans sa ligne de mire.

— À votre place, je ne ferais pas cela!

Entré derrière eux, un homme grand et corpulent pointait deux pistolets chargés sur eux. Avec stupéfaction, Volnay reconnut Cornevin, le commissaire de quartier, vêtu d'un habit de velours noir.

— Vous!

— À mon avis, dit Cornevin au sataniste et à Mme de Morange, ils ont d'autres armes sur eux. Messieurs, couchez-vous sur le sol, je vous prie, les bras en croix.

Il s'approcha le premier de Volnay et trouva un petit pistolet à l'intérieur de sa botte droite. Il l'en ôta et s'approcha du moine. Celui-ci tenta de lui faucher les jambes mais l'autre évita le coup en traître.

— Tiens-toi tranquille, moine du diable! fit-il en lui appuyant méchamment son pied dans les reins.

Sur celui-ci, il trouva une dague dans la ceinture et un poignard tenu au creux des omoplates.

— En voilà des façons de se promener ainsi armé pour un homme de Dieu, plaisanta-t-il.

— J'en suis désolé, en convint le moine, mais l'on rencontre tant de mauvaises gens au-dehors!

— Tu n'avais qu'à rester chez toi!

Il pointa son pistolet en direction de la tête du moine. Mme de Morange fit un pas dans leur direction. Elle frissonnait de froid et de peur.

— Un instant, fit-elle, qu'allez-vous faire?

Le commissaire de quartier lui jeta un regard étonné.

— Le tuer, madame, lui et le commissaire aux morts étranges. Que voulez-vous que nous fassions d'autre?

Elle s'agita nerveusement.

— On risque d'entendre le coup de feu.

— Madame, il n'y a personne d'autre que des gens à nous dans votre hôtel particulier ou plutôt ce qu'il en reste. C'est sans danger mais pour vous rassurer, je peux les égorger.

— Oh oui, égorgez-moi! s'écria le moine. J'ai toujours rêvé de savoir ce que l'on ressentait en sentant son sang s'écouler hors de soi!

Le chevalier de Fauve émit un rire bruyant et contempla le moine non sans admiration.

— Il préfère cela à une balle dans la tête parce qu'il tentera sa chance quand vous vous pencherez sur lui pour le saisir au cou. Ce genre d'homme est plein de ressources et ne s'avoue jamais vaincu!

Son regard coula en direction de Volnay, toujours allongé, le souffle court.

— Quant à l'autre, reprit-il, regardez-le! Tous ses muscles sont bandés, il est prêt à se jeter sur vous!

— Une balle dans la tête alors, décida le commissaire de quartier. C'est plus prudent! Lequel d'abord, madame?

Le moine releva la tête et dit à Mme de Morange :

— Moi d'abord, s'il vous plaît, vous me devez bien cette grâce!

— Si vous étiez resté tranquille, rien de tout cela ne serait arrivé! lui cria-t-elle d'une voix aiguë. Vieux fou!

— Je ne suis pas vieux! se récria le moine.

Il tourna rapidement la tête vers son fils.

— Allez, on se retrouve de l'autre côté, s'il y a quelque chose. Sinon, sache que je t'aime!

Et il se rua dans les pieds du commissaire de quartier mais celui-ci avait prévu une tentative désespérée et il bondit de côté. Lorsqu'il leva ses deux pistolets, Volnay et le moine s'étaient relevés mais pas assez vite. Tranquillement, l'autre les ajusta et visa.

Le commissaire de quartier mourut sur le coup. Un nuage de fumée envahissait la chapelle et lorsqu'il commença à se dissiper, Volnay et son père virent Hélène abaisser très lentement son pistolet, le visage dépourvu de toute expression.

— Je vous avais dit que vous seriez le premier à mourir, dit-elle à Cornevin d'un ton atone.

Le chevalier de Fauve ne l'avait pas vue se saisir de l'arme que Volnay d'un coup de pied avait envoyée dans sa direction. Il poussa violemment Mme de Morange sur les deux intrus avant de se précipiter à l'extérieur. La dame alla atterrir sur le moine qui trébucha et tomba sur le sol.

— Madame, arrêtez de me mettre votre poitrine sous le nez, maugréa le moine en se relevant et en la repoussant.

Déjà son fils s'était lancé à la poursuite du chevalier de Fauve le long du corridor. Soudain, celui-ci s'arrêta et commença à reculer, laissant place à Sartine et à quatre archers du guet qui s'avançaient sur lui.

— Vous? balbutia Volnay essoufflé.

Sartine eut un sourire froid.

— Il semble que Gaston la mouche ait bien jugé de la situation en courant me prévenir au Châtelet après que vous avez déboulé hors de cette abbaye en criant qu'il fallait vous rendre au château de Mme de Morange! Nous avons crevé nos chevaux pour arriver à temps.

Quelques mètres derrière lui, Gaston apparut et adressa à Volnay un timide signe de la main.

— Où sont les autres? demanda sèchement le lieutenant général de police.

— À la chapelle, suivez-moi.

Sartine s'arrêta net en entrant dans le lieu sacré et en contemplant le spectacle qui s'offrait à ses yeux. Pieds et poings liés, Hélène à genoux tenait en joue Mme de Morange. Sophia gisait inerte sur le sol glacé.

— Dieu du ciel! jura Sartine.

— Pouvez-vous tenir Mme de Morange en joue? demanda calmement Hélène. Elle ne s'est pas encore rendu compte que mon arme n'est plus chargée mais la raison peut lui revenir! Et si vous vouliez bien demander qu'on me délie…

Sartine fit un geste de la main et un archer du guet alla libérer la prisonnière. Une fois debout, Hélène s'approcha lentement du corps du commissaire de quartier en inspirant doucement. Les yeux dans le vague, elle leva le pied et d'un geste sec lui écrasa les parties génitales du talon.

— Belle bête! murmura-t-elle d'un ton las.

Sartine eut un raclement de gorge gêné.

— Eh bien, eh bien…

Il ôta son manteau et en enveloppa maladroitement le corps de Sophia.

— Est-elle? demanda-t-il d'une voix hésitante.

— Elle est plongée dans le sommeil, le rassura le moine, comme la première fois. Mais je sais comment la réveiller.

Sartine se releva lentement, un éclair de haine dans les yeux. Il s'approcha doucement de Mme de Morange pétrifiée.

— Ainsi c'était vous! Vous!

Il tourna autour d'elle comme s'il allait la mordre et d'un geste brusque lui arracha son manteau. Mme de Morange eut une exclamation étouffée et couvrit sa poitrine de ses bras.

Le moine cracha de dégoût :

— Vous iriez jusqu'à sacrifier votre propre fille pour les hypo-thétiques faveurs du roi!

Elle se tourna vers lui, la rage aux lèvres. Un rictus la défi-gura un instant.

— Mieux vaut viser haut que voler bas par peur des branches! Que savez-vous des honneurs et de la gloire? Oui, que pouvez-vous donc savoir de tout ça, vous qui êtes tombé de si haut pour ne jamais vous en relever?

Le moine secoua la tête en souriant.

— Vous n'y comprenez rien : je ne suis pas tombé, je suis monté plus haut que je ne l'ai jamais été!

Son regard glissa vers le corps de Sophia inerte.

— Qu'est-ce qui vous a fait croire qu'en sacrifiant votre enfant vous retrouveriez les faveurs du roi? Comment une telle folie vous a-t-elle paru possible? Et comment passer de l'espé-rance à la bêtise la plus noire?

Sans attendre la réponse, le commissaire aux morts étranges fit un signe discret au sergent du guet qui entraîna Mme de Morange, encadrée de deux archers. Le moine se tourna vers lui :

— Tu as remarqué comme l'envie et la jalousie rendent les femmes laides?

Son fils haussa nonchalamment les épaules. Il préférait conserver pour lui son jugement sur les femmes. Sartine tourna alors sa hargne vers le dernier prisonnier.

— Vous qui m'avez trahi, vos affaires sont faites!

Les fers au poignet, le chevalier de Fauve conservait toute sa superbe. Grand seigneur, il s'avança vers son supérieur, lui tendant la main :

— Allons Sartine, ne soyez pas fâché! Une poignée de main…

Le lieutenant général de police recula d'un bond comme si un serpent menaçait de le piquer. Le moine comprit sa réac-tion et se moqua :

— Ne craignez rien, Sartine, le pouvoir d'un sorcier et sa damnation ne se transfèrent lors d'une poignée de main qu'à la mort du sorcier!

Dehors la foudre tonna et le chevalier de Fauve tendit l'oreille.

— Oui, murmura-t-il, c'est le moment… Satan, mon véritable maître, est là et demande audience !

Ses yeux se teintèrent d'obscurité. Il étendit les mains vers les policiers, comme pour les saisir, les doigts bien écartés à la manière des ensorceleurs. Sa voix semblait s'être retirée dans quelque caverne obscure d'où elle résonna sinistrement :

— Le jeu n'est pas terminé ! J'ai beaucoup appris ces deux dernières années et vous ignorez encore l'étendue de mes pouvoirs. J'ai renoncé à Dieu et à Jésus-Christ, aux saints et saintes, à l'Église apostolique et romaine, à tous les sacrements d'icelle, et à toutes les prières et oraisons qu'on pourrait faire pour moi. J'ai vu l'abîme et je m'y suis englouti. J'ai vu l'abîme et je suis devenu un dieu déchu !

Sa voix monta pour couvrir le bruit de la foudre au-dehors.

— Croyez-vous donc qu'on puisse gagner contre le diable en personne ? Vous allez mourir ! Vous allez tous mourir !

Une grimace sardonique dévora tout son visage et l'écume coula de sa bouche. Les archers du guet reculèrent et se signèrent vivement. Le sataniste rit et leva les bras en l'air comme s'il allait briser ses chaînes, s'écriant d'une voix terrible :

— J'en appelle à Asmodée, Kobal, Nergal, Ukobach, Bélial et Astaroth, grand-duc très puissant aux Enfers !

— Tu leur donneras le bonjour de ma part ! fit le moine en lui envoyant son poing dans la figure.

Sartine avait pris place dans un des fauteuils du grand salon, le visage dans l'ombre. Sophia était couchée, endormie sur une bergère, enveloppée de couvertures. On attendait la mouche et un archer du guet, envoyés à la demeure du moine afin d'en rapporter un certain nombre de plantes pour la tirer de sa léthargie.

Le regard du moine courait alternativement de Sophia, qu'il considérait avec tendresse, à Hélène avec, pour celle-ci, un brin de compassion, de respect voire de fierté. Il lui semblait toutefois que, comme un ange tombé, la jeune femme paraissait secouer ses ailes sans pouvoir s'envoler.

— La mouche a volé vite jusqu'à moi! constata Sartine qui n'avait cure de ce drame muet. Sans elle, je ne suis pas certain que vous vous en sortiez indemnes.

— La situation était sous contrôle, fit Volnay, et j'allais rattraper le dernier lascar.

— Mouiii, fit Sartine.

Il jeta un regard aiguisé à Hélène assise près de lui, l'arme toujours à la main. Personne n'avait osé la lui reprendre.

— Je constate également que mon auxiliaire vous a été d'une précieuse utilité!

— Monsieur, fit Hélène d'une voix atone, je ne suis pour rien dans ce dénouement. J'étais prisonnière de ces mauvaises gens. Ce sont le commissaire aux morts étranges et son moine qui m'ont permis de retourner le cours des choses.

— Mais vous tirez sans ôter vos liens, commenta joyeusement Sartine. Cela est fort utile…

— Vous savez bien qu'il est difficile de m'attacher…

Le lieutenant général de police la regarda, quelque peu désorienté de cette réponse. Finalement, il se tourna vers son commissaire aux morts étranges.

— Voici venu le temps des explications, Volnay. Et peut-être me raconterez-vous comment un de mes inspecteurs s'est trouvé mêlé à toute cette histoire?

Le commissaire aux morts étranges eut un sourire froid.

— Votre inspecteur a depuis bien longtemps basculé dans l'obscur! L'avez-vous vraiment chargé de pénétrer les milieux de la magie noire de Paris?

Sartine hocha sombrement la tête.

— Le service du roi le commandait. Nous œuvrons pour renforcer l'attachement au roi de ses sujets. La croyance dans le diable les en détourne. L'imagination échauffée du peuple lui fait voir le malin à la place de son monarque! Je ne crois pas en la sorcellerie mais le peuple y croit, de même que des gens de plus haute condition. De simples va-nu-pieds de prétendus sorciers leur conseillent de planter leur argent dans leurs jardins pour le faire pousser et leur font prendre des feuilles séchées pour des rouleaux d'or! Rendez-vous compte qu'on a même vu la marquise de Pompadour entrer déguisée chez une dame Bontemps qui vous dit l'avenir!

Il s'interrompit pour jeter un regard circulaire aux lieux enténébrés.

— J'aimerais bien comprendre comment vous en êtes arrivés d'un cimetière enneigé à la sinistre chapelle de ce château!

Volnay se racla la gorge et fit un pas en avant. Contrairement à son père, il était sobre et concis.

— Une nuit dans un cimetière, rappela-t-il, nous découvrons le corps d'une enfant de douze ans. Très vite, nous établissons son identité. Sophia Marly, fille d'un astrologue de la rue des Canettes, paroisse Saint-Sulpice.

Il jeta un regard peu amène à Sartine.

— Bien sûr, une autre personne aurait pu nous apprendre beaucoup plus vite son identité mais elle avait ses raisons pour ne pas le faire.

Sartine se rembrunit mais se garda de tout commentaire.

— Sophia était une fille naturelle du roi, nous l'ignorions. Il nous fallait mener une enquête pour trouver ses meurtriers mais sans savoir qui était vraiment la victime.

Son regard croisa celui d'Hélène et s'adoucit.

— Notre partenaire nous a permis de découvrir ce secret et cela a tout changé. Même bâtarde, Sophia restait une enfant de sang royal. Mme de Morange gardait sans doute un œil sur elle par l'intermédiaire du commissaire de quartier. Tout comme une autre personne pour des raisons tant politiques que personnelles...

Sartine blêmit et fit signe de poursuivre. Volnay reprit :

— Je ne sais quand l'idée est venue à Mme de Morange de se livrer à un envoûtement par le sang en sacrifiant sa propre fille. Après un beau mariage, elle était devenue une riche veuve mais, pour une ancienne maîtresse du roi, ce n'était décidément pas assez. Patience, cela nous le découvrirons plus tard. Revenons au début de notre histoire. Nous sommes sur les traces de la prostituée qui donnait la communion lors de la messe noire. Grâce à mon père, nous la retrouvons.

Le commissaire aux morts étranges joignit les mains et fronça les sourcils.

— Même si la Vorace se tue, l'inquiétude gagne les commanditaires de la messe noire. Le curé dansant reste un point faible pour eux. N'importe qui peut l'acheter et il peut prendre peur. On le pend donc et on met dans sa poche une liste de rues dont celle où habitait l'astrologue. C'est le désigner comme coupable du meurtre de sa fille.

Il fit un aparté.

— Ces assassins ignorent toutefois que le curé dansant porte sur lui la liste véritable de ses adresses de livraison, cousue à l'intérieur d'une doublure. Mon père retrouve celle-ci plus tard et l'une de ces adresses nous amène avec Hélène à une vieille abbaye abandonnée où vraisemblablement se tiennent d'abominables cérémonies.

— Heureux de l'apprendre! marmonna le lieutenant général de police.

— Nous rentrons bredouilles de l'abbaye, reprit Volnay, mais la découverte de ce lieu nous servira bien par la suite! Revenons pour l'instant à nos trois complices. Ils ont orienté nos soupçons sur l'astrologue. Toutefois, il ne faut pas le laisser tomber vivant entre nos mains car jamais il n'avouera ce meurtre et nos présomptions pourraient alors se porter sur d'autres. On incendie donc sa maison, brûlant du même coup la servante et son maître. On change de main la magnifique chevalière sertie d'un rubis que nous ne pouvions qu'avoir remarquée sur la personne de l'astrologue. Ruse brillante pour nous faire croire que l'astrologue est encore en vie et a mis en scène sa propre mort. C'est sans doute votre inspecteur de police, le chevalier de Fauve, qui a cette idée. Le plan est diabolique. Il repose également sur notre sens de l'observation.

Il eut un sourire bref qui n'atteignit pas ses yeux.

— J'avoue que celui-ci faillit être pris en défaut car ce détail m'échappa dans un premier temps. Sans doute pour renforcer nos soupçons, on dissimule deux livres dans la maison, dans des endroits où ils sont épargnés par les flammes. Ces livres horribles ne peuvent que désigner l'astrologue comme sataniste et donc commanditaire de la messe noire. Le moine met la main sur un de ces livres et, fort obligeamment, l'insoupçonnable commissaire de quartier trouve le second! Son visage est à moitié cuit. Je pense maintenant que c'est lui qui mit le feu à la maison de Marly.

— Il ne vous soutiendra pas le contraire, murmura Hélène. C'était un acompte, maintenant, il brûle en enfer.

Il y eut un silence lourd que rompit Volnay.

— Nos trois complices se sentent désormais en sécurité. Ils ont raison de l'être car nous sommes sur une fausse piste. Heureusement pour nous, Hélène va débloquer la situation en identifiant la véritable filiation de Sophia, nous permettant de remonter à sa mère, Mme de Morange. Coup de tonnerre dans le plan idéal de nos compères, le moine rend visite à Mme de Morange. Celle-ci panique et, pour gagner du temps, lui demande de revenir souper. Pendant ce laps de temps, avec ses complices, la décision est prise de le faire assassiner. L'assassinat échoue. Les complices doivent craindre le pire et puis… rien n'arrive. Nos comploteurs comprennent soudain que rien ne relie dans nos esprits Mme de Morange, la propre mère, à la tentative de meurtre de Sophia. Le trio reprend de l'assurance. La découverte de Sophia en vie les fait sans doute même exulter. Ils s'attachent alors à la récupérer. Eh oui, j'ai sauté cet épisode, c'est le commissaire de quartier en personne à qui je m'adresse pour déterrer le cercueil de l'enfant!

Son regard se fixa avec tendresse sur son père.

— En refusant d'autopsier Sophia, le moine est passé à côté d'une vérité flagrante mais lui a également sauvé la vie! Une fois sortie de sa léthargie, Sophia commence une double vie à l'intérieur et en dehors de sa maison jusqu'à ce que, enfin, nous comprenions la vérité, confirmée par l'ouverture du cercueil.

Il agita les mains en l'air en signe d'excuse.

— J'ai oublié de parler de la scène de l'enterrement et de ma première rencontre avec le chevalier de Fauve.

— Pourquoi le chevalier de Fauve s'est-il rendu dans ce cimetière? le questionna Sartine.

— Qui sait? La mort de Sophia était son œuvre, il a sans doute voulu contempler son achèvement. Que se passe-t-il dans la tête d'un criminel? Toujours est-il qu'il ne prenait pas beaucoup de risques en s'y rendant. Il ne s'est pas mêlé aux participants à l'enterrement. Seul ce malheureux signe de croix à l'envers l'a trahi...

— Grâce à ton sens de l'observation! renchérit son père.

— Merci! Reprenons le cours de notre enquête. Nous retrouvons Sophia grâce à son chien...

— Comment! s'exclama Sartine. Vous m'avez menti!

— Oui. Il faut vous avouer que nous n'étions plus très sûrs de vous à ce moment-là de l'histoire!

— Quoi?

— Diable, intervint le moine, mensonge, dissimulation de preuves et, plus tard, nous vous surprenons avec un de nos suspects, le sataniste que mon fils a aperçu dans le cimetière...

Sartine se rembrunit mais, au prix d'un immense effort, se contint.

— À cet instant, reprit Volnay, nos soupçons se portent toujours sur l'astrologue et nous vous y associons bien volontiers ainsi que...

Il lui jeta un bref coup d'œil.

— Hélène...

La jeune femme ne réagit pas. Elle semblait s'être absentée à l'intérieur d'elle-même.

— Il faut dire que, spontanément, le chevalier de Fauve, avec une immense audace, est venu se constituer prisonnier pour nous faire part de ses soupçons à votre encontre. Nous nous inquiétons alors du sort de Sophia que vous cherchez avec tant de rage et malheureusement nous arrivons trop tard à sa cachette. Là, on nous y fait la description d'agresseurs masqués mais dont l'un peut vous ressembler, monsieur le lieutenant général de police, et d'Hélène.

Volnay se tourna vers son père.

— Et c'est là que le moine intervient.

Le moine hocha modestement la tête. Volnay reprit sa respiration avant de continuer, remarquant que les yeux verts d'Hélène semblaient reprendre vie, envahis de lueurs mordorées.

— Une fois Sophia enlevée, nous décidons de nous rendre dans l'appartement d'Hélène.

Celle-ci tressaillit.

— Là encore, on l'a préalablement arrangé pour nous faire croire à sa culpabilité. Et nous nous laissons prendre même si, à réfléchir froidement, la mise en scène est un peu chargée ! Mais où chercher Sophia ? Nous hésitons entre chez vous, M. de Sartine, ou l'abbaye.

Le lieutenant général de police eut un sourire pincé.

— Nous allons à l'abbaye, reprit Volnay. C'est effectivement là que Sophia a été menée dans un premier temps, sans doute pour laisser le temps de vider le château de Mme de Morange de ses domestiques.

Hélène cilla brièvement.

— À l'abbaye, nous découvrons qu'on a gardé deux prisonnières, une enfant et un adulte. Qui donc peut être l'adulte sinon Hélène ? Nous retrouvons d'ailleurs un anneau que mon père, toujours aussi observateur, reconnaît comme le sien.

Le moine rougit imperceptiblement. La main de Volnay plongea dans sa poche et il s'approcha de la jeune femme pour lui tendre l'anneau.

— Merci, fit-elle d'un ton neutre.

Elle garda quelques secondes l'anneau dans la paume de sa main avant de se décider à le remettre à son doigt.

— Et comment en êtes-vous arrivés au château de Mme de Morange ? demanda Sartine intrigué.

— À une déduction logique de ma part sur l'identité des deux prisonnières, Sophia et Hélène, suit une déduction foudroyante de mon père !

C'était afficher que le duo d'enquêteurs qu'ils formaient était inséparable. Sartine le comprit et se renfrogna.

— J'en vins à la conclusion, intervint le moine, que nous nous étions fourvoyés. On nous a tellement manipulés dans cette affaire que cela nous a tourné le cerveau à l'envers ! Et pourtant, nous détenions tous la solution du problème dès les premières pages, si j'ose dire, de notre enquête !

Sartine eut une moue interloquée.

— Comment ça ?

Le moine eut un fin sourire.

— L'affaire des Poisons ! La Montespan… Nous en avons tous parlé dès le début de notre énigme. Cela remonte au siècle dernier mais la nature humaine n'a pas changé. Le commanditaire de la messe noire de Sophia désirait la même chose que les courtisans participant aux messes noires sous Louis XIV. Quels que soient l'époque, leur pays, leur race ou position dans la société, nombre de gens n'ont soif que de pouvoir et de reconnaissance. Or, dans l'enquête sur les messes noires, sous Louis XIV, à deux reprises au moins, on parla de mère sacrifiant l'enfant dont elle venait d'accoucher ! Mme de Morange, ancienne maîtresse du roi et mère de l'enfant, aura attendu plus longtemps… Quels benêts nous sommes de ne pas avoir trouvé plus tôt ce lien ! Décidément, l'homme n'apprend jamais rien de l'histoire !

Il laissa planer un silence songeur puis ses yeux brillèrent de nouveau.

— Mais dès que j'eus compris, je comparais mes choix : courir avec mon fils à l'hôtel particulier de Mme de Morange ou au château de celle-ci. Comment je connaissais l'existence de ce dernier ? Il faut vous dire que l'on parle beaucoup dans les dîners de Mme de Morange et c'est ainsi que j'appris son existence.

D'un geste en l'air, le moine esquissa un point d'interrogation.

— Alors, hôtel particulier ou château ? La logique conduisait à choisir l'endroit le plus discret et isolé.

Il s'approcha d'Hélène qui le fixa sans mot dire.

— Là, nous sommes entrés en force mais nous nous sommes laissé surprendre par le commissaire de quartier et sans Hélène nous serions morts.

Le moine eut un sourire affectueux et sa main effleura l'épaule de la jeune femme qui ne réagit pas.

— Et voilà, conclut-il à regret, comment nous sommes partis du corps d'une enfant sur une pierre tombale à ce sombre château, démasquant une mère indigne, un inspecteur de police devenu fou et un commissaire de quartier vénal. Décidément, M. de Sartine, votre police n'est plus ce qu'elle était !

Le lieutenant général de police bondit sur ses pieds.

— Vous aimez faire pirouette mais je n'oublie pas tous vos tours et détours en cette enquête, c'est miracle que vous soyez encore vivant et les coupables arrêtés !

— Toute notre habileté consiste à retomber sur nos pieds, répliqua le moine en s'étirant nonchalamment. Mais dites-moi maintenant, que va-t-il arriver à Mme de Morange et le chevalier de Fauve ? Seront-ils bien jugés ?

Sartine eut une grimace sarcastique.

— Deux lettres de cachet feront le nécessaire. Quant au commissaire de quartier Cornevin, officiellement il est mort en héros au détour d'une sombre ruelle dans l'exercice de ses fonctions.

Le moine explosa.

— Vous ne changerez donc jamais, vous les serviteurs zélés de l'ordre royal ! La vérité vous fera toujours peur !

Le lieutenant général de police le toisa de haut.

— La vérité, nous la connaissons, nous, et c'est déjà amplement suffisant. Quelle utilité de raconter toute cette histoire devant un tribunal ? Je ne désire pas divulguer en public qu'on a essayé d'asservir la volonté du roi en sacrifiant une de ses bâtardes au cours d'une messe noire ! Et encore moins que le commanditaire de tout ceci est une ancienne maîtresse de notre monarque, le cerveau de l'affaire un de mes inspecteurs de police et l'exécutant un commissaire de quartier !

Le moine se leva, le visage pâle.

— La vérité est la dignité de l'homme et se doit d'être connue de lui, même si cela heurte quelques intérêts privés. La vérité montre à tous que ni le monde, ni nous-mêmes ne sommes ce que nous devrions être !

— C'est raisonner en philosophe, c'est-à-dire inutilement !

— Sartine, dit le moine, vous faites du mal à l'idée que je me fais du genre humain.

— C'est votre faute, répliqua le lieutenant général de police agacé, pourquoi parlez-vous tant ?

— Parce que les mots veulent dire des choses, répondit paisiblement le moine.

Malgré les protestations du moine, Sartine avait amené Sophia avec lui, une fois celle-ci éveillée. Il parlait de l'adopter. Prenant le moine à part, Hélène s'était longuement entretenue avec lui puis elle avait embrassé le père et le fils avant de s'en aller sans un mot de plus.

Séparés par le corps, demeurons indissolublement unis par nos âmes, pensa fugitivement le moine.

— Reverrons-nous un jour Hélène? s'interrogea Volnay à haute voix après son départ.

— Qui sait? Mais ceci est une autre histoire!

Au milieu de la nuit, Volnay et son père arrivèrent chez le commissaire aux morts étranges, accueillis par une pie plus bavarde que jamais. Le moine soupira. Il cherchait à exprimer la conclusion de toute cette histoire mais ne la trouvait point. Après un verre ou deux, il dit enfin :

— Notre planète tourne autour du soleil mais nous, pauvres humains, le seul axe autour duquel nous gravitons est nous-mêmes afin de tenter de mieux nous connaître.

— Est-ce là ton mot de la fin? se moqua son fils.

— Non, en fait je le cherche en vain mais si tu me donnes quelques minutes, j'aurai bien une idée!

Pour une fois, son fils ne lui laissa pas le dernier mot.

— Père, je suis curieux de savoir ce qu'Hélène t'a dit. Vous vous êtes longtemps entretenus ensemble. On aurait dit deux amants qui se séparent…

— Que vas-tu imaginer, mon fils, j'ai vécu et tiré assez de leçons de la vie pour que celle-ci m'incite à la prudence…

— Tant mieux, dit Volnay, cela n'aurait pas été très malin au vu de votre différence d'âge…

— Je ne suis pas vieux! le coupa le moine.

— Ce n'est pas ce que j'ai dit!

Son père l'arrêta. Il tenait sa fin.

— Quelle histoire merveilleuse digne des contes des *Mille et Une Nuits*! s'exclama-t-il. *Si on la gravait à l'aiguille au coin de l'œil, elle servirait d'avertissement à quiconque peut apprendre par l'exemple!*

Hélène fit une petite révérence et on l'invita d'un sourire à se relever pour s'asseoir près du feu. Les deux fauteuils se trouvaient côte à côte, face à la cheminée, mais Hélène s'appliqua à garder le regard obstinément fixé sur les flammes. Assise à ses côtés, l'autre personne restait silencieuse, occupée à se remémorer tous les événements depuis la découverte du corps de Sophia dans le cimetière.

Après la venue du commissaire aux morts étranges, Sartine était accouru hors d'haleine à son hôtel particulier, le portrait de Sophia entre ses mains. Il lui avait appris qu'il s'agissait d'une des filles naturelles du roi que l'on venait de sacrifier lors d'une messe noire. L'affaire semblait d'une gravité exceptionnelle. Bien entendu, le commissaire aux morts étranges s'était saisi de l'affaire mais on savait l'homme tout aussi secret et incontrôlable que son collaborateur, le moine hérétique. Elle avait écouté en silence le lieutenant général de police affolé, prenant la mesure de la situation. Manifestement, la présence de sa meilleure et plus dévouée agente, Hélène, s'imposait. Aussi, en fin d'après-midi, Sartine s'était-il vu dans l'obligation d'amener Hélène avec lui chez Volnay et le moine, les obligeant à accepter sa présence pour cette enquête.

Sur un signe de tête de son hôte, Hélène commença le récit des derniers événements. Puis elle se tut, le regard toujours droit devant elle. Elle savait qu'elle aussi avait été manipulée au cours de cette enquête car ni Sartine ni la personne qui l'employait ne lui avait révélé ce qu'ils savaient au départ.

— Vous m'avez bien servi, dit finalement l'autre personne.

Plongée dans une demi-torpeur, Hélène ne répondit pas. Les flammes dansaient dans ses étranges prunelles, créant d'inquiétantes lueurs. Le feu lui remémorait des pensées que sa mère avait implantées dans sa tête avant de mourir pour un jour la venger.

Tout ceci n'est pas fini, pas encore…

Soudain, la fleur de lys sur son épaule la brûla.

— Je suis contente de vos services, ajouta encore la voix mélodieuse.

Hélène s'inclina.

— Madame la marquise de Pompadour est trop bonne.

TABLE

OUVRAGE RÉALISÉ
PAR L'ATELIER GRAPHIQUE ACTES SUD
ACHEVÉ D'IMPRIMER
SUR ROTO-PAGE
EN FÉVRIER 2013
PAR L'IMPRIMERIE FLOCH
À MAYENNE
POUR LE COMPTE DES ÉDITIONS
ACTES SUD
LE MÉJAN
PLACE NINA-BERBEROVA
13200 ARLES

DÉPÔT LÉGAL
1ʳᵉ ÉDITION : MARS 2013
N° impr. : 84213
(Imprimé en France)